심규식 대하역사소설

① 명학소

청어 도서출판

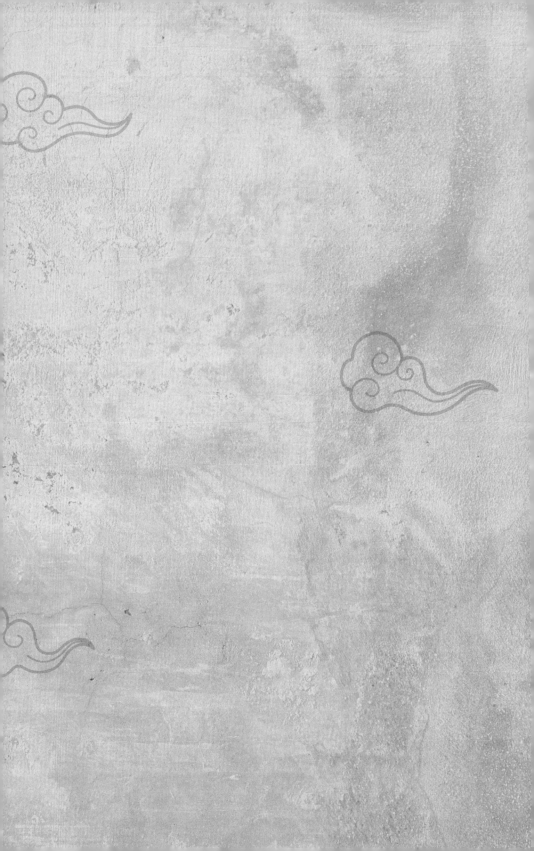

대하역사소설

망이와 망소이
제1권

명학소

심규식

『망이와 망소이』를 펴내며

　망이와 망소이 형제는 고려 명종 때 공주(公州) 명학소(鳴鶴所)에서 천민(賤民) 차별에 항거하여 봉기(蜂起)한 혁명아 형제이다. 나는 고등학교 국사 시간에 이 명학소의 난과 그 주인공 망이와 망소이에 대해 배웠고, 그때 문득 '이것은 아주 쓸 만한 소설감'이라는 생각을 했다. 우리나라 최초의 천민 봉기라니! 그때 막 문학에 눈떴던 나는 망이 형제의 이야기를 소설로 쓰려는 생각을 했고, 그 생각은 늘 내 머릿속에서 떠나지 않았다.

　봉건왕조적 사관(史觀)에 의하면 '난(亂)'으로 명명되는 모든 민중 봉기(蜂起), 예컨대 명학소의 난, 만적의 난, 홍경래의 난, 동학란 등이 민중사관의 관점에서 보면 부조리한 현실을 변혁하려는 혁명(革命)이라 할 수 있다. 역사를 어떻게 보느냐 하는 사관에 따라 하나의 역사적 사건이 부정적인 '난'과 긍정적인 '혁명'으로 달리 이름 매겨질 수 있다는 말이다.

　게오르그 루카치의 주장에 의하면, 역사 변혁의 주체는 대다수 이름 없는 민중이지 그 시대를 통치하는 왕이나, 권세가, 장군, 귀족들이 아니다. 그들은 이미 그들이 소유한 기득권을 지키려 할 뿐, 새로운 변혁이나 진보를 원하지 않는다. 아니, 오히려 그러한 변혁과 진보를 가로막는 수구세력이 될 수 있다. 이런 면에서 망이와 망소이는 불합리한 봉건적 계급제도와 인습(因襲)을 타파하려는 민중의 기수(旗

手)이자 영웅이라 할 수 있다. 시저나 징기스칸, 나폴레옹 같은 사람이 영웅이 아니라 로마의 검투사 스파르타쿠스나 로빈후드, 망이와 망소이, 전봉준 같은 민중의 지도자가 영웅이라는 뜻이다.

헤겔은 그의 〈역사철학 강의〉에서 세계의 역사는 '세계정신(Welt Geist)'이라는 궁극의 목표를 향해 발전해 간다고 말했다. 자유와 평등, 인간의 존엄 같은 보편적 가치가 후대로 내려올수록 차츰 더 많은 사람들에 의해 향유되었다는 게 그 한 예이다. 헤겔은 이러한 역사의 수레바퀴를 앞으로 굴리거나, 굴리려 애쓰는 사람들을 '세계사적 개인'이라 명명했는데, 나는 망이와 망소이가 바로 그런 사람 중 하나라고 생각했다.

1995년 겨울 어느 날, 평소 가깝게 지내던 문우들과 교외(郊外)에 있는 작은 절에 바람을 쐬러 갔다. 우리는 절을 둘러보고 절 밑에 있는 호젓한 주막으로 들어가, 난롯가에서 산나물에 탁배기를 마시며 이런저런 이야기를 하였다. 그러다가 화제가 우리들의 문학으로 옮아갔다. 이렇게 게으르게 몇 글자 끄적거리면서 작가라고 행세해도 되나. 이러다 버나드 쇼의 묘비명(墓碑銘)처럼 "우물쭈물하다 내 이럴 줄 알았다."가 되지 않겠나. 우리는 준열한 반성을 했다. 그리고 명색이 작가라면 한 달에 원고 100매 정도는 써야 하지 않겠냐는 데 뜻을 같이 했다. 그리하여 우리는 동인 명칭을 〈백매 문학〉, 동인지 이름을

〈좋은 문학 좋은 동네〉로 정하고, 1년에 4권씩 5년간 한시적으로 20권의 책을 내기로 했다. 5년으로 시한(時限)을 정한 것은 대부분의 문학동인이 의욕적으로 출발하지만 대개 용두사미로 끝나는 전철(前轍)을 밟지 않기 위함이었다.

나는 〈좋은 문학 좋은 동네〉 창간호부터 그간 준비해 온 『망이와 망소이』를 게재하기 시작하여. 석 달마다 300~350매의 작품을 연재했다. 낮에는 직장에 나가고, 또 가끔 단편도 쓰면서 석 달마다 300여 매의 글을 쓰기는 쉽지 않았다. 그러나 나는 5년 동안 6천여 매의 글을 써냈다.

5년간 20권의 동인지를 내겠다는 약속을 지키고 얼마 지나지 않아 나는 심한 병마에 시달리게 되었다. 나는 거의 잠을 자지 못했고, 극도로 몸이 쇠약해져 여러 번 입원과 퇴원을 거듭했으며, 의식을 잃고 섬망에 빠진 적도, 빈사 상태에 빠진 적도 여러 번이었다. 작품을 쓰기는커녕 일상적으로 하던 독서조차 할 수가 없었다.

그런데 재작년부터 조금씩 건강이 좋아져서, 다시 책도 읽고, 글을 쓸 수 있게 되었다. 나는 두어 편의 단편과 자전적(自傳的)수상집 『낭만의 에뜨랑제 세상을 향해 나아가다』를 쓰면서 예전의 필력을 다시 회복했다. 그리고 끝을 못 마쳤던 『망이와 망소이』에 달려들었다. 그간 나의 눈이 달라졌는지 옛글에 부족한 부분이 너무 많았다. 나는 과감하게 옛글을 잘라내기도 하고, 새로 보충하기도 하며, 대부분의 문장을 새로 손보았다. 그리고 뒷부분을 집필하여 드디어 『망이와 망소이』를 완성했다.

지난 날을 돌이켜보면, 내 글의 첫 번째 독자는 언제나 나의 아내였다. 아내는 내가 작품의 초고(草稿)를 완성하면 그것을 꼼꼼하게 읽어

보고, 구성과 문장, 단어 하나하나에 이르기까지 세밀하게 지적하고, 두 번 세 번 반복하여 교정까지 봐 준다. 이번 작품을 완성하는 데에도 아내는 작품을 여러 번 읽고 손보는 큰 수고를 아끼지 않았다. 참으로 고마운 일이다.

글 쓰는 일을 혼자 하는 작업이라 하지만, 돌아보면 오랜 기간 많은 분들의 격려와 가르침에 힘입어 왔다는 것을 알 수 있다. 특히 내 문학의 보금자리가 되고, 오랜 동안 함께 문학을 한 〈수요문학〉〈신인문학〉〈백매문학〉 동인 여러분의 가르침에 머리 숙여 감사드린다.

2020년 여름 심규식 삼가 씀.

망이와 망소이 전 5권 차례

제1권 명학소 | 차례

제1장

미륵뫼

1. 부역(賦役)

명학소 사람들이 유성현의 삼지천에서 부역을 시작한 것은 지난해 늦가을부터였다. 여느 해와 마찬가지로 마을 사람들 가운데 열여섯 살에서 쉰아홉 살까지의 남정네들은 한 사람도 빠짐없이 부역에 동원되었다. 이번 부역은 지난 여름 큰물이 져서 폐허가 된 현청의 공해전(公廨田)을 복구하기 위함이었다. 부역 기간이 길고 일이 힘들 뿐더러, 감독하는 현청의 구실아치들이 가혹했기 때문에 사람들은 부역을 호랑이보다 더 무서워했다. 당연하게 부역에 대한 고을 사람들의 원성도 드높았다. 그러나 사람들의 분노와 원망에도 불구하고 부역은 조금도 나아질 기미를 보이지 않았다.

부역은 해마다 가을걷이가 끝나자마자 시작되어 이듬해 따지기때가 되어서야 끝나는데, 부역꾼들은 길을 닦거나 다리를 놓고, 보를 막거나 둑을 쌓는 일 등에 동원되었다. 성이나 현청의 담을 보수하고, 현청에서 필요로 하는 목재나 땔나무를 벌채하는 일도 부역꾼들의 몫이었다.

미륵뫼와 그의 아버지 미조쇠도 마을 사람들과 함께 매일 20리 길이 넘는 삼지천으로 부역을 하러 나갔다. 삼지천에는 명학소 6개 마을 사람들 외에도 미화부곡과 정을부곡, 갑호향, 상덕향 사람들이 부역을 나왔다. 그들은 현청에서 나온 감독들에게 점호를 받은 다음, 홍수에 휩쓸려 가력되어 버린 황무한 땅을 하루 종일 파 일구어야 했다. 살을 에는 추위와 칼날같이 날카로운 바람 속에서 그들은 꽁꽁 얼어붙은 땅바닥을 찍어서 돌과 자갈을 골라내고 바위를 들어냈다.

그리고 바닥을 평평하게 고르고 둑을 새로 쌓았다. 가쁜 숨을 돌리기 위해 잠깐 일손이라도 멈출라치면 군졸과 관노 들이 도끼눈을 뜨고 사정없이 홀닦아세웠다.

그렇다고 부역을 빠질 수도 없었다. 집에 무슨 일이 있거나 병이 나더라도 다들 엔간해선 부역을 빠질 엄두를 내지 못했다. 부역에서 빠지면 그 대신 삼베나 벼를 바쳐야 하는데, 그 대가가 너무나 무거웠다.

이월 스무 날이었다. 그날은 현청의 군졸과 관노 들이 다른 때보다 더 유난스럽게 설쳐댔다. 그날따라 현령 김양기의 아들 김백호가 삼지천에 나와 있었기 때문이었다. 김양기의 둘째 아들인 김백호는 열아홉 살의 흔들비쭉이로서, 아버지의 위세를 등에 업고 걸핏하면 아무에게나 주먹을 휘두르며 행패를 부리는 젊은이였다. 그는 제 나이또래의 호족 자제들 몇 명과 떼거리를 지어서 끄질러다니며 갖은 못된 짓을 저질렀다. 그 때문에 그의 행티를 아는 사람들은 그를 두려워하며, 그와 맞닥뜨리는 걸 꺼려했다.

김백호는 사치스런 푸른 명주 착삼에 노란 비단 허리띠를 두르고, 날렵한 사냥바지에 갖신을 신은 멋들어진 차림새였다. 그는 붉은 털에 귀가 뾰쭉한 절따말을 높이 타고서 작업장 여기저기를 휘젓고 다니며 호령을 터뜨리기에 바빴다.

삼지천 부역은 설을 전후하여 닷새를 쉬었을 뿐 겨우내 계속되었다. 끝을 모르는 부역에 사람들은 지칠 대로 지쳐서 진력이 났고, 날이 갈수록 일손이 더뎌졌다. 그리고 그럴수록 그들을 달구치는 군졸과 관노 들의 고함소리가 높아갔다. 이월로 접어들자 병이 나서 부역에 빠지는 사람들이 하나 둘 늘어갔고, 관청 사람들의 혹독한 독려에도 불구하고 작업은 갈수록 능률이 떨어졌다.

"이 굼벵이 같은 놈들! 요령을 피우다가는 등가죽이 찢어진다!"

김백호는 조금이라도 늘쩡거리는 사람이 눈에 띄면 말에 박차를 가해 달려가서, 부역꾼은 물론 감독하는 군졸과 아전 들에게까지 채찍을 휘둘렀다.

한낮이 거의 다 되었을 때였다.

우우우! 우와!

갑자기 작업장 한쪽에서 우꾼한 함성이 터져 나오며,

"미륵뫼야!"

한 마을 이웃집에 사는 꾀복쟁이 친구 저밤이가 허겁지겁 달려오며 소리를 질렀다.

"미륵뫼야, 네 아부지 큰일났다!"

"뭐라구?"

"네 아부지 일 났다!"

미륵뫼는 사람들이 모여 있는 곳으로 달려갔다. 기어이 아버지가 쓰러진 것이란 생각이 퍼뜩 머릿속을 스쳤다. 아버지는 며칠 전부터 호된 고뿔에 시달리면서도 그간 부역을 쉬지 않았다. 어젯밤에도 아버지는 높은 열과 받은 기침 때문에 밤잠을 제대로 이루지 못했다. 그러고서도 아버지는 오늘 아침 아들 미륵뫼와 딸 가을이의 만류를 물리치고 부득부득 부역에 나섰다.

뜻밖에도 군졸 한 놈과 관노 한 놈이 그의 아버지를 무지막지하게 짓밟아대고 있었다. 아버지 미조쇠의 얼굴은 피가 낭자한 채 처참하게 일그러지고, 앙상하게 마른 몸은 발길질을 피하기 위해 새우등처럼 구부러져 있었다. 미륵뫼는 갑자기 온몸의 피가 왈칵 머리끝으로 몰리며 아무 것도 보이지 않았다.

"이 죽일 놈덜!"

미륵뫼는 다짜고짜 군졸의 멱살과 허리춤을 움켜잡아 관노를 향해 힘껏 내던졌다. 어이쿠! 뜻밖의 날벼락에 두 사람은 한데 엉켜 나가떨어졌다. 다시 미륵뫼가 성큼 다가갔다. 장승처럼 큰 키에 절구통같이 걸까리진 걸때를 지닌 미륵뫼를 본 두 사람은 퍼렇게 얼굴이 질렸다.

명학소 장사 미륵뫼다!

군졸이 기겁을 하여 엉겁결에 일어나 달아났다. 그러나 미륵뫼는 병아리를 덮치는 솔개처럼 잽싸게 그의 뒷덜미를 나꿔챈 다음 볼기짝을 힘껏 내질렀다. 엉덩이를 걷어차인 군졸은 땅바닥에 얼굴을 처박으며 거꾸러졌다. 그 틈을 타서 관노가 비틀거리며 도망을 치려 했다.

"이눔, 어딜 도망가?!"

다시 미륵뫼가 관노의 더수구니를 덥썩 거머쥐고 땅바닥에 버르적거리고 있는 군졸을 향해 왁살스럽게 밀쳤다. 관노는 군졸의 몸 위에 사정없이 나뒹굴었다.

그때였다.

휘익! 날카로운 채찍이 미륵뫼의 등허리를 파고들었다. 느닷없는 채찍에 미륵뫼는 휘청 무릎이 꺾였다. 절따말 위에 덩그렇게 앉은 김백호가 미륵뫼의 동공에 가득 찼다.

"건방진 놈!"

다시 채찍이 바람을 가르며 미륵뫼의 얼굴을 후려쳤다. 소름끼치는 아픔에 미륵뫼는 두 손으로 얼굴을 싸쥐었다. 관자놀이가 터져서 손가락 사이로 주루룩 피가 흘러내렸다.

"천한 소(所)놈 주제에 감히!"

김백호는 또다시 채찍을 휘둘렀다. 이번에는 채찍이 미륵뫼의 어깨와 가슴을 후려쳤다. 미륵뫼는 자기도 모르게 사나운 눈으로 김백호를 노려보았다. 통증과 분노로 그의 몸이 부들부들 떨렸다.

"네놈이 감히 날 노려봐?! 그 눈깔을 뽑아놓겠다!"

김백호가 또다시 채찍을 치켜들었다. 미륵뫼는 두어 걸음 뒤로 물러나며 두 손으로 얼굴을 가렸다.

"이 곰 같은 놈이!"

미륵뫼가 얼굴을 가리자 김백호가 말발굽으로 그를 짓밟아 버릴 듯이 육박해 오며 또 채찍을 휘둘렀다. 가죽채찍이 이번엔 미륵뫼의 등허리를 휘감았다. 구렁이가 등을 휘감는 듯한 오싹한 느낌에 미륵뫼

15

는 무의식 중에 채찍을 움켜쥐고 힘껏 나꿔챘다.

어엇?! 예기치 못한 미륵뫼의 반격에 김백호가 사정없이 말에서 떨어졌다. 미륵뫼는 재빨리 김백호에게 다가가 그의 멱살을 거머잡았다. 그리고 그의 얼굴을 후려치려고 주먹을 들어올렸다. 그때 경악에 찬 다급한 목소리가 미륵뫼의 귓전을 쳤다.

"안 돼! 미륵뫼야, 안 된다!"

아버지 미조쇠였다.

"그 손 놓아라! 어서!"

미조쇠가 다시 다급하게 말했다.

"이걸 그냥…!"

김백호의 멱살을 바투 쥔 미륵뫼의 팔이 덜덜 떨렸다. 김백호는 얼굴이 파랗게 질린 채 숨도 제대로 쉬지 못하고 버둥거렸다.

"이놈아, 하늘 같으신 현령 어르신의 자제분께 이 무슨 짓이여? 이 미련한 놈아, 그 손 놓아라!"

다시 미조쇠가 다급하게 말했다.

"아무리 천해두 우리두 사람이우!"

미륵뫼가 김백호의 멱살을 탁 밀쳐 버리자 김백호는 엉덩방아를 찧으며 뒤로 나가떨어졌다.

미륵뫼는 아버지 쪽으로 몸을 돌렸다. 온몸을 마구 짓밟힌 미조쇠는 피범벅이 된 얼굴로 몸을 제대로 가누지 못하고 노박이 아저씨의 품에 안겨 있었다.

"자네 어르신 무지막지하게 맞았네! 하두 기침이 쏟아져서 잠깐 앉어 쉬는디, 저놈덜이 냅다 발길질을 안 했냐?! 자네 어르신이 억울하구 분한 김에 한 마디 대꾸했더니, 이르케 인정사정읎이 밟어 놓지 않았겠냐?!"

노박이 아저씨가 분통을 터뜨리며 말했다.

"…그나저나 네가 일을 저질렀으니, …뒷갈망이 큰일이다!"

미조쇠가 말했다.

"……."

현령 아들을 망신 주었을 뿐 아니라 군졸과 관노를 묵사발을 만들어 놓았으니, 앞으로 그들에게 얼마나 혹독한 고초를 당해야 할 것인가! 더구나 이쪽은 그들이 사람 취급도 하지 않는 천한 소(所)놈이 아닌가! 미륵뫼는 그제서야 자기가 앞뒤를 재지 못하고 욱하는 성미에 큰일을 저질렀다는 것을 깨달았다.

"저 현령의 아들놈이 보통 개차반이 아니구, 군졸과 관노 들두 야차처럼 날뛸 텐디, 큰일은 큰일이다!"

노박이 아저씨도 수심이 가득한 얼굴로 말했다.

그들의 그러한 걱정은 곧바로 눈앞의 현실이 되어 나타났다.

"이놈들! 내가 천하기 짝이 없는 소놈에게 어처구니없는 봉변을 당하고, 군졸과 관노 들이 묵사발이 되었는데도, 네놈들은 팔짱만 끼고 있다니, 네놈들이 그러고도 살아남길 바라느냐?"

김백호가 근처에 있던 군졸과 관노 들을 노려보며 씹어뱉듯 말했다. 그는 말에서 떨어져 미륵뫼에게 멱살을 잡혔을 땐 너무 놀라 잠깐 제정신이 아니었으나, 미륵뫼의 손아귀에서 놓여나자 곧 중인환시리에 씻을 수 없는 창피를 당했다는 것을 깨닫고, 온몸이 분노의 덩어리로 화해 있었다.

백호 도련님이 봉변을 당하셨다!

부역꾼놈이 사람을 쳤다!

관가 사람들은 다 모여라!

당황한 군졸들이 고함을 지르자 작업장 여기저기에 흩어져 있던 군졸과 관노 들이 금세 득달같이 달려왔다. 그들은 육모방망이를 뽑아 들고 순식간에 미륵뫼의 주위를 에워쌌다. 부역꾼들도 하던 일을 멈추고 모여들었다.

"모두들 저놈을 잡아라! 절대 놓쳐서는 안 된다!"

김백호가 사납게 고함을 질렀다.

"만약 놓치면 다들 살아남지 못할 것이다!"

김백호는 얼굴이 벌개지도록 고함을 지르며 군졸들을 닦달했다.

와아!

와아! 잡아라! 저놈 잡아라!

군졸과 관노 들은 고함을 지르며 우루루 미륵뫼를 향해 욱여들었다.

"빨리 피해라! 잡히믄 죽는다!"

미조쇠가 얼굴이 흙빛이 되어 미륵뫼에게 다급하게 말했다.

"위험하닷!"

미조쇠의 말이 채 끝나기도 전에 노박이 아저씨가 놀란 목소리로 외쳤다. 미륵뫼가 퍼뜩 뒤로 고개를 돌리는 순간 군졸 한 명이 몽둥이로 그의 머리통을 내려쳤다. 미륵뫼가 순간적으로 머리를 옆으로 비기자 몽둥이는 둔탁하게 그의 어깨를 파고들었다. 어깨가 떨어져 나가는 듯한 통증에 미륵뫼는 부르르 몸이 떨렸다. 미륵뫼는 다시 몽둥이를 내려치려는 군졸에게 열째게 달려들어 주먹으로 그의 턱을 후려갈겼다. 군졸은 그의 일격에 썩은 나무처럼 털썩 뒤로 나자빠졌다.

저놈 잡아라! 저놈이 도망간다!

앞을 가로막아라!

수십 명의 군졸과 관노 들이 포위망을 좁히며 조여들었다. 미륵뫼는 잽싸게 군졸의 몽둥이를 집어들고 마구 휘둘러댔다.

"어느 놈이든 뎀빌 테믄 뎀벼 봐라! 모조리 대갈통을 부숴줄 테니!"

미륵뫼는 사납게 몽둥이를 휘둘러서 현청 사람들의 접근을 막았다. 현청 사람들은 미륵뫼가 앞으로 나아가면 그만큼 뒤로 물러나고, 그가 뒤로 물러나면 다시 그만큼 다가서며 시간이 갈수록 더욱더 촘촘하게 그를 둘러쌌다. 그러나 그들은 미륵뫼의 거친 기세와 우악스런 힘에 질려 섣불리 앞으로 나서지를 못했다.

"이놈들, 뭣들 하는 게냐? 모두 함께 덮쳐라!"

김백호가 다시 고함을 질렀다. 그러나 군졸과 관노 들은 김백호의 눈치를 살피며 소리만 질러댔다. 그들은 평소 쇠뿔을 잡고 황소를 쓰러뜨린다는 명학소 장사 미륵뫼의 소문을 익히 들어왔던 것이다.

와아! 저놈 잡아라!

잡아라!

와아! 와아! 저놈 잡아라!

"이놈들, 빨리 덮치지 않고 뭘 꾸물거리느냐?!"

보다 못한 김백호가 다시 쇳소리를 지르며 채찍으로 군졸과 관노 들을 마구 후려쳤다. 찰싹! 찰싹! 채찍에 내몰린 군졸과 관노 들의 눈에 차가운 살기가 번득였다. 미륵뫼는 문득 위기감을 느꼈다. 아무래도 시간을 끌어서는 안 될 것 같았다.

"이눔덜!"

미륵뫼는 앞으로 돌진하다가 갑자기 몸을 돌려, 뒤에 있는 사람들을 향해 섣불 맞은 호랑이처럼 달려들었다. 엉겁결에 깜짝 놀란 사람들이 송사리떼처럼 양쪽으로 풍겨 흩어지자 미륵뫼는 그 틈을 타서 포위망을 빠져나왔다.

잡아라!

저놈 잡아라!

관청 사람들이 함성을 지르며 다시 그를 뒤쫓았다. 그러나 미륵뫼는 논과 밭을 가로지르고 개울을 건너뛰며 숲 속으로 들어갔다. 뒤따라오던 관가 사람들이 차츰 멀어져, 이윽고 아무도 보이지 않게 되어서야 그는 땅바닥에 털썩 주저앉아 숨을 돌렸다.

그날 미륵뫼는 봉덕골 골짜기 솔수펑에서 날이 어둡기를 기다렸다가 밤이 이슥해지자 사람들의 눈에 띄지 않게 태동 마을로 숨어들었다. 그러나 그의 집엔 불이 켜져 있지 않았다. 굴왕신 같이 누추한 집엔 썰렁한 어둠이 도사리고 있을 뿐 아무도 없었다. 불길한 예감이 어둠처럼 그의 가슴으로 밀려들었다.

그는 낮은 울바자를 사이에 두고 이웃에 살고 있는 저밤이네 집으로 갔다. 인기척을 듣고 저밤이가 방에서 튀어나왔다.

"그렇지 않아두 널 기다리구 있었어야!"

"우리 식구덜은 다 어디 갔어?"

"아까 현청에서 나온 털벙거지 몇 놈이 네 누이 가을이를 잡아갔다! 그때 마침 네 안사람과 망이는 친정집에 들렀다가 몸을 피했다만. … 네 아부지두 삼지천에서 바루 잡혀갔다. 네가 현청에 들어오지 않으믄 네 아부지와 가을이를 안 놔 준다니, 큰일이다! 날은 춥구, 옥바라지해 줄 사람두 읎구…. 네 아부지는 몸도 많이 상했는디…."

김백호가 자기를 잡기 위해 아버지와 누이를 볼모로 붙잡아갔다는 얘기였다. 미륵뫼는 김백호의 올가미에 자기가 옴쭉달싹못하게 걸려들었다는 걸 깨달았다. 걷잡을 수 없이 울화가 솟구쳤다. 그러나 아무리 생각해도 아버지와 누이를 구해낼 계책이 생각나지 않았다. 새삼 울뚝뺄을 참지 못하고 일을 저지른 게 후회되었으나, 이제는 하릴없는 일이었다.

"저승사자 같은 관청 떨거지놈들을 건드려 놨으니 증말 큰일이다!"

저밤이가 침통한 얼굴로 말했다.

"너무 걱정 말어. 설마 무슨 큰일이야 있겠냐?"

미륵뫼는 애써 예사로운 목소리로 말했으나 마음은 한없이 무거웠다. 두 사람은 발걸음 소리를 죽여 솔이네 친정집 초곡네로 향했다. 초곡네 집 방에선 희미한 불빛이 흘러나왔다.

"솔이야!"

마당으로 들어서며 미륵뫼가 아내를 부르자, 솔이가 문을 열며 달려나왔다.

"오라버니, 괜찮어유? 다친 데 읎어유?"

솔이의 눈에 눈물이 갈쌍하게 맺혔다.

"자네, 괜찮나?"

솔이의 어머니 초곡네가 망이를 안고 방에서 나오며 물었다.

"저는 괜찮어유."

"사둔 어르신과 아기씨가 걱정이네!"

"예! ……."

솔이와 미륵뫼는 작년 봄 혼인을 했다. 솔이와 가을이는 어렸을 적부터 소꿉동무였고, 솔이는 가을이의 집을 드나들면서 미륵뫼를 친오빠처럼 따랐다. 그러던 솔이가 재작년부터 부쩍 처녀티가 나면서 미륵뫼를 보면 얼굴을 붉히며 부끄럼을 탔다. 솔이는 수수하면서도 고운 얼굴에 키가 훤칠하게 컸고, 부지런하고 손이 걸싸서 무슨 일이든 잘했다. 그 중에서도 특히 길쌈하는 솜씨가 뛰어나, 같은 시간에 다른 아낙의 곱절 일을 한다고 소문이 났다. 명학소와 같은 천민 마을에선 일솜씨야말로 누구나 부러워하는 귀중한 재산이었다. 게다가 솔이는 심덕이 무던하고 성격이 늠늠해서 인근의 아들 가진 집들은 다들 그녀를 며느리로 탐냈다. 솔이는 미륵뫼와 혼인하자마자 아이를 가져, 열 달 만에 아들을 낳았다. 아이 이름이 망이였다.

그날 밤, 미륵뫼와 솔이는 밤잠을 제대로 이루지 못했다. 찬 밤바람이 쉬지 않고 방문을 흔들고, 부엉! 부엉! 먼 데서 부엉이 소리가 들려왔다.

2. 실종과 죽음

다음날, 미륵뫼는 저밤이와 함께 유성 읍내에 있는 현청을 찾아갔다. 삼문 앞에는 네 명의 군졸들이 창을 들고 서 있었다.

"웬 놈이냐?"

미륵뫼가 다가가자 군졸 한 명이 귀찮다는 듯 시큰둥한 얼굴로 물었다.

"명학소에 사는 미륵뫼라고 하우! 어제 삼지천에 부역 나갔다가 …소란을 좀 피웠수다."

"뭐라구? 그럼 네놈이 바로…?"

멀뚱하게 미륵뫼를 바라보고 있던 군졸들이 냉큼 미륵뫼를 에워싸며 창을 겨눴다.

"네놈이 부역을 하다가 난동을 부린 그 망나니란 말이여?"

"천한 소(所)놈이 하룻강아지 범 무서운 줄 몰르구 사또의 자제 분을 망신 주었으니, 이놈이 제 정신인겨?!"

"네놈은 뭐여?"

군졸 한 명이 저밤이를 훑어보며 물었다.

"마을 친구유!"

"여기가 어딘 줄 알고?! 너도 함께 봉변 당하기 싫으면 저리가 있어라!"

군졸들은 대뜸 미륵뫼에게 달려들어서 두 팔을 뒤로 꺾어, 오랏줄로 꽁꽁 묶었다.

"이놈이 소문대로 심은 좀 쓰게 생겼다만 시골고라리가 분명하구나! 제 발루 호랭이 아가리로 기어들다니!"

군졸 중 한 명이 윗사람의 명을 받으러 현청 안으로 달려가고, 미륵뫼는 곧 관아 동쪽에 멀찍이 떨어져 있는 옥사(獄舍)로 끌려갔다. 옥사는 길게 일 자(一字)로 지어진 곳집 같은 건물이었는데, 두 채가 널따란 마당을 사이에 두고 마주 보고 서 있고, 마당 가운데엔 아름드리

홰나무가 한 그루 서 있었으며, 옥사를 빙 둘러 높은 돌담이 둘러쳐져 있었다. 군졸에게서 미륵뫼를 인계받은 옥졸은 그를 옥사의 맨 끝에 있는 독방칸에 집어넣었다.

"이보시우! 이제 우리 아부지와 누이는 놓아 주시우!"

옥에 갇힌 미륵뫼가 옥졸에게 말했다.

"그놈 세상 물정이 영 백치로세! 이놈아, 내 맘대로 집어넣구 내놓구 하냐? 윗사람 영이 있어야지!"

늙수그레한 옥졸은 어이없다는 듯 말했다.

"그럼 지금 당장 윗사람에게 말씀 좀 드려 줍시우!"

"허어, 그놈 참! 샘가에 가서 숭늉 찾을 놈이네! 내가 네놈 말 한마디에 어디 있는지도 몰르는 도련님을 찾아 이리 뛰구 저리 뛰란 말이여?"

"늙구 병이 난 아부지가 걱정이 돼서 그렇수다. 은혜는 잊지 않겠슈!"

"아비와 누이를 걱정해서 자수를 했다니, 그놈 생김새보다 맘 씀새가 됐구나! 그러나 아비나 누이보다 네놈 앞일이나 걱정해라! 진작부터 고을에 소문이 짜한 도련님을 몰라서 그 분 성질을 덧드렸더냐?"

"늙은 아부지가 마구 짓밟히는 걸 보자 눈이 뒤집혔수."

"나도 얘기는 대충 들었다만…. 도련님을 뵙거든 손이 닳두룩 빌어라! 그래야 목숨이나마 부지할 수 있을 거여!"

옥졸은 미륵뫼가 딱하게 느껴졌던지 제법 친절하게 말하고는 옥문을 닫았다. 투박한 널쪽으로 만들어진 작고 견고한 문이 닫히고, 그 위에 커다란 통나무 빗장이 걸리는 소리를 듣고서야 미륵뫼는 자기가 현청의 옥에 떨어졌다는 걸 실감했다. 옥 안은 좁고 어두컴컴한 데다가 구저분했으며, 바닥에는 거의 다 썩은 널판이 아무렇게나 깔려 있었다. 오줌 지린 냄새와 퀴퀴한 곰팡이 냄새가 뒤섞인 듯 고약한 냄새에 미륵뫼는 숨을 쉬기가 어려웠다.

그날 저녁이었다.

땅거미가 더금더금 내리는 시간에 옥졸이 미륵뫼를 끌어냈다. 옥사

밖에는 네 명의 군졸이 와 있었다.

"사냥 가셨던 도련님이 돌아오신 모냥이다. 사정이 사촌보다 낫다는 말이 있다. 살려 달라구 사정사정해라!"

옥졸이 안됐다는 듯 말했다.

"걱정해 줘서 고맙수다."

미륵뫼는 옥졸에게 꾸벅 고개를 숙이며 직수굿하게 말했다.

미륵뫼는 의창미를 보관하는 곳집 앞 공터로 끌려갔는데, 그곳에는 벌써 죄인들을 치죄할 때 쓰는 형틀이 차려져 있었다.

"그놈을 형틀에 묶어라!"

어스름한 어둠 속에서 썰렁한 목소리가 날아오고, 이어 사람의 그림자가 그 모습을 드러냈다. 김백호였다.

"이놈들, 내 말이 안 들리느냐? 그렇게 꾸물대다간 네놈들도 치도곤을 면치 못할 것이다!"

김백호가 호통을 놓았다. 깜짝 놀란 군졸들이 미륵뫼를 형틀로 데려가, 저고리를 벗기고 형틀에 엎드리게 한 뒤 밧줄로 사지를 꽁꽁 비끌어맸다.

"천하디 천한 네놈이 힘꼴깨나 쓴다고 감히 나를 욕보이고 관졸들을 상케 했겠다? 제 분수를 모르고 관부를 능멸한 대가가 어떤 것인지 내 오늘 똑똑히 보여 주마!"

미륵뫼를 보자 새삼 분노가 치밀어오른 김백호가 으르렁거리며 말했다. 어제 미륵뫼 때문에 말에서 떨어지고, 그에게 멱살까지 붙잡혔을 뿐만 아니라, 엉덩방아를 찧으며 나가떨어졌던 모습이 새삼스럽게 그의 머릿속에 환히 떠올랐다. 이런 천한 놈한테 여러 사람 앞에서 체면을 구기다니! 그는 이를 사려물었다.

"군졸덜이 늙구 병든 아부지를 마구 짓밟는지라 저두 모르게 눈이 뒤집혀서 그만…."

미륵뫼는 어눌하게 발명을 늘어놓았다.

"그래서 네놈이 군졸들을 짓밟아 주었다?! 이놈이 아직도 물정없이 주둥치를 나불댈?!"

김백호가 입가에 차가운 비웃음을 흘리며 손에 들고 있던 가죽채찍을 힘껏 휘둘렀다. 찰싹! 채찍은 미륵뫼의 등을 사정없이 파고들었다. 미륵뫼는 자기도 모르게 입이 딱 벌어졌다. 그는 비명이 터져나오려는 걸 이를 악물고 참았다. 온몸이 고통으로 부르르 떨렸다. 찰싹! 다시 채찍이 그의 몸을 휘감았다. 찰싹! 찰싹! 채찍질이 계속되었다.

김백호의 채찍질은 독랄하고 교묘하기로 널리 소문이 나 있었다. 그는 언제나 쇠가죽으로 만든 길고 튼튼한 채찍을 가지고 다니며 틈날 때마다 그걸 휘두르는 연습을 했다. 그리고 조금만 화가 나거나 비위가 상하는 일이 있어도 아무에게나 마구 채찍을 휘둘렀다. 길을 가다가도 까닭 없이 민가의 개나 닭을 쳐서 죽이거나 장난으로 느닷없이 소의 엉덩이를 후려쳐서 날뛰게 만들곤 했다.

"나를 치는 건 좋으나, 아무 죄두 없는 내 아부지와 누이는 놓아주시우!"

미륵뫼는 고개를 쳐들고 김백호에게 말했다.

"뭐? 아무 죄가 없다구?"

"그럼 우리 아부지와 누이가 무슨 죄가 있슈?"

"이놈 봐라? 감히 어디서 대가리를 빳빳이 쳐들고 주둥치를 놀려?"

김백호는 미륵뫼의 불퉁한 어조에 더욱더 성이 나서 사납게 채찍을 휘둘러 댔다. 얼마 안 가서 미륵뫼의 등가죽이 여기저기 찢어지고 사방으로 어지럽게 피가 튀었다. 채찍에도 피와 살점이 묻어났다. 그러나 미륵뫼는 터져 나오는 신음과 비명을 악착같이 참았다.

"나와 맞서 보겠다, 이거냐? 좋다! 네놈이 얼마나 버티나 좀 보자!"

김백호는 다시 채찍을 휘둘렀다. 이번엔 등만이 아니라 엉덩이와 다리, 머리를 가리지 않고 마구잡이로 후려쳤다. 사뭇 소나기 같은 채찍질이 미륵뫼의 온몸을 무작스럽게 난타했다. 으으흐흐흐흑! 이윽고 미륵뫼의 입에서 처절한 비명이 새나오며 그의 머리가 아래로 툭 떨어졌다.

"이놈이 제법 기골이 장대한 데다 목자(目子)가 불량하여, 그냥 놔두었다간 반드시 후환이 있을 것이다! 이놈을 뒤집어 묶어라!"

미륵뫼가 혼절한 뒤에도 몇 번이나 더 채찍을 휘두른 김백호가 가쁘게 숨을 몰아쉬며 말했다. 군졸들은 의식을 잃고 축 늘어져 있는 미륵뫼의 몸을 뒤집어 놓고 다시 형틀에 묶었다.

"몽둥이로 그놈의 무릎을 바숴 놓아라! 다시는 걸을 수 없게 박살을 내라!"

결박이 끝나기를 기다려 다시 김백호의 영이 떨어졌다.

"예?!"

군졸들의 얼굴에 경악의 빛이 떠올랐다. 그들은 멈칫멈칫 앞으로 나서길 주저하며 서로의 눈치를 살폈다. 무릎을 바숴뜨리면 십중팔구 장독으로 죽거나, 요행히 살아난다 해도 앉은뱅이 신세를 면치 못할 것 아닌가. 군졸들은 새삼 김백호에 대해 가슴 섬뜩한 두려움을 느꼈다.

"이놈들, 내 말이 말 같지 않느냐?!"

군졸들이 선뜻 나서길 꺼려하자 김백호가 채찍을 후려치며 벌컥 성을 냈다. 휘익, 채찍이 위협적인 소리를 내며 허공을 갈랐다. 금방이라도 그들을 후려칠 기세였다.

"말똥보, 네놈이 나서라!"

말똥보는 군졸 마동보(馬東甫)의 별명이었다. 마동보는 현청의 군졸들 가운데서 나이가 제일 젊고, 덩치가 클 뿐더러 힘도 셌다. 게다가 우직하고 융통하여 김백호의 명이라면 옳고 그르고를 따지지 않고 시키는 대로 했다. 그 때문에 김백호는 나들이할 때마다 마동보를 호위병처럼 데리고 다니며 수족처럼 부렸다.

마동보는 어쩐지 마음이 켕겼으나 어쩔 수 없이 형틀 옆에 놓여 있는 굵은 몽둥이를 집어들고 앞으로 나섰다. 그는 잠깐 망설이다가 이

옥고 미륵뫼의 한쪽 다리를 무지막지하게 내려쳤다. 으흐흐흑! 의식을 잃은 미륵뫼의 입에서 다시 처절한 비명이 흘러나왔다. 그 비명이 너무 소름이 끼쳐 마동보는 자기도 모르게 주춤 한 걸음 뒤로 물러섰다. 미륵뫼의 다리가 부러져 힘없이 간댕거렸다.

"그놈, 매운 맛을 톡톡히 봤을 게다. 이제 그놈을 삼문 밖에 갖다 버려라!"

김백호는 땅바닥에 찍 침을 뱉고는, 그곳을 떴다.

"당신 아들이 지금 삼문 밖에 있다우. 빨리 가보시우!"

옥졸이 옥사의 문을 열고 미조쇠에게 말했다.

"그게 정말이우? 내 자식놈은 괜찮수?"

"도련님께 치죄를 당하구 내쳐진 모양이우. 몸이 성치 못할 게유."

그 사이 낯이 익은 옥졸이 안 됐다는 얼굴로 말했다.

미조쇠는 허겁지겁 삼문 밖으로 달려갔다. 삼문 한쪽에 미륵뫼가 반주검이 된 채 내던져져 있고, 저밤이가 그런 미륵뫼를 돌보고 있었다.

"미륵뫼야!"

아들의 모습을 본 순간 미조쇠는 너무 놀라, 헉! 숨이 막혔다. 온몸의 피가 일시에 빠져나가는 듯한 현기증에 휘둘러 몸을 가누기가 이렵고, 아무 생각도 할 수 없었다. 그는 미친 듯이 미륵뫼에게 달려들었다.

"미륵뫼야, 내 말 들리냐? 정신채려라! 이놈아, 정신채려!"

그는 피범벅이 된 아들을 안고 짐승처럼 울부짖었다. 그러나 빈사 상태에 빠진 미륵뫼는 아무런 반응이 없었다. 생때같은 자식놈을 다 죽여놓다니! 미조쇠는 가슴 속에서 끓어오르는 분노와 원한 때문에 온몸이 덜덜 떨리고, 컥컥 숨이 막혔다.

"아저씨! 이러고 있을 때가 아닙니다! 빨리 의원한테 가야지유!"

저밤이의 말에 미조쇠는 정신이 번쩍 났다.

"내가 미륵뫼를 업겄슈!"

저밤이가 미조쇠의 도움을 받아 가까스로 미륵뫼를 들쳐업었다. 저밤이는 유난히 덩치가 큰 미륵뫼를 업고 미조쇠의 부축을 받으며 현청에서 활 한 바탕 거리에 있는 의원(醫員) 집으로 갔다.

"어쩌다가 이렇게 되었수?"

미륵뫼의 몰골을 본 의원이 얼굴을 찌푸리며 물었다.

"사또 자제의 노여움을 사서 매를 맞었수."

미조쇠의 말에 의원의 얼굴이 대뜸 굳어졌다.

"어느 마을 사람이우?"

"명학소에서 왔수."

의원은 잠시 말없이 미륵뫼와 저밤이를 훑어보더니, 이윽고 냉정하게 말했다.

"내 보아하니 이 환자는 다리가 부러지고, 상처가 너무 크고 깊어서 목숨이 위중한 상태요. 나로서는 손을 쓸 수가 없으니, 다른 데로 가 보시우."

"예? …다른 데루 가 보라니, 그게 무슨 말씀이시우?"

미조쇠가 당황한 얼굴로 물었다.

"너무 위중한 환자라서 나로서는 어떻게 해 볼 방도가 없단 말이우."

"의원님, 제발 제 자식놈 좀 살려 줍시우! 이렇게 빕니다유! 제발 이놈 좀 살려 줍시우!"

미조쇠가 의원 앞에 무릎을 꿇고 애원했다.

"이런다고 달라질 건 없수. 빨리 다른 데로 가 보시우."

의원은 미륵뫼와 같이 처참한 상태의 중환자를 치료할 자신도 없었고, 더구나 관가에 죄를 짓고 치죄를 당한 불온한 놈을 치료하고 싶지도 않았다. 게다가 치료비를 제대로 낼 성싶지도 않은 천한 소(所)놈이 아닌가.

"이놈이 곧 숨이 넘어가는디, 이 밤에 어디로 가라는 말씀이우? 제발 한 목숨 살려 줍시우! 이놈을 살려 주믄 내 그 은혜는 반드시 갚겠슈."

미조쇠는 비대발괄 눈물을 흘리며 의원에게 매달렸으나, 의원은

"몇 번이나 말을 해야 알아듣겠소? 내가 손을 쓸 수 없다는데…."

하고는, 문을 닫아걸었다.

"저런 쥑일 놈이 의원이라니! 아저씨, 송곡사로 갑시다!"

저밤이가 말했다.

"송곡사?"

"거기 의술에 밝은 스님이 계신 것 같던디, 그곳으루 가 봅시다!"

송곡사는 명학소에서 시오 리쯤 떨어져 있는 송곡산에 있는 작은 절인데, 여러 해 전부터 그곳에 약사여래 같은 스님이 와 계시면서 병고에 시달리는 백성들이 찾아오면 귀신 같은 처방으로 치료를 해 준다는 얘기가 나돌았다. 돈이 없어 의원한테 갈 수 없는 사람들이 찾아가면 무료로 병을 봐 준다는 얘기였다.

저밤이와 미조쇠는 여전히 의식이 없는 미륵뢰를 들쳐업고 송곡사로 달려갔다.

"이런?! 나를 따라 오시오!"

미륵뢰를 본 혜관 스님은 곧바로 그들을 요사채의 빈 방으로 데려갔다. 그는 서둘러 미륵뢰의 부러진 다리에 부목을 대고 삼베로 칭칭 감아 묶었다. 그리고 피칠갑이 된 미륵뢰의 몸을 닦아내고, 찢어진 상처를 꿰맨 다음, 상처 부위마다 고약을 발랐다. 그런 다음 공양주 할멈으로 하여금 방에 불을 넣게 하고, 탕약을 끓여서 미륵뢰의 입에 조금씩 흘려 넣었다. 그러나 미륵뢰는 가느다란 신음만 토할 뿐 여전히 의식을 회복하지 못하고 움직이지도 않았다. 그의 몸은 높은 열로 불덩이처럼 펄펄 끓었다.

긴급한 처치를 대강 끝내고 나서 혜관 스님이 입을 열었다.

"장독도 걱정이지만 그 다음 뒤따를 중기와 패혈증이 더 걱정이오.

대체 어쩌다가 이리 되었소?"

미조쇠가 간략하게 그간 있었던 일을 말하자 혜관 스님이 어두운 얼굴로

"마구니 같은 것들이 사람의 거탈을 쓰고…. 환자에 대해서는 지금 뭐라 말하기 어렵소이다. 신체가 강건한 젊은이라서 버티어낼 것도 같긴 한데…."

하고, 방을 나갔다.

저밤이는 미조쇠를 마을로 데려가고 솔이를 송곡사로 데려왔다.

미륵뫼가 눈을 뜬 것은 나흘 후 저녁이었다. 나흘 동안이나 그의 몸을 태울 듯이 들끓던 열이 거짓말같이 물러갔다. 그러나 그는 아직도 제 정신이 아닌 듯 솔이를 알아보지 못하고 멀뚱하게 바라보고만 있었다.

"오라버니! 오라버니!"

눈을 뜬 미륵뫼를 보고 솔이가 통곡을 터뜨렸다. 그간 그녀는 밤잠도 자지 않고서 미륵뫼의 곁을 지키며 병수발을 했다. 솔이의 통곡을 들으며 미륵뫼는 천천히 정신을 돌이켰다. 삼지천에서 있었던 일과 현청에서 있었던 일이 머릿속에 떠오르며 눈에 글썽하게 분한 눈물이 차올랐다. 미륵뫼는 윗몸을 일으키려다가 자기도 모르게 신음을 쏟으며 다시 누워 버렸다. 칼로 저미는 듯한 극렬한 통증이 다시 온몸을 휩쓸었다.

"…솔아, …여기가 어디여?"

미륵뫼의 허옇게 갈라터진 입술에서 간신히 목소리가 비어져나왔다.

"여기는 송곡사유! 이곳 스님이 오라버니를 살렸수!"

미륵뫼가 정신을 차렸다는 말에 혜관이 달려왔다.

"스님, …고맙습니다유."

미륵뫼는 가까스로 고개를 조금 들어 혜관 스님에게 인사를 했다.

"이리 깨어난 것도 부처님의 가피일세. 지금부터가 중요하니, 마음

을 굳게 먹으시게."

혜관 스님이 시원하고 활달하게 말했다.

미륵뫼는 의식을 회복한 지 십여 일 후 혜관 스님에게 집으로 돌아가겠다는 뜻을 밝혔다. 혜관 스님은 아직 바깥바람을 쐬어서는 안 된다고 말렸으나, 미륵뫼는 집으로 가겠다고 고집을 부렸다.

"스님의 은혜는 잊지 않겠습니다유. 그런디 제 누이 가을이가 아직까지 집에 돌아오지 않았다니, 무슨 일인지 모르겠습니다유. 아무래두 제가 빨리 집에 가 봐야 할 것 같어유."

그간 아버지 미조쇠와 이웃집 저밤이가 여러 번 마을과 송곡사를 오갔는데, 현청에 끌려갔던 미륵뫼의 누이 가을이가 행방이 묘연하다는 얘기였다. 현청에서는 미륵뫼를 치죄한 날 가을이도 풀어줬다는데, 가을이는 마을에 돌아오지 않았다는 것이었다. 미륵뫼가 몇 번이나 청하자 혜관 스님도 어쩔 수 없이 그가 집으로 돌아가는 것을 허락했다. 혜관 스님은 탕제와 바르는 약을 지어 주고, 솔이에게 병 수발하는 사람이 지켜야 할 주의 사항을 꼼꼼하게 일러 주었다.

미륵뫼가 절을 떠날 때 혜관 스님이 그의 손을 꼭 잡으며 말했다.

"내 명학소에 큰 장사가 났단 말을 여러 번 들었는데, 인연이 되어 젊은이와 이렇게 만나게 되었네. 건강한 몸이 되면 부디 조심하여 다시는 몸을 다치는 일이 없도록 자중자애하시게. 나중에 크게 쓰일 데가 있을 것이네."

"…크게 쓰이다니유? 천하디 천한 소놈이 어디에 쓰이겠어유?"

"그런 소리 마시게. 정승 날 때 강아지 난다는 말이 있네. 존비귀천이 별로 다르지 않다는 말이지. 부디 작은 원한에 얽매여 몸을 망치는 일이 없도록 하게나."

혜관 스님은 미륵뫼의 가슴에 맺힌 포한을 염두에 둔 듯 존조리 타일렀다.

"스님 말씀은 알겠습니다유. 마음속에 깊이 새기겠습니다유."

미륵뫼와 솔이는 혜관 스님에게 몇 번이나 고개를 숙여 인사를 하고, 명학소 태동 마을로 돌아왔다.

송곡사에 미륵뫼를 맡기고 집으로 돌아온 미조쇠는 여러 날을 자리에서 일어나질 못했다. 추운 겨울에 여러 날 부역을 하다가 몸살이 난 데에다 부역하다가 군졸들에게 몰매를 맞아 큰병이 되었던 것이다. 그러나 그는 억지로 몸을 일으켰다.

"이런 몸으로 일어난다는 게 말이나 되우? 더 누워 계시우!"

그간 간병을 해온 이웃집 저밤이의 어머니 콩밭댁이 마냥 말렸으나,

"아들놈이 다 죽어가고, 딸년이 없어졌는디, 누워 있는다고 맴이 편하겠수?"

하며, 부득부득 자리에서 일어났다. 미조쇠는 송곡사에 누워 있는 아들을 돌보랴 딸 가을이를 찾아 다니랴 제 정신이 아니었다. 몇 번이나 현청을 찾아갔으나, 현청에서는 그날 바로 가을이를 내보냈다는 말밖에, 가을이에 대한 어떤 얘기도 하지 않았다. 그가 현청에서 방송되던 날 곧 뒤이어 내보냈다는 것이었다. 그럼 가을이가 대체 어디로 갔단 말인가? 혹시 현청에서 풀려나지 않은 것이나 아닌가 하여 미조쇠는 다시 현청을 찾아갔다. 그러나 어떤 다른 얘기도 들을 수 없었다. 시도 때도 없이 갖가지 불길한 예감이 미조쇠의 머릿속을 스쳤다. 그러나 미조쇠는 사경을 헤매는 아들 때문에 그간 본격적으로 가을이를 찾아 나설 수가 없었다.

미륵뫼가 명학소로 돌아오자 미조쇠는 윗마을 아랫마을 삼동네를 샅샅이 훑어 나가며 가을이를 찾아 나섰다. 그러나 가을이가 군졸들에게 잡혀간 뒤로 그녀를 본 사람은 없었다. 가을이에 대한 어떤 소식도 소문도 없었다. 현청에서 분명히 내보냈다는 가을이가 도대체 어디로 갔단 말인가? 미조쇠는 다시 현청으로 갔다.

"허 참, 이 사람이 또 왔구먼! 이녁을 내보낸 뒤에 그 아이두 바로 내

보냈다는디, 그르케 말귀를 못 알아듣수?"

"그날 이후루 내 딸년을 본 사람이 읎는디, 내보냈다는 게 말이 되우? 내 딸을 내보낸 게 틀림읎수?"

"어허, 이 사람이?! 아니, 이년과 이년의 아들을 내보내믄서 무엇 때문에 그 아이를 여기 잡아둔단 말이우?"

"…그럼 내 딸이 집에 오지 않고, 어딜 갔단 말이우?"

"그걸 여기 와서 물으믄 어떡하우? 딸이 읎어졌다니 이년의 마음은 알겄지만, 틀림읎이 그 아이는 여기서 나갔수! 아, 내보내는 걸 내 눈으로 봤다니까!"

옥졸은 그를 떨쳐 버리려는 듯 자리를 떴으나, 그는 옥졸의 뒤를 따라다니며 다시 몇 번이나 미심쩍은 것을 되물었다.

"그렇게 내 말을 못 믿겠으믄 이년 눈으루 직접 찾아 보시우!"

옥졸은 미조쇠를 옥사 안으로 데리고 들어가, 감방들을 둘러보게 했다. 옥졸의 말대로 가을이는 그곳에 없었다.

"이제 내 말을 믿겠수? 진작에 나간 아이를 여기 와서 찾는다는 게 말이 되우?"

미조쇠는 어쩔 수 없이 발길을 돌렸다. 발걸음이 천 근이나 되는 듯 무거웠다.

이 일을 어쩌나? 가을이에게 뭔가 큰일이 난 게 분명한데! 미조쇠는 가을이를 찾기 위해 갖은 노력을 다했다. 그는 눈에 불을 켜고 현청의 군졸과 사령 들을 찾아다니며 혹시 가을이에 대해 무언가 들은 것이 없나를 탐문하고, 읍내는 물론 인근의 마을들을 돌아다니면서 낯선 처녀를 본 사람이 없나 알아보았다. 어디 으슥한 곳에서 연고 없는 변사체라도 발견되지 않았나 하는 것도 채문했다.

미조쇠뿐이 아니었다. 태동 마을 사람들은 물론, 이웃 마을에 사는 친구들까지 가을이를 찾아 나섰다. 그러나 한 달이 넘도록 아무런 소득이 없었다. 가을이를 찾기는커녕 가을이와 연관된 어떤 흔적도 발견하지 못하고, 어떤 소문도 듣지 못했다. 귀신이 곡할 노릇이었다.

"아무래두 가을이가 끔찍한 변을 당한 것 같다! 그렇지 않고서야 하늘로 솟은 것두 아니구 땅으루 꺼진 것두 아니구…"

어떻게도 가을이를 찾지 못하자 미조쇠는 어느 날 가슴을 찢어내는 듯한 심한 기침과 함께 피를 한 사발이나 토하고는, 자리에 누워 버렸다. 부역을 할 때부터 병이 났던 몸이 미륵뫼로 인한 상심과 가을이를 잃어버린 충격을 견뎌내지 못한 것이다.

미조쇠는 한번 자리에 눕자 거의 아무 것도 먹지 못하고 물도 제대로 넘기지 못했다. 넋을 놓고 멍하니 천장만 바라보고 있는 그의 퀭한 눈에서는 질척한 눈물이 쉬임없이 흘러내렸다.

"…드러운 눔의 세상! 이런 세상에 무슨 희망이 있다구 더 살길 바라겠냐? 나는 틀린 것 같다. 네가 빨리 일어나 꼭 가을이를 찾아야 한다."

미조쇠는 유언처럼 몇 번이나 같은 말을 되뇌이며 미륵뫼의 손을 잡아쥐었는데, 비쩍 마른 그의 손은 살아 있는 사람의 손 같지 않게 썰렁하고 섬뜩했다.

미조쇠는 날이 갈수록 기침이 심해지고, 그때마다 울컥울컥 더 많은 피를 토해냈다. 그의 몸은 마치 짚불이 꺼져가듯 순식간에 사그라져, 자리에 누운 지 달포가 채 안 되어 숨을 거두었다.

미륵뫼는 마을 젊은이들의 부축을 받아가며 아버지의 영구를 뒤따라갔다. 몸의 상처는 거의 아물었으나 부러진 다리에 여전히 부목을 대고 있었기 때문에 걸을 수가 없었다. 그는 울지 않으려고 이를 악물었다. 그러나 눈에서 뜨거운 눈물이 쉴 새 없이 쏟아져 내렸다. 생쥐 볼가심할 것도 없는 가난한 살림에 어머니마저 일찍 세상을 떠나고, 홀아비 신세에 온갖 고생을 하며 손수 동자를 끓여서 어린 오누이를 키웠던 아버지. 철이 채 나기도 전부터 부엌일을 도맡아 했던 가을이. 늘 그런 가을이를 안쓰러워했고 가을이가 행방불명이 되자 눈이 뒤집혀서 딸을 찾아다녔던 아버지. 미륵뫼는 머릿속을 스치는 아버지와 누이의 자닝한 모습들에 눈물을 참을 수가 없었다. 공포(功布) 하나 없는 거년스러운 상여 행렬이 새삼 아버지의 을씨년스러운 한 평생을 대변하는 것 같아서 눈물이 쏟아졌고, 아버지의 죽음도 알지 못한 채 어디 있는지도 모르는 가을이 때문에 눈물이 쏟아졌다. 그리고 다리가 부러져 껑더리가 된 채 아버지의 영구를 뒤따르는 자기 자신의 처지가 절망스러워서 눈물이 쏟아졌다.

3. 누이를 찾아서

석 달 후에야 미륵뫼는 다리에서 부목을 떼어냈다. 처음에는 제대로 서기도 어려웠으나 며칠 지나자 눈에 띄게 걸음걸이가 좋아졌다. 다리를 조금 절게 되었을 뿐 다행스럽게도 다친 다리가 멀쩡했다. 마동보가 몽둥이로 내려친 곳이 무릎보다 약간 아래쪽이었는데, 부러진 뼈가 붙고 으스러진 살이 새로 돋아나서 아물었다. 그간 솔이는 송곡사를 오가며 이것저것 약재를 얻어다가 미륵뫼를 구완했다.

"오라버니가 이렇게 많이 나은 걸 보니 너무 기뻐유!"

솔이가 부목을 떼어낸 미륵뫼의 다리를 만져보며 느껍게 말했다. 그녀의 눈에 글썽 눈물이 맺혔다. 솔이는 그간 어쩌면 미륵뫼가 불구자가 될지도 모른다는 근심 때문에 마음고생이 심했다.

"그간 네가 고생 많았다!"

미륵뫼가 솔이를 와락 껴안았다. 솔이의 눈에서 흘러내린 눈물이 두 사람의 뺨을 따뜻하게 적셨다. 미륵뫼의 눈에서도 뜨거운 눈물이 걷잡을 수 없이 터져 나왔다.

걸음을 걷게 된 미륵뫼는 수척해질 대로 수척해진 몸이 채 회복되기도 전에 가을이를 찾기 위해 읍내로 나갔다. 그는 우선 현청의 옥사로 가을이를 석방했다는 옥졸을 찾아갔다.

"거 참! 분명히 풀어 줬다니까! 네 아부지를 방송한 뒤에 바루 그 아이두 내보냈다는디, 몇 번을 말해 줘야 알아듣겠남?"

그는 옥졸의 말이 믿어지지 않아서 몇 번이나 되물었다. 그러나 옥졸의 대답은 한결같았다. 무슨 소문이라도 들은 것이 없느냐고 물어보았으나 옥졸은 단호하게 고개를 흔들었다.

"그 처자가 갓 피어나는 꽃봉오리처럼 얼굴이 곱던디, 혹시 정분 난 총각과 멀리 줄행랑을 논 것 아녀?"

"내 누이를 으뜨케 보구 그런 말을 하시우? 가을이는 절대루 그럴 애가 아니우!"

"아니믄 혼자 집으루 돌아가다가 녹림당들에게 붙잡혀 갔거나!"

"녹림당이라니, 그게 뭐유?"

"산 속에 숨어사는 도둑떼들을 점잖게 부르는 말이지. 계룡산에 죄를 짓구 세상을 등진 녹림당들이 숨어 산다는 말두 있구, 모악산이나 속리산, 대둔산 같은 큰 산에 산사람들이 득시글거린다는 소문도 있지 않남! 혹시 그런 놈들이 여자에 굶주려 보쌈을 해 갔는지두 몰르지. 그렇지 않다믄 여기서 나간 처자가 어디루 갔겠남?"

"…혹시 이곳 옥사 안에서 무슨 사고라두 있었던 것은 아니우?"

"뭐라구?! 이 사람아, 그 따위 말을 하려거든 당장 가게!"

옥졸은 벌컥 화를 냈으나 미륵뫼는 계속 이것저것 찔러 보며 뭔가 수상쩍은 데가 없나를 살폈다. 그러나 아무런 소득도 없었다. 그는 하릴없이 현청을 나왔다.

현청에서 나온 미륵뫼는 읍내를 참빗으로 훑듯 집집마다 찾아다니며 가을이를 본 사람이 없는지, 낯선 처자에 대한 무슨 소문이 없는지 물었다. 그러나 어떤 실마리나 기미도 찾아낼 수 없었다. 미륵뫼는 다시 읍내 인근의 모든 마을들을 이 잡듯이 뒤져 나갔다. 역시 아무 소득이 없었다. 그는 읍에서 멀리 떨어져 있는 마을까지 하나하나 톺아 나갔다.

시간이 지날수록 미륵뫼는 차츰 지쳐가면서 절망에 빠졌다. 한 달 보름 동안을 전심전력으로 가을이와 가을이에 대한 소문을 찾아다녔지만 어디에서도 어떤 실마리도 포착하지 못했다.

사건이 완전히 미궁에 빠졌음을 실감하면서부터 미륵뫼는 왠지 가을이가 죽었을 것 같은 예감에 문득문득 몸을 떨었다. 그리고 그런 예감에 사로잡힐수록 그는 가을이를 찾는 일을 결코 포기할 수가 없었다. 아무리 천한 백성일지라도 한 사람의 목숨이 그렇게 아무렇게나 취급될 수는 없다는, 아니, 천한 백성이기에 오히려 더욱더 그렇게 하찮게 다루어질 수는 없다는 게 그의 생각이었다. 천한 사람은 사람이 아닌가?! 귀한 사람과 도대체 무엇이 다른가?! 소들 사이에도 귀천이 있고 개들 가운데도 귀한 개와 천한 개가 있는가? 그는 온몸을 짓누르는 무력감을 억지로 떨쳐가며 끈질기게 누이를 찾아 헤맸다.

그러던 어느날 미륵뫼는 읍내에서 서너 마장쯤 떨어진 미호향 마을의 주막에서 우연히 김백호와 마주치게 되었다.

그날 그는 계룡산 기슭에 있는 덕산부곡과 정을부곡을 돌아다니다가 귀가하는 길에 목이 마르고 피곤해서 그 주막엘 들어갔었다. 물 한 바가지를 얻어 마신 뒤에 마당가에 있는 소나무 밑에서 다리쉼을 하고 있을 때였다.

따가닥! 따가닥! 따가닥! 따가닥! 여러 필의 급한 말발굽소리가 들리더니, 주막 밖에서 말을 멈추는 소리에 이어 젊은이 네 명이 기세등등하게 주막 안으로 들이닥쳤다.

"할멈! 여기 술 가져와!"

그들 중의 한 명이 미륵뫼 따위는 안중에도 없다는 듯 호기롭게 말했다. 미륵뫼는 그들 일행에게 힐끔 시선을 던졌다가 다음 순간 찬물이라도 뒤집어쓴 듯 흠칫 놀라 온몸이 굳어졌다. 김백호와 정면으로 눈이 마주쳤던 것이다. 여기서 저 작자를 만나다니!

김백호를 바라보는 미륵뫼의 눈씨가 자기도 모르게 사나워졌다. 김백호 외에도 일행 가운데 한 명이 어쩐지 낯이 익었다. 자세히 보니 현청에서 몽둥이로 그의 다리뼈를 꺾어 놓았던 군졸 말똥보였다. 더그레를 입지 않아서 곧바로 알아보지를 못했던 것이다. 미륵뫼는 그들이 바로 유성 읍내와 인근에 소문이 자자한 패거리라는 걸 알아보았다. 가을이의 소식을 탐문하면서 미륵뫼는 그들 네 사람에 대한 풍문을 여러 번 들었다. 사또의 둘째 아들 김백호가 고을에서 내로라하는 호족의 아들 두 명과 패거리를 지어 읍내를 휩쓸고 다니는데, 젊고 힘 좋은 군졸 한 명을 심부름꾼 겸 호종원으로 데리고 다닌다는 얘기였다.

"너 이놈, 네놈은 지난번 삼지천 부역에서 방자하게 굴다가 나한테 혼쭐이 난 명학소 놈 아니냐? 네놈이 여긴 웬일이냐?"

김백호가 미륵뫼를 알아보고 대뜸 소리를 질렀다. 미륵뫼는 김백호를 빤히 바라보며 아무 대꾸도 하지 않았다. 대뜸 이놈 저놈 하며 호령을 터뜨리는 김백호가 아니꼬와서 왈칵 배알이 뒤틀렸다.

"이놈, 귓구멍이 맥혔냐?"

마동보가 옆에서 엄포를 놓으며 발을 굴렀다.

"내 누이를 찾어다니구 있수다! 누이를 찾어다니는 것두 죄가 되우?"

미륵뫼는 큰 소리로 불퉁스럽게 내뱉으며 김백호와 마동보를 노려보았다.

"뭐라구?!"

김백호의 얼굴이 하얗게 질렸다. 김백호만이 아니라 옆에 있는 한 젊은이와 마동보의 얼굴에도 당황한 기색이 역력했다.

"내 누이가 그때 현청에 잽혀간 뒤루 아직까지 돌아오지 않았수!

그렇지 않아두 나으리를 찾아가 어떻게 된 영문인지 물어 볼 참이었수다!"

그는 일부러 배때벗게 말했다.

"뭣이? 저런 쳐 죽일 놈이 있나? 저놈이 함부로 아가리를 놀리는 걸 보니 아직도 매운 맛을 덜 봤구나! 내 네놈을 잡아다가 이번엔 그 아가리를 찢어 놓겠다!"

김백호는 얼굴을 으등거리며 엄포를 놓고는,

"에잇, 저놈 때문에 술맛 버렸다! 읍내로 가자!"

하고, 자리를 박차고 일어나 밖으로 나갔다. 김백호의 말에 나머지 세 사람도 김백호를 따라 주막을 나갔다. 그들은 무엇에 쫓기듯 허둥지둥 말을 타더니, 순식간에 읍내 쪽으로 멀어져 갔다.

미륵뫼는 주막 밖으로 나가서 그들의 뒷모습을 바라보다가 문득 머릿속을 스치는 강렬한 의혹에 몸을 소스라쳤다. 저놈들이 가을이를 어떻게 한 게 아닐까? 가을이 얘기에 그렇게 얼굴이 백랍처럼 질려서, 허겁지겁 도망치다니! 도둑이 제 발 저리다고, 무언가 켕긴 게 있지 않고서야⋯. 미륵뫼의 온몸에 좁쌀 같은 소름이 쫙 돋아올랐다.

그날 해름녘에 미륵뫼는 가을이를 석방했다는 옥졸을 만나기 위해 다시 현청의 옥사를 찾아갔다. 그러나 그는 옥사에 없었다. 교대를 하고 집으로 들어갔다는 얘기였다. 미륵뫼는 당번을 서는 다른 옥졸에게서 그의 집이 어디에 있는지를 알아내서, 그 집을 찾아갔다.

"이 사람이! 이제 집에까지 찾아와? 내가 네 누이를 내보냈다고 몇 번이나 말했냐?"

미륵뫼를 본 옥졸의 얼굴에 짜증스러운 빛이 떠올랐다.

"알았수! 그날 우리 가을이를 풀어 주라는 영을 전하러 온 사람이 누구였수? 누군가 영을 전하러 왔을 거 아니우?"

"군졸 중에 누군가 왔겠지. 그런 건 알아서 뭐 하게?"

옥졸은 미륵뫼의 얼굴에서 뭔가 심상찮은 느낌을 받았는지 뜨악한 얼굴로 대답했다.

"솔직하게 말하시우! 말똥보라고 하는 젊은 군졸이 오지 않았수?"

미륵뫼는 옥졸에게 바짝 다가가 눈을 부릅뜨고 금방이라도 덮칠 듯 윽박질렀다.

"이 사람이 이거 왜 이려? 나는 아무 것두 몰르네!"

옥졸은 미륵뫼의 기세에 놀라 주춤 한 걸음 뒤로 물러서며 말했다.

"그때 말똥보라는 놈이 내 누이를 데려간 게 틀림읎지유? 안 그렇수?"

미륵뫼는 다시 옥졸에게 성큼 다가가, 두 어깨를 우왁스럽게 붙잡고 흔들어대며 을러댔다.

"……!"

"사람 목숨이 걸린 문제니까 사실대루만 말하시우!"

"…그, 그렇네! 그가 영을 전하러 왔던 것 같긴 한디, …나야 영에 따라 풀어주기만 했지, 그 다음 일이야 어찌 알겠나?"

옥졸은 어깨가 뻐개지는 것 같은 통증에 완연히 기가 꺾여 말굿게 대답했다.

"말똥보가 틀림읎쥬?"

"그렇대두!"

"알았수!"

미륵뫼는 즉시 마동보를 찾아가려다가 생각을 바꿔 집으로 돌아갔다. 그를 섣불리 잘못 건드렸다간 게도 구럭도 다 놓치게 될 것 같았다. 미리 치밀하게 염탐을 하고 계획을 세워서 갑자기 덮쳐야 한다는 생각이 들었다. 어디 두고 보자! 그는 몸을 부르르 떨며 결의를 굳게 했다.

나흘 후 밤이 이슥하기를 기다려 미륵뫼는 미리 준비한 길쭘하고 묵직한 몽둥이를 들고 마동보의 집을 찾아갔다. 그 나흘 동안 그는 김백호의 패거리인 이승익과 조준식, 그리고 마동보의 집을 알아두고, 그들의 주변을 샅샅이 탐문했다.

"동보! 이 사람, 동보! 집에 있나? 현청 백호 도련님 심부름 왔네!"

그는 사립 밖에서 일부러 느릿한 말로 마동보를 불렀다. 방 안에서 부시럭대는 소리가 나더니, 잠시 후에 마동보가 뭐라고 중덜거리며 밖으로 나왔다.

"백호 도련님이 저쪽에 와 계시네!"

미륵뫼는 마동보가 사립 밖으로 나오자 몇 걸음 앞서서 걸었다. 그리고 고샅을 벗어나자 마동보가 가까이 오기를 기다려 주먹으로 그의 얼굴을 힘껏 후려쳤다. 느닷없는 날벼락에 마동보는 비명도 제대로 지르지 못하고 땅바닥에 거꾸러졌다. 마동보의 코에서 피가 쏟아져 나왔다.

"당신, 누구유?! 왜 이러는 게유?!"

마동보가 공포와 경악으로 눈을 희번득이며 물었다.

"이눔! 조금이라두 딴 생각을 했다간 이 몽둥이가 네놈의 대갈통을 단매에 부숴 놓을 거여!"

미륵뫼는 마동보의 멱살을 거머쥐고 그의 눈앞에 불쑥 몽둥이를 들이대며 으르렁거렸다.

"…왜, 왜 이러는 거유? …이것 놓구 말로 하시우!"

마동보는 뜻밖의 일에 너무 놀라 온몸을 덜덜 떨며 버둥거렸으나,

"이눔, 대갈통이 박살나구 싶지 않으믄 순순히 따라오너라!"

미륵뫼는 마동보를 미리 보아둔 근처의 공터로 끌고 갔다.

"이눔, 나는 지난 봄에 네놈이 몽둥이질루 다리를 으스러뜨린 명학소의 미륵뫼다! 설마 나를 몰르지는 않겠지?"

"…아이구, 장사님! …죽을 죄를 지었습니다유! …아시다시피 저 같은 놈이야 윗사람이 시키는 대로 하는 것 아닙니까유? 제발 용서해 줍시우!"

미륵뫼를 알아본 마동보가 무릎을 꿇는 시늉을 하며 손을 비벼댔다.

"내 긴 말 하지 않겠다! 내 누이는 지금 어디 있는겨?"

"…누이라뉴? 그게 무슨 말씀이시유?"

마동보는 경황 중에도 의뭉을 떨며 궁따려 했다.

"이눔, 다시 한 번 딴소리를 하거나 시치미를 떼믄 단매에 죽이겠다!"

미륵뫼는 몽둥이로 마동보의 어깨를 사정없이 내려쳤다. 마동보는 땅바닥에 얼굴을 박고 엎어졌다.

"이눔, 내가 지금 김백호를 때려죽이구 오는 길이다! 김백호가 다 털어 놨다! 그놈 말이 믿어지지가 않아서 네놈 얘길 들어보려구 한 것인디, 새빨간 거짓말을 늘어놓아? 당장 네눔 골통을 빠개 놓겠다!"

미륵뫼가 마동보의 머리를 후려칠 듯 다시 몽둥이를 치켜들었다.

"자, 잘못했수! 다 말할 테니 제발 목숨만 살려 줍슈!"

"또 수작을 부리려 하믄 그땐 정말 용서 읎다! 내 누이는 지금 어디 있느냐?"

그러나 마동보는 난처한 얼굴로 대답을 못하고 꾸물댔다. 미륵뫼가 다시 몽둥이를 치켜올리자 그때서야 마동보는 어쩔 수 없다는 듯 기어들어가는 목소리로 말했다.

"…주, 죽었습니다유!"

죽다니! 가을이가 죽다니! 미륵뫼는 몽둥이로 뒤통수를 얻어맞은 듯 어찔한 현기증을 느꼈다. 가을이가 죽다니! 그간 가을이가 죽지 않았을까 하는 생각이 시도 때도 없이 머릿속을 스치곤 했으나 막상 마동보의 말을 듣고도 그는 누이가 죽었다는 걸 믿을 수 없었다.

"…이눔, 그게 정말이여?"

그는 마동보의 멱살을 왁살스럽게 움켜쥐고 부르짖었다.

"참말입니다유! 정말 죽었어유!"

마동보가 두려움에 떨며 말했다.

가을이가 죽다니! 으흐흑! 미륵뫼가 가슴이 갈가리 찢어지는 듯한 신음을 토해내며 주먹으로 마동보의 얼굴을 힘껏 후려쳤다. 마동보는 콧대가 부러져 울컥 피가 쏟아지는 얼굴을 감싸쥐며 땅바닥에 나뒹굴었다.

"너 이눔, 모두 사실대로 말해라! 조금이라도 거짓을 나불대믄 당장 골통을 박살낼 테니!"

"다 말하겠수다! 다 말하겠어유!"

마동보가 다 죽어가는 목소리로 다급하게 울부짖었다.

4. 김백호

초주검이 된 미륵뫼를 거적에 싸서 삼문 밖에 내다버린 다음 마동보는 옥사로 가서 그 아비 미조쇠를 방송했다. 그리고 다른 군졸들과 헤어져 혼자 김백호에게로 갔다. 김백호가 아까 그에게 두 사람을 내보낸 뒤 은밀하게 그에게 오라는 귀띔을 했기 때문이었다.

"말똥보, 아까 그 명학소 놈의 누이가 천한 계집치고는 얼굴이 꽤 해반주그레하게 생겼지? 육덕도 제법 푸짐하고 말이야! 이제 사내 맛을 알 때가 되었으니, 오늘밤 그 계집에게 육보시(肉布施)를 베푸는 것이 어떻겠냐?"

김백호가 좋은 계책을 생각해 냈다는 듯 눈을 가느스름하게 뜨고 말했다.

"…육보시라니유?"

"클클클! 순진한 놈! 눈치가 있어야 절에 가서도 새우젓을 얻어먹을 것 아니냐? 클클클클!"

"…예? …예."

마동보는 문득 명학소 처자의 갓 피어나기 시작한 고운 얼굴을 머릿속에 떠올리며 김백호가 그녀에게 무슨 짓을 하려는지를 깨달았다. 지난 해 가을에도 그들 패거리 네 사람은 계룡산으로 사냥을 나갔다가 밤을 주우러 온 산골 처녀 두 명과 마주치자 그들을 붙잡아 다짜고짜 돌려가며 겁탈을 했고, 그보다 두 달 전에는 김백호와 마동보가 밤에 냇가에 목욕을 갔다가 미역 감고 돌아가는 젊은 새댁을 뒤따라가 욕보인 적도 있었다.

　"여긴 사람들의 눈이 너무 많아. 그 계집이 갑자기 악다구니라도 쓰게 되면 낭패를 볼 수도 있어. …너, 이승익이의 거진골 전장(田莊) 알지? 그곳 산기슭에 승익이네 제각(祭閣)이 있지 않던? 내가 승익이와 그곳에 가서 기다릴 테니, 넌 그 계집년을 그곳으로 데려오도록 해라."

　"그 계집이 고분고분 따라올까유? 여간 당차 보이지 않던디유?"

　"이런 멍추 좀 보게! 머리를 굴려야지! 머리를! 머리는 무엇 하려고 달고 다니냐?"

　김백호는 의기양양한 얼굴로 가을이가 제 발로 거진골로 오게 할 계책을 일러주었다.

　밤이 이슥하기를 기다려 마동보는 옥사에 가서 옥졸에게 가을이를 석방하도록 일렀다. 그리고 옥사를 나서는 가을이를 기다리고 있다가, 그녀에게 말했다.

　"처자의 오라비 미륵뫼가 도련님에게 매질을 당해 다 죽게 되었수! 방금 처자의 아부지가 미륵뫼를 거진골의 용한 의원에게 데리구 갔수다! 내 평소에 미륵뫼와 안면이 좀 있어서 처자의 아부지가 처자를 그곳으루 데려오도록 내게 부탁을 했수다! 자, 갈 길이 바쁘니 서두르시유! 그 사이 미륵뫼가 무슨 일을 당했을지두 모르겠수!"

　그는 말을 마치고 갈 길이 바쁘다는 듯 앞장서서 성큼성큼 걸어갔다. 가을이가 이것저것 따져보고 생각해 볼 시간적 여유를 주지 않기 위해서였다. 가을이는 거의 뛰다시피하여 그를 따라왔다. 마동보는

가을이를 거진골 산기슭에 외따로 떨어져 있는 이승익 집안의 제각
으로 데려갔다. 그는 전에 몇 번 김백호와 이승익을 따라 그곳에 가서
놀았기 때문에 그곳 길을 잘 알고 있었다.

"이제 오느냐?"

김백호와 이승익은 그들이 도착하자 반색을 하며 맞이했다. 그들은
아까 이곳에 와서, 제각 옆에 살면서 제각과 전장을 관리하는 외거노
비로 하여금 제각의 빈 방에 군불을 넣게 한 다음 그곳에서 가을이를
기다리고 있었다.

"우리 오라범과 아부지는 어디 있어유?"

뭔가 심상찮은 의혹을 느낀 가을이가 불안하게 물었다.

"날이 춥다. 우선 이리 들어오너라!"

김백호가 제법 드레있는 체하며 말했다.

그러나 이상한 낌새를 눈치챈 가을이는 선뜻 방으로 들어가지 않고
머뭇거리며 경계의 눈으로 사방을 살폈다.

"들어오라는 도련님 말씀이 안 들리는 거여?"

마동보가 갑자기 그녀의 허리를 껴안고 번쩍 들어 우격다짐으로 방
안으로 밀어넣었다.

"왜 이래유? 왜 이려?"

가을이는 소리를 지르며 몸부림을 쳤으나 처녀 몸으로 마동보의 힘
을 당해낼 수는 없었다.

"말똥보, 네 이놈! 연약한 처자에게 이게 무슨 짓이냐?"

김백호가 마동보를 꾸짖는 체하며 면치레를 하고서, 맞갖은 음식이
라도 먹으려는 듯 입맛을 다시며 오달진 표정으로 가을이의 얼굴을
뜯어보더니,

"네가 천한 계집치곤 제법 자색을 갖췄다!"

하며, 가을이의 얼굴을 만지려는 듯 손을 뻗었다.

"왜 이러세유? 이러지 마시구 저를 보내주세유!"

가을이가 두려움에 질린 얼굴로 뒷걸음질쳐 물러났으나, 김백호는 얼굴에 유들거리는 미소를 떠올리며 가을이에게 다가가, 그녀의 적삼을 거머잡고 거칠게 잡아챘다. 가을이의 낡은 적삼이 우두둑 소리를 내며 힘없이 찢어지자 그는 다시 그녀의 속적삼을 힘껏 잡아챘다. 다시 속적삼이 찢어지며 가을이의 탐스러운 가슴과 뽀얀 속살이 드러났다.

"어맛! 제발 이러지 마세유! 제발!"

가을이가 황급하게 두 팔로 가슴을 가리며 애원했으나 그녀의 알몸을 본 김백호는 맹수처럼 그녀를 덮쳤다. 공포에 사로잡힌 가을이는 사납게 몸부림을 치며 김백호의 품을 빠져나갔다. 김백호는 몇 번이나 가을이를 쓰러뜨리고 그녀의 몸을 위에서 제압하려 했으나, 가을이는 있는 힘을 다해 그를 밀어냈다.

"이년이!"

김백호가 머리끝까지 부레가 끓어올라 가을이의 명치끝에 사정없이 주먹을 내질렀다. 윽! 가을이가 짧은 비명을 토하며 온몸의 맥을 놓아 버리자 김백호가 가을이의 치마 말기를 잡고 세차게 나꿔챘다. 남루한 치마가 주욱 찢어지며 그녀는 단번에 속곳 바람이 되었다. 그가 다시 그녀의 속곳을 쥐고 나꿔채려는데 가을이가 손톱으로 그의 얼굴을 세차게 할퀴었다.

"아이쿠! 아니, 이년이?!"

울화가 치민 김백호가 가을이의 뺨을 사정없이 후려치고는,

"쌍년, 천한 계집년이 고분고분하지 않고 뻣세기는! 안 되겠다! 이년의 두 팔을 양쪽에서 붙잡아라!"

하고 이승익과 마동보에게 말했다.

"귀허신 도련님께서 너를 어여삐 여겨 특별히 은총을 베푸시려는디, 황송스럽게 생각해야지! 흐흐흐!"

"아직 남자 맛을 못 본 숫처녀라 겁이 좀 난 모양인데, 괜찮아! 괜찮

아! 우리가 교육을 좀 시켜 주지! 클클클!"

마동보와 이승익이 재미가 나서 더러운 농지거리를 지절대며 가을이의 두 팔을 양쪽에서 붙잡아 방바닥에 꼼짝 못하게 누르자 김백호가 가을이의 속곳을 확 잡아챘다. 속곳이 힘없이 찢어져 나가고 실오라기 하나 걸치지 않은 가을이의 나신이 촛불 아래 환히 드러났다.

"제발! 제발 이러지 마세유! 부탁이예유! 무슨 일이든지 다 할게유!"

가을이가 다급하게 부르짖었다. 그녀는 치부가 드러나는 것이 수치스러워서 허리를 비틀며 다리를 꼬았는데, 그런 그녀의 모습이 김백호의 욕망에 더욱 기름을 끼얹은 듯 김백호는 타는 듯한 눈으로 잠깐 가을이의 몸을 내려다보다가

"촌 계집으로 썩기엔 아까운 몸이구나!"

하며, 허겁지겁 제 옷을 벗어던지고 그녀의 몸을 덮쳤다. 가을이는 젖 먹던 힘까지 다해 몸을 뒤틀고외틀며 발버둥을 쳤으나, 김백호는 찰거머리처럼 달라붙어 그녀를 찍어눌렀다.

"천한 계집년이 귀헌 도련님을 뫼시는 걸 광영으로 생각해야. 앙탈을 부리긴?"

"모르는 소리! 계집이란 적당히 앙탈을 해야만 더 맛이 나는 법이야! 흐흐흐!"

마동보와 이승익은 낄낄거리며 입가에 비릿한 웃음을 떠올린 채 느물느물한 수작을 주고받았다.

"제발! 제발 이러지 마세유! 제발….'

가을이는 눈물을 흘리며 애원하고 또 애원했다. 그러나 김백호는 그녀의 말은 들은 체도 하지 않고 가을이를 마음껏 능욕했다.

김백호가 수욕을 채우고 물러나자 곧바로 이승익이 가을이에게 덤벼들었다. 이승익도 김백호에게 질세라 굶주린 짐승처럼 난폭하고 성급하게 그녀를 유린했다. 그리고 이승익이 가쁜 숨을 몰아쉬며 나가떨어지자 또 마동보가 그녀에게 덤벼들었다.

가을이는 김백호에게 몸을 빼앗겨버린 뒤론 아무렇게나 몸을 방기해 버린 채 조금도 움직이지 않았다. 그녀는 그들이 무슨 짓을 해도 죽은 사람처럼 아무런 반응을 보이지 않았다. 그냥 그들이 하는 대로 몸을 내팽개쳐 두었다. 눈을 뜨고 있긴 했지만 눈동자가 위로 하얗게 말려올라가 아무 것도 보고 있지 않았고, 얼굴은 시체처럼 딱딱하게 경직되어 어떤 표정도 없었다. 그러나 그녀의 입술에선 고통스러운 신음 같기도 하고 아무 뜻 없는 웅얼거림 같기도 한 가느다란 목소리가 들릴 듯 말 듯 계속 새어나왔다.

"이년이 아주 넋이 나간 모냥인디, 이제 어떻게 할까유?"

욕심을 채우고 난 마동보가 김백호에게 물었다. 그러자 이승익이

"어떻게 하기는? 그만 쫓아 버려야지!"

하고서,

"야, 그만 일어나! 이제 일어나라구!"

하며 발로 가을이의 옆구리를 툭툭 찼다. 그러나 가을이는 제 정신이 아닌 듯 몸을 내팽개쳐 놓은 채 여전히 신음 같은 말을 되뇌었다.

"이년이 뭐라고 중덜거리는 거야?"

김백호가 어쩐지 용천스러운 느낌이 들어서 가을이에게 가까이 다가가, 귀를 기울였다.

"……."

"아니, 이 쌍년이?! 이년이 이거, 우릴 저주하잖아?"

김백호가 발로 가을이의 옆구리를 사정없이 걷어차며 다시 고함을 질렀다.

"이 쌍년, 안 꺼져?! 안 꺼지면 아주 죽여 버릴 거야?!"

그러나 가을이는 몸을 조금 움찔했을 뿐 음산한 목소리로 주문 같은 말만 되풀이하며 누워 있었다.

"……."

"이년이 정말 뒈지고 싶어 환장을 했나?! 계속 우릴 저주해?! …이

쌍년, 어디 죽어 봐라!"

김백호가 갑자기 발작이라도 하듯 가을이에게 달려들었다. 그는 가을이의 몸에 올라앉아 두 손으로 그녀의 목을 조르기 시작했다. 가을이가 무섭게 사지를 버둥거리며 김백호를 밀쳐내려 했으나, 김백호는 두억시니처럼 식식거리며 두 팔에 더욱 힘을 주었다.

"백호! 이 사람아! 이게 무슨 짓이야? 이러다가 정말 사람 죽이겠어!"

이승익이 경악해서 김백호를 제지하였으나 김백호는 들은 체도 하지 않고 가을이의 목을 더욱 강하게 졸라댔다. 이윽고 가을이의 몸이 축 늘어졌다.

"이런 계집은 깨끗이 처치해 버려야 후환이 없어! 천한 계집이라고 방심하다가 잘못하면 크게 당한다구!"

가을이가 완전히 절명한 뒤에야 김백호가 그녀의 목에서 손을 떼며 말했다.

"그렇다고 이렇게까지…?"

이승익이 너무 놀라 어쩔 줄을 모르고 허둥대자 김백호가 다시 말했다.

"이년이 우리의 신분을 알고 있으니, 살려 둘 수 없지! 사내란 과감해야 할 땐 과감해야 한다구! 천한 계집 좀 건드렸다고 우리가 망신을 당할 수야 없지 않나?"

"……!"

"……!"

눈썹 하나 까딱하지 않고 사람을 죽이다니! 이승익과 마동보는 온몸에 소름이 쪽 돋았다. 그들은 그간 김백호와 함께 어울려 갖가지 패덕한 짓을 저지르고 다녔으나, 그러나 이렇게 사람을 죽인 적은 없었다.

"말똥보, 이것 보기 싫다! 빨리 치워라!"

"…어떻게 할까유?"

"산에 묻어 버려! 사람들 눈에 띄지 않도록 깊게!"

마동보는 뒷덜미를 누르는 두려움에 온몸을 덜덜 떨며 가을이의 시체를 업고 제각 뒤의 산으로 올라갔다. 그는 허겁지겁 흙을 파고 아직 채 식지도 않은 가을이의 시체를 서둘러 묻었다. 매장을 마칠 때까지 마동보는 줄곧 온몸을 부들부들 떨며 땀을 줄줄 흘렸다. 죽은 처자의 시체가 겁났고, 김백호가 겁났다. 그리고 이 살인에 자기가 끼어들었다는 게 겁났다. 일을 마친 뒤에도 그의 떨림은 멈추지 않았다. 누군가 처음부터 끝까지 그들을 지켜보고 있었던 것 같은 꺼림칙한 느낌에 쫓겨 마동보는 허겁지겁 산을 내려왔다.

"기분도 더러운데, 술이나 푸러 가자!"

마동보가 산에서 내려가자 김백호가 말에 오르며 말했다.

5. 징치(懲治)

마동보는 자기도 가을이를 욕보였다는 한 가지 사실만 빼놓고 모든 것을 미륵뫼에게 털어놓았다. 이미 김백호에게 모든 걸 다 듣고 왔다는 미륵뫼에게 거짓말을 잘못 늘어놓다가는 아차 하는 순간 머리통이 박살날 것 같았다.

"그저 저는 도련님이 시키는 대로 했을 뿐입쥬. 물론 제 잘못도 큽니다유. 그러나 윗사람이 시키는 걸 저 같은 아랫것이 안 따르구 버틸 방도가 있겠습니까유? 제발 한 번만 용서해 주십시우!"

마동보는 몇 번이나 모든 허물을 김백호에게 돌리고, 자기는 어쩔 수 없이 김백호의 명을 따랐을 뿐이라고 발명했다.

"그러니까 네놈은 내 누이를 욕보이지 않았단 말이지?"

미륵뫼가 낮고 음산한 목소리로 확인하듯 말했다. 폭발하려는 분노를 참느라고 그의 얼굴은 참혹하게 일그러졌다.

"…그렇습니다유!"

켕기는 목소리로 마동보가 대답했다.

"이 죽일 눔!"

미륵뫼가 갑자기 몽둥이로 마동보의 어깨를 힘껏 내려쳤다. 억! 마동보가 비명을 토하며 땅바닥에 엎어져, 아구구! 아구구! 비명을 질러댔다. 미륵뫼의 무작스런 몽둥이에 그의 어깨뼈가 부서져내린 것이다.

"이눔, 김백호가 다 말했다구 했지? 사실대로 말하면 목숨만은 살려주겠다! 그러나 다시 거짓말루 나를 쇡이려 든다믄 증말로 골통을 부숴 버리겠다!"

미륵뫼는 마동보의 이야기를 듣는 동안 억지로 참고 참았던 분노가 폭발하여 무시무시한 목소리로 부르짖었다.

"……."

마동보는 아무 말도 하지 못했다. 그는 온몸을 후들후들 떨며 숨도 제대로 쉬지 못했다.

"네놈두 내 누이를 짓밟었지?"

"…잘못했슈! 제발 목숨만 살려줍시우! 제발 살려줍시우!"

마동보가 드디어 실토를 하며 땅바닥에 머리를 찧으며 비대발괄했다. 미륵뫼는 마동보의 그런 모습을 잠깐 내려다보다가 마동보를 툭 걷어찼다. 마동보가 옆으로 넘어지자 미륵뫼는 몽둥이로 그의 무릎을 무지막지하게 후려쳤다. 으크크크! 마동보가 단말마의 신음을 토하며 넋을 놓아 버렸다. 미륵뫼는 다시 나머지 한쪽 다리를 내려쳤다. 미륵뫼의 무서운 힘에 마동보의 양 무릎이 마른 바가지처럼 깨져 버렸다.

"이눔, 이제 다시는 걷지두 못하구, 나쁜 짓두 못할 것이다!"

미륵뫼는 정신을 잃은 마동보를 어깨에 둘러메고 그의 집으로 갔다. 그를 마당에 부려놓은 다음 미륵뫼는 방문을 두드려 잠에 빠져 있는 마동보의 늙은 어머니를 깨웠다.

"동보가 많이 다친 모냥이우! 서둘러 의원한테 보여야 할 것 같수다!"

영문을 모르고 달려나오는 노파를 뒤로 하고, 미륵뫼는 빠른 걸음으로 마동보의 집을 나왔다.

미륵뫼는 곧바로 이승익의 집이 있는 동막거리로 달려갔다. 어느새 밤이 깊어서 거리는 고즈넉하고, 집들은 모두 불이 꺼진 채 인기척이 없었다. 한쪽이 이지러진 창백한 달이 희끄무레한 빛을 흘리고 있고, 집들과 텃밭, 울짱과 고샅, 한길, 그리고 읍내 뒤로 멀찌막하게 물러앉아 있는 산과 골짜기들이 어슴푸레하게 윤곽을 드러내고 있었다.

미륵뫼는 이승익의 저택이 저만치 눈에 들어오자 발걸음을 늦추었다. 대대로 세력을 과시하는 호족 집안인 이승익의 저택은 고래등 같은 기와집 여러 채가 높은 담장 안에 위엄있게 솟아 있었다. 미륵뫼는 가쁜 호흡을 가다듬은 다음 솟을대문으로 다가가, 세차게 문을 두드렸다.

"누가 이 밤중에 문을 두드리구 난리여?"

몇 번을 문을 두드리고 한참 지나서야 대문 저쪽에서 잔뜩 성가셔하는 툽상스러운 목소리가 넘어왔다.

"이승익 도련님께 급한 전갈이 있어서 현청에서 나왔수! 빨리 문을 열어 주시우!"

"이 밤중에 무슨 전갈이란 말이우?"

"도련님에게 급하구 중요한 일이우!"

"대체 무엇이 그리 급하단 말이우? 내일 날 밝은 뒤에 오시우!"

"잔소리 말구 빨리 문 열어! 나중에 도련님한테 곤장 맞지 말구!"

미륵뫼가 빽 고함을 질렀다. 보나마나 가노 녀석일 텐데 그 주제에 주인을 등에 업고 떠세를 하는 게 뇌꼴스러웠다. 미륵뫼의 고함에 놀란 상대방이 뭐라고 쭝덜거리며 빗장을 뽑고 문을 열었다. 짐작대로 스무 살쯤 먹어 뵈는 가노 녀석이 머리를 내밀었다. 그는 미륵뫼의 우람한 체구에 겁을 집어먹은 듯 기가 한풀 꺾인 표정이었다.

"나는 마동보란 사람인디, 빨리 이승익 도련님한테 전해 주시우! 백호 도련님이 저쪽 청풍정에서 기다리구 계신디, 거진골에서 있었던 사건 때문에 긴히 의논할 일이 있다구! 다른 사람한테 피새나서는 안 되는 일이니 혼자서 조용히 나오시라구 하시우!"

"지금 주무실 텐데유?"

"지금 잠이 문제여? 사람이 죽구 사는 문제가 생겼는디!"

미륵뫼는 눈을 부릅뜨고 다시 불쑥 목소리를 높였다.

"뭐라구유? 거진골 사건이라는 게 뭐유?"

가노는 뭔가 미심쩍다는 듯 다시 물었다.

"궁금하믄 도련님한테 가서 물어 보시우! 시간을 다투는 일인디, 이렇게 꾸무럭거렸다가 일이 낭패되믄 책임지겠수? 득달같이 달려가서 고하는 게 좋을 게유! 그럼 난 도련님 말씀을 전했으니 이만 가우!"

미륵뫼는 은근히 으름장을 놓고 돌아섰다. 그는 지난 나흘 동안 어떻게 하면 이승익을 사람들 눈이 없는 곳으로 불러낼 수 있을까 궁리에 궁리를 거듭했다. 그리고 동막거리 주위를 돌아다니며 적절한 장소를 물색하다가 청풍정을 발견하고 쾌재를 불렀다. 청풍정은 이승익의 집에서 그리 멀지 않은 곳에 있는 정자(亭子)로, 근처에 인가가 없어서 사람들의 눈과 귀를 염려할 필요가 없었다.

미륵뫼는 청풍정으로 달려가서 주위를 한 바퀴 둘러보았다. 아름드리 느티나무에 둘러싸여 있는 청풍정은 짙은 어둠과 괴괴한 적막이 무겁게 고여 있을 뿐, 예상대로 사람의 그림자는 보이지 않았다. 그는 정자로 올라가는 돌계단 밑 도토리나무 떨기 뒤에 몸을 숨겼다.

이승익을 기다린 지 채 한 식경이 못 되어 두 사람의 그림자가 검실거리며 가까이 다가왔다. 미륵뫼는 도토리나무 그늘 밑으로 바짝 몸을 붙이고 숨을 죽였다.

"넌 여기서 기다려라! 정자 가까이 다가와서는 안 된다!"

"알았습니다유, 도련님! 소인은 여기서 기다리구 있겠습니다유!"

이승익이 돌층계를 밟고 위쪽으로 사라지자 가노(家奴)는 길 옆의 바위에 걸터앉았다.

"무슨 일루다 한밤중에 이런 외딴 데루 사람을 불러내구 지랄들이여?"

가노는 잠을 자다가 불려나온 것이 불만인 듯 볼멘소리로 궁시렁댔다.

미륵뫼는 발소리를 죽여 가노 뒤로 다가가 주먹으로 그의 뒤통수를 힘껏 후려쳤다. 가노는 끽소리도 못하고 앞으로 푹 거꾸러졌다. 그는 재빨리 가노의 손과 발을 밧줄로 꽁꽁 묶고, 입에 아갈잡이를 시켰다.

"이놈, 조용히 하믄 잠시 후에 풀어 주겠지만 만약 소리를 지르거나 하믄 즉시 네놈의 골통을 부숴 놓겠다!"

미륵뫼는 가노에게 으름장을 놓은 다음 청풍정으로 달려 올라갔다. 청풍정 가까이 가자 난간에 서 있는 사람의 그림자가 희미하게 눈에 들어왔다. 그는 바람처럼 정자 위로 뛰어올랐다. 그리고 다짜고짜 이승익에게 달려들어 그의 얼굴을 몽둥이로 후려쳤다. 억! 이승익이 짤막한 비명을 토하며 마루바닥에 엎어졌다. 그는 이승익의 옆구리를 무작스럽게 걷어차고 등허리를 사정없이 짓밟았다. 이승익은 너무나 뜻밖의 날벼락에 혼비백산하여 비명을 지르며 울부짖었다.

"어이쿠! …누구요? …누군데 까닭없이 사람을 이리 치는 거요? 사람을 잘못 본 것 아니오? 나는 이한중의 아들 이승익이오!"

이승익은 제 아버지 이름까지 들먹이며 허겁지겁 말했다.

"이 짐승만두 못한 눔! 이한중의 아들이믄 무슨 짓이든 다 해두 괜찮단 말이여? 설마 거진골에서 네놈들이 저지른 짓을 잊진 않았겠지? 앳된 처녀를 번갈아가며 욕보이구, 그것으루두 부족해서 목졸라 죽이다니, 그러구두 네눔덜이 사람이냐?"

"…당신이 누군데, 그걸?!"

이승익이 경악하여 물었다.

"나는 네눔덜이 죽인 처자의 오라비다! 이눔, 네눔두 이제 죄값을 치러 봐라!"

미륵뫼는 몽둥이로 이승익의 어깨를 장작을 패듯 내려쳤다. 우지끈 어깨뼈가 부러지며 이승익은 아뜩 정신을 놓아 버렸다. 미륵뫼는 미친 사람처럼 몽둥이를 마구 휘둘렀다. 순식간에 이승익의 두 다리와 한 팔이 부러지고 머리와 얼굴, 정강이, 등허리 등이 터지고 찢어졌다. 이승익이 만신창이가 되어 빈사 상태에 빠진 뒤에야 미륵뫼는 몽둥이질을 멈추고 청풍정을 내려갔다.

그는 밧줄에 묶여 버둥대고 있는 가노를 풀어주며 말했다.

"이승익은 죄 없는 처녀를 강제루 욕보인 뒤에 목숨까지 빼앗은 놈이다! 그의 애비 이한중이에게 가서 그리 전해라!"

현청은 앞쪽에 관아가 들어서고, 뒤쪽에 현령의 가족이 거처하는 내아가 자리 잡고 있었다. 성벽 같은 높은 담장이 현청을 둘러싸고 있고, 현청의 정문인 삼문 앞쪽엔 넓은 광장이, 담 좌우로는 한길이 있었다. 현청의 북쪽 담 쪽으로만 길이 없어서 후미졌는데, 키 작은 잡목과 명아주, 달개비, 질경이, 쇠비름, 강아지풀 같은 잡초들이 다옥하게 우거져 있었다. 미륵뫼는 전날 미리 그곳에 가져다 둔 통나무를 딛고 담 너머 내아의 뒤뜰을 살펴보았다. 밤이 깊은 탓인지 어느 곳에서도 인기척은 느껴지지 않았다.

미륵뫼는 몽둥이를 담 너머로 던져넣고 나서, 두 팔로 담을 잡고 몸을 솟구쳐 내아의 뒤뜰로 뛰어내렸다. 그는 잠깐 숨을 돌린 뒤 발소리를 죽이고 도둑괭이처럼 조심스럽게 앞마당으로 갔다.

그는 뜰의 나무 그늘에 쪼그려 앉아 잠깐 사방을 살폈다. 앞마당에도 사람의 기척은 없었다. 그는 몸을 낮추고 살금살금 별채로 다가갔다. 미륵뫼는 지난 며칠간 현청 주변을 탐문하여, 김백호가 별채에서 기거를 한다는 걸 알아냈다.

별채엔 방이 세 개가 있었는데, 두 개의 방 마루 밑 댓돌에 한 켤레

씩의 남자 갖신이 놓여 있었다. 김백호 외에도 누군가가 별채에서 기거를 하고 있는 모양이었다. 김백호가 어느 방에 있는지 알 수가 없어서 미륵뫼는 잠깐 망설였다. 그는 마루로 올라가 문의 창호지에 귀를 대고 두 방의 동정을 살폈다. 두 방 모두 아무 소리도 들리지 않았다. 방에 들어가 직접 김백호를 찾아보는 수밖에 다른 방도가 없었다.

미륵뫼는 가운뎃방의 문고리를 살그머니 잡아당겨 보았다. 소리 없이 문이 열렸다. 그는 살짝 방으로 들어가 벽에 바짝 붙어서서 눈을 찢어지게 떴다. 방 안은 바깥보다 훨씬 더 어두웠으나 아랫목에 누워서 자고 있는 사람의 형체가 희미하게 눈에 들어왔다. 미륵뫼는 재빠르게 그에게 다가가서 주먹으로 그의 머리를 세차게 후려쳤다. 그는 소리 한 마디 내지르지 못하고 정신을 잃고 늘어졌다. 미륵뫼는 부시쌈지에서 부싯돌과 부싯쇠를 꺼내서 그의 얼굴에 대고 내리쳤다. 부싯돌에서 불똥이 쏟아져내리며 반짝하는 순간 미륵뫼는 그의 얼굴을 볼 수 있었는데, 그는 김백호가 아니었다. 얼굴 윤곽은 김백호와 비슷했으나 더 틀거지가 있고 나이도 서너 살 더 들어 보였다.

이 자가 바로 김백걸이구나!

김백호의 주변을 탐문하면서 미륵뫼는 그의 형 김백걸에 대한 이야기를 들었다. 김백걸은 망나니인 아우 김백호와는 달리 글공부에 열심일 뿐 아니라 활을 잘 쏘고 검술에도 뛰어나, 사람들의 신망을 받고 있다는 소문이었다. 미륵뫼는 김백걸이 깨어나지 못하도록 다시 한번 주먹으로 그의 이마를 힘껏 후려쳤다. 그리고 잠깐 바깥의 기색을 살핀 뒤 잽싸게 김백걸의 방을 나왔다.

미륵뫼는 발소리가 나지 않게 살그머니 옆방으로 갔다. 그리고 조심스럽게 문고리를 당겼으나 문이 열리지 않았다. 안에서 문고리를 걸어 놓은 것 같았다. 그는 다시 좀더 힘을 주어 문을 당겨 보았으나 역시 열리지 않았다. 어떻게 해야 할지 잠깐 망설이다가 그는 소리가 나지 않도록 신경을 쓰며 힘껏 문고리를 당겼다. 그러나 그가 잡아당긴 문고리가 쑥 빠져나왔을 뿐 문은 그대로 있었다. 그는 문살 사이에 몽둥이를 집어넣고 옆으로 젖혔다. 그러자 문살이 튕겨지며 요란한 소리를 냈다. 그는 부서진 문살 사이로 손을 넣어서 안으로 걸린 문고리를 땄다.

그는 문을 열고 방으로 뛰어들었다. 그 순간 방바닥에서 후다닥 몸을 일으키는 사람의 형체가 그의 눈에 들어왔다. 미륵뫼는 엉겁결에 그를 발로 걷어찼다. 미륵뫼의 거센 발길에 그는 넉장거리로 벌렁 나가떨어졌다. 미륵뫼는 그에게 달려들어 멱살을 거머쥐고 사납게 으르렁거렸다.

"이눔, 김백호! 네눔이 김백호가 틀림 읎지?!"

그러나 그는 목을 졸려서 말을 하기가 어려운 듯 캑캑거리며 화급하게 말했다.

"…난, 난 아니오! …난 김백호가 아니오!"

"네눔이 김백호가 아니라니! 그럼 네눔이 누구여?"

"이 집 훈장이오! 김백호는 저쪽 끝방에 있소!"

"이눔, 거짓말을 늘어놓았다간 단번에 골통을 부숴 놓겠다!"

미륵뫼는 한 발로 사내의 가슴을 짓누르고 주머니에서 부시쌈지를 꺼냈다. 부시쌈지를 열고 부싯돌과 부싯쇠를 꺼내려는데, 사내가 별안간 미륵뫼의 발을 감아꺾으며 용을 써서 벌떡 몸을 일으켰다. 미륵뫼가 방바닥에 나가떨어지자 사내가 재빠르게 밖으로 뛰쳐나갔다.

아뿔사! 미륵뫼는 벌떡 몸을 일으켜 사내를 뒤쫓아갔다. 희미한 달빛에 사내의 얼굴이 어렴풋이 보였다. 김백호였다. 교활한 눔! 미륵뫼는 몽둥이를 들고 그를 쫓아갔다.

사람 살려라!

사람 살려!

사람 죽는다!

김백호는 도망치며 마구 소리를 질렀다. 미륵뫼는 성난 곰처럼 김백호를 쫓아갔다.

사람 살려! 사람 죽는다!

김백호는 쫓기면서도 계속 필사적으로 소리를 질러 댔다. 두 사람은 마당 가운데 있는 작은 꽃밭을 빙빙 돌면서 한참 동안 쫓고 쫓겼다. 그러나 그리 넓지 않은 마당에서 김백호가 분기탱천한 미륵뫼의 몽둥이를 끝까지 피할 수는 없었다. 마침내 미륵뫼가 김백호를 바짝 따라잡아 몽둥이로 김백호의 뒷다리를 후려쳤다. 김백호는 땅바닥에 사정없이 머리를 부딪히며 거꾸러졌다. 미륵뫼는 다시 몽둥이로 김백호의 어깨를 무작스럽게 내려쳤다. 으으흑! 김백호의 몸이 푸들푸들 경련을 일으켰다.

"이놈! 이 짐승만두 못한 놈! 사또 아들이믄 무슨 짓이든 해두 되는 거냐? 이 죽일 놈!"

미륵뫼는 미친 사람처럼 사납게 몽둥이를 휘둘러 김백호의 몸을 난타했다. 그는 김백호의 몸이 고깃덩이처럼 아무 반응이 없게 되어서야 몽둥이질을 멈추었다. 문득 김백호가 죽었다는 생각이 들었다.

미륵뫼가 도망치기 위해 막 몸을 돌렸을 때였다.

"이놈! 멈추지 못할까?!"

하는, 날카롭고 사나운 목소리가 그의 귓전을 쳤다.

미륵뫼가 고개를 돌리자, 검을 치켜든 사내가 그를 향해 달려오고 있었다. 사내는 단칼에 미륵뫼의 머리를 쪼개놓으려는 듯 위맹한 기세로 검을 휘둘렀다. 미륵뫼는 황급하게 몽둥이로 사내의 검을 막았다.

"이놈, 이게 무슨 짓이냐?"

사내는 다시 그에게 검을 겨누며 사납게 외쳤다. 김백호의 형 김백걸이었다. 김백걸만이 아니었다. 행랑채와 사랑채에서도 사람들이 웅성거리며 쏟아져 나왔다. 현령의 가노와 관노 들이었다.

화적놈이다!

화적놈이 들었다!

그들은 아무 것이나 무기가 될 만한 것을 집어들고 미륵뫼가 있는 곳으로 몰려들었다. 미륵뫼는 문득 위기감을 느꼈다. 후딱 몸을 피하지 않으면 변을 당할 것 같았다. 그는 몽둥이를 맹렬하게 휘두르며 김백걸을 덮쳤다. 그러나 김백걸은 침착하게 미륵뫼의 몽둥이를 피하며 오히려 검을 휘둘러 미륵뫼를 베려고 덤볐다. 미륵뫼는 몽둥이를 휘둘러 김백걸의 검을 맞받아쳤다. 김백걸은 검을 통해 느낄 수 있는 미륵뫼의 엄청난 힘에 놀라 쉽게 덤비지 못하고 검을 겨누며 기회를 노렸다.

현청으로 통하는 문에서도 군졸과 사령들이 몽둥이와 무기를 들고 우루루 쏟아져 들어왔다. 미륵뫼는 점점 더 마음이 초조해졌다. 일격에 김백걸을 제압하지 않으면 중과부적으로 당하고 말 것 같았다. 미륵뫼는 번개처럼 김백걸에게 다가가 몽둥이로 그의 검을 후려쳤다. 김백걸의 검이 저만치 날아갔다. 김백걸은 새삼 미륵뫼의 힘에 놀라, 자기도 모르게 뒷걸음을 쳤다.

"뭣들 하느냐? 모두 함께 저놈을 쳐라!"

"꾸물대는 놈은 용서치 않겠다!"

언제 나타났는지 현령 김양기가 쨍쨍한 쇳소리로 호령을 터뜨렸다.

"저놈이 명학소 장사 미륵뫼유!"

미륵뫼의 얼굴을 알아본 군졸 한 명이 외쳤다.

미륵뫼는 김양기가 현령이란 걸 알고, 벼락같이 군졸 한 명을 때려 눕히며 김양기에게 다가가, 그의 한 팔을 비틀어 쥐었다.

"이눔덜, 다들 물러서지 않으믄 이 늙은이를 단매에 쳐 죽이겠다!"

미륵뫼는 몽둥이를 흔들며 사납게 으름장을 놓았다. 그러나 사람들은 그를 덮칠 기회를 노리며 조금씩 조금씩 포위망을 좁혀왔다.

"이놈, 천한 명학소 놈이 무슨 까닭으로 이리 죽을 짓을 하느냐?"

김양기가 노기를 터뜨렸다.

"나는 김백호를 죽이러 왔다! 김백호와 그 패거리놈덜이 내 누이를 욕보였다! 그것으로두 모자라 내 누이를 죽여서 산 속에 파묻기까지 했다! 또 내 아부지는 딸을 찾아다니다가 울화병으루 세상을 떴다! 지금 내 눈에는 뵈는 게 읎다! 이 몽둥이에 걸리믄 어느 눔이든 대가리가 바가지처럼 깨질 것이다! 당장 물러나라! 그렇지 않으믄 우선 이 늙은이의 머리통을 부숴 놓겄다!"

미륵뫼는 덫에 걸린 맹수처럼 사납게 으르렁거리며 금방이라도 김양기를 후려칠 듯이 몽둥이를 치켜올렸다. 그때 김양기가

"다들 물러나라!"

하고, 침통한 목소리로 말했다. 김양기의 말에 사람들이 주춤주춤 뒤로 물러났다.

"비켜라! 비키지 않으믄 이 늙은이가 죽어!"

미륵뫼가 다시 엄포를 놓자

"이 머저리 같은 놈들, 길을 비켜라!"

하고, 김양기가 말했다. 그의 말에 사람들이 한쪽 길을 터 주었다.

"날 쫓아올 생각은 마라! 만약 쫓아오는 낌새가 보이믄 이 늙은이는 죽는다!"

그는 김양기를 끌고 내아를 빠져나왔다. 미륵뫼는 달리듯 빠른 걸음으로 현청을 가로질러 삼문 밖으로 나왔다. 현청 사람들은 조금 거리를 두고 미륵뫼와 김양기를 따라왔다. 여전히 사람들이 뒤따르자 미륵뫼는 몽둥이로 김양기의 어깨를 내려치고 나서, 말했다.

"이번엔 대갈통을 부숴 버릴 것이여! 살구 싶으믄 따라오지 말라구 햐!"

"이 멍텅구리 같은 놈들, 내가 죽는 것을 보고 싶으냐? 당장 안으로 들어가지 못할까?!"

김양기는 어깨가 떨어져 나가는 것 같은 통증과 미륵뫼에 대한 분노를 현청 사람들에게 폭발시켰다. 현청 사람들은 마지못해 뒤로 주춤주춤 물러섰다. 미륵뫼는 김양기를 끌고 명학소와는 반대편 길로 달렸다. 틀림없이 현청 놈들이 다시 뒤를 밟으리라. 그는 읍내를 벗어

나자 곧 길도 없는 산 속으로 김양기를 끌고 들어갔다. 그는 나무에 김양기를 꽁꽁 묶고, 입을 열지 못하게 단단히 아갈잡이를 시켰다.

"당신 아들놈 소행을 보믄 당신두 당장 쳐 죽이구 싶지만, 나는 사람 죽이는 백정이 아니우! 나는 멀리 떠날 테니 나를 잡을 생각은 마시우! 만약 나를 빌미잡어 내 식구나 명학소 사람들을 괴롭혔다간 다시 돌아와 당신은 물론 당신 집안 사람덜을 모조리 몰살해 버릴 것이여! 지렁이도 밟으믄 꿈틀거리는 법이우! 아무리 천한 백성이라두 사람은 사람이라는 걸 잊지 마시우!"

김양기는 망나니 아들 백호가 기어이 큰일을 저질렀다는 걸 알고, 할 말이 없었다.

미륵뫼는 한길을 피해 논틀밭틀을 타고 읍내를 우회해서 명학소로 향했다.

6. 출분(出奔)

미륵뫼가 명학소에 도착했을 땐 밤이 이미 사경을 넘어 있었다. 그는 마을 동구에서 걸음을 멈추고 잠시 마을 안을 엿보았다. 마을은 깊은 고요 속에 잠겨 있었다. 개 한 마리 짖지 않았다. 어디에도 현청의 떨거지들이 몰려온 흔적은 보이지 않았다. 그러나 그는 울짱이나 담벼락의 그늘에 몸을 숨기고 주위를 살피며 도둑고양이처럼 조심스럽게 집으로 갔다.

집에 다다른 미륵뫼는 사립문 그늘에서 잠깐 집 안을 지켜보았다. 을씨년스럽고 누추한 오두막집엔 역시 아무런 인기척이 없었다. 그는 스며들 듯 소리 없이 방으로 들어갔다. 흐릿한 달빛에 솔이와 망이의 하얀 얼굴이 부영게 떠올라 있었다. 그는 한참 두 사람의 얼굴을 바라보다가, 부싯돌을 쳐서 고콜의 관솔에 불을 붙였다.

"오라버니, 왔어유? 너무 늦어서 걱정했어유."

솔이가 몸을 일으키며 말했다.

"일이 좀 있었어!"

미륵뫼는 애써 심상하게 대답했다.

"무슨 일이유? 그냥 일이 아닌 것 같어."

솔이는 미륵뫼를 감싸고 있는 살벌한 느낌을 금새 알아챘다.

"오늘 가을이를 해친 놈들을 작살내구 왔어!"

"…뭐라 …구유?"

솔이가 하얗게 질린 얼굴로 채 말을 잇지 못했다.

미륵뫼가 침통한 목소리로 그간 있었던 일을 얘기했다. 그가 얘기를 하는 동안 솔이는 줄곧 소리 없이 눈물을 흘렸다. 너무 엄청난 일이라 별 느낌이 없는 것 같은데, 눈에서는 줄곧 눈물이 쏟아져 내렸다.

"그럼 빨리 피해야 하지 않어유?"

"가야지."

솔이가 보따리에 주섬주섬 헌옷 몇 가지를 싸고, 웃방으로 가서 항아리에 들어 있던 보리와 좁쌀을 자루에 털어 넣었다. 그리고 옷보따리와 곡식 자루를 망태기에 넣어 길 떠날 차비를 했다. 미륵뫼는 솔이가 바쁘게 차비를 하는 동안 잠든 망이를 가슴에 안고, 아들의 얼굴을 가만히 들여다보았다. 닭의 똥 같은 굵은 눈물이 몇 방울 망이의 얼굴에 떨어졌다.

"이제 빨리 가세유."

"솔이야, 미안하다."

미륵뫼가 솔이를 꼬옥 안고 그녀의 입술을 찾았다. 솔이도 미륵뫼의 입술을 깊숙이 받아들였다. 미륵뫼의 거칠고도 강렬한 입술에 한번 휘말리자 솔이는 가슴이 터질 듯이 뛰며 어질어질 현기증이 일었다. 온몸의 힘이 어디론가 빠져나가 버린 듯 몸을 움직일 수가 없었다. 그녀는 미륵뫼에게 온몸을 맡겨 버렸다. 미륵뫼의 입맞춤은 길고도 격렬했다. 솔이의 입술도 부젓가락처럼 뜨겁고 열병에라도 걸린 듯 허덕거렸다. 미륵뫼는 그녀를 힘껏 끌어당겨 안으며 자기도 모르게 솔이의 나긋하고 부드러운 허리와 동도렷한 엉덩이를 거칠게 쓰다듬어 내렸다. 미륵뫼는 숨이 턱턱 막히고 가슴이 터질 듯이 부풀어올랐다.

"…오라버니!"

그녀는 갑자기 제 정신이 아닌 사람처럼 적삼을 벗고, 다시 속적삼을 벗기 시작했다. 미륵뫼는 깜짝 놀라 솔이의 손을 붙잡고 말했다

"솔이야!"

"…아무 말두 하지 마!"

적삼을 벗은 솔이가 미륵뫼를 꽉 끌어안으며 후두둑 눈물을 떨어뜨렸다. 솔이의 보얗고 매끄러운 어깨와 가슴이 일렁이는 관솔불에 눈부시게 빛났다.

"솔이야!"

미륵뫼는 부르르 몸을 떨며 솔이를 꼬옥 안았다. 그에게 안긴 솔이의 몸도 걷잡을 수 없이 떨리고 있었다. 미륵뫼는 솔이를 안아 부들로 짠 늘자리에 눕혔다. 그리고 무엇에 쫓기듯 허둥거리며 솔이의 몸으로 쓰러졌다. 솔이는 우람하고 탄탄한 미륵뫼의 몸이 거대한 나무의 뿌리처럼 자기 몸 안으로 파고들자 그의 등허리를 꽉 껴안았다. 미륵뫼의 심장은 세차게 돌아가는 물레방아처럼 쿵쿵거리며 뛰었고, 호흡은 먼 길을 달려온 야생마같이 거칠어졌다. 온몸의 근육들은 대보름날 이웃마을과 끌고 당기는 동앗줄처럼 팽팽하게 긴장되고, 핏줄은 금방 터질 듯이 곤두서서 아우성을 쳤다. 솔이는 미륵뫼의 모든 생명이 사냥꾼에게 쫓기는 절박한 산짐승처럼 전력을 다해 자기를 향해 달려오고 있음을 느꼈다. 그녀는 겨우내 메말랐던 땅이 봄비를 받아들이듯, 봄비를 흠씬 머금은 찰흙이 씨앗을 보듬어 안듯 미륵뫼를

63

받아들였다. 미륵뫼는 자기의 생명이 마침내 솔이의 생명에 닿았음을 느끼면서 진저리를 치며 솔이의 몸 위에 털썩 무거운 몸을 부렸다.

"오라버니, 저 소리 들려유?"

한참 동안 미륵뫼를 안은 채 움직이지 않고 있던 솔이가 갑자기 놀란 목소리로 말했다.

"개가 짖구 있어유! 마을 아랫뜸이유!"

미륵뫼의 귀에도 개 짖는 소리가 들렸다. 한 마리의 개가 짖자 덩달아 여러 마리의 개들이 함께 짖어 대기 시작했다. 개들은 낯익은 마을 사람에겐 잘 짖지 않고, 짖더라도 한두 마리가 잠깐 멍멍대다가 마는데, 오늘 따라 유난히 야단스럽게 짖어댔다.

"오라버니, 빨리 일어나유! 현청 놈들이 온 거 같어유!"

솔이가 화들짝 놀라 몸을 일으켰다. 두 사람은 후다닥 옷을 걸치고 밖으로 뛰어나갔다. 밖으로 나가자 개 짖는 소리가 더욱 요란하게 들렸다. 온 마을의 개가 다 짖어 대는 것 같았다.

"오라버니, 빨리 가유! 멀리 달아나! 절대루 잽히믄 안 돼!"

솔이가 다급하게 미륵뫼의 등을 떠다밀었다.

"솔이야! ……."

미륵뫼는 목이 메여 말을 맺지 못했다.

"빨리 가! 오라버니!"

"솔이야! 그럼…!"

미륵뫼는 점점 더 요란하게 짖어 대는 개들에게 쫓기듯 산자락과 이어져 있는 마을 웃뜸을 향해 달려갔다. 눈 깜짝할 새에 미륵뫼의 모습은 어둠 속으로 사라졌다.

솔이는 미륵뫼를 삼켜 버린 어둠을 멍하니 바라보고 있다가 문득 견딜 수 없이 심한 추위를 느끼며 부르르 몸을 떨었다.

킹! 킹! 킹! 킹! 여러 마리의 개가 짖고, 어느 집에선가 멀리 닭이 홰를 치며 우는 소리가 들려왔다. 솔이는 미륵뫼가 사라진 산을 바라보았다. 소의 잔등처럼 부드럽고 휘윰한 산의 능선이 우련할 뿐 아직 먼 동이 틀 낌새는 보이지 않았다.

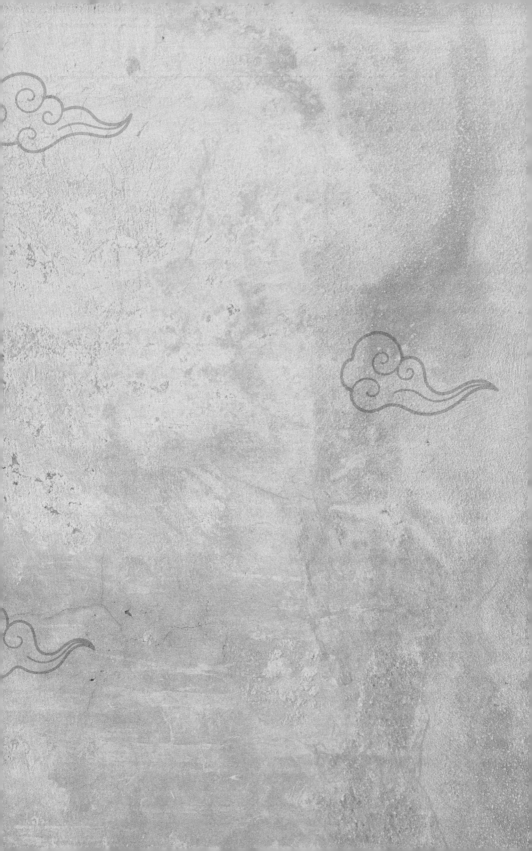

제2장

수릿날

1. 두 아들

짹짹.

짹짹짹.

짹짹짹짹.

마당가에 서 있는 감나무에서 참새들의 지저귀는 소리가 요란했다. 솔이는 새소리에 잠이 깼다. 날이 밝은 지 한참 되었는지 눈부시게 밝은 빛이 창호지를 통해 방 안으로 쏟아져 들어오고 있었다. 그녀는 깜짝 놀라 몸을 일으켰다. 수릿날 아침에 늦잠을 자다니! 어제 품앗이에서 돌아온 뒤에 수릿날을 맞이하기 위해 집안닦달을 하고, 수리취떡을 빚고, 나물 등 반찬을 장만하랴, 창포를 끓이랴, 망이와 망소이의 단오빔을 챙기랴, 야심한 시간까지 정신없이 돌아치다보니 피곤했던 모양이었다.

솔이는 서둘러 옷을 입고 밖으로 나갔다. 감나무에서 짹짹거리던 참새들이 갑작스런 인기척에 놀라 일제히 포롱포롱 날아올라 저만치 텃밭의 대추나무로 옮아앉았다. 그녀는 가마솥 아궁이에 풀나무를 밀어넣고 부시를 쳐서 불을 지폈다. 어젯밤 삶아둔 창포탕을 다시 데우기 위함이었다.

"망이야!"

"망소이야!"

불땀 좋게 타는 풀나무를 조금씩 밀어 넣으며 그녀는 윗방에서 자고 있는 아들들을 불렀다. 망이와 망소이는 아직 귀잠에 빠져 있는지 대답이 없었다.

"망이야! 망소이야!"

솔이는 다시 큰 소리로 아들들을 불렀다. 그러나 윗방은 여전히 조용했다. 그녀는 윗방으로 다가가 방문을 열었다. 망이와 망소이가 세상모르고 곤한 잠에 떨어져 있었다. 그녀가 다시 큰 소리로 아들들을 깨우자 그때서야 망이가 잠에서 깨어났다.

"망소이야, 일어나라! 날이 한참 밝었다!"

망이가 눈을 비비며 망소이를 흔들어 깨웠다. 덩치가 유난히 우람한 망이와 망소이가 일어나 앉자 방 안이 그들먹하게 느껴졌다.

"오늘 읍내 나간다믄서? 우선 머리들이나 깜어라!"

솔이가 말했다.

"어제 낮에 냇가에서 깜었는디, 뭔 머리를 또 깜어유?"

망소이가 늘어지게 하품을 하며 귀찮다는 듯 대꾸했다.

"수릿날엔 특별히 창포 삶은 물루 머리를 깜는 거여! 어젯밤에 엄니가 창포 삶는 것 안 봤냐?!"

망이가 아우에게 말했다.

어제 솔이는 망이에게 창포를 베어오게 하여, 가마솥에 물을 가득 붓고 그걸 삶아 놓았다.

수릿날에는 다들 창포 삶은 물로 머리를 감는다. 창포물로 머리를 감으면 머리카락이 윤기가 넘치고 소담스럽다. 그리고 나이 들어서도 머리털이 세지 않고 잘 빠지지도 않는다고 한다. 창포 삶은 물이 몸에 좋다고 해서 마시는 사람들도 많다. 부녀자들은 이날 미리 장만해 놓은 음식을 가지고 창포가 무성한 물가에 가서 물맞이 놀이를 하며, 창포탕을 만들어 머리를 감고, 창포 잎에 맺힌 이슬을 받아 화장수로 사용하기도 한다. 또 단오장이라 하여 창포뿌리를 잘라 비녀 대신 머리에 꽂기도 한다.

"기둥에 단오부적을 붙이구, 텃밭 대추낭구 시집 좀 보내 줘라!"

망이와 망소이가 머리를 감고 나자 솔이가 말했다.

망이는 방으로 들어가 며칠 전 송곡사에서 얻어온 부적을 가지고 나왔다. 부적은 붉은 색 주사를 써서 그린 것인데, 그 형상이 마치 무슨 도깨비의 화상 같기도 하고, 괴상하게 생긴 사람의 얼굴 같기도 했다. 송곡사의 법광 스님은 그 부적에 그려진 것이 동해 용왕의 아들 처용의 얼굴이라고 일러 주었다. 그 부적을 단오날 문틀 위나 기둥에 붙이면 재앙을 일으키는 나쁜 귀신이 집으로 들어오지 못하고, 병을 옮기고 다니는 역귀도 놀라서 도망친다고 했다.

　"너는 집 앞 개울가에 가서 가느스름하구 길쭘한 돌을 몇 개 주워 와라!"

　망이는 망소이에게 돌을 주워 오게 하고는, 큰방과 윗방의 문틀 위와 사립문의 문설주에 정성껏 부적을 붙였다. 그리고 망소이가 돌멩이를 주워오자 함께 텃밭으로 갔다. 그들이 다가가자 감나무에서 짹짹거리고 있던 참새들이 포롱거리며 날아올라 집 뒤란의 살구나무로 옮겨 앉았다. 텃밭의 대추나무는 이제 막 꽃망울이 터지고 있었다. 꽃이 지고 나면 그 꽃자리에 좁쌀 같이 작은 열매가 다닥다닥 달릴 것이다.

　"엉아, 이건 진짜 사람의 물건 같지?"

　망소이가 주워온 돌을 제 사타구니 앞에 대고서 킥킥거리며 짓궂은 얼굴로 말했다.

　"임마, 장난하는 거 아녀! 잘못하믄 부정탄다구!"

　망이가 아우를 나무라듯 짐짓 엄한 표정을 지어 보이고는,

　"이렇게 틈이 벌어진 가지 사이에 돌이 빠지지 않게 꽉 끼워 놓아야 하는 거여!"

　하고는, 사람의 두 다리처럼 벌어진 가지 사이에 길쭘한 돌을 끼웠다.

　"크크크! 그러니까 이 돌과 나무를 흘레붙이는 것 아녀? 짐승두 아닌 나무를 흘레붙인다는 게 우습지 않어?"

　망소이는 아무래도 우습다는 듯 다시 킥킥거리며 말했다. 이제 열여덟 살인 망소이는 금년 들어 부쩍 덩저리가 커져서 망이와 엇비슷

해졌는데, 덩저리만 커진 게 아니라 사춘기가 되어서 그런지 남녀 간의 관계에도 관심이 많아졌다.

"그래야 열매가 많이 열린다구 하지 않던?"

"그런다구 열매가 많이 열릴까? 엉아는 그런 말이 믿어져?"

"다 뜻이 있겄지. 사람뿐만 아니라 짐승이나 나무, 풀 같은 것들두 다 영(靈)이 있구, 사람이 정성을 다하믄 그 영에 닿아 감응한다구 하지 않던?"

망이가 아우에게 타이르듯 말했다.

"오늘 읍내에 나가믄 아무쪼록 조심혀라. 딴 동네 사람들하구 말다툼하지 말구!"

아침을 먹으면서 솔이가 두 아들에게 걱정스러운 얼굴로 말했다. 그녀는 망이와 망소이가 열서너 살 되면서부터 이 몇 년 동안 은근히 남모르게 속을 태워 왔다. 두 살 터울인 형제가 둘 다 남다르게 걸때가 굵직굵직하고 우람할 뿐더러, 남에게 지길 싫어하는 성격에 용력까지 절륜하여, 언제 무슨 일을 저지를지 늘 걱정이 되었다. 둘은 용력만 출중한 게 아니라 근래엔 틈나는 대로 송곡사 법광 스님을 찾아가 수벽치기와 무예를 배운다고 하지 않던가. 다행스럽게도 망이는 성품이 진중하고 습습하여 그간 아무 말썽을 일으키지 않았고, 망소이 또한 달망지면서도 속이 넓고 눈치가 빨라서 별 문제가 없었다. 그러나 나무가 높으면 센 바람을 맞듯이 워낙 덩치들이 크고 힘이 세어서 언제 무슨 일이 있을지 솔이는 늘 마음이 조마조마했다.

"즈이들이 그르케 어린앤가유?"

망이가 걱정하지 말라는 듯 말했다.

"엄니두 같이 가세유! 가서 엉아와 내가 씨름하는 것두 보구, 내가 장사가 되어 황소를 타고 올 때 엄니두 함께 타구 오믄 을매나 좋아유?!"

망소이가 신바람이 나서 들뜬 목소리로 말했다.

"떡 줄 사람한테 물어 보지도 않구 김칫국부터 마시긴! 누가 너 같은 애송이한테 그르케 문문하게 황소를 갖다 바친다던?!"

망이가 망소이한테 희떠운 말 말라는 듯 통을 주었다.

"엉아는 왜 그려?! 이번 씨름판에서 내가 장사가 되려구 을매나 연습을 많이 했는디! 당장 엉아하고 한 판 붙어 볼텨?"

망소이가 망이의 말에 자존심이 상한 듯 불퉁스러운 얼굴로 말했다.

금년 들어 망소이는 몸을 단련하고 힘을 기르느라고 제 나름으론 꽤 열심이었다. 날마다 마을 어구의 공터에 있는 들돌들을 들어올리며 힘을 기르고, 송곡사에 가서 법광 스님을 졸라 수벽치기와 무예를 익혔다. 그리고 그 기술을 단련하기 위해 매일 밤 땀을 흘리며 고된 연습을 하곤 했다. 수벽치기는 오래 전부터 전해져 내려오는 호신용 무예인데, 절에 있는 스님들은 몸을 단련하고 산적들이나 불한당들로부터 절을 수호하기 위해 그러한 무예를 익혀왔다.

금년 수릿날 몇 년 만에 읍내에서 큰 씨름판이 벌어진다는 소문이 돌자 망소이는 아래뜸 소삼이 아저씨를 귀찮을 만큼 쫓아다니며 씨름 기술을 익혔다. 소삼이 아저씨는 젊어 한때는 남에게 뒤지지 않는 근력과 뛰어난 씨름 솜씨로 인근에 제법 이름이 알려졌던 사람이었다. 망이도 망소이 나이 때에 소삼이 아저씨한테 씨름을 배웠다.

"허황된 욕심 부리지 말구 부디 조심해라! 심만 믿구 함부루 행동하다간 큰일나는겨!"

솔이가 다시 두 아들에게 당부했다.

"엄니두 읍내 구경가시지유! 씨름두 씨름이지만, 동계사(동학사) 스님들이 커다란 야단법석을 연다고 하지 않던가유?"

망이가 말했다.

망이와 망소이는 며칠 전부터 몇 번이나 솔이에게 읍내 나들이를 권했었다. 그러나 그때마다 솔이는 가타부타 말이 없었다.

"너희들이 씨름하는 것을 마음 조마조마해서 어뜨케 보구 있겠냐? 그리구 야단법석은 너무 소란스러워서 싫다. 나는 송곡사에 가서 부처님께 예불 올리구, 돌아와서 익모초와 약쑥이나 베어다 말릴 생각이다! 내 말을 허투루 흘리지 말구 조심해서 행동혀라!"

솔이는 까닭 모르게 마음이 불안하고, 왠지 마음이 놓이지 않아, 몇 번이나 같은 말을 되풀이했다.

망이와 망소이는 아침을 먹고 나서, 바로 솔이가 싸 준 주먹밥 보따리를 들고 집을 나섰다. 대나무로 엮은 도시락 바구니엔 주먹밥과 수리취떡이 들어 있었다.

망이와 망소이 형제는 마을 어구의 공터로 갔다. 마을 어구엔 해마다 정월 대보름에 당산제를 모시는 수백 년 묵은 아름드리 느티나무 다섯 그루가 서 있고, 나무 아래엔 넓적한 바위들이 여기저기 놓여 있는데, 그 가운데에 꽤 넓은 공터가 있었다. 마을의 젊은이들이 씨름을 하기도 하고 조무래기들이 뛰어놀기도 하는 놀이터이며, 마을 어른들이 지게를 지고 오가다 잠깐 쉬어 숨을 돌리는 쉼터였다.

공터엔 벌써 많은 사람들이 나와 있었다. 총각 몇은 느티나무에 올라가 있고, 몇 녀석은 모래판에서 씨름을 하고 있었다. 공터 한쪽 가에 있는 들돌을 들어 보고 있는 애들도 있었다. 어른들과 아낙네들도 많이 나와 있었고, 아직 나이 어린 아이들도 형이나 부모를 따라 나와 있었다. 일년 내내 일에 쫓겨 정신을 못 차리고 살다가 오늘 하루 일손을 놓고 읍내 나들이를 가는 게 즐거운지 다들 기대에 부푼 얼굴들이었다.

망이와 망소이가 공터로 들어서자 마을 사람들이 기다렸다는 듯 두 사람의 주위로 몰려들었다.

"오늘 황소는 꼭 네가 끌어 와야 헌다!"

"읍내 놈들을 모조리 꺾어 놔야 헌다!"

마을 어른들이 망이의 어깨를 두드리며 말했다.

"야, 우리 명학소에두 사람이 있다는 걸 보여 주자!"

"오늘 딴 마을 놈들 코를 납작하게 눌러 버려!"

젊은이들도 흥분에 들뜬 얼굴로 망이를 둘러싸고 기세를 올렸다.

평소에 늘 딴 마을 사람들에게 눌려지내며 천대를 받아온 마을 사람들인지라 몇 년 만에 열리는 수릿날 큰 씨름판에서 명학소 젊은이들이 딴 고을 젊은이들을 꺾어 주길 바라는 마음은 너무나 간절했다. 수릿날 큰 씨름판은 천민이나 상민, 호족, 양반 가릴 것 없이 누구나 나올 수 있었고, 딴 지방 사람들도 출전할 수 있었다. 소나 향, 부곡에 사는 천민들이 상민이나 호족 들과 당당하게 맞설 수 있는 드문 기회였다.

명학소 사람들은 오래 전부터 이번 큰 씨름판을 학수고대해 왔다. 망이가 놀랍게 웅위한 걸때와 엄청난 힘을 지닌 청년으로 자랐기 때문이었다. 그러나 망이는 마을 사람들의 그런 기대가 적잖게 부담스러웠다. 유성현 관내만이 아니라 인근 공주와 연산 등 여러 지역에서 소문을 들은 장사들이 다 몰려들 텐데, 그들을 모조리 꺾는다는 게 그리 쉬운 일이겠는가.

"오늘 황소는 내가 차지할 거유!"

사람들의 기대가 망이에게만 집중되자 망소이가 큰 소리로 불평스럽게 말했다.

"…네가? 너두 씨름에 나갈 거여?"

"망소이, 넌 좀 더 커야지!"

어른들의 말에

"아주 날 무시하는 거유?"

망소이가 언짢은 표정으로 화를 냈다.

"그러믄 너 저기 있는 들돌을 한 번 들어 볼텨?"

누군가 망소이에게 말했다.

"좋아유!"

망소이가 자신만만하게 말하고는, 공터 한쪽 들돌들이 놓여 있는 곳으로 갔다. 망소이가 들돌을 든다는 말에 마을 사람들이 들돌이 있는 곳으로 우루루 몰려들었다. 들돌은 5개가 한 곳에 놓여 있었는데, 모두 다 약간 납작한 공처럼 둥근 모양으로 생겨서 손으로 잡기가 쉽지 않았다. 마을의 사내 아이들이 근골에 힘이 붙기 시작하면 가끔씩 들어보며 제 힘을 가늠해 보곤 하는 돌인데, 마을에선 예전부터 두 번째 돌을 들고 허리를 편 사람에겐 장정 반품으로 품삯을 쳐 주고, 세번째 것을 들면 장정 온품으로 대접을 해 주고 있었다. 아무리 나이가 차도 세 번째 돌을 들지 못하는 사람은 제대로 장정 대접을 받지 못하기 때문에 마을의 총각들은 시간 날 적마다 그 들돌에 달려들어 끙끙거리며 힘을 가늠해 보곤 한다.

"망소이, 너 저것을 들어 봐라!"

봉달이 아저씨가 세 번째 들돌을 가리키며 망소이에게 말했다.

"저런 것쯤이야!"

망소이가 우습다는 표정을 지으며 들돌을 두 손으로 붙들어 안고 별로 힘을 쓰는 것 같지도 않게 가볍게 허리를 폈다가 놓았다. 스무 살이 넘은 젊은이들 중에서도 아직 그 들돌을 들지 못한 사람이 여럿인데, 망소이가 너무나 쉽게 그 돌을 들어올리자 마을 사람들의 눈엔 놀라는 빛이 완연했다. 망소이는 팔을 두어 번 오므렸다 폈다 하고는, 다시 네번째 들돌에 달려들었다. 그것은 세번째 들돌보다 훨씬 더 큰 것으로서, 마을에서 그것을 들 수 있는 사람은 망이밖에 없었고, 가까스로 땅뜸을 할 수 있는 사람도 몇 안 되었다.

망소이는 두 다리를 적당하게 벌린 다음 부둥켜안듯 들돌을 감싸 잡은 다음, 크게 한번 숨을 들이켰다가 내뱉고 나서 힘을 쓰기 시작했다. 꽤 힘이 드는지 얼굴이 붉게 달아오르고, 눈썹이 지렁이처럼 꿈틀거렸다. 들돌이 다시 번쩍 치켜들려졌다.

야아! 세다!

장사 났다!

사람들이 모두 놀란 얼굴로 탄성을 올렸다.

제일 큰 것두 들어 봐라!

해 봐라! 해 봐!

마을 사람들이 큰 소리로 망소이를 부추겼다.

"그간 심이 많이 늘었구나! 저것두 한 번 들어 봐라!"

저밤이 아저씨가 감탄한 얼굴로 제일 큰 들돌을 가리키며 말했다.

"저건 아직 한 번두 들어보지 못했어유!"

망소이가 약간 자신 없는 얼굴로 다시 다섯 번째 들돌 앞으로 가서 섰다. 그는 몇 번 깊게 숨을 쉰 다음 결연한 얼굴로 들돌을 붙안고 힘을 쓰기 시작했다. 그의 얼굴은 금방이라도 터질 것같이 벌겋게 충혈되고, 온몸의 근육이 찢어질 듯 뒤틀렸다. 눈이 금방이라도 밖으로 쏟아져 나올 것 같았다. 이윽고 들돌이 움찔움찔 조금 움직였다. 이얏! 망소이는 있는 힘을 다 모아 한꺼번에 용을 쓰며 허리를 폈다. 또다시 들돌이 불끈 들렸다.

와아!

햐아!

장사 났다!

사람들의 입에서 일제히 경탄에 찬 고함이 터져 나왔다. 마을 사람들은 다들 놀랐다. 이제 열여덟 살밖에 안 된 망소이가 그 큰 들돌을 들어올렸다는 게 믿어지지 않았다.

"이제 네 심이 망이에 못지않구나!"

"명학소에 형제 장사가 났다!"

"정말 장하다!"

사람들은 앞다투어 망소이의 어깨와 팔, 등을 두드리며 그를 칭찬했다. 재작년에 망이가 그 들돌을 들어 올려서 마을 사람들을 놀라게 했는데, 또다시 망소이가 그 들돌을 들어올린 것이다.

망이도 망소이의 힘에 크게 놀랐다. 망소이가 그간 키가 부쩍부쩍 자라고 몸피가 놀랍게 불었지만, 그러나 힘이 그렇게 엄청나게 세어졌을 줄은 미처 몰랐다.

"너, 대단하구나! 정말 놀랐다!"

망이는 망소이가 자랑스럽고 대견해서 아우의 어깨를 철썩 두드리며 말했다. 그 정도의 힘이라면 오늘 씨름에 제법 기대를 걸어 볼 만하다는 생각이 들었다.

2. 야단법석(野壇法席)

나들이 갈 사람들이 거의 모인 뒤에 태동 마을 사람들은 유성현을 향해 출발했다. 마을을 나와 큰길로 들어서자 다른 마을 사람들도 떼를 지어 읍내로 가고 있었다. 이번 수릿날 유성현에서 동계사(동학사) 스님들이 야단법석을 열고, 황소가 걸린 큰 씨름판이 벌어진다는 소문이 유성현 관내의 모든 마을은 물론이고, 인근 여러 고을에 널리 퍼져 있었다.

명학소 사람들이 유성에 도착했을 때는 이미 오전 한겻이 지나 있었다. 그들은 서둘러 현청의 동쪽에 있는 저잣거리로 갔다. 야단법석은 오전에 저잣거리에서 열리고, 씨름판은 오후에 현청 앞 광장에서 열리기로 예정되어 있었다.

저잣거리에는 벌써 엄청나게 많은 사람들이 모여 있었고, 야단법석이 한창 진행 중이었다. 법단은 넉 자쯤의 높이로 넓고 웅장하게 설치되어 있었고, 그 위에 황금빛의 화려한 대좌가 놓여 있었으며, 대좌 위에 역시 황금빛이 휘황한 등신대의 부처님이 당실하게 앉아 있었다. 부처님의 뒤엔 화려한 후불탱화가 걸려 있었는데, 한가운데에 부처님이 좌정하고, 좌우에 8대 보살과 10대 제자, 호법선신인 대범천

과 제석, 사천왕, 팔부중이 부처님을 삼엄하게 호위하고 있는 영산회
상도였다. 동계사의 대적광전에 봉안되어 있던 것을 야단법석을 열기
위해 임시로 가져온 것 같았다.

부처님 앞에는 단수편삼에 토황색 괘의와 황상을 걸친 중년의 혈색
좋은 스님이 손에 한 길이나 되는 커다란 주장자를 들고 사자후를 토
하고 있었다.

"…하늘에 떠 있는 밝은 달은 하나이지만, 강이란 모든 강에 그 모
습이 환하게 어리비치는 것처럼, 부처님의 밝은 공덕은 뭇 중생에게
두루 아니 미침이 없나니…."

법단 아래엔 스무 남은 명의 젊은 몽구리들이 괴색 포의에 자상과
납의를 걸치고 양 손에 황금색으로 번쩍이는 바라를 든 채 법단의 양
쪽으로 도열해 서 있었다. 그리고 그 앞에 법석을 구경하러 온 사람들
이 진을 치고 있었다. 일찍 온 사람들은 땅바닥에 깔아 놓은 멍석 위
에 앉아 있었으나, 뒤늦게 온 사람들은 뒷자리에 서 있었다. 끊임없이
사람들이 드나들 뿐 아니라, 아는 얼굴을 보면 인사를 주고받고 잡담
을 나누는 바람에 장내는 어수선하고 소란스럽기 짝이 없었다.

창! 창! 창!

갑자기 여러 개의 바라가 일제히 요란하게 울리고, 법단 위에서 설
법을 하던 스님이 주장자를 높이 쳐들어 법단을 꽝! 힘차게 내려친 다
음 다시 치켜들었다. 스님의 설법에 귀를 기울이지 않고 떠들어 대던
사람들도 깜짝 놀라 모두들 입을 다물고 법단 위의 스님을 주목했다.
스님은 잠깐 뜸을 들였다가 드디어 노래를 부르기 시작했다.

예찬하리 예찬하리라 부처님 예찬하리라.
천강에 밝은 달 같은 부처님 은혜공덕을
예찬하리 예찬하리라 우리 모두 예찬하리라.
부처님 중생 위해 귀한 교훈 베푸셨으니,

따르리 따르리랏다 부처님 따르리랏다.
나무아미타불관세음보살 나무아미타불관세음보살.

노래를 마친 스님은 쳐들고 있던 주장자로 법단 바닥을 힘차게 내
려치고, 합장을 한 다음 법단에서 내려갔다. 스님의 퇴장에 맞춰 다시
바라가 차차창! 요란하게 울렸다.

스님이 퇴장하자 뒤이어 남녀 두 명의 스님이 법단으로 올라갔다.
서른 댓쯤 되어 보이는 잘생긴 남스님과, 스물서너 살가량 되어 보이
는, 얼굴이 유난히 하얗고 고운 여스님이었다. 이번에도 법단 아래 도
열해 있던 몽구리들이 일제히 바라를 울렸다. 두 스님은 청중들을 향
해 합장을 하고 정중하게 머리를 숙여 인사를 했다. 남스님이 입을 열
었다.

"나무아미타불관세음보살! 소승은 여러분에게 어려운 법문을 말씀
드리려는 것이 아니라 재미있는 옛날이야기를 하나 들려 드리려고 외
람되게 이 법단에 올라왔습니다. 여기 영산회상도와 부처님이 계시
니, 이 법석이 바로 영산법회이고, 여러분은 모두 영산법회에 참례하
고 있는 것입니다. 부처님의 자비와 여러분의 세세토록의 좋은 인연
으로 큰 은혜를 받는 시간 되길 비오이다. 나무아미타불관세음보살!

옛날 석가여래 부처님이 살아 계시던 때에 미묘라는 이름을 가진
한 비구니가 있었습니다. 그녀는 원래 귀한 집안에서 태어났고, 아버
지는 덕이 높은 훌륭한 분이었습니다. 그녀의 이웃 마을에 똑똑하고
잘생긴 젊은이가 살았는데, 연분이 닿아서 두 사람은 혼인을 하고 가
정을 이루었습니다. 얼마 지나지 않아 미묘 여인은 한 아이를 낳고,
둘째 아이를 잉태했지요. 그녀는 친정집에 가서 둘째 아이를 해산하
고자 남편과 함께 길을 떠났습니다. 그런데 친정으로 가던 중에 갑자
기 진통이 왔습니다. 그녀는 어쩔 수 없이 길가 나무 아래에서 아이를
낳고 밤을 새게 되었습니다.

한밤중, 독사 한 마리가 소리도 없이 땅굴에서 기어 나와 그녀의 옆에서 자고 있던 남편을 물었습니다. 남편은 왜 자기가 죽는지도 모른 채 그만 죽고 말았습니다. 아침에 잠이 깬 미묘 여인은 죽어 있는 남편을 보고서 너무 놀라 넋을 잃고 혼절을 했습니다. 어젯밤까지 멀쩡했던 남편이 밤 사이 죽어 있다니! 몇 번이나 정신이 깨어나고 기절하기를 거듭했지만 아무리 울부짖은들 죽은 남편이 살아나겠습니까?

미묘 여인은 하는 수 없이 맏이를 등에 업고 갓난애는 품에 안고 울며불며 길을 떠났습니다. 도중에 큰 강이 있었는데, 물이 깊고 강폭이 넓었습니다. 여인은 맏이를 강가에 놓아두고, 갓난아이를 업고 강을 헤엄쳐 건넜습니다. 그녀는 언덕으로 올라가 나무 밑에 갓난애를 내려놓고, 맏이를 데리러 가기 위해 몸을 돌렸습니다. 그때 강 건너편에 있던 맏이가 엄마를 부르면서 강물로 뛰어들더니, 물에 떠내려가기 시작했습니다. 아뿔싸! 여인은 기겁을 해서 허겁지겁 강물로 뛰어들어 아이를 구하려 했으나, 아이는 순식간에 강물 속으로 사라져 버리고 말았습니다. 그런데 엎친 데 덮친 격으로 갓난애가 있는 언덕에서 비명이 나더니, 아기가 보이지 않았습니다. 놀랍게도 그 사이 늑대가 아이를 물어가 버린 것이었습니다. 그녀는 또다시 몇 번이나 기절을 하며 땅을 치고 하늘을 원망했습니다만, 이미 엎질러진 물이었습니다. 나무아미타불관세음보살!"

남스님이 이야기를 중단하고 합장을 했다. 여스님도 그와 함께 합장을 하고, 합장에 맞춰 몽구리들이 다시 바라를 힘차게 울렸다. 그다음 여스님이 노래를 하기 시작했다.

꽃 피고 새 우는 봄에 그대를 만났는데,
이른 여름 날벼락이 칠 줄 그 누가 알았으리오.
어이 할꼬 어이 할꼬 이 일을 어이 할꼬.

사랑하는 낭군이여 귀여운 내 아들아.

이 내 몸이 무슨 죄가 그리 깊어서

캄캄한 한밤중에 홀로 몸부림치며,

이렇게 피를 토하며 울어야 하느뇨.

여스님은 마치 자기가 이야기 속의 주인공인 양 가슴을 찢어내는 듯
한 목소리로 노래를 불렀다. 사람들은 그녀의 애끊는 듯한 처절한 노
래에 가슴 뭉클한 감명을 받아 숙연한 얼굴로 말이 없었다. 여기저기
서 훌쩍이는 소리와 애처로운 탄식이 터져 나왔다. 청중들의 반응에
자신을 얻은 듯 다시 남스님이 우렁찬 목소리로 이야기를 계속했다.

"미묘 여인은 얼이 빠진 채 정신없이 지정거리며 친정 마을을 찾아
갔습니다. 그런데 이건 또 어찌 된 일입니까? 그녀의 친정집은 완전히
잿더미로 변해 있고, 부모님과 동생들은 보이지 않았습니다. 모두 불
에 타 죽어 버렸던 것입니다. 그녀는 또다시 넋을 잃고 까무라쳤습니
다. 한참 후에 그녀가 눈을 떠보니, 아버지와 절친한 친구의 집이었습
니다. 아버지의 친구가 미묘를 가련히 여겨서 자기 집으로 데려온 것
이었지요. 그 분은 친구와의 우정을 생각해서 그녀를 친자식처럼 보
살펴 주었습니다.

몇 달 후 이웃에 살던 한 젊은이가 미묘 여인의 고운 자태를 보고
청혼을 했습니다. 의지가지가 전혀 없었던 미묘는 그와 다시 혼인을
했습니다. 언제까지나 아버지 친구 분의 신세를 지고 살 수는 없었기
때문이지요. 그런데 혼인을 하고 보니 그 사람은 술망나니였습니다.
술만 마시고 나면 개망나니가 되어 갖은 포악을 떨며 여인을 못 살게
괴롭혔습니다. 그녀는 더 참고 견딜 수가 없어서 박복한 자신의 신세
를 저주하며 그 집에서 도망을 쳐서 멀리 다른 곳으로 갔습니다.

미묘 여인이 도망쳐 간 그 고을에 지체 높은 한 귀족이 아내를 잃고

혼자 살고 있었습니다. 그 귀족은 미묘를 보고서, 죽은 아내와 너무나 닮았다며 아내가 되어 주길 간청했습니다. 미묘는 그의 간절한 청을 거절할 수가 없어서 그의 뜻을 따랐습니다. 그 귀족은 그녀를 지극하게 사랑해 주었지만 몇 달 지나지 않아 병들어 죽고 말았습니다. 그런데 그 고장의 법도엔 귀족이 죽으면 미망인도 함께 무덤에 묻히도록 되어 있었습니다. 순장(殉葬)이라고 하는 제도이지요. 미묘 여인은 기막힌 자기의 운명을 저주하면서 어쩔 수 없이 산 채로 무덤에 묻혀야 했습니다.

미묘 여인이 캄캄한 무덤 속에서 죽음을 기다리고 있을 때였습니다. 밖에서 무슨 소리가 나는데, 가만히 귀를 기울여 보니 누군가가 무덤을 파헤치는 소리였습니다. 무덤 속에 들어 있는 금은보화를 노린 도둑놈이 밤이 되자 남몰래 무덤을 파헤친 것입니다. 미묘 여인은 그 도둑에게 구출되어 이제 도둑의 아내가 되고 말았습니다. 그러나 그 도둑은 며칠 후에 무덤을 파헤친 것이 들통나서 붙잡혀 사형을 당하고 말았습니다.

미묘 여인은 자기의 기구한 신세를 한탄하고 저주하며 울음으로 날을 지샜습니다. 전생에 무슨 죄를 얼마나 많이 지었기에 이처럼 고통을 받으며 살아야 하는가? 이제 어디에 의지해서 구차한 목숨을 부지할 것인가? 왜 죽어지지도 않고 목숨은 이렇게 모질게 끈질긴가? 나무아미타불관세음보살!"

남스님이 이야기를 그치고 합장을 하자, 합장에 맞춰 다시 바라가 울려 퍼졌다. 그리고 여스님이 또 노래를 불렀다.

오호라 오호 하늘이여.
이 몸이 무슨 죄를 얼마나 지었기에
이 몸이 무슨 죄를 얼마나 지었기에

이다지 기구한 운명을 겪어야 하느뇨.

오호라 오호 하늘이여.

차라리 이 목숨을 거두어 주소서.

차라리 이 목숨을 거두어 주소서.

노래가 끝나기를 기다려 다시 스님이 이야기를 계속했다.

"어느 날, 미묘 여인은 놀랍고도 기이한 이야기를 들었습니다. 석가모니라는 부처님이 나타나 어리석은 중생을 제도하는데, 그 부처님은 신통력을 지녀서 사람의 과거와 미래의 일을 환히 꿰뚫어 본다는 이야기였습니다! 그래, 그 석가모니 부처님을 찾아가서 내 운명이 왜 이렇게 기구한지 물어보자!

미묘 여인은 부처님이 계시는 기원정사(祇園精舍)를 찾아 멀고 먼 길을 떠났습니다. 부처님은 놀랍게도 그녀가 올 것을 미리 알고 있다가, 지친 그녀를 따뜻하게 맞아주셨습니다. 그녀는 부처님께 그 동안에 겪었던 기구한 일들을 낱낱이 말씀드리고 나서, 자기를 가엾이 여겨 제자로 받아 달라고 애원했습니다.

부처님은 미묘에게 자비를 베풀었습니다. 부처님은 그녀를 제자로 받아들이고 진리를 가르치셨습니다. 그녀는 열심히 정진하여 마침내 사성제, 즉 네 가지 성스러운 진리를 깨달아 아라한이 되었습니다. 아라한이 된 사람은 자신의 과거와 미래를 모두 알 수 있는데, 그녀는 자기가 현세에서 받은 말할 수 없는 모든 고통이, 그녀가 전생에 지은 업(業)의 갚음으로 털끝만치도 어긋남이 없는 것이라는 것을 깨닫게 되었습니다. 그러면 이 미묘 여인은 전생에 무슨 죄업을 지었기에 그토록 견디기 어려운 앙얼을 입었겠습니까?

전세(前世)에 한 부유한 귀족이 있었습니다. 그 귀족은 재산은 많았지만 본부인이 아들을 못 낳자 작은 부인을 두게 되었습니다. 작은 부인은 지체가 낮은 집안에서 왔지만 젊고 용모가 아름다워서 귀족은 그녀를 몹시 사랑하게 되었고, 얼마 후에는 사내아이를 낳게 되었습니다. 귀족의 기쁨은 이루 말할 수 없었고, 작은 부인을 전보다 더욱 사랑하게 되었습니다. 큰 부인은 남편이 자기에게 무관심하고 소홀한 것에 견딜 수 없이 분이 나고, 작은 부인이 남편의 사랑을 독차지하는 것에 눈이 뒤집혀서 악독한 생각을 품게 되었습니다.

'나는 비록 귀족의 집안에서 태어났지만 이 집안의 대를 이을 자식을 낳지 못했다. 이제 저 아이가 자라나면 이 집안의 재산을 모두 상속받게 될 것이고, 나는 본부인의 자리에서 내쳐지게 될지도 모른다.'

이런 생각을 한 본부인은 아이가 더 크기 전에 죽여 버려야겠다는 무서운 생각을 하게 되었습니다. 본부인은 기회를 엿보다가 어린애 혼자 있는 방에 들어가 아무도 몰래 아이의 정수리에 날카로운 작은 바늘을 깊이 꽂았습니다. 아이는 계속 자지러지게 울며 젖을 먹지도 못하고 자지도 못하면서 자꾸 말라가다가 마침내 죽고 말았습니다.

작은 부인은 너무나 애통해서 몇 날 며칠을 울음으로 지샜습니다. 그리고 아들의 죽음이 본부인의 짓일 것이라고 단정하고 남편에게 원통함을 호소했습니다. 남편은 크게 분노하여 본부인을 불러다가 사실대로 자백하도록 모질게 쐤습니다. 본부인은 펄쩍 뛰며 엉겁결에 이렇게 맹세를 하였습니다.

'만일 내가 그 아이를 죽였다면 다음 세상에 내 남편은 독사에 물려 죽고, 거기서 낳는 자식은 물에 빠져 죽거나 늑대에 잡아먹힐 것이며, 나는 산 채로 묻히고 내 부모 형제는 불에 타 죽을 것이오. 이렇게 맹세를 해도 나를 의심하겠소?'

본부인은 그때 죄와 복의 업보 같은 것은 생각하지도 않고 남편의 의심에서 벗어나려고 그와 같은 맹세를 하였던 것입니다. 아아! 뿌린 대로 거두고, 지은 대로 고스란히 받는 업보의 엄격함이여! 그녀는 드디어 현세에 와서 그 업보를 다 받았던 것입니다! 그 여인이 바로 미묘 비구니였습니다! 미묘 비구니는 다행히 부처님의 은혜로 아라한이 되었지만, 아라한이 된 뒤에도 항상 뜨거운 바늘이 정수리로 들어와 발바닥으로 나가는 듯한 고통을 밤낮으로 겪었습니다. 재앙과 복은 이와 같이 결코 사라지지 않고 결국 자기에게 되돌아오는 것입니다.

이렇게 인과응보에서 벗어날 수 없는 것이 우리 중생의 운명일진대, 중생들이여! 현재의 자기 행동과 삶이 씨앗이 되어, 그 열매 또한 다른 그 누구도 아닌, 바로 자기 자신이 거두어들인다는 이 진리를 명심할지어다! 착하고 아름답게 살지어다! 나무관세음보살! 나무아미타불!"

남스님은 설법을 마치고 두 손을 모아 합장을 했다. 여스님도 남스님을 따라 합장을 했다. 그리고 두 사람은 함께 노래를 부르기 시작했다.

> 씨앗을 뿌리면 열매를 거두나니
> 과실 씨앗 큰 나무 이뤄 달콤한 과실을 맺고
> 엉겅퀴 씨앗 기름진 땅에서도 엉겅퀴 무성하도다.
> 뉘라서 이 엄연한 법칙을 벗어나랴.
> 자비한 마음으로 힘써 부처님을 따르고
> 널리 사랑하여 중생을 구제하면
> 부처님 자비로 그를 보호하나니
> 살아서 복락을 누리고 죽은 후도 극락왕생하리라.
> 나무아미타불관세음보살.

두 스님은 노래를 마치고 다시 합장을 한 다음 법단에서 내려갔다. 사람들은 스님이 얘기한 인과응보의 삼엄함에 놀라 숙연하고 착잡한 얼굴로 말이 없었다.

두 스님이 내려가자 이번엔 눈부시게 흰 고깔을 쓰고 붉은 가사에 장삼을 걸친 여스님과 법고를 어깨에 멘 남스님이 등장했다. 두 스님은 사람들을 향해 허리를 깊이 숙여 정중하게 합장한 다음, 법고를 멘 스님은 법단의 한쪽 가에 앉고, 여스님은 법단의 한가운데로 나아갔다. 두 사람은 잠시 돌부처라도 된 듯 움직이지 않았다. 막간을 틈타서 소란스럽게 떠들던 사람들도 법단 위의 정숙한 분위기에 압도되어 입을 다물고, 이윽고 장내가 조용해지기를 기다려, 둥! 두두둥! 법고가 크게 울렸다. 그리고 그 법고 소리에 맞춰 여스님의 춤이 시작되었다. 여스님은 두둥실 날아올랐다가 안타깝게 쓰러져 너울거리고, 너울거리다가 다시 날아올랐다. 금방 쓰러져 죽을 듯이 비틀거리다가 다시 세찬 기세로 뛰어오르고, 달리다가 넘어지고, 넘어져 기어가다 다시 솟구쳐올랐다. 삶의 온갖 고통과 번뇌에 흐느끼며 탄식하듯, 도달할 수 없는 세계를 희구하며 울부짖고 애원하듯 여스님의 춤사위는 시간이 갈수록 차츰 더 격렬해졌다.

망이가 생전 처음 보는 승무에 넋이 빠져 있을 때였다.

"야, 앞에 덩저리 큰 놈! 머리통 좀 비키지 못혀?"

문득 등 뒤에서 내리누르는 듯한 거친 목소리가 망이의 귓전을 쳤다. 망이가 얼굴을 돌리자 두어 걸음 뒤에 얼굴에 얼금숨숨하게 마마자국이 있는, 스물대여섯쯤 되어 보이는 젊은이가 눈을 부라리고 서 있었다.

"너, 이리 뒤쪽으루 좀 물러나지 못혀? 우리 아가씨가 네 머리통 때문에 아무 것두 못 보시잖여?"

젊은이가 다시 으름장을 놓듯 사납게 말했다. 그리고 보니 젊은이 옆에 처녀 두 명이 서 있었다. 화사한 노란 색의 비단 삼회장저고리와 모란꽃 빛깔의 찬란한 치마를 입은 처자와 수수한 삼베적삼에 물빛 치마를 입은 처자였다. 망이는 두 처자의 입성을 보고서 한눈에 그들이 지체 높은 호족 집안의 규수와, 그녀의 몸종이라는 걸 알았다. 소리를 지른 젊은이는 규수를 호위하기 위해 따라온 가노나 머슴 같아 보였다. 망이는 주제넘게 죽지떼는 젊은이의 행티가 아니꼬왔으나 내

색하지 않고 말없이 두어 걸음 뒤로 물러나, 다시 법단 위의 춤에 눈을 주었다.

한참 승무에 빠져 있다가 망이는 갑자기 얼굴이 스멀거리는 듯한, 어쩐지 누군가가 자기를 바라보고 있는 것 같은 느낌에 옆으로 눈을 돌렸다. 아니나 다를까, 뜻밖에도 바로 옆에 서 있는 규수가 그의 얼굴을 바라보고 있었다. 규수는 그와 눈이 마주치자 얼른 얼굴을 돌렸다. 무슨 나쁜 짓을 하다가 들킨 사람처럼 그녀의 얼굴이 바알갛게 물들었다. 망이는 무엇에 끌리듯 자기도 모르게 그녀의 얼굴을 찬찬히 바라보았다.

열여덟 살쯤 먹었을까. 티끌 하나 없는 깨끗한 얼굴에 치렁치렁 곱게 땋아내린 전반같은 머리칼, 시원스럽게 크고 사려 깊어 보이는 눈, 깎아 놓은 듯 반듯한 코와 단정한 입술, 새하얀 긴 목과 도도록하게 솟아오른 가슴, 헌칠한 키와 날씬한 몸매…. 그뿐이 아니었다. 그녀의 몸에선 맑고 투명한 향기와 함부로 범접하기 어려운 고상한 기품 같은 것이 뿜어져 나오고 있었다.

이런 처녀가 다 있었던가!

망이가 넋을 잃고 그녀를 바라보는데, 그녀가 다시 얼굴을 돌려 그를 쳐다보았다. 한 순간 두 사람의 시선이 한데 얽혔다. 그러나 망이는 곧 얼굴을 돌려 그녀의 시선을 피했다. 그녀의 눈동자가 너무 눈부셔서 바라보고 있을 수가 없었다. 그녀의 얼굴이 온통 빛으로 되어 있는 것 같은 기이한 느낌이었다. 그런데 뜻밖에 그녀가 그에게 말을 걸었다.

"정말 장사 같군요."

망이는 깜짝 놀라 다시 그녀를 바라보았다. 귀한 집 규수가 말을 걸다니! 그는 너무 당황해서 그녀가 한 말을 잘 알아듣질 못했다.

"방금 나한테 …뭐라고 했수?"

"장사 같다고 했어요!"

그녀가 입가에 상긋 장난스런 웃음을 띠며 안차게 말했다. 그녀의 눈동자엔 그에 대한 천진난만한 호기심과 놀라움, 소녀다운 찬탄이 뚜렷하게 떠올라 있었다. 망이는 자기를 향해 환하게 열려 있는 그녀의 맑고 깊은 눈동자를 바라보며 흠칫 몸을 떨었다. 난생 처음 겪는 찬란한, 너무나 놀랍고 벅찬 느낌 때문에 그는 온몸에 오소소하게 소름이 돋았다.

"혹시 명학소에 살지 않나요?"

그녀가 그의 얼굴을 똑바로 쳐다보면서 장난꾸러기 같은 웃음을 떠올리며 물었다. 망이는 그녀의 말에 또다시 크게 당황했다.

"그렇수! 그런데 어뜨케… 그걸?"

"그럼 명학소 장사가 맞군요?! 우리 오라버니한테 들었어요. 명학소에 놀라운 총각 장사가 났다고!"

그녀는 자기의 생각이 들어맞아서 기쁜 듯 주위 사람들을 의식하지 않고 목소리를 높였다. 기쁨으로 반짝거리는 눈동자와 바알갛게 홍조를 띤 그녀의 얼굴이 눈부셔서 망이는 잠깐 숨이 멎는 듯한 느낌이었다.

"아가씨의 오라버니?! 그 분이 어뜨케 나를 안단 말이유?"

망이는 의아스러운 표정으로 물었다. 지체 높은 호족의 자제 가운데 그를 아는 사람이 있다는 게 너무 뜻밖이었다.

"어쩌면 오늘 우리 오라버니를 만나게 될지도 몰라요!"

그녀가 다시 수수께끼 같은 말을 던지며 웃었다. 망이는 그녀의 말이 더욱더 이해되지 않았다. 얼굴도 모르고 만난 적도 없는 그녀의 오라버니가 그에게 무슨 볼 일이 있단 말인가? 망이가 궁금한 것을 물으려는데,

"아가씨, 외간남자와 얘길 하시믄 안 됩니다유!"

하고, 몸종 처녀가 그녀의 팔을 넌지시 잡아당기며 말했다.

"얘는! 사람이 말도 못하니?"

"큰 어르신이나 마님 아시믄 걱정하십니다유!"

"왜? 내가 무슨 나쁜 짓이라도 했니? 그리고 아버님 어머님이 아시긴 어떻게 아셔?"

그녀가 몸종의 말을 조금도 마음에 두지 않자 마마 자국 젊은이가

"난명 아가씨, 어금이의 말이 맞습니다유! 저런 천(賤)것들과 말씀을 주구받으시면 쉰네덜이 야단맞습니다유."

하고, 몸종의 편역을 들었다. 망이는 마마 자국의 말을 듣고 그녀의 이름이 난명이라는 걸 알았다.

"천것들이라니? 무슨 말을 그렇게 함부로 해?"

난명이 마마 자국을 꾸짖자

"천것을 천것이라구 허지, 그럼 뭐라구 합니까유? 아가씨, 낮말은 새가 듣구 밤말은 쥐가 듣는다는 말이 있습쥬! 아가씨 같은 규수가 아무것하구나 말씀을 하시면 금방 좋지 않은 소문이 돌구, 곧바루 어르신들 귀에 들어갑니다유!"

마마 자국이 얄밉게 이지렁을 부리며 은근히 그녀를 을러댔다.

"사람이 사람과 말도 못해? 아버님께 일러바치려면 얼마든지 일러바쳐도 좋아! 겁날 것 조금도 없으니까!"

난명이 마마 자국의 그런 속내를 알아차리고 냉갈령을 부렸다.

"일러바치긴유! 혹시라두 아가씨가 구설수라두 입으실까 봐 걱정스러워서 그러는 것입쥬! 생각해 보세유. 만에 하나라두 아가씨가 천한 떠꺼머리 총각 녀석과 어쨌다더라 하는 소문이라두 나는 날엔 그런 낭패가 읎을 겝니다유."

마마 자국은 쌀쌀맞게 변한 난명의 눈치를 보며 엉너리를 쳤다.

망이는 마마 자국의 말에 비위가 뒤틀렸다. 기껏해야 제놈도 가노나 머슴밖에 안 되는 처지에 천것이라며 사람을 무시하는 게 뇌꼴스러웠으나, 성깔깨나 있어 보이는 종놈과 시비를 벌이고 싶지 않아서 꾹 참았다. 망이는 자기 때문에 난명 아가씨가 가노와 몸종에게 책(責)을 잡히는 것 같아서 두어 걸음 옆으로 옮겨갔다.

그러나 망이의 눈엔 이제 법단 위의 춤사위가 제대로 들어오지 않았다. 이상하게도 신경이 온통 난명 아가씨한테로 쏠려, 자기도 모르게 그녀 쪽으로 눈이 갔다. 난명 아가씨도 마찬가지인지 계속 그에게 눈길을 주었다. 몇 번이나 두 사람의 눈이 마주쳤다. 그때마다 두 사람은 얼른 시선을 돌리곤 했으나, 얼마 지나지 않아서 다시 서로를 바라보곤 했다.

승무가 끝난 다음 이번엔 갖가지 모습으로 분장을 한 사람들이 한꺼번에 법단 위로 올라갔다. 창! 차차차창! 역시 요란한 바라 소리가 장내를 뒤흔들었다. 그들 가운데 분장을 하지 않고 그냥 승려복을 입고 있던 스님이 법단 앞으로 나와 말했다.

"이제 여러분들은 석가세존께서 깨달음에 도달하는 장엄한 광경을 연희로 보시겠습니다. 이 연희를 보시고 많은 깨달음과 은혜를 받으시기 바랍니다. 나무아미타불관세음보살!"

차차차창! 다시 바라가 요란하게 울리고, 바라 소리에 맞춰 연희가 시작되었다.

남루하기 짝이 없는 가사를 걸친 쇠약한, 그러나 얼굴이 밝고 환한 비구승이 법단 가운데로 비틀거리며 나오더니, 몸을 지탱하지 못하고 쓰러졌다. 그의 등장에 맞춰서 스님이 크고 낭랑한 목소리로 말했다.

"석가여래께선 6년간에 걸친 오랜 고행 끝에 극도로 쇠약해진 몸으로 이련선강에 들어가 온몸을 말끔하게 씻으셨습니다. 세존께선 너무 허약해져서 모래사장 위로 오르는 것도 힘이 들었습니다. 가까스로 물에서 나온 세존께서 강가에 쓰러지셨습니다."

스님의 말이 끝나자 조그마한 동이를 머리에 인 처녀가 법단 가운데로 나왔다. 그녀는 바가지로 동이에서 젖을 퍼서 세존에게 드렸다. 젖을 마신 세존이 일어나 앉았다. 두 사람의 동작에 맞춰서 스님이 말했다.

"이때 마을에 사는 수자타라는 젖을 짜는 아가씨가 세존께 다가갔습니다. 수자타는 쇠약할 대로 쇠약해진 세존께 우유를 보시했습니다. 그 우유를 마시고 나서 세존께선 드디어 건강을 회복하셨습니다."

스님의 말 끝에 커다란 나무로 분장을 한 사람이 법단 가운데로 걸어나오고, 세존이 그 나무 밑에 가서 가부좌를 하고 앉았다.

"세존께서는 가야 마을로 가셔서, 숲에 있는 커다란 보리수나무 밑에서 깨달음을 위한 마지막 선정에 들어가셨습니다. 세존께선 여러날 조용히 참선삼매를 계속하셨습니다."

뒤 이어 번쩍번쩍 빛나는 의상을 한 무시무시한 얼굴의 악마와 화려한 의상을 걸친 요염하고 관능적인 세 명의 여자가 세존에게 다가갔다.

"화창한 낮이 다 가고 드디어 밤이 깊었습니다. 세존께서 앉아 계신정연초가 촉촉하게 밤이슬에 젖는 시간, 드디어 세존의 깨달음을 방해하기 위해 파순이라고 하는 악마가 나타났습니다."

파순이 번쩍거리는 칼을 휘두르며 부처님을 위협하며 요란하게 칼춤을 추었다.

"파순은 당장 세존을 죽여 지옥으로 끌고 가겠다고 을러대며 갖은협박을 다했습니다. 그러나 세존은 조금도 두려워하지 않았습니다."

이어 파순은 황금으로 된 왕홀과 왕관을 들고 세존의 주위를 돌며춤을 추었다.

"파순은 협박이 통하지 않자 이번에는 다시 세상의 온갖 부귀영화와 권세를 주겠다고 세존을 유혹했습니다. 그러나 세존께서는 눈썹하나 까딱하지 않았습니다. 그의 마음은 조금도 흔들리지 않고 가을물같이 잔잔하였습니다."

파순과 함께 춤을 추던 세 여자가 갑자기 옷을 하나씩 벗어 던지며세존에게 몸을 비벼대고 아양을 떨며 갖은 관능적인 몸짓으로 춤을추었다.

"죽이겠다는 협박으로도, 권세와 부귀영화로도 세존을 꺾지 못한 파순은 다시 방법을 바꿨습니다. 꽃들이 부끄러워 낯을 가리고 달조차 구름 속으로 숨을 만큼 아리따운 파순의 딸들이 세존을 유혹하러 나섰습니다. 그녀들은 풍만하고 나긋나긋한 육체로 갖은 아양과 교태를 떨며 세존을 욕망의 구렁텅이로 떨어뜨리려 하였습니다. 그러나 세존께서는 말씀하셨습니다. 파순이여! 그대가 쏘는 화살은 나에게 닿지 못한다! 악마여! 너는 졌느니라!"

스님이 사자가 포효하듯 부르짖자 파순과 그의 세 딸들이 털썩 바닥에 쓰러져 비명을 지르며 나뒹굴었다.

"드디어 세존께서는 모든 시험을 이겨 내고 진리의 세계에 도달한 것입니다! 그때 석가세존의 나이 서른다섯. 섣달 초파일. 막 동쪽 하늘에 떠오른 해가 부처님의 등 뒤를 찬란하게 비추었습니다! 나무아미타불관세음보살!"

해설을 한 스님과 모든 출연자가 앞으로 나와 합장배례를 했다. 합장에 맞춰 또다시 바라가 일제히 울렸다. 구경꾼들도 법단을 향해 합장배례를 했다. 나무관세음보살!

망이는 잠깐 연극의 극적인 내용에 몰두해 있다가, 난명 아가씨가 있는 쪽으로 눈을 돌렸다. 그런데 난명이 보이지 않았다. 어금이라는 하녀와 마마자국도 사라지고 없었다. 그는 주위를 훑어보았다. 어디에도 난명 아가씨의 모습은 보이지 않았다. 갑자기 가슴이 철렁했다.

망이는 그곳을 빠져나와서 근처의 한길과 골목을 마구 내달으며 난명 아가씨를 찾았다. 그러나 그녀는 보이지 않았다. 그는 낙심하여 길가 느티나무 밑 넓적바위에 털썩 주저앉았다. 그녀에게 무슨 할 이야기가 있는 것도 아니고, 볼 일이 있는 것도 아니었다. 그러나 그녀를 못 찾게 되자 말할 수 없이 마음이 허전했다. 그녀가 보고 싶어서 견딜 수가 없었다.

"미친 놈!"

그는 그러한 자기 자신이 어처구니가 없어서 픽 웃음을 터뜨렸다. 모르긴 해도 내로라하게 지체를 자랑하는 집안의 귀한 규수임이 분명한데, 소(所)놈 주제에 그런 아가씨를 보고 싶어 한다는 게 어디 당키나 한 일인가. 사람은 모름지기 제 분수를 알아야 한다고 하지 않던가. 망이는 마음을 달래기 위해 자기 스스로를 비웃고 꾸짖었다. 그러나 그럴수록 난명 아가씨의 환한 얼굴과 화사한 미소가 눈앞에 어른거리는 걸 어쩔 수 없었다.

3. 솔이

망이와 망소이가 집을 나간 다음 솔이는 집안일을 대충 메지대고 나서, 창포 삶은 물에 머리를 감았다. 머리를 곱게 빗어 쪽을 찌고, 나들이옷으로 갈아입은 그녀는 미리 준비해 둔 보따리를 들고 송곡사 나들이를 나섰다. 보따리 안에는 수리취떡을 담은 버들고리가 들어 있었다.

송곡사는 명학소에서 서남쪽으로 시오리쯤 떨어진 곳에 있는 작은 절이었다. 신라 때에 세워졌다고 전해져 오나 정확한 유래가 알려져 있지 않았고, 절이라기보다 암자라고 해야 할 정도로 규모가 작았다. 퇴락할 대로 퇴락한 절에는 기껏해야 대여섯 명의 스님밖에 없었고, 절이 산 속 깊은 골짜기에 숨어 있어서, 예불하러 찾아오는 사람도 별로 없었다. 송곡사가 자리한 송곡산은 계룡산에서 벋어내린 산줄기가 유성 쪽으로 달리다가 우뚝 멈춘 형상으로, 제법 험준하였고, 골짜기 또한 깊고 그윽하였다. 산등성이엔 아름드리 소나무와 갖가지 톳나무가 느런히 들어차 있고, 골짜기엔 집채만한 큰 바위들이 여기저기 웅

크리고 있었다. 골짜기가 깊으니 자연 석간수도 풍부해서 사철 물 흐르는 소리가 시원했다.

솔이는 풀과 덩굴들이 뒤엉켜 덩거칠어진 산길을 걸어서 송곡사를 찾아갔다. 인적이 없는 호젓하고 휘휘한 산길을 혼자 걷다보니 저절로 걸음이 빨라졌다. 얼굴에 땀이 송송 맺히고 등허리에도 땀이 내배었으나, 그녀는 걸음을 늦추지 않았다. 송곡사 입구에 닿아서야 솔이는 골짜기의 물에 손과 얼굴을 씻고 그늘에 앉아서 땀을 들인 다음, 일주문 안으로 들어섰다.

절의 널찍한 마당엔 아무도 없었다. 그녀는 법당으로 들어가 부처님 앞에 수리취떡을 바치고, 오체투지로 여러 번 절을 하며 기원했다.

"…대자대비하신 부처님, 부디 은혜를 베푸시어 미륵뫼 오라범을 보살펴 주시옵고, 망이와 망소이를 보살펴 주십시오."

한참 절을 하고 있는데, 뒤에서 문 여는 소리와 함께 인기척이 났다. 혜관 스님이었다.

"큰스님, 그간 평안하셨습니까유"

그녀는 합장을 하고 머리를 조아리며 극진하게 인사를 했다.

"나무 관세음보살!"

혜관이 합장을 하며 머리를 숙였다.

"수릿날이라서 부처님께 수리취떡을 공양하려구…."

"요사채로 드시지요."

솔이는 혜관 스님을 따라 법당 뒤쪽에 있는 요사채로 갔다. 미륵뫼가 다 죽게 되었다가 혜관 스님의 도움을 받고 다시 살아난 뒤부터 솔이는 혜관 스님을 너그러운 아버지처럼 생각하고 송곡사를 드나들었다.

"법릉아! 어디 있느냐?"

혜관 스님이 요사채 뒤란 쪽을 보며 소리치자 곧 열 살쯤 되어 보이는 사미승 한 명이 달려 나왔다.

"오셨어유?"

솔이를 본 순간 법릉의 얼굴이 환해졌다. 솔이와 법릉은 합장을 하며 인사를 나누었다. 법릉의 눈에 반가움과 기쁨의 빛이 가득하였다.

"법당에 망이 어머님께서 부처님께 공양한 수리취떡이 있다. 가져오너라."

"예!"

법릉은 다람쥐처럼 민첩하게 법당으로 달려갔다. 혜관과 솔이는 마루에 앉았다.

"어미 없이 자란 아이라 정에 주려서, 시주님을 보면 저렇게 반기는군요. 중생에게 정이란 그렇게 벅찬 것이지요."

갑자기 생기발랄해진 법릉의 모습이 마음에 걸린 듯 혜관의 목소리가 수연했다. 법릉은 태어나자마자 거리에 버려졌다가 혜관의 손에 거두어진 아이였다. 솔이는 어린 법릉이 부모도 모른 채 스님들의 손에 자라는 것을 가엾게 여겨 늘 따뜻하게 대했는데, 법릉은 그런 솔이를 유난히 따랐다.

"큰스님과 여러 스님들이 자비롭게 보살펴 주시니 무슨 부족함이 있겠습니까유?"

"누가 어미의 따스한 정을 대신할 수가 있겠소? 누구에게나 제각기 짊어져야 할 짐이 있는 법이지요."

솔이는 혜관의 말이 자기에게 하는 말 같아서 고개를 들지 못했다. 혜관도 말이 없었다. 숲에서 풀벌레 우는 소리가 유난히 크게 들렸다.

"망이와 망소이가 유성 읍내에 나갔습니다유. 오늘 읍내에서 씨름판이 벌어지구, 동계사 스님들이 야단법석두 한다면서."

"……!"

"애들 걱정이 되어서 부처님께 절을 하러 왔습니다유."

혜관 스님은 솔이가 무엇을 걱정하는지 알 수 있었다.

"너무 걱정 마십시오. 어머님의 정성이 이러하시니 부처님의 가피가 있을 것입니다."

잠시 후에 법릉이 조그만 상에 수리취떡을 내왔다. 떡 옆에 물이 담긴 사발 두 개가 놓여 있었다.

"큰스님, 떡 가져왔어유."

"오냐. 너도 먹어라!"

혜관이 법릉에게 말하고는,

"망이 어머님도 하나 들어보시지요."

하고 솔이에게 권했다.

"아닙니다유. 저는 집에서 많이 먹구 왔어유."

솔이는 사양했다.

"정말 예쁘게도 빚으셨네! 큰스님도 드셔 보세유!"

법릉이 수레바퀴 모양의 떡살무늬가 찍힌 연록색의 수리취떡을 먹다가, 한 개를 집어들어 혜관에게 내밀었다. 고소한 기름 냄새와 수리취의 독특한 향내가 그윽하게 퍼졌다. 혜관이 떡을 받아들었다.

"맛이 있을지 모르겠네유."

솔이가 혜관에게 말했다.

"향내가 좋습니다."

혜관이 수리취떡을 입으로 가져갔다. 연하고 졸깃졸깃하며 향기로운 수리취떡은 입에 들어가자마자 살살 녹는 듯했다. 법릉은 계속 맛이 있다며 아이다운 탄성을 질렀다.

"법광 스님은 안 보이시네유. 우리 집 아이들이 자주 법광 스님을 귀찮게 하는 모양이던디…. 계시믄 인사나 여쭙구 가려구…."

"법광은 며칠 전 만행을 나갔습니다. 이번엔 여러 날 걸리는군요. 법광이 전부터 가끔 망이와 망소이에게 수벽치기나 봉 휘두르는 걸 가르치는 모양이던데, 젊은 애들은 그런 것도 좀 익힐 필요가 있지요."

"큰 폐나 안 끼치는지 몰르겠네유."

"폐는 무슨…. 법광이 처음엔 장난삼아 시작한 것 같은데, 애들이 워낙 출중하게 힘이 좋고, 기량이 부쩍부쩍 늘어가니까 가르치는 일에 재미를 붙인 모양입니다. 호신술만이 아니라 문자도 제법 깨우쳐 주는 것 같더군요."

망이와 망소이는 어렸을 때부터 솔이를 따라 송곡사엘 드나들었는데, 열두어 살 지나서부터 법광 스님을 졸라 호신술을 배우기 시작했다. 솔이는 그렇지 않아도 남다르게 덩저리가 우람하고 힘이 빼어난 망이와 망소이가 그런 것을 배우는 게 탐탁스럽지 않아서, 몇 번이나 말렸었다. 그러나 애들은 그녀의 만류를 아랑곳하지 않고 부지런히 송곡사엘 드나들었다. 특히 최근엔 망소이가 형보다 더 열심이었다.

"온 김에 소제나 좀 하겠습니다유."

"매번 오실 때마다 수고를 하시니…."

"정성이 부족해서 부끄럽습니다유."

솔이가 자리에서 일어났다.

그녀는 한 나절이 넘게 절 안팎을 소제하고, 잡초도 뽑았다. 그녀가 소제를 하는 동안 법릉도 그녀를 도와 함께 소제를 했다.

소제를 마친 뒤 솔이는 법당으로 들어가서 부처님께 오체투지로 절을 했다.

"부처님…."

그녀는 이마를 마루바닥에 댄 채 한참 일어나지 못했다. 자기도 모르게 눈물이 흘러내려 마루를 적셨다.

혜관이 법당으로 들어와 위로하듯 말했다.

"그만 일어나시지요. …망이 어머님의 기원은 부처님께서도 잘 알고 계실 것입니다. …중생의 모든 살이는 다 애처로운 것입니다."

"큰스님, 추한 모습을 보여서 죄만스럽습니다유."

"망이 어머님에겐 그래도 망이와 망소이가 있지 않습니까."

"……! 스님, 오늘은 이만 돌아가겠습니다유."

솔이는 자리에서 일어나 법당 밖으로 나왔다. 혜관 스님도 그녀를 따라 법당을 나왔다.

"큰스님, 안녕히 계셔유."

그녀는 마당에서 혜관에게 합장을 했다.

"살펴서 가십시오. 나무관세음보살."

혜관이 솔이에게 합장을 하고 나서 법릉에게 말했다.

"시주님을 산 밑까지 배웅해 드려라."

혜관의 말에 법릉의 얼굴이 활짝 밝아졌다.

솔이와 법릉은 산문을 나섰다.

솔이가 혜관 스님을 처음 알게 된 것은 18년 전 미륵뫼가 심히 다쳐 송곡사에 있을 때였다. 그때 혜관 스님 덕에 미륵뫼의 목숨을 구한 다음 솔이는 잠깐 송곡사와 혜관 스님을 까맣게 잊고 살았다. 우선 미륵 뫼의 간병에 정신이 없었고, 이어 시아버지 미조쇠의 죽음 등으로 다른 생각을 할 새가 없었다.

미륵뫼가 김백호와 이승익, 마동보를 징치하고 명학소를 떠난 지 열흘쯤 뒤였다.

그날 솔이는 이웃집으로 길쌈 품앗이를 갔다. 삼으로 실을 낳는 일을 하는데 그녀는 미륵뫼에 대한 걱정 때문에 일이 손에 잡히지 않았다. 억지로 마음을 다잡아 일을 하다가도 어느새 자기도 모르게 안절부절못하거나 멍하니 넋을 놓고 있기가 일쑤여서, 몇 번이나 나이 든 노인네에게 퉁바리를 맞기까지 했다.

산등성이를 기어내린 땅거미가 더금더금 짙어질 무렵이었다. 품앗이를 끝낸 솔이가 사립 안으로 들어서려는데, 등 뒤에서

"나무관세음보살."

하는 소리가 들려왔다.

뒤를 돌아보니 바랑을 짊어진 탁발승이 커다란 방갓으로 얼굴을 가리고 합장을 하며 마당으로 들어왔다. 송곡사에서 여러 번 본 혜관 스

님 제자 법광이었다.

"아니, 스님, 어쩐 일루…."

솔이는 황급히 합장을 하며 물었다.

"시주 좀 하십시오."

혜관이 눈을 찡긋하고는 손으로 입을 막았다. 솔이는 금방 그의 뜻을 깨달았다. 그녀는 부엌으로 가서 보리 한 주발을 들고 나왔다.

"애옥한 살림이라 시주할 것이 읎습니다유."

"미륵뫼 시주님은 우리 절에서 며칠 있다가, 금강산 유점사로 갔습니다. 그곳에 큰스님 사형되시는 분이 계셔서…. 걱정하지 마시라고 큰스님께서 저를 보내셨습니다."

법광 스님이 목소리를 낮춰 속삭이듯 말했다.

"스님, 은혜가 너무 큽니다유!"

"모두 부처님 은혜이지요."

법광 스님이 합장을 하고 뒤돌아 집을 나갔다.

그날 김백호 등을 징치한 미륵뫼가 명학소 집에 들렀다가 개 짖는 소리에 집을 나가자마자 현청의 군졸들이 마을에 들이닥쳤다. 그들은 미륵뫼를 잡기 위해 눈에 불을 켜고서 집집마다 이 잡듯 샅샅이 수색을 했다. 그리고 미륵뫼를 잡지 못하자 솔이는 물론 미륵뫼의 일가붙이들을 굴비 엮듯 엮어서 현청으로 끌고 갔다. 일가 친척만이 아니었다. 미륵뫼와 같은 또래의 젊은이들을 모조리 잡아들였다. 군졸들은 살벌하게 윽박지르고, 무작스럽게 몽둥이질을 하고, 엄펑스럽게 달래기도 하며 미륵뫼가 숨어 있는 곳을 알아내기 위해 갖은 짓을 다 했다.

솔이는 사흘간을 갖은 고초를 다 겪은 후에 몸이 곤죽이 되어 집으로 돌아왔다. 다른 사람들도 다들 호된 졸경을 치르고 나서야 풀려났다.

군졸들이 그렇게 정신없이 돌아친 데는 그럴 만한 까닭이 있었다.

이승익이 다 죽은 몸이 되어 하인에게 업혀오자 그의 아버지 이한중이 미륵뫼에게 거액의 현상금을 걸었고, 현령 김양기 또한 군졸과 사령 들을 사뭇 쥐잡듯 몰아치며 미륵뫼를 잡기 위해 눈에 불을 켜고 있었기 때문이었다. 김양기는 둘째아들 백호가 처참하게 숨을 거두고, 큰아들 백걸이 어깨뼈가 내려앉은 중상을 입었을 뿐 아니라 자기 자신까지 졸지에 미륵뫼에게 크게 봉변을 당하자 미륵뫼에 대한 분노와 증오가 뼈에 사무쳤다.

명학소 사람들이 현청에 붙잡혀 가 있을 때에도 군졸들은 마을에서 살다시피 하며 몇 번씩이나 집집을 참빗으로 훑듯 뒤졌고, 밤낮으로 파수를 서며 미륵뫼를 잡으려고 갖은 수단을 다 썼다. 딴꾼으로 보이는 낯선 사내들이 고샅을 기웃거리기도 했고, 봇짐장수 차림의 낯선 사람들이 마을을 들락거리기도 했다.

현청에서 풀려난 솔이는 더그레를 입은 군졸들이나 낯선 얼굴을 볼 때면 가슴이 덜컥덜컥 내려앉았고, 그들이 미륵뫼에 대해 무엇을 물으면 가슴이 졸아드는 듯한 느낌이 되곤 했다.

그 후로 솔이는 마음이 쓸쓸하고 괴롭거나 미륵뫼가 그리울 때마다 송곡사를 찾았다. 혜관 스님은 그때마다 자비가 넘치는 말씀으로 솔이를 위로해 주고, 아버지처럼 따뜻한 마음으로 그녀를 달래 주었다.

미륵뫼가 명학소를 떠난 지 달포쯤 지난 어느 날 아침밥을 푸기 위해 솥을 열다가 솔이는 울컥 치밀어오르는 욕지기 때문에 부엌 밖으로 뛰쳐나갔다. 도저히 참을 수 없는 격렬하고 생급스러운 욕지기였다. 그녀는 헛간으로 달려가 토악질을 했다. 다음 날도 밥 냄새를 맡자 욕지기가 치밀어올랐다. 그때 혹 아이를 가진 게 아닐까 하는 생각이 퍼뜩 그녀의 머릿속을 스쳐갔다. 그러고 보니 규칙적으로 다달이 보이던 달거리가 두어 달 없었다.

욕지기는 여러 날 계속되었다. 미륵뫼 오라버니도 없는데 또 아이를 갖다니! 생각하고 또 생각해 봐도 어떻게 해야 할지 가리사니를 잡을 수가 없었다. 시아버지 미조쇠도 없고, 남편 미륵쇠도 없이 어린 망이도 홀로 기르기 어려운데, 또 아이가 생긴다는 게 겁이 났다.

솔이는 송곡사로 혜관 스님을 찾아갔다.

"부처님의 가피로 태어날 아이입니다. 법당에 가서 부처님께 예불을 드리시지요."

혜관은 솔이를 법당으로 데려가, 부처님께 계속 절을 올리도록 했다. 그리고 목탁을 두드리며 염불을 했다.

"마하반야바라밀다심경 관자재보살 행심반야바라밀다시 조견오온개공 도일체고액 사리자 색불이공 공불이색 색즉시공 공즉시색 수상행식 역부여시 사리자 시제법공상 불생불멸 불구부정 부증불감 시고 …아제아제 바라아제 바라승아제 모지사바하 아제아제 바라아제 바라승아제 모지사바하 아제아제 바라아제 바라승아제 모지사바하."

솔이는 쉴새없이 절을 하고 혜관 스님은 계속해서 경전을 낭송했다. 그녀는 강물처럼 끊이지 않고 이어지는 혜관의 낭랑한 독경 소리를 들으면서 차츰 마음이 편해지는 것을 느꼈다. 금방 큰일이라도 날 것처럼 두근거리던 가슴도 차분하게 가라앉았다.

"이제 편안하게 앉으십시오."

계속 절을 하기가 너무 힘이 들어서 솔이의 몸이 조금씩 흐트러질 때에야 혜관이 말했다. 그제서야 솔이는 절을 멈추었다.

"마음을 편히 가지십시오. 부처님의 가피가 있을 것입니다."

"예! 큰스님 고맙습니다유!"

솔이는 편안한 마음으로 마을로 돌아왔다. 그리고 달이 차서 태어난 놈이 망소이였다.

망소이의 세 돌이 지나고 며칠 뒤였다.

그날도 마음이 어지러워 솔이는 송곡사 부처님께 예불을 올리러 갔다.

"망이 어머님 오셨군요."

솔이가 예불을 마치기를 기다려 혜관 스님이 법당으로 들어왔다.

"큰스님 한참 만에 뵙습니다유."

솔이는 혜관에게 큰절을 올렸다.

"……. 미륵뫼에 대한 소식이 왔습니다."

"예?! 망이 아부지한테서유?"

"…망이 아버님한테서 연통이 왔는데, 몇 달 전에 금강산 유점사에서 현통 선사한테 계율을 받고 불가 사람이 되었다 합니다."

"……!"

"…법명을 청허(淸虛)라고 합니다."

"…청허!"

솔이의 눈에서 주루룩 눈물이 흘렀다.

미륵뫼가 스님이 되어 속세와 연(緣)을 끊었다는 말을 들은 솔이는 마음을 잡지 못했다. 베틀에 올라가서도 넋을 놓고 멍하니 앉아 있기 일쑤였고, 품앗이를 가서도 일에 정신을 집중하기가 쉽지 않았다. 미륵뫼의 얼굴과 풍채가 시도 때도 없이 머릿속에 떠오르고, 그의 굵고 낮은 목소리가 아무 때나 귓전을 울렸다. 남들보다 두 배나 되는 볏단을 짊어지고 춤추듯이 논틀밭틀을 달리던 모습과 다리가 부러져 누워 있을 때의 처참한 모습도 생각났다. 그의 품에 처음 안겼을 때의 자지러질 것 같던 느낌도, 처음 입맞춤을 했을 때의 몸이 둥둥 뜨는 것 같은 느낌도 생생하게 되살아나며 견딜 수 없이 미륵뫼가 보고 싶었다.

솔이는 일 때문에 애들을 잘 돌봐주지 못했으나, 망이와 망소이는 병치레도 별로 하지 않고 무럭무럭 잘 자랐다. 솔이는 남에게는 숙부드럽고 너그러웠으나 망이와 망소이에겐 어렸을 때부터 매우 엄격했다. 아비 없는 후레자식이라는 말을 듣지 않도록 하기 위해 그녀는 늘 아이들에게 언행을 조심하도록 당부했으며, 때로는 지나치게 가혹하게 대할 때도 있었다.

"이제 스님은 올라가 보시지유."

산을 다 내려와서 솔이가 법릉에게 말했다. 법릉은 솔이와 함께 이런저런 얘기를 하면서 산을 내려온 게 너무나 좋아서 얼굴이 바알갛게 상기되어 있었다.

"좀 더 바래다 드리면 안 될까유?"

"너무 멀리 나오셨어유. 큰스님이 기다리실 텐디, 이제 올라가 보세유."

"…언제 또 오세유?"

"곧 또 뵙게 될 것입니다유."

"그럼, 망이와 망소이 엉아에게 송곡사에 놀러오라구 전해주세유. …조심히 살펴서 가세유."

법릉이 금방이라도 울음을 터뜨릴 것 같은 얼굴로 말했다.

"법릉 스님, 배웅해 주셔서 고마워유. 다음에 또 뵙도록 하지유."

솔이는 법릉에게 합장을 했다. 법릉도 애운한 얼굴로 합장을 했다. 법릉과 헤어져 한참 후에 뒤돌아보았더니, 법릉이 그때까지 돌아서질 못하고 그녀를 바라보고 있었다. 오두마니 서 있는 동자승의 모습에 그녀는 마음이 싸아하게 아팠다. 누구에게나 제각기 짊어져야 할 짐이 있는 법이라던 혜관 스님의 말씀이 새삼 머릿속을 스쳤다. 어린 스님이 짊어진 짐이 너무 애처로워 차마 발걸음이 떨어지지 않았다. 솔이는 법릉에게 빨리 올라가라고 손짓을 해 보이고, 발길을 돌렸다.

4. 저밤이

솔이가 집에 돌아와 보니, 마당에 익모초와 약쑥이 널려 있었다. 볕 좋은 햇빛에 익모초와 약쑥은 벌써 생기를 잃은 채 잎언저리가 오그

라들며 말라가고 있었다. 읍내에 나간 망이와 망소이가 벌써 돌아와 익모초와 약쑥을 뜯어 널었을 리는 없고, 옆집에 사는 저밤이 오라버니나 저밤이 어머니 콩밭네가 한 일이라는 생각이 들었다.

울바자 너머로 저밤이 오라버니네 집을 넘겨다보니, 그 집 마당에도 약쑥과 익모초가 널려 있었다. 토방에 미투리가 놓여 있는 것을 보건대 방에 사람이 있는 것 같았다. 솔이는 소쿠리에 수리취떡을 담아 들고 저밤이네 집으로 갔다. 사립 안으로 들어서자 개가 짖고, 개 짖는 소리에 방에서 낮잠을 자고 있던 저밤이의 어머니 콩밭댁이 밖으로 나왔다.

"아줌니, 수리취떡 좀 가져왔어유. 맛 좀 보셔유."

솔이는 소쿠리를 콩밭댁에게 내밀며 말했다.

"그냥 오지, 뭘 이런 걸 가져와?! 우리두 떡 빚었는디."

"저밤이 오라버니가 약쑥을 뜯어 왔어유?"

"저밤이야 읍내 구경갔지 않나! 심심해서 내가 뜯었어."

"뭐 하려구 힘들게 저희 것까지 뜯으셨어유?"

"내친 김에 망이네 것두 조금 뜯었지. 망이와 망소이두 늦게 올 것 같구, 망이 어멈두 늦을 것 같아서! 한낮에 뜯어야 약효가 있다구 안 그러더냐?!"

노인네가 수리취떡을 집어들며 말했다.

단오날에는 어느 집에서나 일 년 동안 사용할 약쑥과 익모초를 베어다가 말린다. 일 년 중에 가장 양기가 왕성한 날이 단오날이고, 단오날 중에서도 오시(午時)가 양기가 제일 뻗치는 시각이므로, 오시에 뜯어 말린 익모초와 약쑥은 다른 때 채취한 것과는 그 약효가 판이하게 다르다고들 한다. 약쑥은 집집마다 상비약으로 준비해 두는데, 피를 멈추게 하거나 배가 차가울 때, 달거리가 불순할 때, 피를 토하거나 똥에 피가 섞여 나올 때, 소화가 안 되거나 식욕이 없을 때, 습진이나 버짐이 생겼을 때에 끓여 먹거나 고아서 환약을 지어 사용한다. 말린 쑥으로 뜸도 뜨고, 여름철엔 쑥을 피워 모깃불을 놓기도 하며, 불 붙이는 부싯깃으로도 요긴하게 쓴다. 익모초는 산후에 지혈이 잘 안 될 때, 오줌에 피가 섞여 나올 때, 눈이 충혈되었을 때에 끓여서 마시면 좋다고들 한다. 또한 여름철에 더위를 먹으면 익모초의 생즙을 짜서 마시기도 한다. 익모초를 고아서 환을 지어 먹으면 냉이 없어지고, 생리가 고르게 되며, 수태(受胎)가 어려운 여자가 수태를 할 수도 있다고 한다.

"그런데 망이 어멈은 어째 벌써 돌아왔나? 애들이 씨름에 졌남?"

노인네가 의아스럽다는 얼굴로 물었다.

"저는 읍내에 안 갔어유."

"응? 읍내를 안 갔어? 애들이 둘 다 씨름판에 나간다는디 망이 어멈이 읍내를 안 가다니?! 그럼 어디 갔었나?"

"송곡사에 가서 부처님께 절을 하구 왔어유."

"송곡사엘?"

"마음 조마조마해서 어뜨케 애들 씨름하는 걸 보구 있겠어유?"

"…하긴 그렇기두 하겠구먼!"

콩밭댁이 고개를 주억였다.

저밤이 어머니 콩밭댁은 젊었을 때부터 이웃 미륵뫼 어머니와 자별하게 지냈고, 미륵뫼의 어머니가 일찍 세상을 뜨자 미륵뫼와 가을이를 친어머니처럼 보살펴 주었다. 그리고 솔이가 미륵뫼에게 시집을 오자 시어머니가 없는 솔이를 친딸같이 보살펴 주었다.

솔이에게 잘해 주기는 저밤이가 더했다. 저밤이와 미륵뫼는 어렸을 때부터 이웃집에 살면서 친형제처럼 지내왔는데, 미륵뫼가 마을을 뜨자 남정네가 해야 할 솔이네 집 일을 저밤이가 도맡아 해 주었다. 산에서 땔감나무를 해서 솔이네 헛간과 부엌 광에 쌓아놓고, 가을걷이가 끝나면 볏짚으로 지붕의 이엉을 갈아 잇고, 봄철 날이 풀리면 솔이네 논밭부터 먼저 갈아엎었다. 그뿐 아니라 망이와 망소이를 제 피붙이처럼 살갑게 대해 주었다.

"아줌니두, 저밤이 오라버니두 늘 고마워유."

솔이가 새삼스럽게 콩밭댁에게 인사를 했다.

"고맙긴! 나나 저밤이나 해 준 게 뭐가 있나? 그런 말 듣기 쑥스럽다!"

콩밭댁이 나무라듯 말했다.

솔이는 집으로 돌아와 베를 짜기 시작했다.

미륵뫼와 저밤이는 같은 해에 이웃집에서 태어나, 어렸을 때부터 함께 자란 죽마고우였다. 둘은 어린 아이 때부터 늘 함께 어울려 놀았고, 나이가 들어서 일을 할 때도, 놀 때도 두 사람은 쌍둥이처럼 붙어 다녔다. 솔이가 동무 가을이네 집을 찾아가 놀 때에도 미륵뫼 옆에는 항상 저밤이가 있었다.

솔이가 열일곱살 되던 해 어느 여름밤이었다. 그날도 솔이는 베틀에 앉아 삼베를 짜다가, 밤이 꽤 이슥해서야 땀에 젖은 몸을 씻기 위해 사립을 나섰다. 그런데 울바자 저쪽에 사람 그림자가 그녀의 모습을 보고 몸을 피하는 것 같았다. 청청한 달빛에 얼핏 보았으나 저밤이가 분명했다. 그녀는 급히 그림자를 뒤쫓았다.

"저밤이 오라버니!"

솔이는 빠른 걸음으로 멀어져가는 저밤이를 불러 세웠다. 저밤이가 당황한 얼굴로 걸음을 멈추었다.

"오라버니가 웬 일이여? 이 밤중에."

"잠이 안 와서 나왔다가, 달빛이 좋아서…. 마을을 한 바퀴 둘러보는 중이여."

솔이는 진작부터 저밤이가 자기를 좋아하고 있다는 것을 알고 있었다. 그런 것은 누가 알려주지 않고 말해주지 않아도 저절로 알게 되는 법이었다. 그녀는 자기가 미륵뫼를 좋아하기 때문에 저밤이가 그런 내색을 일절 하지 않는다는 것도 알고 있었다. 그녀도 그런 저밤이를 좋아했다. 그러나 그것은 미륵뫼를 좋아하는 것과는 조금 다른 것이었다. 그날밤 후로 솔이는, 달빛이 좋은 밤이면 저밤이가 그녀의 울바자 밖을 지나치며 그녀를 지켜본다는 것을 알게 되었다. 그리고 솔이는 그런 저밤이의 마음을 받아줄 수 없는 것을 몹시 미안하게 여겼다.

언젠가 설 전날이었다.

"솔이야, 이거 저잣거리에서 샀다. 설빔에 차면 이쁠 거여!"

저밤이가 꽃주머니를 내밀었다. 초록 비단에 붉은 모란꽃이 수놓아진 꽃주머니엔 줄에 호박구슬까지 꿰어져 있었다. 대갓집 규수나 마님들이 참 직한 고급스런 주머니였다.

"나, 오라버니한테 이런 거 못 받어!"

저밤이의 마음을 아는 솔이가 거절했다.

"나도 네 맘 다 알어! 그래두 그냥 주구 싶어서 샀어!"

저밤이는 주머니를 솔이 손에 쥐어 주고 돌아섰다. 골목을 내려가는 저밤이의 모습이 쓸쓸해 보여, 솔이는 한참 걸음을 움직이지 못했다.

저밤이는 솔이가 미륵뫼와 혼인을 한 뒤에도 변함없이 그녀에게 친절했고, 정말 친 살붙이같이 그녀를 대했다.

솔이가 혼인한 몇 달 후 저밤이도 이웃 괴정 마을 처자와 혼인을 했다. 용모도 남 못지않고, 행실도 얌전한, 나무랄 데 없는 처자였다. 그러나 저밤이와 새색시는 금슬이 좋지 못했다. 부부 일이란 남이 모르는 것이라지만, 저밤이가 마음을 주지 않는 것 같았다. 저밤이의 아내는 채 몇 달이 지나지 않아 친정으로 돌아가 버렸다. 마을엔 이 일에 대해 이런 말 저런 말이 떠돌았으나, 저밤이는 그에 대해 한마디도 하지 않았다. 그러나 솔이는 왠지 저밤이네 부부가 헤어진 것이 자기 때문이 아닌가 하는 생각에 오래 마음이 편치 않았다.

미륵뫼가 마을을 떠나고 몇 년이 지나자 태동 마을에는 저밤이와 솔이가 그렇고 그런 사이라는 소문도 떠돌았으나, 저밤이는 아랑곳하지 않았다.

"이눔아, 늬가 망이 어멈한테 그렇게 하니까 그런 소문이 나는 거 아녀?"

저밤이의 어머니는 그런 아들을 못마땅해 했으나, 저밤이는

"친구 집인디, 그런 것두 못해 줘유?"

하고, 어머니의 말을 들은 척도 하지 않았다.

여러 해를 미륵뫼가 소식이 없자 마을 사람들은 이제 솔이와 저밤이가 혼인하지 않는 것을 오히려 이상하게 여겼다. 저밤이가 한결같이 솔이네 집의 가장(家長)처럼 크고 작은 일을 도맡아 해 주고, 망이와 망소이도 저밤이를 아버지처럼 따랐기 때문이었다. 그리고 언제부터인가 솔이의 마음속에도 저밤이가 들어와 있었다. 그러나 저밤이도 솔이도 그런 서로의 속마음을 내비치지 않았다.

저밤이의 어머니도 이제 아들과 솔이가 혼인하기를 바라게 되었다.

"너, 솔이한테 혼인하자는 말은 해 본겨?"

기다리다 못해 콩밭댁이 아들에게 묻자

"…솔이는 내 친구 미륵뫼의 색시잖어유."

저밤이가 계면쩍은 얼굴로 말했다.

"뭐여? 이런 머저리 같은 놈!"

"…나는 지금두 괜찮어유!"

저밤이는 어처구니없어 하는 어머니를 피해 자리를 떴다.

5. 씨름판

씨름판은 시간이 지날수록 점점 더 달아올랐다.

사람들은 씨름판을 빙 둘러 앉거나 서서 구경을 하다가 자기 마을

젊은이가 출전하면 목이 터지게 고함을 치며 응원을 했다. 승부가 갈릴 때마다 요란하게 징과 꽹과리가 울리고, 그와 동시에 씨름판이 떠나갈 듯한 함성이 터져 나왔다. 새로 들어오는 사람과 나가는 사람, 아는 얼굴과 인사를 하는 사람, 떠들썩하게 얘기를 나누는 사람, 큰 소리로 뭔가 다투는 사람 들로 씨름판은 귀가 따가울 정도로 시끄럽고 소란스러웠다.

씨름판만 소란스러운 게 아니었다. 씨름판 주변에는 엿장수와 떡장수, 들병장수 들이 여기저기 진을 치고서 사람들을 불러 모으기에 목이 쉬었고, 빗이나 거울, 바늘과 노리개 등을 파는 박물장수들도 좌판을 벌여 놓고 물건을 팔기에 바빴다. 약장수들은 곤두박질과 재담, 칼춤 등으로 구경꾼들을 불러 모았고, 곡식이나 갖가지 생활용품들을 늘어놓고 있는 사람들도 있었다. 약장수 주변에 많은 사람들이 몰려 있었고, 엿판과 떡판 주위에는 조무래기들이 진을 치고 있었다. 얼굴이 해끔한 젊은 들병이 여자들 앞에는 남정네들이 서넛씩 동아리가 되어 얼굴이 불콰해진 채 술잔을 기울이며 노닥거리고 있었고, 이미 술에 취해 말고기자반이 되어 바닥에 드러누워 있는 사람들도 있었다.

4차전이 끝난 것은 오후의 한겻이 지난 시간이었다. 씨름을 진행하는 방식은, 우선 예선전에서 먼저 비게를 뽑는다. 세 명을 계속해서 이긴 사람을 비게라고 하는데, 2차전은 비게씨름이라고 해서 비게들끼리 맞붙는다. 비게씨름에서 진 사람은 탈락하고, 이긴 사람은 3차전에 진출한다. 3차전에서도 이긴 사람은 4차전에 나아간다.

4차전이 끝나자 모두 네 명이 준결승전에 올라갔다. 유성읍에 사는 강철명과 짱똘이, 그리고 명학소의 망이와 망소이였다. 제비뽑기를 한 결과 망이는 짱똘이와, 망소이는 강철명과 붙게 되었다.

망이와 망소이가 명학소 사람들이 진을 치고 있는 곳으로 돌아가, 곧 시작될 씨름을 기다리고 있을 때였다.

인상이 예사롭지 않은 사내 둘이 망이에게 다가와, 말을 걸었다.

"명학소 장사, 잠깐 헐 얘기가 있수."

"…무슨 얘기유?"

망이는 두 사람의 얼굴을 찬찬히 훑어보며 물었다. 망이보다 몇 살쯤 더 들어 보이는 사내들이었는데, 어깨가 제법 떡 벌어지고 다부진 몸집을 가진 젊은이들이었다.

"여기서 얘기허긴 좀 뭣헌디, …잠깐 저쪽으루 갑시다."

사내는 망이를 안심시키려는 듯 입가에 억지로 어색한 웃음을 띠며 말했다.

"걱정 마슈! 해로운 일은 아니니!"

다른 한 사내가 옆에서 거들었다.

망이는 별로 마음이 내키지 않았으나 사내들을 따라갔다. 그들은 망이를 사람들이 없는 후미진 곳으로 데려갔다.

"우리는 짱똘이 대형님 밑에 있는 사람들이여! 너두 짱똘이 대형님의 이름은 들었겠지?"

갑자기 사내가 반말지거리로 말을 놓으며 을러대듯 말했다.

"…짱똘이?"

망이가 의아한 표정을 짓자,

"너, 명학소 촌놈이라서 세상 물정을 전혀 몰르는 모냥인디, 우리 짱똘이 대형님은 유성 읍내는 물론 공주까지 쥐락펴락허는 이것이여!"

사내는 엄지손가락을 망이의 코 앞에 바짝 내밀고 까딱까딱 흔들어 보였다. 망이는 그제서야 그들이 읍내의 불량배들이라는 걸 짐작하고, 불퉁스럽게 물었다.

"…그래, 내게 볼 일이 뭐유?"

"우리 짱똘이 대형님이 너한테 이걸 선물루 보냈다."

사내 중의 한 명이 들고 있던 보따리를 망이에게 내밀었다.

"나 같은 사람에게 선물이라니, 무슨 말인지 몰르겠수. 이게 뭐유?"

"비단이 세 필이여!"

"사람을 잘못 안 것 아니우? 알지두 못 하는 사람한테 왜 이런 것을 보낸단 말이우?"

"하, 그 사람 미욱허긴! 이제 잠시 후에 너와 씨름을 헐 사람이 바루 우리 짱똘이 대형님이셔!"

망이는 사내의 말을 듣고 나서야 비로소 준결승에서 자기와 맞붙을 사람이 그들이 말하는 대형님 짱똘이라는 것을 깨달았다.

"그 사람이 왜 나에게 이런 것을 보낸단 말이우?"

"…한마디루 말허자믄, 알어서 기라는 얘기여! 힘을 쓰는 척허다가 남들 눈치채지 못허게 슬쩍 자빠지라구! 물론 우리 대형님이 질 리는 읎겄지만, 혹시 만에 하나라두 체통 떨어지는 일이 일어나믄 안 되니까!"

사내들의 눈에 갑자기 흉포한 기운이 번뜩였다.

"난 이런 것을 받을 까닭이 읎수! 그리구 일부러 씨름을 져 줄 생각도 전혀 읎수다!"

"너 생전 이렇게 좋은 비단 구경이나 혀 봤어? 비단이 세 필이믄 그 값이 얼만 줄이나 알어? 괜한 똥고집 부리지 말구 순순히 우리 대형님의 뜻을 받아들이는 게 신상에 좋을 거여!"

"할 얘긴 다 끝났수? 난 가겄수!"

망이는 단호하게 말하고 돌아섰다.

"야, 잠깐만! 너 정말 말귀를 못 알아듣는 모냥인디, 우리 짱똘이 대형님이 얼마나 무서운 사람인지 몰러? 너 크게 후회헐 거여!"

"어쨌든 난 그럴 생각 읎수!"

망이는 꺼림칙한 기분을 떨쳐 버리듯 휙 몸을 돌렸다. 망이가 두어 걸음 몸을 옮겼을 때 그들이 쫓아왔다.

"이봐, 잘난 친구, 이거 보여?"

사내들은 뭔가를 망이의 옆구리에 들이대며 말했다. 날카롭고 섬 뜩한 느낌에 망이는 걸음을 멈추었다. 자기도 모르게 흠칫 소름이 끼쳤다.

"이게 삼베를 감어 놓은 비수여! 옆구리에 맞창나구 싶지 않으믄 똑똑허게 굴라구! 제 분수두 몰르구 까불다가는 쥐두 새두 몰르게 황천객이 될 거여!"

"네놈이 우리 말을 안 듣다간 읍내를 벗어나기 전에 개죽음을 맞게 될 거여! 허투루 허는 말이 아니니 마음속에 깊이 새겨 두라구!"

사내들은 사납게 얼굴을 으등거리며 을러댔다.

"이년들이나 조심하시우! 이 따위 비열한 수작 부리다가 큰코다치지 말구!"

망이는 금방이라도 칼날이 옆구리를 뚫고 들어올 것 같아서 은근히 겁이 났으나, 아무렇지도 않은 척 태연하게 말하고는 씨름판으로 갔다.

드디어 준결승전이 시작되었다.

"명학소의 망소이 장사와 유성현의 강철명 장사, 출전하시오!"

심판이 모래판으로 올라가 큰 소리로 말했다.

망소이가 웃옷을 벗어부치며 출전 준비를 했다.

"너무 욕심 부리지 말구, 침착하게 해!"

망이가 망소이의 등을 두드리며 말했다.

"걱정 마, 엉아!"

망소이는 씩 웃으며 기세 좋게 모래판으로 나아갔다.

망소이!

망소이!

망소이 이겨라!

명학소 사람들이 목이 터져라고 고함을 지르며 망소이를 응원했다. 그들은 망이와 망소이가 승승장구하여 둘 다 준결승전에 올라가자 아까부터 열광하여 어쩔 줄을 몰랐다. 심판이 망소이에게 샅바를 묶어 주고 나서, 그때까지 나오지 않은 강철명을 다시 불렀다.

"유성현의 강철명 장사는 빨리 출전하십시오! 출전하지 않으면 자동적으로 패한 것이 됩니다! 강철명 장사, 빨리 나와 주시기 바랍니다!"

심판이 몇 번이나 거듭해서 이름을 부른 뒤에야 강철명은 천천히 웃옷을 벗고 씨름판으로 나왔다.

강철명!

강철명!

강철명!

강철명이 출전하자 그를 응원하는 거센 함성이 또 한 바탕 씨름판을 뒤흔들었다. 강철명은 망소이와 비슷한 엄장을 지녔으나, 몸매는 망소이보다 오히려 더 탄탄해 보였다. 지금까지 출전했던 사람들이 거무스럼하게 탄 얼굴이었는데 비해 강철명의 얼굴은 관옥같이 깨끗했고, 게다가 빼어나게 준수했다.

"저 젊은이가 바루 호장 강한성의 아들인감?!"

"소문대루 정말 인물이 좋구먼! 소년 시절부터 장사로 이름이 뜨르르 했다네! 그간 무과에 응시하기 위해 무예를 익혀, 지금은 당할 자가 없다더군! 글공부두 뛰어나서 곧 과거에 나간다던디?"

"귀하신 몸이 씨름판엘 나오다니, 웬일인감?"

"그야 다른 양반들이야 콩나물처럼 허여멀겋게 생겨서 힘을 못 쓰니까 나오고 싶어두 못 나오는 게지. 힘꼴깨나 쓰게 되든 누구나 이런 기회에 힘자랑을 하구 싶어지는 것 아니겠남?"

"그러다가 나가떨어지기라두 하믄 양반 체면이 말이 아닐 텐디?"

"자신이 있어서 나왔겠지!"

"세상 일이 제 마음대루 되남?"

"글쎄, 길구 짧은 것은 대 봐야 알겠지만, 대단한 장사래여! 아까 다른 젊은이들을 눈 깜짝할 사이에 허수아비처럼 쓰러뜨리는 것 못 봤남?"

"명학소의 형제 장사도 정말 대단하던디! 그들 형제가 이번에 저 양반의 콧대를 꺾어 놓으믄 삼 년 묵은 체증이 다 내려갈 텐디!"

"자네, 그게 무슨 소리여? 말 잘못했다가 경치려구!"

"호족들 떠세하믄서 거들먹거리는 꼴 한두 번 봤남? 이럴 때 호족들 두 뜨거운 맛 한 번 톡톡히 봐야지!"

사람들은 읍내에서 가장 세력이 강한 호족이며 현재 호장의 지위에 있는 강한성의 아들이 씨름판에 나오자 목소리를 낮춰 수군수군 이야기를 주고받았다.

망소이는 아까부터 강철명이 가장 막강한 적수라는 걸 본능적으로 느끼고 있었다. 강철명은 힘만 강한 것이 아니라 몸놀림이 놀랍게 빨랐다. 그는 매번 씨름이 시작되자마자 상대방이 미처 몸을 움직여 볼 새를 주지 않고 전광석화처럼 기선을 제압해 간단히 판을 마무리짓곤 했다.

"다들 알고 있겠지만, 준결승전은 지금까지의 단판승과는 달리 3판 2승으로 승패를 가릅니다! 두 선수는 무릎을 꿇고 앉아 주시오!"

망소이와 강철명은 심판의 명령에 따라 모래판에 마주 꿇어앉았다. 두 사람은 어깨를 맞댄 뒤 오른손으로 서로 상대방의 허리샅바를 잡고, 왼손으로 허벅다리샅바를 잡았다. 두 사람의 준비 태세를 확인한 심판은 망소이와 강철명의 등에 손을 얹고서 천천히 일어나게 했다. 두 사람은 허리를 펴고 몸을 일으켰다. 심판이 그들의 등에서 손을 떼고 잽싸게 물러서면서,

"써라!"

하고 외쳤다.

심판의 구령이 떨어지는 순간 망소이는 온몸의 힘을 모두 모아 강철명을 뽑아들며 들배지기 기술을 걸었다. 그와 동시에 강철명도 망소이를 들어올렸다. 두 사람은 서로 상대방을 들어올리려고 있는 힘을 다해 잠깐 동안 숨막히게 맞섰다. 그러나 다음 순간 강철명이 슬쩍 몸을 옆으로 돌리며 돌림배지기로 망소이를 제압했다.

와아!

잘한다!

강철명 장사 잘한다!

망소이가 모래판에 나뒹굴자 폭풍 같은 함성이 일어났다.

둘째 판에도 두 사람은 힘으로 상대방을 들어올리기 위해 맞섰다. 두 사람의 팔과 다리에 동앗줄 같은 힘줄이 꿈틀거리며 일순 팽팽하고 아슬아슬한 균형이 유지되었다. 그러나 다음 순간 다시 강철명이 번개같이 망소이의 왼쪽 다리를 안으로 걸며 밀어부쳤다. 몸의 균형을 잃은 망소이가 사정없이 나가떨어지며 강철명의 몸에 깔렸다.

와아! 잘한다!

강철명 장사 잘한다!

또다시 함성이 모래판을 휩쓸었다. 망소이는 허옇게 질린 얼굴로 모래바닥에서 일어났다. 두 판을 다 그렇게 간단하게 지고 말다니! 그는 생전 처음 느껴보는 맹렬한 열패감과 수치심 때문에 얼굴이 벌겋게 달아올랐다. 강철명의 이름을 외치는 사람들의 함성이 우레처럼 느껴져서 그는 쥐구멍에라도 들어가고 싶은 심정이었다.

"애썼다! 너무 섭섭해 하지 말어. 또 기회가 있을 거여."

망소이가 풀이 죽어서 들어오자 망이가 그의 어깨를 감싸며 말했다.

"엉아, 저놈 정말 막강하더라구! 마치 절의 일주문을 지키는 금강역사와 맞서는 것 같았어!"

망소이가 완연히 기가 꺾인 목소리로 말했다.

잠시 후에 다시 심판이 모래판 위로 올라가서 큰 소리로 외쳤다.

"다음엔 유성 읍내의 짱똘이 장사와 명학소 망이 장사의 경기가 있겠습니다! 짱똘이 장사와 망이 장사는 나와 주십시오! 짱똘이 장사와 망이 장사는 즉시 출전해 주시기 바랍니다!"

짱똘이와 망이가 앞으로 나아가 샅바를 묶은 다음 모래판 위로 올라갔다. 쫑똘이는 키는 망이보다 조금 작았으나 어깨는 망이보다 오히려 더 떡 바라지고 목이 황소처럼 굵어서 힘꼴깨나 씀직한 모습이었다. 이마가 바싹 도숙붙고, 왼쪽 볼에 칼자국 같은 흉터가 있어서 인상이 꽤 강인하고 험악해 보였다. 그는 모래판에 들어서자 성난 부사리가 앞으로 돌진하기 전에 발굽으로 땅바닥을 사납게 긁는 것처럼 몇 번이나 발로 모래를 긁어 뒤로 차내며 망이를 사납게 쏘아보았다. 망이는 그의 차가운 얼굴과 날카로운 눈씨에서 뭔가 예사롭지 않은 섬쩍지근한 느낌을 받았다.

"소(所)놈이 사지가 멀쩡허게 돌아가려거든 알아서 놀어, 이눔아! 시골 떡부엉이가 심 좀 쓴다구 분수 몰르구 껍적대다간 쥐도 새도 몰르게 뱃구레에 칼침을 맞는 수가 있어!"

어깨를 맞대고 샅바를 잡을 때 쫑똘이가 망이의 귀에 대고 으름장을 놓았다.

"그게 대체 무슨 말이슈?"

망이는 어리숙해서 무슨 말인지 모르겠다는 듯 물었다.

"이 새끼, 흉물떨긴! 심을 쓰지 말구 적당히 알아서 나자빠지란 말이여!"

"난 그르케는 못 하겠수!"

망이가 딱 잘라 말했다.

"이 새끼, 이따 뒈지려믄 맘대루 해!"

다시 쫑똘이가 사납게 을러댔다.

"써라!"

심판의 말이 떨어지자 쫑똘이는 성난 곰처럼 망이를 몰아쳤다. 굉장한 힘이었으나 망이는 쫑똘이를 번쩍 들어올려 뿌려치기 기술로 내던졌다. 쫑똘이는 모래판에 사정없이 거꾸러졌다.

와아! 망이 장사, 세다!

망이 장사, 잘한다!

또다시 거센 함성이 씨름판을 들썩 들었다가 놓았다.

"이 곰같이 미련헌 새끼! 정말 뒈지구 싶어?"

짱똘이가 험상궂게 이지러진 얼굴로 일어나 찍 침을 뱉으며 도끼눈으로 망이를 노려보며 말했다.

잠시 후 다시 두 번째 판이 시작되었다. 샅바를 잡으며 다시 짱똘이가 망이를 협박했다.

"너, 정말 끝까지 미련허게 놀 텨? 너, 이 새끼, 내가 누군지 몰러?"

"이번엔 모래판에 머리통을 처박어 주겠수!"

망이도 화가 나서 쏘아붙쳤다.

"좋아! 어디 두구 보자!"

짱똘이가 뿌드득 이를 갈며 씹어뱉듯 말했다.

"써라!"

심판이 경기 시작을 선언한 직후였다. 망이는 샅바가 닿은 옆구리가 찢어지는 듯한 섬뜩한 아픔에 깜짝 놀랐다.

"흐흐흐! 이 새끼, 이게 바루 칼침이라는 거다! 섣불리 심을 쓰려다간 칼침이 옆구리를 사정없이 뚫구 들어갈 거여!"

짱똘이가 흐흐거리며 말했다. 망이가 뜻밖의 일에 당황해서 잠깐 멈칫거리자 그 순간을 틈타서 짱똘이가 세차게 그를 앞으로 끌어당겼다. 그리고 오른쪽 다리로 망이의 왼쪽 다리를 안쪽으로 감아 끌어당기며 힘껏 밀어부쳤다. 망이는 짱똘이의 안다리걸기에 걸려 힘도 제대로 써 보지 못하고 털썩 엉덩방아를 찧었다.

망이는 샅바를 들치고 옆구리를 살펴봤다. 날카롭게 깨뜨려진 사금파리가 눈에 들어왔다. 사금파리에 찢긴 옆구리에선 피가 방울방울 내배고 있었다. 비겁한 놈! 아까부터 아랫놈들을 시켜 추잡한 수작을 부리고, 다시 더러운 술수를 써서 사람을 속이다니! 이놈, 어디 두고 보자! 맹렬한 분노가 망이의 가슴을 뜨겁게 태웠다.

이를 옥물고 모래판에서 걸어나오다가 망이는 자기도 모르게 걸음을 멈췄다. 저만치 구경꾼들 속에 난명 아가씨가 서 있었다. 그는 눈을 크게 뜨고 그녀를 바라보았다. 오전에 야단법석에서 보았던 그 난명 아가씨가 분명했다. 아까 그렇게 찾아다녔어도 찾지 못했던 아가씨를 여기서 다시 보게 되다니! 걷잡기 어렵게 가슴의 동계가 높아졌다. 난명은 그와 눈이 마주치자 기다리고 있었다는 듯 상긋 미소를 띠며 다른 사람들이 눈치채지 못하게 살짝 손을 흔들었다. 망이는 전혀 예기치 못했던 일에 호되게 뒤통수라도 맞은 듯 잠깐 제 정신이 아니었다.

"엉아, 왜 그려? 한 판 졌다고 그르케 넋이 빠졌어? 다음 판에 이기믄 되잖어?!"

망소이가 다가와, 수건으로 망이의 몸에 붙은 모래와 땀을 훔쳐 주며 말했다.

"걱정 마. 이번엔 꼭 이길 거여!"

잠시 후 다시 심판이 망이와 짱똘이를 불러냈다. 두 사람이 나란히 무릎을 꿇고 앉아 샅바를 잡는 순간 또다시 짱똘이가 망이의 귓전에 입을 대고 뜨거운 숨을 토해내며 으름장을 놓았다.

"임마, 아무리 촌구석에 머리를 처박구 사는 무지렁이라두 앞뒤 좌우를 살필 줄 알어야지! 아까는 내가 가볍게 경고를 헌 거여! 읍내 주먹패덜과 딴꾼덜이 모두 내 손아귀에서 놀아난다는 걸 명심하구, 알어서 기어! 정말 뱃가죽에 칼침 맞지 말구!"

짱똘이는 심판도 다 들을 수 있을 만큼 큰 소리로 을러댔다. 그러나 심판은 꿀 먹은 벙어리처럼 그의 노골적인 공갈을 못 들은 체했다. 심판도 짱똘이 패거리들에게 꼭뒤를 눌린 것 같았다.

"비겁한 놈, 누가 뜨거운 맛을 보나 어디 한 번 해 보자!"

망이도 지지 않고 으르렁거렸다.

"써라!"

심판의 구령이 떨어지자마자 망이는 짱똘이의 몸을 불쑥 뽑아들어 사정없이 모래판에 내팽개쳐 버렸다. 눈 깜빡할 찰나였다. 머리끝까지 치솟은 분노와, 난명 아가씨가 경기를 보고 있다는 생각이 망이를 그렇게 사납게 만든 것이었다. 망이의 무지막지한 힘에 넉장거리로 나가떨어진 짱똘이는 한참 동안 일어나지를 못하고 사지를 버르적거리고 있었다.

짱똘이를 쓰러뜨린 망이는 자기도 모르게 난명이가 있는 쪽으로 얼굴을 돌렸다. 난명이도 다른 사람들과 함께 박수를 치며 찬탄의 함성을 지르고 있다가, 망이와 눈이 마주치자 또 손을 흔들었다.

"이 새끼, 어디 두구 보자! 내 반드시 이 빚을 몇 배루 갚어 줄 테니!"

짱똘이가 가까스로 몸을 추스려 일어나, 금방이라도 망이를 잡아먹을 듯이 사납게 노려보며 말했다.

"흥! 잔꾀 부리지 말구, 심보를 바루 써라!"

망이가 입가에 비웃음을 머금고 모래판을 내려갔다.

"으음! 저 죽일 놈, 하룻강아지 범 무서운 줄 몰르구 이 짱똘이를 건들어?!"

망이의 뒷모습을 노려보는 짱똘이의 얼굴이 참담하게 일그러졌다.

한참 뒤에 드디어 결승전이 시작되었다. 결승전은 5판 3승이었다. 강철명과 망이는 동시에 모래판의 양쪽으로 올라갔다. 두 사람이 샅바를 잡기 위해 마주 앉자 떠들썩하고 소란스럽던 씨름장이 한 순간 물을 끼얹은 듯 조용해졌다. 다들 극도의 흥분과 긴장으로 입을 다물고 두 사람을 지켜보았다.

두 사람은 샅바를 잡고 허리를 펴며 모래판에서 일어났다. 허리를 펴면서 망이는 은근히 힘을 주어 강철명의 허리를 당겨 보았다. 끄떡도 하지 않았다. 예상했던 대로 강철명은 얕볼 수 없는 상대라는 느낌이 들었다.

"써라!"

심판의 구령이 떨어지자마자 두 사람은 똑같이 몸의 중심을 낮추고 무릎을 굽혀 상대방을 끌어당기며 뽑아올리기 위해 용을 썼다. 두 사람의 얼굴이 금방이라도 터질 듯이 벌겋게 부풀어오르고, 팔과 다리, 어깨와 가슴엔 모두 구렁이 같은 힘줄이 울근불근 돋아났다. 잠깐 동안 숨막히는 막상막하의 힘겨루기가 계속되었다. 두 사람은 서로 상대방의 힘에 놀랐다.

와아아! 강철명 장사, 이겨라!

와아아! 망이 장사, 이겨라!

망이와 강철명의 우열을 가리기 어려운 힘에 사람들이 탄성을 질렀다. 그 순간 강철명이 자세를 바꿔 망이의 윗몸을 일으켜세우는 동시에 오른쪽으로 돌면서 망이의 다리를 옆으로 후려차며 돌려던졌다. 망이는 몸의 균형을 잃고 모래바닥에 털썩 거꾸러졌다. 졌다! 망이는 새삼 강철명이 강적이라는 걸 느끼며 낭패한 얼굴로 모래판을 내려왔다. 난명 아가씨의 얼굴을 보고 싶었으나 그녀에게 모래판에 벌렁 넘어진 꼬락서니를 보인 게 민망해서 망이는 그냥 명학소 사람들이 진을 치고 있는 곳으로 들어갔다.

"엉아, 한 판 져두 괜찮다! 얼굴 펴라!"

망소이가 그의 몸에 묻은 모래와 땀을 닦아 주며 말했다. 망이는 다른 사람들 몰래 난명 아가씨가 있는 곳으로 슬쩍 눈을 돌렸다. 그리고 너무 놀라 우두망찰했다. 난명 아가씨가 강철명과 이야기를 주고받고 있었기 때문이었다. 강철명을 바라보는 난명 아가씨의 얼굴엔 눈부시게 화사한 웃음꽃이 피어나 있었다. 강철명과 난명 아가씨가 저렇게 가까운 사이였다니! 망이는 가슴 속에서 뜨거운 불덩이가 불끈 치미는 듯한 느낌 때문에 숨이 막혔다.

"엉아, 왜 그려? 어디 안 좋아?"

망소이가 심각한 얼굴로 물었다.

"아무 것두 아녀! 괜찮어!"

그는 일부러 아무렇지도 않은 척 태연하게 말했으나 말에 기운이 하나도 없었다.

곧 심판이 둘째 판을 진행했다. 망이는 처음부터 무지막지한 힘으로 강철명을 밀어부쳤으나 다음 순간 강철명이 슬쩍 몸을 비틀며 재빨리 그의 목덜미를 짚었다. 망이는 또다시 몸의 균형을 잃고 모래바닥에 머리를 처박으며 거꾸러졌다.

와아아아!

강철명 장사 잘한다!

강철명의 솜씨에 환호하는 구경꾼들의 함성이 벼락처럼 망이의 귀청을 때렸다. 모래에 범벅이 된 채 몸을 일으키는 망이의 눈에 난명이의 모습이 들어왔다. 그녀는 강철명의 승리가 기뻐서 팔짝팔짝 뛰며 손뼉을 치고 있었다. 망이는 가슴에서 다시 불덩이가 치솟으며 숨이 턱턱 막혔다. 걷잡기 어려운 수치와 알 수 없는 울화로 몸이 저절로 덜덜 떨리고, 눈동자에선 사나운 불줄기가 넌출넌출 쏟아져 나왔다.

"써라!"

셋째 판의 시작을 알리는 심판의 구령이 떨어지자마자 망이는 무시무시한 괴력으로 강철명을 번쩍 뽑아들어, 모래바닥에 사납게 내팽개쳤다.

와아아아!

망이 장사 잘한다!

구경꾼들의 입에서 다시 놀람과 환호, 탄식의 함성이 터져나왔다. 강철명은 한참 후에 몸을 추스려 일어났는데, 얼굴이 창백하게 질려 있고, 눈동자엔 두려운 빛이 떠올라 있었다. 그는 망이의 무시무시한 힘에 공포를 느꼈다. 도저히 맞설 수 없는, 상상하기 어려운 힘이었기 때문이었다. 어떻게 갑자기 그가 그처럼 강해졌는지 알 수가 없었다. 첫째 판과 둘째 판에선 그렇게까지 강하게 느껴지진 않았었는데, 알 수 없는 일이었다.

넷째 판에서도 망이는 시작을 선언하는 심판의 구령이 떨어지자마자 강철명을 꼼짝달싹못하게 번쩍 들어올려서 사정없이 메어쳤다.

다섯째 판도 마찬가지였다.

망이가 파죽지세로 세 판을 내리 이겨 극적인 역전승을 거두자 거센 함성이 폭죽처럼 터져올랐다.

와아아아!

천하장사 났다!

명학소에 용이 났다!

망이 만세! 망이 만세!

함성은 씨름판을 들썩들썩 뒤흔들고, 현청의 앞 넓은 공터를 흔들고, 삼문과 동헌을 거센 파도처럼 후려쳤다. 열광한 명학소 사람들은 모두 망이에게 몰려가 그를 헹가래치고, 그의 등과 어깨, 머리를 두들기고 잡아당기며, 흥분으로 어쩔 줄을 몰랐다.

"축하해요! 우리 오라버니보다 더 세군요!"

망이가 상으로 받은 황소를 타고 씨름판을 돌다가 난명의 곁으로 가자 난명이 기다리고 있었다는 듯 그에게 말했다.

"그럼 강철명 장사가….”

강철명과 난명 아가씨가 오누이였다니! 그때에야 그는 아까 야단법석에서 그녀가 한 말이 무슨 뜻인지 알게 되었다. 난명은 밑도 끝도 없이 그에게 오늘 어쩌면 자기 오빠를 만나게 되는지 모른다고 말했었다. 왜 강철명과 난명이 얘기를 나누는 모습을 보고도 그 얘기를 떠올리지 못했는지 망이는 문득 자기 스스로가 더할 수 없이 아둔하게 느껴졌다.

"그래요. 그분이 제 오라버니예요!"

"…제가 오늘 이긴 것은, …모두 아가씨 덕분입쥬!"

"……?! 그게 …무슨 뜻이에요?"

난명은 그의 말이 얼른 납득이 되지 않는지 의아한 얼굴로 물었다.

"말 그대루입니다유!"

그러나 난명은 여전히 무슨 뜻인지 잘 모르겠다는 표정이었다. 그녀가 뭐라고 더 말을 하려는데, 그녀의 옆에 있던 어금이가 팔을 끌며 말했다.

"아가씨, 저리 가시지유. 사람들이 다 아가씨를 보고 있어유. 괜히 쓸데없는 구설수에 오릅니다유."

난명도 자기와 망이를 호기심어린 시선으로 지켜보고 있는 사람들을 의식한 듯 아쉬운 얼굴로 돌아서며 말했다.

"정말 축하해요."

"저…."

망이가 무슨 말을 해야 할지 몰라 머뭇거리는데, 난명은 벌써 걸음을 떼어놓고 있었다. 망이는 인파 속으로 걸어가는 난명의 뒷모습을 안타깝게 바라보았다. 마음속엔 뭔가 해야 할 말이 있는 것 같은데, 그게 무엇인지 자기 스스로도 잘 알 수 없었다. 그는 당장 난명 아가씨를 뒤따라가서 그녀를 붙잡고 싶었으나, 그럴 수는 없었다.

"엉아, 뭘 그르케 넋을 놓구 보구 있어? 그 아가씨, 얘길 들어보니 강철명이의 누이 같던디, 어뜨케 아는 사이여?"

황소의 고삐를 잡고 있던 망소이가 망이에게 물었다.

"아무 것두 아녀! 넌 몰러두 돼!"

망이는 아쉽고 안타까운 마음을 감추느라 공연히 퉁명스럽게 말했다.

"엉아, 혹시 그 아가씨한테 딴 마음 있는 거 아녀?"

"뭐?! 임마, 그 아가씬 읍내에서 제일가는 집안의 귀한 아가씨여! 우리들과는 지체가 달러야!"

"남녀간에 정분나는 데 지체가 무슨 상관이여?"

"쓸데없는 소리 말구, …가자!"

망이가 갑자기 엄한 얼굴로 말했다. 망소이는 뭔가 미심쩍은 생각이 들었으나 망이의 딱딱하게 굳어진 심각한 표정 때문에 더 묻지는 못했다.

"이랴, 이놈의 소! 명학소 망이 장사 나가신다!"

망소이는 호기롭게 소리를 지르며 소 고삐를 붙잡고 앞으로 나아갔다.

씨름판을 한 바퀴 돌고 난 다음 소에서 내린 망이는 난명이 있던 곳으로 눈을 주었다. 그러나 난명은 보이지 않았다. 그 주변을 훑어보았으나 그녀도 어금이도 보이지 않았다. 그 사이 공터를 빠져 나간 것 같았다. 망이는 가슴이 뻥 뚫린 듯이 허전했다. 마음 같아선 곧바로 그녀를 뒤쫓아가고 싶었으나, 마을 사람들의 눈 때문에 차마 발걸음을 옮기지는 못했다.

명학소 사람들은 황소를 앞세우고 떼를 지어 의기양양하게 마을로 향했다. 그러나 망이는 뭔가 아주 소중한 것을 잃어버린 것 같은 텅 빈 마음으로 터덜터덜 걸었다.

"엉아, 왜 그려? 어디 아퍼?"

망소이가 아무래도 심상찮은 망이의 얼굴을 살피며 물었다.

"괜찮어! 쫌 대간한 거 같어."

망이는 아무렇지도 않은 척 대답했으나 얼굴 표정은 여전히 심각했다.

땅거미가 발 빠른 지네처럼 산등성이를 기어내릴 즈음에야 마을 사람들은 명학소로 돌아왔다. 마을로 돌아온 뒤에도 그들은 흩어지지 않고 망이네 집으로 몰려가며 고래고래 소리를 질렀다.

명학소에 큰 장사 났다!

망이가 황소를 탔다!

읍내 나들이를 가지 않은 사람들도 소문을 듣고 망이네 집으로 몰려왔다. 그들의 손에는 수릿날을 위해 장만한 여러 가지 음식과 술 같은 잔칫거리가 들려 있었다. 가져 올 것이 마땅치 않은 사람들은 나물이나 곡식 같은 것을 들고 오기도 했다. 솔이와 마을 아낙네들은 음식을 장만하여 내놓느라 정신이 없었고, 남정네들은 짐벙진 잔치에 어깻바람이 나서 풍물을 치며 마당을 돌았다. 참으로 오랜만에 벌어진 태동 마을의 잔치였다.

오월 오일에
아으 수릿날 아침 약은
즈믄 해를 오래 사실
약이라서 바치옵나이다.
아으 동동다리

유월 보름에
아으 벼랑에 버려진 빗 같구나!
돌보아 주신 님을 한 때 따랐습니다.
아으 동동다리

칠월 보름에
아으 백중 제물을 차려 놓고
죽어서도 임과 한 곳에 살고져
소원을 비옵나이다.
아으 동동다리

아이들도 덩달아 신바람이 나서 제 세상을 만난 듯 소리를 지르며 뛰놀았고, 노인들도 나이를 잊고 마당으로 뛰어나와 어깨춤을 췄다. 꽹과리와 징, 북, 장구, 소고, 날라리가 어우러진 요란한 풍물 소리와 흥겨운 춤, 여럿이서 목청껏 부르는 노래 소리로 명학소의 밤은 천천히 깊어 갔다.

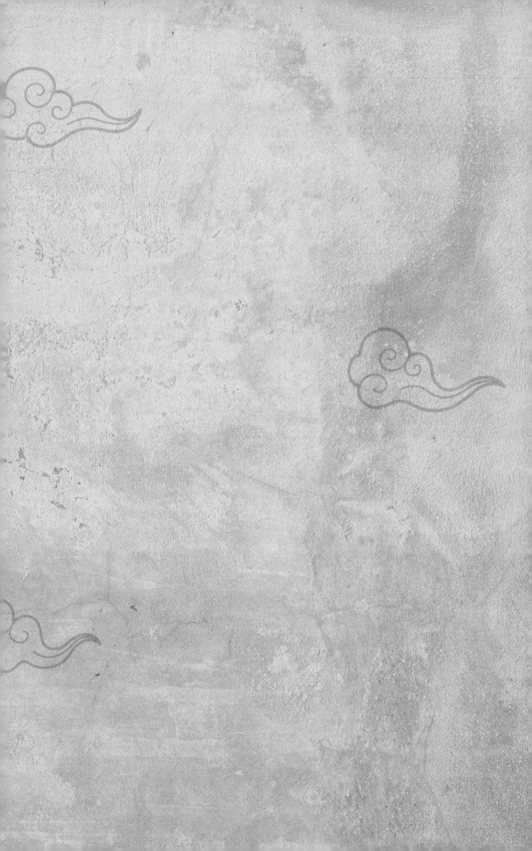

제3장

돌개바람

1. 승마

"아가씨, 그르케 빨리 가시믄 어뜨케 해유? 천천히 가셔유!"

어금이가 점점 뒤처지면서 큰 소리로 다급하게 말했다. 그러나 난명은 어금이의 말을 못 들은 척 계속 앞으로 말을 몰았다.

"쇤네 숨이 맥혀서 더는 못 따라가겠습니다유! 좀 쉬었다가 가시지유!"

"그럼 넌 좀 쉬었다가 천천히 뒤따라오렴!"

난명은 오히려 말의 배에 세차게 박차를 가하며 고삐를 잡아챘다. 천천히 달리던 말이 깜짝 놀라 힘껏 내닫기 시작했다.

"아가씨, 제발 좀 멈추셔유! 그러다가 말에서 떨어지믄 큰일 나유!"

어금이가 허겁지겁 쫓아오면서 우는 소리로 말했으나, 난명은 어금이를 뒤에 두고 질풍같이 한길을 달려나갔다.

난명은 오빠인 철명한테 승마를 배웠다. 따가닥! 따가닥! 경쾌하게 말발굽을 울리며 바람에 머리카락을 휘날리면서 거침없이 말을 달리는 오라버니 철명의 모습이 그렇게 멋지고 시원스러워 보일 수가 없었다. 오라버니처럼 말을 타고 달려 보면 얼마나 신이 날까! 그녀는 철명에게 말 타는 법을 가르쳐 달라고 졸랐다. 철명은 처음엔 다 큰 처자가 무슨 말을 타느냐며 들은 척도 하지 않았으나, 난명이 계속 집요하게 매달려 졸라대자 어쩔 수가 없었다. 하나밖에 없는 귀여운 누이의 청을 끝까지 거절하기가 어려웠다.

말을 타는 데는 우선 말과의 신뢰가 중요하다. 말과 무언의 대화를 하고, 말이 두려움을 느끼지 않도록 늘 말을 쓰다듬어 주어서, 친교를 맺어야 한다. 그리고 말 위에 오를 때는 반드시 말의 허락을 받아야 한다. 또한 안장이 말과 기수에게 모두 알맞아야 한다.

난명은 말에 오르는 방법, 몸의 균형을 유지하는 방법, 천천히 걷기, 달리기, 방향 바꾸기, 장애물 뛰어넘기 등을 철명한테 배우고, 혼자서도 열심히 연습을 했다. 얼마 지나지 않아 난명은 능수능란하게 말을 탈 수 있게 되었다.

승마술을 익힌 난명은 가끔씩 말을 타고 집 밖으로 나들이를 나갔다. 그녀는 말을 탈 때면 언제나 바로 손아래 남동생의 옷을 입고 머리도 도령처럼 꾸몄다. 아무래도 마음 내키는 대로 여기저기를 돌아다니기 위해서는 남장(男裝)을 하는 게 여러 가지로 편했다. 그녀가 그렇게 꾸미고 나서면 사람들은 다들 정말 잘 생긴 도령도 있다는 듯 넋을 잃고 그녀를 쳐다보곤 했는데, 그녀는 사람들을 감쪽같이 속인 게 그렇게 재미있을 수가 없었다. 난명이 집 밖으로 나올 땐 언제나 그녀의 몸종인 어금이가 그림자처럼 따라나서곤 하는데, 난명은 어금이에게도 가노(家奴)의 옷을 입도록 했다.

난명은 이 며칠 부쩍 더 자주 말을 타고 밖으로 나돌았다. 수릿날 나들이를 한 뒤부터 가슴이 답답하고 좀이 쑤셔서 집 안에 얌전하게 앉아 있을 수가 없었다. 어찌된 일인지 야단법석과 씨름판에서 본 명학소 총각의 모습이 그녀의 머릿속에서 영 떠나질 않았다.

망이. 잗다란 보통사람들과는 종족이 다른, 마치 옛날이야기에서 성큼 걸어나온 거인 같은 젊은이였다. 번듯하게 잘생긴 이목구비가 눈에 띄게 돋보였고, 눈빛이 맑고 강했으며, 군살이라곤 찾아볼 수 없는 탄탄한 몸에 강인한 힘이 넘쳐흘렀다. 그녀는 야단법석에서 그를 처음 보자마자 예사롭지 않은 청년이라는 생각이 들면서 자기도 모르게 마음이 쏠렸다. 그리고 그가 씨름판에서 차례차례 상대방을 꺾는 동안 손에 땀을 쥐고 마음속으로 그를 응원했다. 결승전에서 오빠인 철명이 그에게 패했을 때도 그녀는 조금도 서운하지 않았다. 아니, 그가 이긴 것이 너무 기뻐서 오빠 철명에게 미안한 마음이었다. 난명은 그를 보고서 비로소 힘이라는 말과, 기백이라는 말, 늠름함, 당당함, 젊음이라는 말이 무엇을 뜻하는지 실감할 수 있었다. 짧은 순간이었으나 망이는 그녀의 마음속에 선명하고 깊숙하게 각인되었다.

그날 이후 난명은 시도 때도 없이 망이 생각이 났다. 인근에 널리 장사로 소문난 짱똘이와 그녀의 오빠 철명을 번쩍 들어올려 내팽개치던 모습도 떠오르고, 황소를 타고 모래판을 돌던 모습도 눈에 선했다. 특히 그녀의 뇌리를 떠나지 않는 건 그의 눈빛이었다. 눈부신 듯한, 꿈꾸는 듯한, 그녀에 대한 찬탄과 열망으로 활활 타는 것 같던 망이의 눈빛. 그녀는 망이의 그 눈빛을 떠올리며 지금까지 한 번도 경험해 본 적이 없는 기이한 감정에 사로잡히곤 했다. 그녀는 일부러 망이에 대한 생각에서 벗어나려고 무진 애를 썼다. 그러나 아무 소용이 없었다. 오히려 그러면 그럴수록 자기 의지와는 반대로 더욱더 그가 생각나고, 한번 그를 만나보고 싶었다.

난명은 그런 자기 스스로를 알 수 없었다. 망이는 소(所)에 사는 천한 사람이 아닌가. 그런 그를 마음에 두고 생각한다는 게 어디 당키나한 일인가. 그러나 아무리 자기 스스로를 나무라고 설득하려 해도 그가 보고 싶은 마음은 지워지지 않았다. 그녀는 그러한 자기 자신을 이해할 수 없었다. 지금까지 한 번도 그런 혼란에 빠져 본 적이 없었는데, 대체 어찌 된 일인지 알 수 없었다.

난명은 누구에게도 그러한 자기 마음을 내보일 수가 없었다. 부모님과 오빠는 물론, 어렸을 때부터 매일 함께 지내며 그녀를 보살펴 주고 있는 어금이에게도 그러한 마음을 내보이기가 어려웠다. 그녀는 잠도 제대로 자지 못하고, 밥도 제대로 먹지 못했다. 답답한 마음을 견디기 어려울 때마다 그녀는 말을 타고 바깥나들이를 했다.

난명은 말의 허리에 계속 박차를 가했다. 말은 갈기를 세우고 힘차게 내달았다. 길가의 나무와 풀, 논밭의 곡식들과, 일을 하고 있는 사람들이 뒤로 뒤로 물러났다. 난명은 한참 동안 계속 말을 달리다가 커다란 느티나무가 있는 어느 마을 어구에서 고삐를 당겨, 말을 멈추었다. 한번도 와 본 적이 없는 낯선 곳이었다. 그녀는 말에서 내려 느티나무 밑으로 갔다. 느티나무 밑에 널찍하고 평평한 바위가 놓여 있어서 잠깐 쉬며 땀을 들이기에 안성맞춤이었다. 저만치 얼마 떨어지지 않은 논에서 예닐곱 명의 농부들이 김을 매고 있었다.

"이 마을 이름이 무엇입니까?"

난명이 농부들에게 물었다.

"미화부곡이우!"

"명학소가 이 근처에 있지 않나요?"

"그 길루 한참 더 가믄 바루 명학소유!"

난명은 아까 집을 나올 때만 해도 명학소엘 가 보려는 생각은 조금도 하지 않았다. 그녀가 그 생각을 한 것은 어금이를 뒤에 떨어뜨리고 혼자서 한참 말을 달릴 때였다. 남자로 변장을 한 그녀를 알아볼 사람이 없을 것이라는 생각과 함께 망이가 사는 마을엘 한번 가 봐야겠다는 생각이 불쑥 머리를 쳐들었다. 명학소엘 가더라도 모두 그녀를 남자로 알고 특별한 주의를 기울이지 않을 것이니, 그냥 멀리서 마을을 한 번 둘러보기만 하고 돌아오면 아무 일도 없을 것 같았다. 설혹 망이를 만난다 할지라도 그 또한 남장을 한 자기를 알아보지 못할 것이란 생각이 들어, 갑자기 용기가 났다.

난명은 느티나무 그늘에서 숨을 돌린 다음 다시 말에 올라 명학소로 향했다. 한 마장쯤 가서 한길에서 조금 떨어진 곳에 꽤 큰 마을이 자리 잡고 있었다. 그녀는 마을로 들어가는 길로 접어들었다. 난명은 마을 어구 느티나무가 있는 공터에서 말을 내렸다. 여남은 살 먹어 보이는 아이들 대여섯 명이 공터에서 놀고 있었다. 공터 한쪽엔 꼴이 가득 찬 망태기들이 놓여 있었다. 소 먹일 꼴을 베어가지고 돌아오는 아이들이었다. 아이들은 비단옷을 입은 잘 생긴 도령이 건장한 말을 타고 나타나자 호기심과 경계심을 동시에 느낀 듯 멈칫거리며 난명의 주위로 모여들었다.

"얘들아, 이 마을이 명학소냐?"

난명이 웃음 띤 얼굴로 물었다.

"야! 명학소 중에 태동 마을이유. 그런디 왜 그러세유?"

얼굴이 똘똘하고 달망져 보이는 아이가 의아스런 눈길로 난명을 훑어보며 말했다. 차림새로 보아 양반 집안의 귀한 자제가 분명한데, 그런 사람이 무슨 일로 명학소를 찾아 왔는지 궁금했다.

"이 마을에 지난 번 수릿날 읍내 씨름판에서 황소를 끌어온 망이 장사가 사니?"

그녀는 걸걸하고 굵직한 남자 목소리를 내기 위해 애를 썼다.

"우리 옆집 사는 엉아여유!"

한 아이가 자랑스러운 얼굴로 말했다.

"그래? 그 엉아 지금 집에 있니?"

"아마 쇠루 무얼 맨들구 있을 거예유!"

"쇠로 무얼 만들다니?"

"우리 마을이 쇠루 물건을 맨드는 곳이잖유? 다들 쇳일 하느라 정신 읍어유!"

아이는 그것도 모르느냐는 듯 말했다. 난명은 아차 하는 생각이 들었다. 명학소가 특수한 공물(貢物)을 생산해서 조정에 바치는 마을이라는 것은 알고 있었지만, 그 공물이 철물(鐵物)이라는 것은 미처 생각지 못했다.

"망이 장사의 집이 어디 근처냐?"

"동네 웃뜸에 있어유. 그런디 도련님은 어디 사는 누구세유?"

"읍내 사는데, 망이 장사를 좀 아는 사람이야."

"그럼 제가 함께 가서 망이 엉아 집을 알려 드릴까유?"

망이의 옆집에 산다는 아이가 눈을 반짝이며 말했다. 아무리 봐도 너무 준수하게 생겨서 이 세상 사람 같지 않은 앳된 도련님이 망이를 찾아 온 것에 아이는 큰 관심과 흥미를 느꼈다. 그 관심과 흥미가 난명에 대한 친절로 바뀌어 나타났다.

"아니, 그럴 것까진 없다. 꼭 볼 일이 있는 건 아니니까."

"그럼 제가 가서 망이 엉아에게 알려 드릴게유!"

소년은 꼴망태를 걸머지고 일어났다. 난명이 사양했으나 소년은 벌써 마을로 뛰어가고 있었다.

소년이 마을로 들어가고 나서 한 식경쯤 지난 뒤 마을 한길 위에 망이와 소년이 나타났다. 얼굴이 보이는 거리는 아니었으나 보통 사람보다 훨씬 걸까리진 그의 엄장으로 보아 난명은 그가 바로 망이라는 걸 금방 알아볼 수 있었다.

망이의 모습이 한길에 나타난 순간부터 그녀는 걷잡을 수 없이 가슴이 뛰었다. 얼굴이 숯불이라도 쏟아부은 듯 화끈거리고 숨도 크게 쉬기가 어려웠다. 그녀는 안절부절못하다가 망이가 점점 가까이 다가오자 자기도 모르게 후다닥 말에 올랐다.

"저기 망이 엉아가 오는디, 왜 그냥 갈라구 하셔유?"

아이 중의 한 명이 그녀에게 말했으나 그녀는 못 들은 척 말을 석다쳤다. 말은 느닷없는 채찍질에 놀라 히히힝거리며 공터를 빠져나갔다. 그녀는 계속 세차게 말을 몰아 온 길을 되돌아갔다.

미화부곡을 지나 두어 마장을 더 달린 다음 난명은 뒤쫓아온 어금이를 만났다. 어금이는 땀투성이가 되어 울가망한 얼굴로 말했다.

"아가씨, 어딜 갔다가 이제야 오셔유? 무슨 일 나믄 어쩌시려구…."

"무슨 일이 나긴? 말을 타면 좀 달려야 제 맛이 나는 거야."

"그러다 떨어지기라두 하믄 어쩌시려구…."

"많이 걱정한 모양인데, 미안해! 나 이렇게 멀쩡하잖아?"

난명은 어금이를 달랬다.

"죄송해유. 아가씨께 무슨 일이 날까 봐 제가 그만…. 용서하셔유."

어금이가 얼굴을 풀며 말했다.

어금이는 난명이 어렸을 때부터 난명과 침식을 함께 하며 자란 몸종이었다. 난명은 자기보다 세 살이 위인 어금이를 주인과 몸종이라는 신분을 따지지 않고 친구처럼 언니처럼 대해 주었다. 난명은 성품이 명랑하고 나긋나긋해서 부모와 일가 어른들에게 사랑을 받았을 뿐 아니라 너그럽고 활달해서 하인들에게도 존경과 아낌을 받았다. 어금이는 난명과 함께 지내면서 난명이 남다르게 따스한 마음과 때 묻지 않은 아름다움을 지닌 것을 누구보다 잘 알고 있었고, 그녀를 마음 속 깊이 사랑하고 아끼게 되었다.

이틀 후에도 난명은 말을 타고 명학소 태동 마을로 갔다. 마을 입구 공터엔 아무도 없었다. 그녀는 한참을 그곳에서 쉬다가 말머리를 돌려 읍내로 돌아왔다. 마을로 들어가 망이를 만나고 싶은 생각이 간절했으나 차마 용기가 나지 않았다. 그 후에도 그녀는 몇 번이나 명학소엘 갔다. 마을 입구 공터에 사람이 있을 땐 그냥 마을을 지나 더 먼 곳까지 가기도 하고, 그곳에 사람이 없을 땐 그곳에서 잠깐 쉬며 땀을 들이고 돌아오곤 했다.

그날도 난명은 명학소엘 갔다가 공터에서 잠깐 숨을 돌이킨 다음 말머리를 돌렸다. 그녀가 마을에서 반 마장쯤 떨어진 한길을 터벅터벅 말을 몰아가고 있을 때였다.

"이보시우!"

등 뒤에서 갑자기 우렁우렁한 사내의 목소리가 귓전을 울렸다. 뒤를 돌아본 그녀는 깜짝 놀랐다. 망이가 바로 몇 걸음 뒤에 서 있는 게 아닌가!.

두 사람의 눈동자가 상대방을 향해 놀라움으로 활짝 열렸다. 그들은 서로를 뚫어지게 바라보았다. 망이는 그녀를 뒤따라오기 위해 마구 달렸는지 상혈된 얼굴에 구슬땀을 흘리고 있었다.

한참 후에 망이가 믿어지지 않는다는 얼굴로 입을 열었다.

"…아가씨? …아가씨가 어뜨케 도령 옷을 입구서…?"

그의 목소리는 심하게 말을 더듬는 사람처럼 어눌하게 떨렸다.

"…말 타는 연습을 하느라고요. 그런데 어떻게 알고…?"

난명이 바알갛게 상기된 얼굴로 말했다.

"얼마 전에 옆집 사는 만복이라는 애가 어떤 도련님이 말을 타구 저를 찾아왔었다구 하데유. 그 뒤로두 가끔 말 탄 도련님이 마을 어귀에 나타나거나 한길을 지나간다기에 몹시 궁금했는디, …오늘 혹시나 하구 마을 앞 공터를 바라봤다가 말을 탄 도령의 모습을 발견하구 달려왔습니다유."

망이가 그녀의 얼굴에서 눈을 떼지 못한 채 말했다. 잘 익은 복숭아 같은 난명의 얼굴은 눈부시게 고왔고, 반가움으로 빛나는 눈동자는 아름답다 못해 찬란하기까지 했다. 망이의 눈동자에는 그녀에 대한 찬탄과 반가움이 숨길 수 없이 떠올랐다. 난명은 그러한 망이의 얼굴을 보며 숨이 막힐 것 같았다. 마치 그의 눈 속으로 자기의 몸이 통째로 빨려 들어가는 것 같은 느낌이었다. 그녀는 지금까지 한번도 그런 눈으로 자기를 바라보는 젊은이를 본 적이 없었다. 그리고 그처럼 싱그럽고 아름다운 젊은이의 얼굴을 본 적이 없었다. 난명은 망이의 얼굴을 보면서 아주 오래 전부터 그를 만나기 위해 먼 길을 찾아온 것 같은, 이해할 수 없는 기이한 느낌에 사로잡혀, 흠칫 몸을 떨었다.

"이름이 난명, …난명 아가씨지유?"

"…제 이름을 어떻게 아셨어요?"

"지난번 야단법석에서 아가씨를 모시구 왔던 처자가 아가씨 이름을 부르는 걸 들었습쥬."

"그러셨군요! 이녁은 이름이 망이시지요?"

"! …제 이름을 기억하구 계실 줄은 몰랐습니다유!"

"유성읍을 들썩들썩하게 한 장사인데, 이름을 모를 수가 있나요?"

"……!"

두 사람은 똑같이 상대방에 대해 말할 수 없이 감동하여 서로의 얼굴을 뚫어지게 응시했다. 두 사람의 시선이 그러한 그들의 마음을 서로에게 전하듯 뜨겁게 엉켰다.

"…말 탈 줄 아세요?"

한참 후에 난명이 망이에게 물었다.

"예?"

망이가 무슨 뜻인지 몰라서 어리둥절한 얼굴로 물었다.

"망이 장사가 말을 타면 정말 멋있을 것 같아요."

"말을 타 본 적은 읎습니다유."

"…한 번 타 보겠어요? 재미있어요!"

"…탈 줄 모르는디…."

"제가 가르쳐 드릴게요."

"……!"

난명이 쾌활하고 시원스럽게 말했다. 망이는 그녀의 말에 놀라 말문이 막혔다. 아가씨가 말 타는 법을 가르쳐 주시다니!

"별로 어렵지 않아요. 그리고 제가 남자 옷을 입고 있으니까 아무도 이상하게 보지 않을 거예요."

"그래두…."

"여기서 한 마장쯤 저쪽으로 가면 시내가 있던데, 그 둔치에서 타면 보는 사람도 없을 거예요."

난명이 눈을 빛내며 말했다. 그녀는 망이에게 정말로 말 타는 법을 가르쳐 주고 싶었다. 그가 말을 타고 긴 머리칼을 날리며 바람같이 달리면 얼마나 장쾌하겠는가!

"빨리 그리로 가요!"

난명이 갑자기 어린애같이 졸랐다. 망이는 난명의 얼굴을 보고서 그녀가 농담을 하고 있는 게 아니라는 걸 알았다.

"......!"

망이는 난명이 탄 말의 고삐를 잡고 그녀가 말한 냇가로 갔다. 난명은 그가 고삐를 잡는 것을 보고 깜짝 놀라 극구 사양했으나, 망이는 고집스럽게 말고삐를 놓지 않았다. 멀리서 보면 하인이 도련님의 길라잡이를 하고 나들이를 가는 것 같은 모습이었다.

냇가에 닿아 둔치를 좀 거슬러 올라가자 사람들 눈에 잘 띄지 않는 풀밭이 나왔다. 냇물을 따라 좁고 길게 펼쳐진 풀밭은 말을 타기에 아주 안성맞춤이었다.

"여기가 좋겠어요."

난명이 말에서 내리며 말했다. 난명은 곧바로 망이에게 말 타는 방법을 가르쳐 주었다. 그녀는 재갈과 재갈멈치, 고삐이음쇠, 굴레, 고삐와 안장, 발걸이와 다래, 고들개, 말띠꾸미개 등 마구의 이름과 쓰임새를 하나하나 설명한 다음, 등자에 발을 걸고 안장에 오르는 방법부터 친절하게 몸소 시범을 보이고, 망이로 하여금 따라서 하게 했다. 망이는 고삐를 쥐고 말을 부리는 방법, 박차를 가하는 방법, 말 위에서 몸의 균형을 유지하는 방법 등을 차례로 익혔다. 그는 금방 말 타는 법을 배울 줄 알았으나 그게 생각보다 쉽지 않다는 걸 알게 되었다. 그리고 말을 타는 게 정말 신나고 재미나는 일이라는 것도 알게 되었다. 말의 움직임에 따라 적당히 몸을 움직이는 것도 재미있었고, 말 위에서 내려다보는 경치도 새로웠다.

"정말 삽시간에 말 타는 법을 익히는군요! 나는 며칠이나 걸려서 겨우 익혔는데 그렇게 빨리 배우다니!"

망이가 말을 몰고 풀밭을 오가는 모습을 보며 난명이 감탄하여 말했다.

"아가씨께서 잘 가르쳐 주신 덕분입니다유!"

그가 활짝 웃으며 말하자 난명도 얼굴 가득 화사한 웃음을 담았다.

말을 타다 보니 시간이 그렇게 빨리 흘러갈 수가 없었다. 어느새 해가 서쪽으로 많이 기울어 있었다. 두 사람이 만난 지 한겻은 좋이 지난 것 같았다.

"이제 가 봐야겠어요."

난명이 문득 갑호향 큰솔 마을 근처의 길가에서 자기를 기다리고 있을 어금이를 떠올리며 말했다. 어금이는 지금쯤 그녀를 기다리다 못해 속이 새카맣게 탄 채 발을 동동 구르고 있을 것이었다. 그녀는 아까 갑호향 큰솔 마을의 동구 밖 느티나무 밑에서 어금이와 헤어져 혼자 명학소로 말을 몰았다. 어금이에게 힘들게 따라올 것 없이 그곳에서 기다리고 있으라고 하고서는, 예기치 않게 망이를 만난 바람에 그간 어금이를 까맣게 잊고 있었던 것이다.

"…아가씨, …아가씨를 다시 뵐 수 있을까유?"

난명이 말에 오르자 망이가 물었다. 난명의 입에서 거절의 말이 떨어질까 두려워 그의 얼굴이 자기도 모르게 굳어졌다.

"아직 말 타는 연습을 더 하셔야겠지요? 모레 오후에 여기서 다시 만날까요?"

"고맙습니다유!"

망이의 얼굴이 기쁨으로 활짝 펴졌다. 난명은 그러한 망이의 얼굴이 그렇게 보기 좋을 수가 없었다. 난명은 고개를 살짝 숙여 보이고는, 말고삐를 당겨 앞으로 나아갔다.

"아가씨!"

그녀가 몇 발자국 앞으로 나아갔을 때 망이가 큰 소리로 그녀를 불렀다. 난명이 말을 멈추자 망이가 그녀에게 다가가, 말했다.

"난명 아가씨, …아가씨처럼 고운 분은 생전 처음 봤습니다유. …야단법석에서 처음 뵈었을 때부터 눈이 부셔서 바로 쳐다보기가 어려웠습쥬! …씨름판에서 난명 아가씨가 오라버니와 얘길 하는 것을 봤을 땐 그가 오라버니인 줄 미처 몰르구… 가슴이 터질 것 같았습니다유."

망이는 떨리는 목소리로 말을 마치고 그녀의 눈을 똑바로 응시하였다.

"…저도…!"

난명은 들릴 듯 말 듯한 작은 목소리로 말하고는, 얼굴이 새빨개져서 말고삐를 당기며 세차게 박차를 가했다. 말은 갑작스런 박차에 깜짝 놀라 선불 맞은 산짐승처럼 앞으로 달려나갔다.

2. 짱똘이

졸개인 방개한테서 망이와 난명의 얘기를 듣는 순간 짱똘이는 캄캄한 어둠 속에서 갑자기 횃불을 만난 듯 머릿속이 환하게 밝아지는 걸 느꼈다.

"그 연놈덜이 명학소의 망이란 놈과 읍내의 유명한 호족 강한성 딸년이 틀림읎단 말이지?!"

그는 속으로 쾌재를 부르면서도 방개의 말이 믿어지지 않아 다시 다짐을 받듯 물었다. 천한 소놈이 읍내에서 내로라하는 귀한 집 규수를 손아귀에 넣고, 함께 말을 타면서 농탕질을 치다니!

"이 두 눈으루 똑똑허게 보았다니까유! 그 연놈덜이 말을 타믄서 어찌나 희학질을 허던지, 차마 눈뜨구 못 보겠던 걸유!"

방개는 자기의 공로를 자랑삼아 큰 소리로 떠벌렸다.

"그 계집년이 사내루 변장을 했다? 흐흐흐흐! 그게 계집인 줄은 어뜨케 알었나?"

"꼭 알밤이 쏟아져야만 가을이 온 것을 압니까유? 걸을 때 암탉처럼 어기적거리며 엉덩이 흔드는 것 허며, 목소리두 그렇구, 수염 하나 읎는 끼끗헌 얼굴두 그렇구…. 이 방개가 누굽니까? 바람난 계집이 사람덜 눈을 쇡이려구 도령으루 꾸몄다는 걸 한눈에 알아봤습쥬!"

방개가 흥감을 부리며 구렁이 제 몸 추듯 또 자랑을 늘어놓았다.

"그 계집이 강한성의 딸이란 건 어뜨게 알았냐?"

"틀림읎습니다유! 그 계집과 그년의 몸종이 앙큼스럽게 남장을 허구서 강한성 몰래 놀아나는 것입쥬! 그러나 이 방개한테 걸렸으니 제 깟 것들이 어딜 가겠습니까? 그물 안에 든 물고기 신세지! 헤헤헤! 그 것들을 발맘발맘 뒤따라가서 강한성의 저택으루 들어가는 것까지 직접 확인했습지유!"

"강한성의 집으루 들어갔다구 해서 그 계집이 반드시 그의 딸이라구 할 수는 읎지!"

"그 계집이 탄 말은 그냥 보통 말이 아니라, 그게 강한성의 아들 강철명이 애끼는 절따말이유! 그 말은 강철명과, 강철명이 넨다하는 그의 누이 외에는 아무두 타지 못한다는 것까지 다 수탐해 알아냈습쥬. 그러니 그 계집이 강한성의 딸이 아니구 누구겠습니까유?"

방개는 가살스러운 얼굴로 입에 거품을 물고 큰소리를 쳤다.

"알았다! 내 쫌 더 알아봐야겠다. 넌 나가서 탁배기라두 마셔라!"

짱똘이가 반닫이에서 삼베 한 필을 꺼내서 방개 앞에 던져주었다. 삼베를 본 방개의 얼굴이 단박에 실쭉 일그러졌다.

"아니, 이게 뭡니까유?"

방개가 눈을 불량하게 치뜨며 불퉁스럽게 말했다. 눈치 빠르기가 절에 가서도 젓갈을 얻어먹고 이익을 쫓는 데 발밭기 짝이 없는 방개는 자기가 물어온 정보가 얼마나 큰 값어치가 있는 것인지를 잘 알고 있었다. 오랜만에 한 건(件) 크게 올렸다 했는데 겨우 베 한 필이라니!

"왜 그려?"

짱똘이가 눈을 가느스름하게 뜨고 물었다.

"적어두 활구 한 개는 주셔야 허는 거 아닙니까유?"

방개가 낯색이 변하여 큰 소리로 말했다.

"뭐? 활구를? 이눔이 환장을 해서 눈에 헛거미가 잽혔나? 이눔아! 너 활구 한 개가 베 몇 필 값인지 알구나 허는 말이냐! 미친 눔!"

짱똘이는 벽장 깊숙이 숨겨둔 활구들을 머릿속에 떠올리며 방개에게 삿대질을 했다. 활구는 은으로 만든 병처럼 생긴 화폐로서 은병이라고도 하는데, 숙종 시대 이후로 고액의 화폐로 사용되어 왔으나, 일반 서민들은 구경하기도 어려운 귀한 것이었다.

"제가 물어 온 껀(件)이 어떤 껀인지는 저보다 대형님이 더 잘 아실 겁니다유. 그걸 빌미잡어 강한성이의 불알을 꽉 쥐구 늘어지믄 그 집의 기둥뿌리까지 뽑아낼 수 있다는 건 삼척동자두 다 아는 일 아닙니까유? 흐흐흐흐! 그런데 삼베 한 필이라니, 이 방개를 어뜨케 보구 이러십니까유?"

"아니, 이눔이?! …이제 간뎅이가 부어 못 하는 말이 읎네?"

방개를 노려보는 짱똘이의 눈에 차가운 날(刃)이 섰다.

"사실이 그렇잖습니까유? 앞으루 꼬스름한 일이 넘치구 또 넘칠 텐디…, 한 마음 더 쓰시쥬!"

방개는 짱똘이의 얼굴이 차갑게 굳어진 것을 보고 얼른 얼굴빛을 고치고 목소리를 낮춰 비라리를 쳤다.

"알었다!"

짱똘이는 다시 반닫이에서 오승포 두 필을 꺼내서 방개 앞에 내던졌다.

"대형님, 요즈음은 증말 죽을 지경입니다유! 아시다시피 무슨 벌이가 있어얍쥬? 제발 몇 필만 더 생각해 주십슈. 은혜는 잊지 않겠습니다유."

방개는 다시 짱똘이의 보비위를 맞추기 위해 얼굴에 비굴한 웃음을 띄워올리며 다리 아랫소리를 늘어놓았다.

"그눔, 정말 찰거머리같이 질기구나!"

짱똘이가 어쩔 수 없다는 듯 또다시 오승포 두 필을 내놓았다. 그는 방개의 이야기를 듣고 난 뒤 그 수고의 대가로 베 다섯 필쯤은 내줄 생각이었다. 그러나 이악스럽고 애바른 방개에게 처음부터 다섯 필을 몽땅 내놓았다가는 몇 필 더 내놓지 않으면 안 될 게 뻔해서, 그렇게 짜뜰름거렸던 것이다.

"나두 네가 이번에 큰 건을 물어 왔다는 건 안다! 이 일이 끝나믄 그때 가서 보자! 내 크게 한 몫 쓰겄다! 그러나 한 가지 주의할 것은, 내 명령이 있을 때까지는 다른 놈들에게 이 일에 대해 입두 뻥끗해선 안 된다는 거여! 잠잘 때 잠꼬대두 해선 안 된다는 걸 명심해라! 만약 이 일이 사전에 누설되었다가는 아예 숟가락을 놓게 될 것이여!"

짱똘이는 방개가 함부로 입을 나불대지 않게 단단히 뒤조짐을 했다.

"염려 팍 놓으십슈! 이 방개, 눈치코치 하나로 먹구 사는 놈 아닙니까유? 나중에 상이나 더 두둑허게 주십슈!"

방개가 희희낙락한 얼굴로 보자기에 삼베를 싼 다음 그것을 들고 일어나, 굽신 인사를 하고 나갔다.

클클클! 클클클! 클클클클!

방개가 나간 뒤에 짱똘이는 자기도 모르게 클클거리며 웃었다. 한번 웃음이 터지자 웃음은 걷잡을 수 없이 계속되어 그는 눈물이 날 때까지 계속 클클클 웃어 댔다. 천한 소놈이 감히 읍내에서 둘째 가라 하면 서러워할 호족인 강한성의 딸을 꼬셔서 희롱을 하다니! 클클클! 클클클! 이 연놈들, 한꺼번에 잘 걸려들었다! 도깨비 방망이가 따로 있나! 클클클! 그는 이를 옥물고 거듭거듭 쾌재를 불렀다.

짱똘이는 수릿날 씨름대회에서 망이에게 지고 난 뒤 그에게 깊은 앙심을 품게 되었다. 소에 사는 천한 떠꺼머리 총각놈한테, 그것도 그의 졸개들과 수백 명의 구경꾼들 앞에서 비참하게 나가떨어진 것을 생각하면 자다가도 치가 떨렸다. 천하의 짱똘이가 갓 스물밖에 안 되는 애동대동한 소놈에게 번쩍 들려서 모래판에 패대기질을 당하다니, 이보다 더한 개망신이 어디 있단 말인가!

그는 망이가 예선전에서 승승장구하는 것을 보면서 망이에 대해 심한 불안감과 두려움을 느꼈다. 망이의 걸출한 걸때와 놀라운 힘에 자기도 모르게 주눅이 들었다. 나이는 어리지만 결코 얕잡아 볼 만만한 놈이 아니었다. 그런데 준결승전에서 망이와 맞붙게 되었다. 그는 미리 졸개 두 놈을 망이에게 보내서 비단으로 꾀어 보기도 하고, 기를 꺾어 놓기 위해 으름장을 놓아 겁을 주기도 했다. 사금파리를 샅바에 넣는 암수를 써 보기도 했다. 그러나 망이는 커다란 바위처럼 끄떡도 하지 않았고, 그는 결국 참혹하게 패배했다.

짱똘이는 머리통과 얼굴이 온통 모래에 범벅이 된 채 정신을 못 차리고 버르적거렸던 자기의 몰골이 생각날 때마다 이가 갈렸다. 그가 모래판에 거꾸러진 그 순간 십여 년이 넘게 읍내는 물론 인근의 주먹패들을 장악해 왔던 그의 권위도 무참하게 모래바닥에 패대기쳐진 것이라는 생각이 들었다.

짱똘이는 여러 날 밤잠을 이루지 못하고 절치부심했다. 생각하면 할수록 도저히 그냥 참고 있을 수가 없었다. 당장 명학소로 달려가서 망이의 숨통을 끊어 놓고 싶었다. 그러나 그게 그렇게 간단한 일이 아니었다. 명학소가 자기가 노는 바닥도 아니고, 망이가 결코 그렇게 호락호락한 상대가 아닐 뿐더러, 게다가 망이의 곁에는 망이에 버금가는 힘을 지닌 아우놈이 있지 않던가. 그가 읍내 주먹패들을 데리고 가면 마을 사람들이 모두 몽둥이를 들고 몰려나올 것이 뻔했다. 천한 놈들이란 자기들끼리의 동류 의식이 유별나게 강해서 일단 무슨 일이 터지면 마치 들개들처럼 우루루 떼를 지어 달려들곤 하는 족속들 아닌가. 그렇다고 망이가 혼자 읍내 나들이를 하길 바라며 무작정 기다리고 있을 수도 없었다.

짱똘이는 은결이 들어서 몇날 며칠을 끙끙거리면서 어떻게 하면 망이에게 복수를 할 수 있을까 갖은 궁리를 다했다. 그러나 별로 뾰족한 수가 없었다. 아무리 생각을 해 봐도 그럴싸한 방도가 떠오르지 않았다. 그는 우선 졸개인 방개와 천출이를 엿장수와 소금장수로 꾸며서 명학소를 드나들며 망이의 주변을 정탐하도록 했다. 그리고 읍내 거지들의 꼭지인 딴쇠에게도 명학소를 드나드는 거지들에게 은밀하게 망이의 주변을 엿보도록 일렀다.

그런데 드디어 달포만에 방개가 생각하지도 않았던 놀라운 정보를 물어 온 것이다.

"클클클! 드디어 그놈이 내 손 안에 떨어졌군! 그것두 금덩어리 같은 계집과 함께! 클클클클!"

짱똘이는 생각할수록 너무나 기뻐서 온몸이 근질거렸다. 그는 망이와 난명을 옴쭉달싹못하게 잡을 계책을 짜내기 위해 생각에 생각을 거듭했다.

짱똘이는 읍내 저자거리의 헐수할수없는 가난한 집에서 태어났다. 젖먹이 때에 아버지가 죽고, 일곱 살 나던 해에 어머니마저 세상을 뜨자 의지가지없는 고아가 된 그는 이 집 저 집 돌아다니며 턱찌끼를 얻어먹으면서 자랐다. 어렸을 때부터 저잣거리의 온갖 더러운 허드렛일을 도맡아 하고, 사람들의 천대와 멸시를 받으며 자라다 보니, 그는 자연 들개처럼 교활하고 유들유들하며 사나운 사내가 되었고, 살기 위해선 누구에게도 지지 않는 검질긴 성격을 지니게 되었다.

저잣거리란 이래저래 시비가 많은 곳이라 짱똘이는 어렸을 때부터 주먹질로 잔뼈가 굵었다. 그는 한번 시비가 붙었다 하면 상대방이 진절머리를 내고 물러날 때까지 악착같이 진피를 부리곤 해서, 열댓 살 되면서부터 주먹패로 이름을 날리기 시작했다. 청년이 되자 짱똘이는 덩치도 힘도 남 못지않게 자랐고, 몸이 날쌔고 성격이 과감해서 싸움에서 지는 일이 없었다. 게다가 성격이 치밀하고 음특하여 계략을 꾸미는 데 뛰어나서, 그의 윗자리에 있던 싸움꾼들도 은근히 두려워하는 존재가 되었다.

스물한 살이 되면서 짱똘이는 주먹패들 중에 세 번째인 소형님의 자리에 올랐다. 그는 소형님에 만족하지 않고 곧바로 둘째인 중형님 자리와 우두머리인 대형님 자리를 넘보았다. 그러나 중형님 감봉이와 대형님 복보는 나이도 그보다 다섯 살, 열 살이 많았고, 오랜 동안 패거리들을 거느려 왔기 때문에 짱똘이는 쉽게 그들에게 도전할 수 없었다. 그들은 힘이나 싸움 솜씨도 만만치 않았지만, 무엇보다 아랫사람들을 거느리는 포용력과 통솔력이 뛰어나서 졸개들이 두 사람을 따르고 있었다. 짱똘이는 겉으로는 늘 두 사람에게 따리를 붙이며 알랑댔으나, 속으로는 두 사람을 제거할 기회가 오기만을 학수고대하고 있었다.

어느 날, 읍내에 얼굴이 해반지르르하고 가슴과 엉덩이가 놀랍게 풍만한 향향이라는 논다니 계집이 흘러 들어왔다. 그녀는 저잣거리에 있는 술집에 몸을 붙이고 술청에 나와서 손님들의 술시중을 들었다. 향향은 파르스름한 기운이 도는 고혹적인 눈동자와 코맹맹이 목소리, 그리고 요염한 미소로 색기(色氣)를 짙게 풍기며 술 마시러 온 남정네들을 꼼짝 못하게 사로잡았다. 주먹패들의 둘째인 중형님 감봉이가 소문을 듣고 술을 마시러 갔다가 그 계집에게 한눈에 빠졌다. 몇 달 전 그의 아내가 병으로 죽은 뒤 육허기(肉虛飢)가 든 감봉이는 여자의 짙은 살냄새를 맡자 눈이 뒤집혀 제 정신이 아니었다. 그는 반 우격다짐으로 향향을 자기 것으로 만들고 나서, 밤마다 그녀의 거처인 주막의 뒷방에 들어앉아 기둥서방 노릇을 했다.

뒤늦게 그 논다니 이야기를 들은 짱똘이도 그녀를 보러 술집으로 갔다. 도대체 어떤 계집이기에 소문이 그렇게 요란한지, 둘째 형님 감봉이가 그렇게 푹 빠져서 사족을 못 쓰는지 야릇한 호기심이 일었다.

향향은 소문대로 눈이 확 뜨이는, 남자깨나 밝히게 생긴 농염한 계집이었다. 술상을 들여온 뒤 짱똘이 옆에 바싹 다가앉은 향향은 살살

눈웃음을 치며 슬쩍슬쩍 자기의 허여멀쑥한 허벅지와 가슴을 드러내보이기도 하고, 짱똘이의 사타구니께를 슬슬 어루기도 했다. 깔깔거리며 온몸을 요염하게 흔들어대기도 하고, 홍홍 콧소리를 내며 짱똘이의 가슴을 어루만지기도 하면서, 그의 넋을 홀딱 빼놓았다. 짱똘이는 향향의 농익은 교태와 사내의 혼을 빼놓는 듯한 짙은 살냄새에 사추리가 뻐근해서 참을 수가 없었다. 그는 자기도 모르게 다짜고짜 향향이를 향해 달려들었다.

"안 돼! 이러지 마! 감봉이가 눈에 불을 켜구 지켜보구 있는디, 내가 이녁과 배가 맞은 것을 알믄 나는 죽어! 나뿐 아니라 이녁두 성치 못할 게 뻔하잖어? 물불을 안 가리는 감봉이 성질을 잘 알믄서 이러믄 어떡햐?"

향향은 짱똘이의 품에 안겨 무르익을 대로 익은 몸을 비비꼬면서 그의 귀에 뜨거운 숨을 토해내며 말했다. 그는 그녀의 입술과 가슴을 마구 흠빨고 감빨며 그녀의 몸을 가지려 했으나, 향향은 그의 애만 태우고 욕정만 자극할 뿐 쉬이 몸은 주지 않았다. 여자에 대해 요물이라느니, 꼬리 아홉 달린 백여우라느니 하는 말을 많이 들었지만, 짱똘이는 그때까지 그게 무슨 뜻인지 잘 몰랐었다. 그런데 향향을 대하고 나서야 그게 무슨 뜻인지를 실감했다. 그리고 중형님 감봉이가 왜 단번에 그녀에게 그렇게 빠져들었는지도 이해가 갔다.

"내 기어이 향향이 너를 내 꺼루 맨들구 말 거여!"

"희떠운 소리 그만햐! 공연히 나를 집쩍거리다가 감봉이한테 혼나지 말구!"

"내가 감봉이 같은 놈을 두려워허는 줄 아나 본디, 그건 이 짱똘이를 모욕허는 말이여! 곧 이 짱똘이가 어떤 놈인지 확실허게 알게 될 거여!"

짱똘이는 대장간의 시우쇠처럼 온몸이 바짝 달아올라서 감봉이한테서 향향을 빼앗을 결심을 굳혔다.

며칠 후 저녁이었다. 짱똘이는 감봉이가 아랫마을 째보네 집으로 마실간 것을 확인하고 나서, 복보를 찾아갔다.

　"대형님, 심심허구 출출헌디 그 향향이라는 논다니 계집이나 한 번 보러 가시쥬! 오늘밤 제가 뫼시겄습니다. 한마디루 아주 끝내주는 계집입니다유!"

　"나두 지나가다가 그 계집을 봤는디, 그년이 보통 계집이 아니더구먼! 사내 여럿 잡아먹을 년이여! 감봉이가 그 계집에게 미쳐서 아예 그년의 방에서 산다던디, 괜히 그 계집과 시시덕거리다간 감봉이와 티격이 날 텐디?"

　복보는 말은 그렇게 하면서도 향향에게 잔뜩 마음이 있는 눈치였다.

　"어차피 그렇구 그런 아랫녘장수인디, 티격은 무슨 티격입니까유? 중형님이 그렇게 속 좁은 사람입니까유? 아, 고년이 지난번에는 어찌나 암내를 찐허게 풍기던지 제가 오줌을 질질 싸지 않았습니까? 방금 보니까 감봉이 중형님두 째보네 사랑에서 술추렴을 벌이구 있는 것 같던디, 대형님두 향향네 집에 가서 한 잔 허시지유!"

　짱똘이는 망설이는 복보의 등을 떠밀다시피해서 그를 술집으로 데려 갔다.

　"이봐! 오늘은 대형님을 뫼시구 제대루 한 잔 헐라구 허니, 술청 말구 저쪽 구석 조용한 방에 거허게 한 상 채려! 그리구 향향이를 들어오게 허구!"

　짱똘이가 술집 주인에게 호기롭게 말했다.

　"예! 그렇게 합쥬! 불이 켜져 있는 저 끝방으루 들어가십슈. 곧 주안상을 들여보낼 테니까."

　나이가 중씰한 주인은 새파랗게 젊은 두 사람에게 허리를 굽실거리며 말했다. 그러나 그는 두 사람이 방으로 들어가자

　"그눔, 싸라기밥만 처먹었나? 제 아비 같은 사람한테 반말지거리는! 번번이 술값도 제대루 안 내믄서 큰소리는?! 이거 정말 똥파리 등쌀에

드러워서 못해 먹겠구먼!"

하고 게두덜거리며, 짱똘이와 복보가 들어간 방을 향해 퉤퉤 침을 뱉었다.

한참 후에 두 사람이 앉아 있는 방에 향향이 술상을 들고 들어왔다.

"향향아! 너, 이 복보 어르신 알지? 우리 고을 최고 장사이시구 우리들의 대형님이시다! 감봉이 중형님보다 윗어른이시니 알어서 뫼셔라! 앞으루 이 복보 대형님께 잘 보여야 이 바닥에서 밥술이라두 언어먹지, 그렇지 않으믄 국물두 읎어야!"

짱똘이는 향향의 뒤꼭지를 은근히 눌러놓고는, 그녀를 밖으로 불러낸 다음,

"오늘은 내가 대형님을 모시는 자리이니 화끈하게 한번 모셔 봐라! 네가 잘만 허믄 이것을 주겠다!"

하고, 가져온 보자기를 풀었다. 보자기 속에서 울긋불긋 빛나는 화사한 비단 두 필이 나왔다.

"이거, 대국 비단 아녀?"

비단을 본 향향의 눈이 욕심으로 번들거렸다.

"너, 이런 비단은 처음 봤지? 이게 바로 송나라에서 바다를 건너온 대국 비단이여! 너같이 예쁜 계집이 이걸루 옷을 해 입으믄 증말 한 인물 더 날 걸? 어뗘? 증말 좋지? 네가 우리 복보 대형님을 구워삶어 고주망태를 만들구, 육보시(肉布施)를 하믄 이건 네 꺼여! …어뗘?"

처음 보는 휘황한 비단에 거미가 치밀어서 어쩔 줄 모르는 향향을 바라보며 짱똘이는 그녀의 귀에 독을 부어넣듯 속삭였다.

"육보시? 육보시가 뭐여?"

"이런 숙맥! 몸을 바쳐 뫼시는 것두 몰러?"

"남자 구워삶어 술 권하는 건 손바닥 뒤집기보다 쉬운 일이지만, 몸까지 바치는 건….".

향향이 뭔가 거리껴지는 듯 망설이며 말했다.

"야, 너 저 비단이 얼마나 값비싼 것인지 몰러? 남자에게 몸 한 번 주는 거야 강물에 배 지나가긴디 뭘 그르케 비싸게 굴어?"

"감봉이가 알믄 나 맞어 죽어!"

"이런 젠장! 감봉이가 알긴 어뜨케 알어? 또 안다구 해두 대형님이 있는디 뭐가 겁나냐? 우리 주먹패들의 계율은 너두 좀 알구 있지? 하루 선배 알기를 고조할애비처럼 하라는 거 말여! 아랫것들은 윗분 명령에 절대 복종하구, 윗분 하시는 일엔 시비를 따질 수 읇다구! 아닌 말루 네가 감봉이와 육례를 올린 사이두 아닌디, 복보 대형님과 하룻 밤 놀았다구 감봉이가 뭘 어쩌겠냐? 너, 구더기 무서워서 장 못 담그는 거 봤냐? …어쩔 텨?"

그는 비단을 다시 보자기에 싸 들며 금방이라도 다른 곳으로 갈 듯한 기세로

"너 아니라두 이 비단이믄 육보시할 계집은 쌔구 쌨으니, 싫으믄 관두구!"

하고 말했다. 그러자 향향이 다급하게 그의 옷소매를 붙잡고 늘어졌다.

"알었어! 알었어! …그 대신 감봉이한텐 비밀루 해 주어야 혀!"

"걱정 말어! 내가 그렇게 멍청한 놈으루 보이냐?"

그는 향향에게 보자기를 넘겨주며 회심의 미소를 지었다.

향향은 정말 남자를 후리는 데 타고난 재주를 지닌 계집이었다. 복보에게 바짝 달라붙어 홍홍홍 온갖 교태를 부리며 술을 먹이고 유혹을 하는데, 옆에서 보는 짱똘이가 되레 하초가 부풀어올라 참을 수가 없었다. 꼬리 아홉 달린 백여우가 예쁜 계집으로 둔갑을 하여 사내 혼을 빼놓고 잡아먹는다더니! 짱똘이는 복보가 술과 여자에게 완전히 녹아 흐물거리는 것을 보고서 등잔의 들기름불을 불어 끄고, 밖으로 나왔다.

그는 발소리가 나지 않게 술청으로 가서 안을 엿보았다. 술청 안에

는 아무도 없었다. 손님이 없자 주인과 그의 처는 술청 뒤에 있는 살림집으로 들어간 것 같았다. 그는 재빨리 술청 옆 부엌으로 들어가서 식칼을 허리춤에 꽂은 다음 술청을 나왔다. 그리고 아랫마을 째보네 집을 향해 달렸다. 째보의 집에 도착한 그는 도둑고양이처럼 사랑방 앞으로 가서 벽에 바짝 다가섰다. 방 안에서 감봉이와 아랫것들 몇 놈의 거나하게 취한 떠지껄한 목소리가 흘러나오고 있었다. 본격적으로 술추렴을 벌인 게 틀림없었다. 그는 째보의 집을 나와서, 길에서 놀고 있는 꼬마둥이를 붙잡고 엽전 한 닢을 주며 말했다.

"너, 저기 째보네 사랑방 알지? 거기 가믄 감봉이라는 사람이 있을 겨. 그 사람한테 가서 이르케 말해라. 지금 어떤 사람이 주막집에서 술을 마시다가 술에 취해서 그 집에 있는 젊은 여자를 죽이려 하구 있다구!"

짱똘이는 집 처마의 어둠 속에 몸을 감추고 꼬마둥이가 째보네 사립으로 들어가는 것을 지켜보았다. 잠시 후 감봉이가 후다닥 튀어나오고, 이어 그의 졸개 서너 명이 뒤따라 나왔다. 감봉이는 향향이 있는 술집을 향해 성난 멧돼지처럼 식식거리며 달려갔다. 그 뒤를 주먹패들이 쫓아가고, 또 그 뒤를 짱똘이가 좀 거리를 두고 은밀히 뒤따랐다.

어떤 놈이 술에 취해 억지로 향향을 욕보이려 한다고 생각한 감봉이는 불같이 성이 나서 단걸음에 술집으로 달려갔다. 그놈을 한 주먹에 박살낼 작정이었다. 그런데 술청엔 들기름 등불만 가물거리고 있을 뿐, 아무도 없었다.

"향향아! 향향아!"

감봉이는 다급하게 향향의 이름을 불렀다. 그러나 아무 대답이 없었다. 그는 다시 다급하게 향향을 부르며 부엌을 들여다보고, 향향의 거처인 살림집 뒷방에도 가 보았다. 그러나 그곳에도 향향은 보이지 않았다. 그는 손님을 받는 곁채로 달려갔다. 곁채엔 불이 모두 꺼져 있고 인기척도 없었다. 그런데 제일 끝방의 댓돌에 덤틱스럽게 큰 미투리와 앙증스럽고 귀여운 미투리가 나란히 놓여 있었다. 그 중 작은 것이 눈에 익은 향향의 미투리가 분명했다.

이런 쳐죽일 연놈들이 있나! 감봉이는 머리끝까지 노기가 솟구쳐 벌컥 방문을 열어젖혔다. 아니나 다를까, 어둠 속에서 두 개의 그림자가 뒤엉켜 있었다.

"이런 쳐죽일 연놈들!"

그는 대뜸 방 안으로 뛰어들어가서 댓바람에 술상에 발길질을 했다. 술상이 엎어지며 술병과 술잔, 안주 등이 사방으로 날아가 박살이 났다. 그는 뒤엉켜 있는 둘을 향해 닥치는 대로 주먹을 휘두르고 발길질을 했다. 향향이 그의 주먹에 턱주가리를 맞고 나가떨어지고, 복보도 그의 발길질에 옆구리를 채여 방바닥에 나뒹굴었다.

"이놈! 어디 죽어 봐라! 이놈!"

"이 더러운 년! 아무 놈하구나 붙어먹어?!"

그는 취기와 분노로 반미치광이가 되어 두 사람을 마구 짓밟았다.

"읔! 감봉이, 나야 나! 나, 복보여! 복보라구!"

복보가 비명을 지르며 자기 신분을 밝혔다.

"뭐, 복보?"

감봉이는 너무나 뜻밖의 일에 발길질을 멈췄다.

"그래, 날세! 내가 술이 취해서 그만….".

복보가 평소의 그답지 않게 비굴하게 말했다.

"드러운 눔! 대형님이라는 눔이 아랫놈의 계집을 가로채? 너 같은 놈은 뒈져두 싸다!"

다시 감봉이가 사정없이 복보와 향향을 짓밟아댔다. 엉겁결에 감봉이한테 호되게 몇 대를 당한 복보도 반격을 하기 시작했다. 향향은 실오라기 하나 걸치지 않은 알몸인 채로 찢어지는 듯한 비명을 지르며 방을 뛰쳐나가고, 두 사람은 술과 안주로 난장판이 된 방바닥을 나뒹굴며 격렬하게 드잡이질을 했다.

뒤늦게 사태를 알아차린 졸개들과 술집 주인이 달려들어 떼어말릴 때까지 두 사람은 어둠 속에서 성난 야차처럼 날뛰며 치고 박았다. 불을 밝히고 보니 복보는 이빨이 세 개나 부러지고 입술이 심하게 찢어졌으며 뒤통수가 깨져 피범벅이 되었고, 감봉이는 콧잔등이 주저앉고 눈두덩이 찢어졌으며 정수리가 터져서 계속 피가 흘러내리고 있었다.

"드러운 눔! 대형님이란 눔이 아랫놈의 계집을 덮치다니! 네눔이 그래놓구두 대형님이냐?"

"이놈, 논다니 계집에게 주인이 어디 있냐? 네눔이 이 복보를 어찌보구?! 내 네놈을 가만두지 않겠다!"

두 사람은 채 분을 다 풀지 못하고 피 먹은 나티상이 된 상대방을 향해 사납게 으르렁거렸다.

짱똘이는 주막 옆 나무 그늘 밑에 몸을 숨기고서 울타리 너머 주막 안에서 벌어지는 소동을 지켜보고 있다가 사람들이 주막에서 나와 흩어지자 멀찌감치 복보의 뒤를 따라갔다. 복보는 아직도 술이 깨지 않은 듯 제대로 몸을 가누지 못하고 다친 다리를 절뚝이며 어칠비칠 걸음을 옮겼다. 한참 동안 복보를 뒤따르던 짱똘이는 주변에 인기척이 없는 것을 확인한 다음 복보에게 다가갔다.

"아니, 대형님! 으쩌다가 이르케 되셨슈?"

그는 시치미를 떼고 말을 붙였다.

"너, 짱똘이 아녀? 너 임마, 술 마시다가 어디 갔었어?"

"대형님 재미 좀 보시라구 자리를 비켜 드렸다가 이제 오는 거 아닙니까유? 그런디 으쩌다가 이르케 되셨수?"

"이 새끼, 다 네눔 탓이여! 치신머리읎이 감봉이의 계집에게 손을 댔으니, 할 말이 읎다! 임마, 썩 꺼져!"

복보가 눈을 부라리며 고함을 질렀다.

"많이 다친 것 같은디, 제가 모시구 갑쥬!"

짱똘이는 어치정거리며 걷는 복보를 옆에서 부축했다.

"좀 씻구 가야겠다."

윗마을과 아랫마을을 가르는 개울가에 이르자 복보가 말했다. 짱똘이는 복보를 부축해서 길 아래 개울로 내려갔다. 복보는 개울가에 엎드려 천천히 손을 씻고, 다시 얼굴을 씻었다. 짱똘이는 눈시울이 찢어지도록 눈을 크게 뜨고 사방을 살펴보았다. 어디에도 사람의 그림자는 없었다. 그는 살그머니 주먹만한 돌을 주워 든 다음, 그것으로 복보의 뒤통수를 무작스럽게 후려쳤다. 복보는 비명 한 마디 지르지 못하고 털썩 개울에 머리를 처박으며 앞으로 거꾸러졌다. 짱똘이는 허리춤에서 식칼을 꺼냈다. 그리고 다시 한 번 사방을 휘둘러보고 나서 칼을 복보의 옆구리에 깊이 찔러 넣었다. 으흐흑! 복보의 몸이 흠칫 떨리며 그의 입에서 신음 같은 낮은 비명이 새어나왔다. 짱똘이가 칼을 뽑자 복보의 옆구리에서 뜨겁고 비릿한 피가 분수처럼 뿜어져 나왔다.

그는 복보의 죽음을 확인한 다음 개울가의 고마리풀을 뜯어 피범벅이 된 칼을 싸들고 한길로 올라갔다. 그리고 담이나 울짱의 그늘에 몸을 숨기며 감봉이의 집으로 갔다. 감봉이의 집은 불이 꺼진 채 쥐 죽은 듯 조용했다. 감봉이의 늙은 부모는 벌써 잠에 떨어지고, 감봉이는 아직 집에 들어오지 않은 것 같았다. 짱똘이는 발소리를 죽이고 살그머니 집 뒤란으로 가서, 사람들의 눈에 잘 띄지 않도록 울짱 옆 작약나무 그늘에 식칼을 던져 놓고, 감봉이의 집을 빠져 나왔다.

이튿날 날이 밝은 뒤에야 개울가에 머리를 처박은 채 죽어 있는 복보가 사람들의 눈에 띄었다. 살변이 났다는 소문이 퍼지면서 읍내가 발칵 뒤집혔다. 군졸들이 꽁무니에 불이 붙은 듯 정신없이 이리저리 뛰고, 현청의 구실아치들이 부산하게 오갔다.

복보의 시체가 발견된 지 두 시각도 채 안 되어 군졸들이 흉흉한 기세로 감봉이의 집으로 들이닥쳤다. 주먹패들의 알력에서 빚어진 살변으로 단정한 아전이 군졸들을 시켜 주먹패 몇 놈을 잡아다가 족치자 곧 간밤에 복보와 감봉이가 큰 싸움을 했다는 걸 불었던 것이다. 군졸들은 그때까지 술이 덜 깬 채 곯아떨어져 있던 감봉이에게 달려들어 다짜고짜 오라를 지웠다.

"복보를 죽이다니? 나는 몰르는 일이유! 내가 아니유! 나와는 아무 상관 읎는 일이유!"

겁에 질린 감봉이가 눈을 희번득이며 발명했지만 군졸들은 코웃음을 치며,

"이놈아, 입 닥치구 있어! 아무리 계집한테 미쳤기로소니 살변을 내다니? 이놈, 설마 이 피 묻은 칼을 몰른다구는 못 하겠지?"

하고, 뒤란의 작약나무 밑에서 찾아낸 칼을 감봉이의 눈앞에 들이밀었다.

"이 칼이 뭐유? 내가 이 칼루 복보 대형님을 죽였다는 거유?"

감봉이의 눈이 금방 밖으로 튀어나올 듯이 커졌다.

"이놈, 시치미 뗀다구 될 일이 아녀! 이미 네놈의 죄상이 낱낱이 밝혀졌다! 현청으루 가자!"

"난 아니유! 난 살인하지 않었수다! 난 못 가유!"

감봉이가 안 가려고 뻗대자 군졸들은 주먹과 방망이로 사정없이 다구리를 놓은 다음, 짐승을 끌어가듯 무작스럽게 그를 현청으로 끌고 갔다.

감봉이뿐이 아니었다. 향향과 술집 주인, 째보네 집에서 감봉이와 함께 술을 마셨던 주먹패들과 짱똘이도 현청으로 끌려갔다. 현령의 엄한 문초를 받은 향향은, 이곳에 온 뒤 며칠 안 되어 감봉이가 강제로 그녀의 몸을 빼앗았고, 그 후 그의 강압으로 관계를 계속해 왔으며, 감봉이는 그녀가 만약 다른 남자와 관계를 맺으면 두 사람을 다 죽여 버리겠다고 여러 차례 협박했다고 말했다. 그리고 그날밤 복보와 짱똘이가 술을 마시러 왔다가 짱똘이가 나간 다음 복보가 우격다짐으로 그녀의 몸을 원해서 어쩔 수 없이 응했고, 때마침 감봉이가 돌아와, 두 사람 사이에 싸움이 났다고 증언했다. 짱똘이는, 윗사람을 모

시는 처지에 복보가 향향에게 마음이 있는 것을 알고 뒤뽈을 치지 않을 수 없어서 함께 술집엘 갔으며, 복보가 방에서 나가라고 눈짓을 해서 먼저 일어나 집으로 돌아갔다고 그럴듯하게 떠들어댔다. 주막집 주인은 감봉이의 집에서 발견된 식칼이 자기 집 부엌에서 사용하던 것이 틀림없으며, 싸움이 끝난 뒤에도 극도로 흥분한 감봉이가 복보를 죽여 버리고 말겠다고 여러 차례 말했다고 진술했다. 그리고 주먹패들도 주막집 주인이 말한 내용이 모두 사실임을 시인했다.

"…제가 술이 취해서 섞김에 복보 대형님과 뒤잡이질은 했지만 그를 죽이진 않았습니다유! 제가 살인을 하다니유? 아녀유! 저는 복보 대형님을 쥑이지 않았어유! 사또 나으리! 제발 이놈의 억울함을 풀어 줍슈!"

감봉이는 공포에 질린 얼굴로 다급하게 자기의 결백을 주장했다. 그러나 현령은 가증스럽다는 듯 눈을 부릅뜨고 호통을 내질렀다.

"이놈! 살변을 저지른 흉악무도한 놈이 끝까지 되잖은 발명이 낭자하구나! 네놈은 저 향향이라는 계집한테 혹해서 우격다짐으로 그녀를 차지하고 그간 정을 통해 오다가, 복보가 계집을 가로채자 분함을 참지 못해 큰 싸움을 벌였다! 그러나 네놈보다 주먹이 센 복보에게 얻어터지게 되자 원한을 품고서 남몰래 그를 뒤쫓아갔다. 그리고 그가 개울가에서 손을 씻는 틈을 타서 돌로 그의 머리를 치고, 정신을 잃은 그를 칼로 찔러 죽였다. 증인이 여럿 있고, 네놈이 주막 식당에서 들고 나간 식칼까지 네놈 집에서 발견되었다. 앞뒤가 이처럼 딱 들어맞고 명명백백한데도 더 이상 구차한 변명을 늘어놓겠느냐? 이놈! 살인자는 사(死)이니라! 네놈의 죄가 지중하니 당장 처형해야 마땅할 것이나, 국법에 살인죄는 반드시 상부에 보고하고, 위에서 파견되어 온 관원의 추검을 받은 후에 상부로 이송하도록 되어 있으니, 그리 알아라!"

감봉이는 옥사에 내쳐졌다. 그는 아무리 생각해도 자기 집 뒤란 작약나무 밑에서 술집의 식칼이 발견되었다는 게 납득되지 않았다. 혹시 자기가 너무 술에 취해 제 정신이 아닌 상태에서 식칼을 가지고 뒤쫓아가 그런 일을 저질렀는지 곰곰 생각해 봤다. 그러나 아무리 생각해 봐도 그런 기억이 없었다. 귀신이 곡할 노릇이었다. 그는 옴나위없이 자기가 죽음의 구렁텅이에 떨어졌다는 것을 느꼈다. 그러나 그는 그게 누군가가 자기를 해치기 위해 파 놓은 함정이었다는 것은 끝내 알아차리지 못했다.

감봉이는 열흘 후에 공주에서 온 계수관에게도 복보를 죽인 것은 자기가 아니라고 입이 닳도록 발명하고 발명했다. 그러나 그의 발명은 끝내 받아들여지지 않았다. 계수관도 그가 누군가의 계략에 의해 덤터기를 썼다는 생각은 하지 못했던 것이다. 감봉이는 계수관의 추검(推檢)을 받고, 다음날 치정 때문에 살인을 한 죄인이 되어 공주의 감옥으로 압송되었다.

복보와 감봉이를 동시에 제거한 짱똘이는 자연스럽게 주먹패들의 대형님 자리에 올랐고, 향향이 또한 그의 차지가 되었다. 그가 대형님의 자리와 향향을 한꺼번에 차지하기 위해 두 사람을 동시에 함정에 빠뜨려 제거했다는 사실을 아는 사람은 아무도 없었다.

짱똘이는 싸움이란 힘과 주먹으로만 하는 것이 아니라 머리로 하는 것이며, 몸을 쓰지 않고 머리를 써서 상대방을 거꾸러뜨리는 사람이야말로 상수 중의 상수 싸움꾼이라고 생각했다. 그리고 한 사람보다는 여럿이 무리를 지어 뭉쳐 있어야 큰 힘을 발휘한다는 것을 깨닫고, 주먹패들을 일사불란하게 조직하는 데 많은 노력을 기울였다. 그는 바로 자기 다음 서열에 있는 놈들이 자기에 대해 감히 불측한 마음을 품지 못하도록 철저하게 감시하고 단속을 했고, 그들에게 특별히 두터운 신임과 은혜도 베풀었다. 얼마 지나지 않아 그는 졸개들을 확실하게 장악하여, 명령 한 마디로 그들을 수족처럼 부리게 되었다. 또

한 그는 힘에는 물리적인 힘만이 아니라 재력과 권력이 있고, 재력과 권력이 물리적인 힘보다 더욱 강한 힘이라는 것을 잘 알고 있었다. 그는 재물을 모으기 위해 패거리들을 거느리고 저잣거리의 모든 이권에 개입해서 구전을 뜯었다. 구전을 바치지 않고 그의 비위를 거슬렀다가는 누구를 막론하고 몽둥이찜질을 당하고 물건을 빼앗기기 일쑤였다. 외지에서 소금이나 건어물, 수공업 제품 같은 물건들을 짊어지고 온 행상들도 그의 졸개들에게 꼬박꼬박 텃세를 바쳐야 했다. 이렇게 마련한 재물로 짱똘이는 현청의 아전이나 여러 구실아치들에게 뇌물을 먹여, 그들을 마음대로 주물렀다. 관청 물 먹고 사는 놈치고 뇌물 거절하는 놈은 약에 쓰려고 해도 찾아볼 수 없었다. 또한 그는 그들의 윗사람인 현령과 호장, 호정들에게도 정기적으로 뇌물을 바치며 그들의 환심을 사 두었다.

몇 년 지나지 않아 읍내는 물론 인근 고을에까지 짱똘이에 대한 소문이 널리 퍼져 나갔다. 사람들은 어른 아이 할 것 없이 짱똘이라는 이름만 들어도 지레 겁을 먹고 뒷걸음질을 쳤다. 그는 어느새 힘없는 일반 백성들은 말할 것도 없고 호족과 벼슬아치 들도 함부로 맞서기를 꺼려하는 무서운 인물이 되었다.

3. 철소(鐵所)

대낮이 되자 뜨거운 햇살이 거센 소나기처럼 쏟아져내렸다. 모든 것을 태워 버릴 듯한 햇볕에 산과 들의 나무와 풀들이 모두 생기를 잃고 후줄근하게 시들어 있었다. 나무와 풀만이 아니었다. 새들도 불화살 같은 햇빛에 쫓겨 나무 그늘 밑으로 몸을 감추고, 극성스럽게 울어

대던 매미나 여치, 베짱이 같은 곤충들도 더위에 지쳤는지 울음소리에 기운이 없었다. 장마가 끝나자 연일 계속되는 폭염에 생명 있는 모든 것들이 메말라가고 있었다.

이맘 때쯤이면 다른 마을 사람들은 점심 후에 으레 낮잠 한 숨씩을 붙이기 마련이다. 바쁜 농삿일도 대충 끝나서 급히 서둘러야 할 일도 없거니와, 숨이 턱턱 막히는 더위 속에서 일을 할 수도 없고, 일을 한다 해도 도통 능률이 오르지 않고, 자칫 잘못하면 더위를 먹기가 십상이기 때문이었다.

그러나 명학소 사람들은 이런 더위에도 쉬지 않고 쇠와 각종 철제 도구의 생산에 매달려야 했다. 그만큼 집집마다 만들어 바쳐야 할 공납의 양(量)이 만만치 않았다.

소(所)란 향(鄕), 부곡(部曲)과 더불어 천민(賤民)들이 사는 곳인데, 그중 소는 여러 가지 공산물을 생산하여 공물로 바치는 곳이다. 소의 종류도 많아서, 금을 생산하는 금소, 은을 생산하는 은소, 구리를 생산하는 동소, 쇠를 생산하는 철소, 소금을 생산하는 염소, 기와를 생산하는 와소, 실을 생산하는 사소, 명주를 생산하는 주소, 숯을 생산하는 탄소, 먹(墨)을 생산하는 묵소, 도자기를 생산하는 도자소, 종이를 생산하는 지소 등 그 종류도 갖가지였고, 전국적으로 240여 곳이나 되었다. 소민들은 노비보다는 그 신분이 높았으나, 일반 백성들보다는 신분이 현저하게 낮아, 관청의 천적(賤籍)에 의해 관리를 받았으며, 생산하여 바치는 공물은 막대하였으나, 그 처우와 형벌은 노비와 동등하였다.

명학소는 쇠로 철물을 생산하여 관청에 바치는 철소였다. 쇠의 원료가 되는 원광으로는 석철과 사철이 있는데, 석철은 쇠의 성분을 많이 품고 있는 돌로서 주로 광산에서 채취되고, 사철은 모래 속에 들어 있는 쇠로서 바닷가나 강가에서 모래를 일어 채취한다. 이러한 석

철이나 사철을 쇠독부리(용광로)에 넣고 가열하여 섭씨 1000도 이상의 온도에서 일정 시간이 지나면 탄소 함유량이 많은 쇳물이 쏟아져 나온다. 쇠를 만드는 데 쓰이는 연료는 주로 숯이나 석탄이다. 이렇게 완성된 쇳덩이를 가공하여 여러 가지 물건을 만드는데, 그 방법은 단조(鍛造)와 주조(鑄造)의 두 가지가 있다.

단조는 쇳덩이를 높은 불에 달구어 반쯤 녹은 상태가 되면 망치로 이를 두드려서 물건을 만드는 방법으로, 주로 무기(武器)와 같이 견고한 철기를 만드는 데 쓰는 방법이다. 오래 두드릴수록 단단하고 품질 좋은 물건이 된다. 단조의 공정에는 집게, 망치, 모두, 끌, 숫돌 등 도구가 필요하다. 주조는 제품을 만들기 위해 미리 만들어 놓은 거푸집에 쇳덩이를 녹인 쇳물을 부어 물건을 만드는 방법으로, 청동기 시대부터 사용되어온 오래된 방법이다. 주조는 주로 농기구나 솥 같은 큰 물건을 만드는 데 사용되는데, 단조로 만들어진 제품보다 덜 견고하지만 대량생산을 할 수 있는 장점이 있다. 주조를 위해서는 쇳물을 녹이는 용해로와 거푸집, 쇳물을 담아 거푸집에 붓는 데 사용하는 도가니와 그것을 집기 위한 집게 등 여러 도구가 필요하다.

명학소는 금강 상류 지방에 자리하고 있어서 냇가와 강가에서 사철을 채취하기가 용이했고 쇠를 만드는 데 꼭 필요한 숯을 계룡산에서 조달할 수 있었기에 삼국시대부터 쇠와, 쇠를 재료로 한 각종 철기류를 만드는 기술이 전해져 왔다. 나라에서는 항상 대량의 철과 철제 도구를 필요로 했고, 이를 위해서는 숙련된 많은 기술공과 장인이 필요했다. 이를 담당한 곳이 철소였고, 이러한 철소는 충주, 경주, 울산, 밀양, 진천 등 곳곳에 있었다. 이들은 국가적으로 중요한 역할을 담당해 왔음에도 불구하고, 현실적으로는 천민 집단으로 천대를 받아왔기 때문에 나라와 조정에 대한 반감과 불평이 자심했다.

무엇보다 관청에서 해마다 요구하는 공물(貢物)이 지나치게 많아, 이를 감당해야 하는 소민(所民)들의 허리가 휘었다. 당연히 관(官)에 대한 소민들의 원망과 분노는 해마다 높아갔다. 그러나 그러한 반감과 불평을 함부로 드러낼 수는 없었다. 천민 집단의 소요나 민란은 관(官)에 의해 엄혹하게 처벌되었기 때문이다.

명학소 사람들은 한증막 같은 더위에도 비 오듯 땀을 흘리면서 쉬지 않고 일을 했다. 그렇게 열심히 일을 해도 현청에 바칠 공납품을 기한 내에 대기가 쉽지 않았다. 작년에도 명학소 사람들은 여름 내내 손이 짓무르고 등골이 휘도록 배당된 공물(貢物)을 만들어 현청에 납품했다. 그런데도 현청의 구실아치들은 괴까닭스럽게 이런저런 트집을 잡으며 여덟 가호의 공납물을 퇴짜놓았다. 제품의 크기가 맞지 않고, 윤택이 안 나며, 매끄럽질 않다거나, 불순물이 많이 섞여서 제품의 질이 떨어진다는 게 그 이유였다. 퇴짜를 맞으면 15일 안에 다시 공납물을 만들어 바쳐야 하는데, 그게 거의 불가능했다. 우선 제품을 만들 재료가 동이 나서 없기 일쑤였다. 이 집 저 집 다니면서 공납하고 남은 제품을 빌려다 채우거나, 아니면 저자에 가서 공납물을 사다가 바치는 방법밖에 없었다. 그러나 어느 집이든 제 몫의 공납물도 겨우 마련한 빠듯한 처지에 남에게 빌려 줄 제품이 어디 있으며, 또 다들 구차하기 짝이 없는 살림에 어떻게 저자에서 공납물을 사 온단 말인가. 결국 여섯 가호는 한번 퇴짜맞은 등외품을 다시 바치고, 공납 의무를 태만히 했다는 죄로 모진 태형을 받았다. 혹독한 몽둥이질을 당한 여섯 가호의 호주는 다들 장독이 나서 오래 고생을 했는데, 그 중에 금술이는 장독이 진티가 되어 몇 달을 누워 있더니, 기어이 올 해동 무렵에 세상을 등지고 말았다.

공납을 하고 나면 곧바로 이듬해의 공납량이 부과되는데, 명학소 사람들에게는 금년에도 작년보다 2할이나 더 많은 양이 책정되었다. 그렇잖아도 막중한 공납물에 진저리가 난 마을 사람들은 공납물이 더 늘어나자 다들 가슴 속에서 불길이 일었다. 그렇다고 함부로 불평을 터뜨릴 수도 없었다. 공부(貢負)에 대한 불평불만을 함부로 토로했다가 관청 떨거지들에게 끌려가서 호된 치도곤을 당한 사람이 한두 명이 아니었다.

명학소는 마을마다 몇 개의 공동 대장간이 있고, 그곳에서 마을 사람들이 함께 작업을 했다. 복잡한 공정과 여러 도구를 집집마다 마련하기가 어려워서, 자연 공동으로 대장간을 마련하고, 작업할 때는 그 대장간을 이용했다. 대장간은 대개 20여 평에서 40여 평의 크기였고, 이웃 마을엔 100여 평이나 되는 큰 대장간도 있었다.

"망이, 너네 집 것은 다 되어 가냐?"

마을의 책임자인 이정(里正) 천돌이가 망치질을 하고 있는 망이와 망소이에게 다가오며 물었다. 천돌이는 공납일이 가까워오자 집집마다 돌아다니면서 서둘러 부과된 물건들을 만들도록 채근을 하고, 매일 일의 진척을 살피며 마을 사람들을 들볶아쳤다.

"다 돼 가긴유? 이놈의 일, 해두 해두 끝이 읎으니…. 원, 이게 사람이 할 짓인지…."

망소이가 불쑥 불퉁스럽게 말했다. 망소이의 말에 천돌이의 얼굴이 약간 굳어졌다.

"너, 그게 무슨 말버릇이여? 이정 어른, 그럭저럭 하구 있습니다유."

망이가 짐짓 아우를 꾸짖고 나서, 천돌이에게 말했다.

"좋은 물건을 맨들라믄 어디 한 군데라두 소홀해선 안 된다는 걸 알구 있지? 자칫 잘못했다간 고생은 고생대로 다 하고두 큰 봉변을 당한다구! 작년에두 여덟 가호나 퇴짜를 맞아 얼마나 졸경을 치렀는지는 너희두 잘 알 겨!"

"우리두 눈, 귀가 다 있수다. 이제 다른 데나 가 보슈!"

망소이가 이마에 번질번질한 땀을 훔치며 또 불경스럽게 말했다.

"…허어, 이 사람이? …난들 이런 짓이 하구 싶어서 하는 거여? 모난 돌이 정 맞구 엉덩이에 뿔난 소가 도살장에 먼저 끌려가는 벱이여!"

천돌이가 불쾌한 얼굴로 돌아섰다.

"이정 어른, 아우가 아직 철이 안 나서…. 살펴 가십시유."

망이가 천돌이의 등에 대고 말했다.

"엉아는 아무렇지두 않어?"

천돌이가 저만치 가자 망소이가 울화가 치민 얼굴로 망이에게 말했다.

"뭐가?"

"엉아는 밸두 읎냐구? 뼈 빠지게 일하고두 그 대가를 받기는커녕 자칫 잘못하면 몽둥이찜질이나 당하구, 소놈들이라며 개, 돼지만두 못한 취급을 받으니, 이거 원, 드러워서! …엉아는 정말 아무렇지두 않은 거여?"

망소이는 늘 그게 불만이었다. 명학소 사람들도 여느 백성들과 똑같이 조세도 내고 부역도 나가는데, 왜 그들 마을만 그렇게 특별한 공부(貢賦)를 더 부담해야 하는지, 게다가 상은 받지 못할망정 천대까지 받아야 하는지, 도무지 알 수가 없었다.

"쓸데읎는 소리 말구, 일이나 하자!"

망이가 약간 목소리를 높였다.

"엉아는 눈두 귀두 읎어? 우리 명학소 사람들만 이런 일을 허는 게 아무렇지두 않단 말이여? 지난번 수릿날 씨름에서 형은 읍내 놈덜을 모조리 내팽개쳤어! 도대체 딴 놈들이 우리보다 뭐가 잘나서 우리만 이런 일을 더해야 하는 거여? 제기럴!"

망소이의 말이 격해졌다.

"화를 낸다구 무슨 해결책이 있냐? 괜히 속만 더 상하지!"

"그러니까 엉아는, 아뭇소리 말구 직수굿하게 일이나 하라는 거여?"

"마음속에 있는 생각이라구 다 말하는 게 아녀. 앞으루 다른 사람 앞에선 그런 말 하지 마라. 남들두 다 생각이 있구 입이 있지만 말을 않는 건 까닭이 있어서여! 어서 일이나 하자!"

망이가 엄한 얼굴로 망소이의 말을 끊었다. 망소이는 형의 기세에 눌려 입을 다물었다. 그러나 얼굴엔 여전히 불만과 울화가 가득했다.

"…나두 네 마음은 다 안다. 오장육부가 달린 사람이라믄 왜 그런 생각을 하지 않겠냐? …그러나 너두 엄니가 우리들에 대해 걱정하시는 거 잘 알지?"

실뚱머룩한 얼굴로 말없이 망치질을 하고 있는 망소이에게 망이가 타이르듯 말했다. 방금 그의 말에 아우가 너무 풀이 죽은 것 같아 마음이 좀 짠했다. 이 더위에 쉬지도 않고 일을 하자니, 어찌 짜증이 나지 않겠는가.

"…알았어. 엉아, 걱정 말어!"

"우리, 좀 쉬었다 하자."

망이와 망소이는 대장간 아래쪽 개울에 가서 땀으로 범벅이 된 얼굴을 씻고 등물을 쳤다. 두 형제가 한길 가에 있는 느티나무 그늘 아래서 잠깐 쉬는데, 개동이가 마을 아랫뜸에서 올라오면서 말했다.

"망이 엉아, 동구 밖에서 어떤 총각이 엉아를 찾아왔어!"

망이는 개동이의 말에 당황해서 망소이의 눈치를 살폈다. 난명 아가씨가 남장을 한 채 찾아온 것이란 생각이 들었다.

"넌 좀 쉬구 있어라. 내 잠깐 갔다 오께."

망이는 저고리를 걸치고 서둘러 동구 밖으로 나갔다. 난명을 볼 생각을 하니 갑자기 가슴이 세차게 뛰면서도 왠지 알지 못할 불안감이 머리를 들었다.

지난 두 달 동안 그는 예닐곱 번이나 난명을 만났다. 그는 그녀와 만나면 안 된다는 걸 잘 알고 있었고, 그녀를 만나러 갈 때마다 이게 마지막이라고 수없이 스스로에게 다짐하고 또 다짐했다. 그러나 그런 결의와는 달리 난명과 헤어질 땐 다시 그녀와 못 만나게 될까 봐 견딜 수 없이 애를 태우며 다음 만날 약속을 했다. 그리고 다시 만날 때까지 그녀가 보고 싶어서 안절부절못했다. 두 사람은 만나면 으레 말을 탔다. 난명은 말 타는 법을 가르쳐 주고, 망이는 열심히 배웠다. 두 사람이 번갈아 가며 말을 타기도 하고, 나중에는 둘이 함께 말을 타기도 했다. 만남을 거듭할수록 두 사람은 걷잡을 수 없이 상대방에게 빠져들었다. 말은 하지 않았지만 두 사람은 그러한 서로의 마음을 환히 알고 있었고, 그럴수록 이제 더 이상 만나서는 안 된다는 것도 잘 알고 있었다. 그들은 둘 다 조만간 그들이 만날 수 없게 되리라는 예감에 시달렸고, 그런 두려움과 예감이 그들을 더욱더 상대방에게 몰두하도록 내몰았다.

망이는 동구 밖으로 나가면서도 그녀가 찾아왔다는 게 뭔가 이상하게 느껴졌다. 바로 어제 오후에 그녀와 만났었고, 헤어지면서 닷새 후에 다시 만나기로 약속했기 때문이었다. 그는 마음이 급해져서 거의 달리다시피 마을 어구로 나갔다.

그러나 그를 찾아온 사람은 난명이 아니었다. 뜻밖에 열댓 되어 보이는 낯선 총각이 느티나무 밑 넓적바위에 앉아 있었다. 그는 실망과 함께 묘한 안도감으로 온몸의 맥이 풀렸다.

"네가 날 찾아왔냐?"

"망이 장사세유?"

"그려, 내가 망이다! 그런디 무슨 일이여?"

"난명 아가씨 심부름을 왔는뎁슈."

"⋯난명 아가씨가?"

그는 총각을 찬찬히 훑어보았다. 난명 아가씨가 심부름을 보냈다는 게 너무 의외였다.

"전 아가씨 댁 하인인뎁슈! 오늘밤 달 뜰 때 읍내 유동천 돌다리 옆으루 나오시라구 허시던뎁슈."

"뭐? ⋯그게 정말이냐?"

"정말이 아니믄 소인이 무엇 때문에 이르케 먼 길을 왔겠슈? 이걸 드리믄 아실 거라구⋯."

믿어지지 않는다는 듯한 망이의 얼굴을 보고 총각은 주머니에서 무엇을 꺼내더니, 망이에게 내밀었다. 어제 난명이 머리에 쓰고 있었던 복건이었다. 난명은 어제도 그녀의 남동생 옷을 입고 머리에도 남자애들이 쓰는 복건을 두르고 왔었다.

"…무슨 일 때문이라는 말씀은 읊었구?"

"유동천 돌다리께루 나오라는 말씀만 허셨슈! 그럼 저는 이만 돌아가 보겠습니다유."

총각은 머리를 꾸벅하고 돌아갔다. 망이는 난명이 하인에게 심부름을 시켰다는 게 이상하게 생각되었다. 그러나 난명이 장난기가 있어 예기치 않게 사람을 놀라게 하는 데가 있었고, 또 복건이 그녀의 것이 틀림없었기 때문에 별 의심을 하지 않았다. 그는 난명의 복건을 잘 접어서 주머니에 넣고 마을로 돌아왔다.

망이는 저녁을 먹은 다음 바로 읍내를 향해 출발했다. 술시에서 해시로 넘어가는 시각쯤에 달이 뜰 텐데, 그 시각 안에 읍내 유동천에 도착하려면 서둘러야 했다.

망이가 읍내에 도착했을 때는 이미 날이 완전히 어두워져 있었다. 동쪽 하늘이 희읍스름하게 밝아 있는 게 곧 달이 돋아오를 것 같았다. 그는 유동천을 향해 걸음을 재촉했다.

유동천 돌다리에 도착했을 때였다. 웬 사내가 어둠 속에서 불쑥 나서서 앞을 가로막으며 그에게 물었다.

"망이 장사유?"

"그렇수."

"아가씨가 진작부터 기다리구 있수다."

"그래유? 어디 계시우?"

"저쪽 돌다리 건너편에 있수!"

"이녁은 누구유?"

"아가씨를 뫼시구 온 사람이유!"

그때였다. 망이의 바로 등 뒤 길 양쪽에서 두억시니 같은 두 그림자가 소리없이 튀어나와 몽둥이로 그의 뒤통수를 사정없이 후려쳤다. 망이는 정신을 잃고 앞으로 거꾸러졌다.

"이 새끼, 기운깨나 쓴다구 껍죽대더니! 어디 뜨거운 맛 좀 톡톡히 봐라!"

그들은 득달같이 망이에게 달려들어 굵은 밧줄로 그의 팔과 다리를 옴쭉달싹못하게 묶고, 소리를 지르지 못하게 입에 헝겊으로 아갈잡이를 시켰다. 그리고 커다란 자루를 뒤집어씌운 다음 지게에 얹어 지고서 어딘가로 내달았다.

망이가 정신을 차린 것은 한참 후였다. 그는 뒷머리가 떨어져 나가는 것처럼 아파서 자기도 모르게 뒷머리 쪽으로 손을 가져가려 했다. 그러나 팔이 움직여지질 않았다. 그때에야 그는 자기가 누군가에게 기습을 당해 정신을 잃었었다는 걸 깨달았다. 그는 손발을 움직여 보고 온몸을 뒤틀어 보았다. 그러나 꽁꽁 묶인 몸은 꼼짝도 하지 않았다. 망이는 자기를 잡아가는 사람들이 누구인지, 왜 그들이 자기에게 이런 짓을 하는지 알 수 없었다. 혹시 그간 난명을 만났던 게 뻥나서, 그의 부친 강한성이 한 짓이 아닌가 하는 생각이 머릿속을 스쳤다. 금지옥엽으로 키운 딸이 천한 소(所)놈과 사귀는 것을 그냥 두고 볼 부모가 어디 있겠는가. 게다가 난명의 아버지 강한성은 읍내에서 소문난 세력가 아닌가. 강한성이 아무도 몰래 자기를 징치 하려는 게 아닌가 하는 생각이 들었다.

사내들은 두런두런 이야기를 주고받으며 가끔 지게를 받치고 교대를 하기도 했다. 망이는 들숨 날숨 없는 처지에서 그들이 무슨 말을 주고받는지 들어 보려고 귀에 온 정신을 모았다. 그러나 그들의 말을 알아들을 수는 없었다.

한 시각을 좋이 지난 후에 갑자기 몸이 한쪽으로 쏠리며 망이는 사정없이 지게에서 굴러떨어졌다. 그는 자기를 납치한 놈들이 목적지에 도착해서 그를 땅바닥에 부려놓았다는 것을 알았다.

"그 자식, 덩치두 무작스럽게 크지만 통집 한번 왕청되게 무겁구먼! 짊어지구 오느라구 젖먹던 심까지 다 뺐네!"

"그놈 통집이 그만 허니까 심두 쓰는 거여! 이번에 아주 물고를 내 버려야 후환이 읎을 거여!"

사내들의 두런거리는 소리와 발자국 소리가 멀어지고, 이어 문을 닫는 소리와 쇠빗장 지르는 소리가 들렸다. 문 소리와 빗장 소리를 들으면서 망이는 자기가 곳집 같은 데에 갇혔다는 걸 알았다. 망이는 자기가 영락없이 죽을 마당에 떨어졌다는 것을 느꼈다. 그는 밧줄에서 손과 발을 빼 보려고 안간힘을 다했다. 그러나 삼(麻)을 꼬아 만든 굵은 밧줄은 쇠심줄처럼 억세게 그의 손목과 발목을 파고들 뿐 까딱도 하지 않았다. 이내 그의 손목과 발목은 밧줄에 쓸려 살갗이 벗겨지고 피가 내뱄다. 그러나 그는 밧줄을 풀어 보기 위해 쉬지 않고 자루 속에서 몸부림을 쳤다.

얼마쯤 지난 뒤였다. 갑자기 문 밖에서 철커덕 하는 쇠빗장 뽑는 소리가 났다. 망이는 모든 신경을 귀에 집중했다. 삐꺼덕 문 열리는 소리에 이어 여러 사람들의 발자국 소리가 들렸다. 불을 가지고 들어왔는지 칠흑같이 깜깜하던 자루 속이 약간 희번해졌다.

"클클클! 이 속에 그눔이 들어 있단 말이지? 클클클! 수고들 많았다!"

누군가 자루에 든 망이를 발로 툭툭 차면서 말했다. 썰렁하면서도 음산한 목소리였다.

"자루를 벳겨라!"

그의 말이 떨어지자 두 사람이 망이에게 달려들어 몸에 씌웠던 자루를 벗겨냈다. 망이는 몸을 일으키려 했다. 그러나 손발이 묶여 있어서 뜻대로 되지 않았다. 사내들은 일곱 명이었는데, 다들 머리 깊숙이 두건을 쓰고 눈만 빼꼼하게 내놓고 있었다. 그 중에 두 명이 관솔로 만든 횃불을 들고 있었다.

"클클클! 그눔 꼬락서니 한번 볼 만허구나! 아갈잡이를 풀어 줘라!"

무리의 가운데에 서 있는, 위압적인 몸집을 가진 사내가 명령을 했다. 망이는 그가 이들 패거리의 우두머리라는 걸 알았다. 졸개들이 쓰러져 있던 망이를 일으켜서 앉혀 주고 나서, 아갈잡이를 풀어주었다.

"이눔, 내가 누군지 알겄냐?"

우두머리가 발끝으로 망이의 턱을 지긋이 치켜들며 위엄을 부리며 말했다. 망이는 그 목소리가 어디선가 들어본 적이 있는 것 같았으나, 눈만 보고서는 그가 누구인지 알 수 없었다. 떡 벌어진 어깨와 땅땅한 몸집을 보건대 힘꼴깨나 쓰는 작자가 분명했다.

"……."

"증말 나를 모르겄냐?"

"당신들이 누군디, 나한테 이러는 거유?"

"클클클! 죄인 주제에 치죄허시는 어르신은 알아서 뭐 헐라구?"

우두머리 사내가 클클거리며 괘달머리쩍게 말했다.

"아무 잘못두 읎는 사람한테 이게 무슨 짓이우?"

"클클클! 잘못이 읎다?"

"읎수다!"

"네눔이 여기 어뜨케 끌려왔는지를 생각해 봐라!"

"이녁이 누군디…, 뭣 때문에 이러는 거유?"

"정말 몰러서 묻는 거냐?"

"모르겄수다!"

"이놈이 아직두 시치미를 떼기는! 이눔아, 천허기 짝이 읎는 소(所) 눔이 심깨나 쓴다구 우쭐대더니, 이제 제 분수를 몰르구 귀헌 집 규수를 후려내서 희롱을 해?! 간이 그르케 부어가지구두 네눔이 살기를 바라냐?"

"무슨 말인지 못 알아듣겄수다!"

"이눔이 음충맞기가 짝이 읎구나! 얘들아, 가서 그 깜찍헌 계집을 이리 데려 와라!"

졸개 중에 두 명이 밖으로 나가, 잠시 후에 한 사람을 끌고 왔다. 놀랍게도 난명 아가씨였다. 난명은 두 손이 밧줄로 묶여 있었는데, 얼굴은 하루 사이에 반쪽이 된 듯 초췌했고, 심히 겁에 질려 있었다. 망이는 가슴이 철렁 내려앉았다. 그렇다면 지금 이 놈들은 난명의 아버지가 보낸 사람들이 아니란 말인가? 망이는 잠깐 머릿속이 하얗게 비었다. 그럼 이놈들은 누구란 말인가.

"클클클! 매우 감동적인 만남이구먼! 이눔, 이 계집년을 몰른다구는 못하겠지? 자, 이 얼굴을 똑똑히 봐라!"

우두머리가 난명의 머리칼을 그러쥐고 거칠게 그녀의 얼굴을 망이 앞으로 들이밀었다. 난명의 얼굴이 고통과 수치심으로 심하게 이지러졌다.

"이눔들, 이게 무슨 짓이냐?"

망이가 버럭 고함을 질렀다.

"클클클! 아직두 계집 앞에선 기죽기 싫단 말이지?"

우두머리가 이기죽거렸다.

"이눔들, 귀한 아가씨에게 이게 무슨 짓이냐?"

"클클클! 귀한 아가씨?! 귀한 아가씨라! 귀한 아가씨가 그르케 암내가 나서 천한 소놈과 붙어먹을라구 사내옷을 입구 미친 개처럼 아무 데나 싸돌아댕겨?! 클클클클! 그년, 어찌나 암내를 진허게 풍기던지 십리 밖에까지 그 냄새가 진동을 허더라구! 나두 명색이 사내인디 그런 냄새를 맡구서야 어찌 하초가 안 꿇리겠냐? 계집이 얼마나 사내에 굶주렸기에 그르케 진한 암내를 피우나 하구 달려가 봤더니, 이건 숫제 사내에 환장을 한 계집이더라구! 조금만 더 그냥 놔뒀다간 아주 미쳐서 사타구니를 벌리구 돌아댕기게 생겼어! 내 자비를 베풀어 저 계집년 육허기(肉虛飢)를 달래 주려구 이리 데려왔다!"

"이 죽일 눔! 어디서 그따위 드러운 말을…. 당장 아가씨를 놓아 주지 않으믄 내 가만두지 않겄다!"

망이는 불길이 쏟아지는 듯한 눈으로 우두머리 사내를 노려보며 고함을 쳤다. 사내가 차마 입에 담기 어려운 더러운 말로 난명을 모욕하자 망이는 머리끝까지 분노가 솟구쳐 참을 수가 없었다.

"이놈아, 흥분허지 말구 네 주제를 좀 알어라! 네놈두 저 계집의 암내에 홀려서 여기까지 오게 된 거 아니냐? 흐흐흐흐! 이놈, 네놈만 사내냐? 너만 저 계집과 붙어먹으란 법이 어디 있느냔 말여? 클클클!"

"뭐라구?! 이 드러운 놈이…!"

망이는 말문이 막히고 숨이 턱턱 막혔다. 그는 울화로 머리가 터질 것 같았다.

"왜? 내 말이 틀렸냐? 그럼 네놈이 저 계집과 놀아나지 않았단 말이냐?"

"드러운 주둥이 닥쳐라!"

"클클클! 네눔이 저 계집년과 함께 말을 타믄서 농탕을 치는 걸 내 아랫것들이 몇 번이나 봤다! 아무두 읎는 데서 암내난 계집과 발정난 수컷이 엉켜붙어 있으믄서 아무 짓두 안 했다는 말을 믿을 놈이 어디 있겄냐? 아직두 오리발을 내밀 텨?"

우두머리 사내는 의기양양하게 야살을 깠다. 망이는 그가 오래 전부터 자기와 난명을 몰래 감시해 왔고 자기와 난명을 아주 잘 알고 있는 작자라는 걸 느꼈다. 그는 두려움으로 부르르 몸을 떨었다.

"…말 타는 것을 배웠을 뿐이다!"

"호오! 말 타는 법을 배웠다?! …그래, 끝까지 의뭉을 떨어 보겄다, 이거지? 좋아! 좋아! 정말 네눔이 저 계집과 정분이 나지 않았다믄, 클클클! 우리가 저 계집한테 무슨 짓을 해두 상관읎겄지?"

우두머리가 괘사스럽게 이지렁을 부렸다. 망이는 아무 말도 하지 못했다. 그는 놈들이 쳐놓은 덫에 난명과 자기가 꼼짝달싹할 수 없이 걸려들었다는 걸 느꼈다. 그들이 왜 자기와 난명에게 이런 짓을 하는

지 전혀 짐작이 가지 않았다. 그 자신 누구에게 크게 원한을 산 일이 없었고, 규중 처녀인 난명 아가씨가 어떤 사람과 원수를 진 적도 없을 텐데, 알 수 없는 일이었다. 망이는 분노로 머리가 터질 지경이었다.

"얘들아! 저 계집을 이눔 앞에서 홀랑 깝데기를 벳겨서, 돌려가믄서 조져라! 육허기에 걸신이 들린 계집이니, 실컷 사내 맛을 보여 줘야지! 클클클!"

우두머리 사내가 통쾌한 듯이 웃음을 터뜨리면서 말했다.

"안 돼! 안 된다!"

망이는 다급하게 외쳤다.

"네눔과 정분난 계집두 아니라믄서, 무슨 상관이냐?"

"안 된다! 안 돼! 제발, 이러지 마시우! 내가 빌겠수!"

망이가 고개를 숙이고 애원했다.

"클클클! 이눔들 귓구멍이 맥혔냐? 계집을 빨가벳기라는 내 말이 안 들리냐?"

우두머리 사내는 망이의 말은 들은 척도 하지 않고 다시 졸개들에게 말했다. 졸개들이 그의 눈치를 살피다가 난명에게 덤벼들었다.

"…아직두 시치미를 뗄 테여?"

"…내가 잘못했수. 제발 이러지 마시우!"

망이는 그만 고개를 떨구었다.

"클클클! 얘들아, 잠깐 멈춰라!"

우두머리의 말에 난명에게 덤벼들던 졸개들이 물러났다.

"소눔 주제에 귀한 집 규수를 꼬셔서 통정을 헐 때는 죽음을 각오했겠지? 클클클! 클클클!"

우두머리는 기분 나쁜 홍소를 터뜨리며 허리춤에서 뭔가 길쭘한 것을 꺼냈다. 비수가 들어 있는 가죽집이었다. 그가 가죽칼집에서 비수를 뽑자 허옇게 서슬이 선 칼날이 차갑게 빛났다. 그는 비수의 양쪽 날을 손바닥에 몇 번 쓱쓱 갈고 나서, 돌연 그걸 망이의 목줄기에 들이댔다. 망이는 온몸에 쫙 소름이 끼쳤다.

"안 돼요! 제발! 제발 살려 주세요!"

난명이 찢어지는 듯한 날카로운 목소리로 울부짖었다.

"호오! 나 오늘 감동! 감동이다! 연놈이 서루 감싸는 모습이 증말, 증말 감동이여! …나두 싸나인디 예쁜 아가씨의 청을 무시헐 수는 읎지! 클클클! 클클클!"

그는 통쾌해서 못 견디겠다는 듯 계속 클클거리면서 망이의 목에서 비수를 뗐다. 그리고 갑자기 망이의 얼굴을 세차게 걷어찼다. 느닷없는 발길질에 망이는 뒤로 벌렁 나뒹굴었다.

"이 새끼! 천하디 천한 소놈이 심꼴깨나 쓴다구 제 분수를 몰르구 까불어대? 얘들아! 이눔이 근력이 제법 있으니, 또 언제 무슨 난동을 부릴지 몰른다! 다시는 못 까불게 삭신을 자근자근 짓밟아 놔라!"

그는 느물거리던 지금까지의 태도를 싹 바꿔 얼음 같은 목소리로 말했다. 그의 말에 졸개들이 먹이를 본 들개들처럼 망이에게 달려들었다. 그들은 무지막지하게 망이를 짓밟아댔다. 소나기처럼 쏟아져 내리는 발길질에 망이는 잠시 후 까무룩 의식을 잃었다. 죽은 듯 움직이지 않는 처참한 망이의 모습에 기가 질린 난명도 아뜩한 현기증을 느끼며 까무라쳐 버렸다.

4. 불청객

밤이 깊어 가도 강한성의 대저택엔 불이 꺼지지 않았다. 그러나 평소의 부산하고 활기찬 분위기를 전혀 찾아볼 수 없었다. 마치 집 안팎에 사람들이 없는 것처럼 조용하고 괴괴하기까지 했다. 강한성과 철명은 사랑방에서 꿈쩍도 하지 않고 앉아 있고, 행랑것들도 행랑채에서 숨을 죽인 채 움직이지 않았다. 그들은 주인들의 눈치를 보며 꼭 필요할 때만 발소리를 죽이며 오갔다. 불이 환하게 밝혀져 있는데도 너무 조용하다 보니 금방이라도 무슨 일이 터질 것 같은, 아슬아슬하고 불길한 느낌이 집안을 내리누르고 있었다.

"…그래, 이렇게 속수무책으로 앉아 있어야만 한단 말이냐?"

한 동안 말이 없던 강한성이 철명을 바라보며 입을 열었다. 한성의 얼굴은 극도의 초조와 불안, 긴장과 피곤 때문에 금방이라도 폭발할 것처럼 아슬아슬했다.

"……."

"…으흐흐음!"

한성의 입에서 비명 같은 신음이 새나오며, 얼굴이 씰룩씰룩 경련을 일으켰다.

"하늘로 솟은 것도 아니고…, 그래, 전혀 짐작 가는 게 없느냐?"

한성이 방금 물었던 말을 또 물었다.

"…마음에 집히는 게 없습니다."

"허어, …변고로고! …변고야!"

평소 어지간한 일에는 눈도 꿈쩍하지 않던 한성도 딸 난명이 실종되자 당혹해서 어쩔 줄을 몰랐다. 불길한 예감이 머릿속에 연기처럼 피어올랐다. 사위스런 예감에 쫓기기는 철명도 마찬가지였다. 다시 무거운 침묵이 방 안에 물처럼 차올랐다.

철명이 누이 난명이 실종되었다는 얘기를 들은 것은 이틀 전 땅거미가 내릴 무렵이었다. 집 뒤란 별당에서 서책을 보고 있는데, 어금이가 숨이 턱에 닿게 달려와서 말했다.

"작은 어르신, 아가씨가, 아가씨가 읊어졌습니다유!"

"…그게 무슨 말이냐?"

"아가씨가 말을 타구 가시더니, 오지를 않어유!"

어금이는 눈물을 질금거리면서 다급하게 그날 오후에 있었던 일을 얘기했다.

난명과 어금이는 그날 오후에도 남장을 하고서 말을 타고 밖으로 나갔다.

갑호향 큰솔 마을 근처까지 갔을 때였다.

"넌 여기서 기다리고 있어라. 신나게 좀 달리고 올 테니!"

난명은 어금이의 말은 들어 보지도 않고 말에 박차를 가해 앞으로 달려 나갔다. 어금이는 어쩔 수 없이 길가 느티나무 그늘로 갔다. 말을 타고 달리는 난명을 따라갈 수도 없었고, 요즈음 들어 그런 적이 많았었기 때문에 별 걱정도 하지 않았다. 그녀는 느티나무 그늘에 앉아서 느긋하게 난명을 기다렸다.

그런데 여느 때와는 달리 돌아올 시간이 한참 지난 뒤에도 아가씨가 나타나지 않았다. 그녀는 차츰 마음이 초조해졌다. 혹시 아가씨가 말에서 떨어져 길가에 쓰러져 있는 게 아닐까? 한번 그런 생각이 들자 그냥 앉아 있을 수가 없었다. 허겁지겁 두 마장쯤 한길을 달려갔으나, 아가씨도 말도 보이지 않았다. 혹시 아가씨가 다른 샛길로 갔다가 그 사이에 큰솔 마을 어구로 돌아와 기다리고 있지나 않을까? 그녀는 발길을 돌려 큰솔 마을 어구로 되돌아갔다. 그러나 그곳 느티나무 밑에는 아무도 없었다. 그녀는 너무 당황해서 어떻게 해야 할지 도통 판단이 서지 않았다. 길이 엇갈려 혼자 집으로 돌아간 것이나 아닐까? 그녀는 다시 허겁지겁 집을 향해 내달았다. 그러나 난명은 집에 돌아와 있지 않았다. 하인이나 하녀들 중에도 그녀를 본 사람이 없었고, 마굿 간에도 다른 말은 다 있었으나 그녀가 타고 나간 절따말은 보이지 않았다.

"도대체 네 하는 일이 무엇이냐? 난명이가 어디 있는지를 모르다니,

그게 말이 되느냐?"

철명은 어금이를 크게 나무랐다. 그러나 그녀의 말을 듣고 난 뒤에도 그는 누이가 실종되었으리라고는 생각하지 않았다. 대낮에 한길에서 무슨 일이 있겠는가. 말을 잘 타는 애가 낙마를 했을 리도 없을 게고, 장난을 좋아하는 아이인지라 어금이를 놀리기 위해 길을 우회해서 어디 친척집에라도 들렀을 것이라고 생각했다.

그러나 날이 완전히 어두워진 뒤에도 난명은 돌아오지 않았다. 철명은 여기저기 친척집에 하인들을 보냈다. 어느 집에도 난명은 없었다. 그제서야 그는 난명에게 심상치 않은 일이 일어났음을 알고, 아버지 한성에게 누이의 실종을 알렸다.

"뭐라고?! 난명이 말을 타고 나갔다가 안 들어왔어?"

철명의 얘기를 들은 한성은 즉시 모든 하인들을 불러 모았다. 철명과 한성은 하인들을 거느리고 난명이 말을 타고 갔던 한길을 따라가며 그녀를 찾았다. 그들은 횃불을 들고 길 양 옆을 샅샅이 훑으며 나아갔다.

난명 아가씨!

난명 아가씨!

난명아!

하인들과 철명은 거듭거듭 난명의 이름을 외치며 밤새 난명을 찾았다. 그러나 난명은 오리무중이었다. 난명과 관련된 어떤 단서도 찾을 수 없었다. 새벽이 거의 다 되어서 어쩔 수 없이 집으로 돌아온 그들은 날이 밝자마자 다시 난명을 찾으러 나갔다. 한길의 양 옆을 다시 훑어보고, 한길 주위에 있는 마을들을 톺아가며 말을 타고 지나가는 도령을 본 적이 없나 탐문했다. 그러나 아무런 흔적도 없었다.

한성과 철명은 오늘도 아침 일찍 나가서 날이 저물어 아무 것도 보이지 않게 될 때까지 하루 종일 이 마을 저 마을을 찾아다니며 난명의 자취를 더듬었다. 그러나 역시 성과는 없었다. 갑자기 하늘로 솟거나 땅 속으로 들어가 버린 것처럼 난명은 아무런 자취도 남기지 않고 사라져 버렸다.

"작은 어르신, 여기 계십니까유?"

문 밖에서 들려온 조심스런 목소리가 방 안의 침묵을 깨뜨렸다.

"…무슨 일이냐?"

철명이 방문을 열자 행랑채에서 제일 나이가 많은 재복이가 고패를 떨어뜨리고 서 있었다.

"낯선 사내 둘이 찾아와 뵙기를 청헙니다유."

"밤이 깊었는데, …손이 왔단 말이냐?"

"그것이 …아가씨 일루 은밀허게 드릴 말씀이 있다구 하는데유!"

"뭐라구?!"

철명은 깜짝 놀라 자리를 박차고 일어났다.

"어떻게 생긴 자들이더냐?"

"생김새가 예사롭지 않아 보이는 자들입니다유!"

"바깥사랑으로 들여라! 곧 나가겠다!"

철명은 함께 가겠다는 아버지를 만류하고, 바깥사랑으로 나갔다. 그가 들어가자 방에 앉아 있던 두 사내가 엉거주춤 일어나 고개를 숙여 예를 표했는데, 낯선 자들이었다. 둘 다 탱탱한 몸집에 눈동자가 붉으스레하고, 눈씨가 날카로울 뿐더러 한 사람은 얼굴에 칼자국이 있고, 다른 한 사람은 시커멓게 털수세가 돋은 것이 예삿내기들이 아닌 것 같았다.

"그래, 무슨 일로 이리 야심한 시간에 내 집을 찾아오셨소?"

철명은 초조하고 황급한 마음을 억누르며 드레있게 말했다. 사내들은 노골적으로 힐끔거리며 그의 눈치를 살피더니, 한 명이 입을 열었다.

"우리들은 사정이 있어서 세상을 피해 계룡산 속에 숨어 살구 있는 사람들이우. 밝은 날엔 큰길을 나다니기가 어려워 늦은 시간에 결례를 허게 되었수다. 보아허니 이 집 아가씨의 오라버니 같어 보이는데, 누이의 일루 몇 말씀 드리고저 하니, 부모님이 계신 곳으루 안내해 주슈."

"밤이 깊었고, 누이의 일 때문에 부모님 두 분이 다 편치 못하시오. 내가 부모님께 전해 올릴 테니, 말해 보시오."

"아, 아닙니다유! 이것은 반드시 아가씨의 부모님께서 들으셔야 할 말이라, 두 분이 안 계시면 말씀드릴 수가 읎수다!"

철명은 몇 번이나 그냥 얘기를 하도록 권했으나 두 사람은 메꿎게 고집을 부렸다. 철명은 왈칵 비위가 뒤틀렸으나 어쩔 수가 없었다. 밖에 있는 재복이를 시켜 한성을 모셔 왔다. 한성이 자리에 앉은 뒤에야 털수세가 점잔을 떨며 입을 열었다.

"…방금두 말씀드렸지만 우리는 떳떳허지를 못한 놈들이라 산 속에 숨어 살구 있수다. 목구멍이 포도청이라 어젯밤에두 우리 패거리들은 먼 길 가는 나그네의 길양식이라두 좀 덜어낼까 하구 산길을 지켰수! …아, 그런데 쯤맞게 굴때장군같이 시커멓게 생긴 젊은 놈이 선녀처럼 이쁜 도령을 들쳐업구 길을 가는 게 아니겠수? 종놈이 주인집 도련님을 업구 가는 줄 알구 득달같이 덮쳐서 잡어 놓구 보니, 허참! 그 도령이 글쎄, 남자가 아니라 남장을 한 아가씨였수다! 우리는 처음엔 하인놈과 주인 아가씨가 배가 맞아 남의 눈을 피해 난질가는 줄 알았수! 호호호! 젊은 놈은 때려죽이구 계집은 처자 읎는 아랫것들에게 내어 주려구 했는디, 알구 보니 그게 아니었수다!"

털수세가 일부러 말을 멈추고 잠깐 뜸을 들이다가 다시 이야기를 계속했다.

"아, 그 총각놈이 천하기 짝이 읎는 순 불상놈인디, 아, 그놈이 귀현 집 아가씨를 탐내서 기회를 엿보구 있다가, 말을 타구 혼자 나들이 나온 아가씨를 납치해서 깊은 산 속으루 도망을 치는 중이었수다!"

177

"아니, 그럼 우리 난명이가 그놈한테…?"

철명이 흑빛이 된 얼굴로 초조하게 말했다.

"아, 어르신의 말씀대루 변을 당한 아가씨는 바루 이 댁의 난명 아가씨였수! 아가씨는 너무 놀래서 제 정신이 아니었수다. 워낙 생김새나 차림새가 귀한 집의 금지옥엽으루 생겨서 우리가 잘 달래서 물어봤더니, 아, 놀랍게두 이 댁의 귀한 아가씨 아니겠수? 저희가 그 시간에 그곳에 나갔기에 망정이지 귀한 아가씨가 큰 봉변을 당할 뻔했수다!"

털수세가 의기양양한 얼굴로 실컷 생색을 내며 말을 마쳤다.

"그게 사실이오? 그럼 지금 내 딸 아이는 어디 있소?"

한성이 다급하게 물었다. 그러자 이번엔 칼자국이 말했다.

"아, 당연히 우리가 뫼시구 왔어야 허지만, 아가씨가 너무 놀라서 병이 나 자리에 누워 버렸수다! 그래서 지금 저희 산채에 잘 뫼시구 있습쥬. 그리구 솔직허게 말씀드리자믄 저희 패거리 가운데는 막돼먹은 놈덜이 많수다! 그놈덜이 예쁘장한 아가씨를 보자 눈이 뒤집혀서 환장을 허구 덤벼드는디, …아, 계집에 굶주린 그 무지막지헌 놈덜을 어뜨케 막겠수? 허는 수 읎이 두령이 그놈덜을 달래기 위해서 이런 말을 했습쥬. 이 댁 어르신께서 평소 덕이 높다구 널리 소문이 났으니, 우리가 아가씨를 구해준 걸 알믄 어찌 보답이 읎겠느냐구! 만약 네놈들이 아가씨의 털끝 하나라두 까딱했다간 아무런 보답두 못 받구, 은혜가 되레 원수가 되지 않겠느냐구! 사정이 이르케 되어서 저희덜두 아가씨를 마음대로 뫼시구 나올 수가 읎게 되었수다! 아가씨는 아무 일 읎이 잘 있으니, 걱정 마십슈!"

"내 생각엔 당신들이 내 누이를 납치한 것 같은데, 안 그렇소?"

철명이 눈을 똑바로 뜨고 두 사람을 노려보며 말했다. 그는 그들의 말에서 무언가 찌언한 느낌을 받았다. 그들이 난명을 납치하고서 그 대가를 받아내러 온 것이 아닐까 하는 생각이 들었다.

"아니, 그게 대체 무슨 말이슈?! 물에 빠진 놈 건져주었더니, 보따리 내놓으라구 헌다더니! 산 속에 숨어 사는 우리가 대낮에 어뜨케 당신의 누이를 납치힐 수가 있겠수? 우리를 그렇게 본다믄 더 얘기헐 것이 읎수다! 우리는 이만 가겄수!"

털수세와 칼자국이 벌컥 화를 내며 자리를 박차고 일어섰다.

"잠깐 고정하고 자리에 앉으시오! 넌 가만 있어라!"

한성이 두 사람을 붙잡으며 짐짓 엄한 얼굴로 철명을 꾸짖었다. 두 사람은 한성의 만류에 못 이기는 척 다시 자리에 앉았다. 그들은 몹시 화가 난 듯 상통을 있는 대로 찌푸리고서 철명을 노려보더니, 이윽고 털수세가 말문을 열었다.

"뭣 주구 뺨 맞는다는 말이 있다더니, …오늘 우리가 꼭 그 짝 났수! 우리 몰골이 험상궂어서 젊은이가 우리를 못 믿는 모냥인디, 아, 이 집 아가씨를 훔쳐간 놈을 아가씨와 함께 넘겨줄 테니, 그때 그놈 낯짝을 똑똑하게 보슈! 아마 얼굴을 아는 놈일 거웨다!"

털수세의 말을 받아서 칼자국이 다시 계속했다.

"이런 대접을 받을 바엔 당장 돌아가구 싶지만, 우리두 기왕에 두령님의 심부름을 왔으니, 우리 두령님의 말씀이나 전하구 가겄수! …아가씨를 구하시려믄 활구 열 개와 명주 스무 필, 삼베 스무 필을 준비하라는 게 우리 두령님의 말씀이유. 그만한 재물이 아니믄 우리 두령님두 험악한 밑엣것들을 달랠 수가 읎다는 얘기유!"

철명과 한성은 잠깐 말문이 막혔다. 너무나 엄청난 요구였다.

"근동 백여 리에 소문이 쟁쟁한 어르신네 집에 그만한 재물이 읎진 않겠습쥬? 사흘 안에 우리가 말한 물건을 하나두 빠짐읎이 마련해 놓으슈! 그렇지 않으믄 계집에 환장을 해서 눈이 벌겋게 된 아랫것들한테 아가씨를 노리개루 넘겨줘 버리구 말겠수!"

칼자국이 노골적으로 마각을 드러내며 협박을 했다.

"뭐라고?! 이놈들을 당장!"

철명이 벌떡 몸을 일으키며 그들에게 달려들려고 하자, 한성이 철명에게 호통을 터뜨렸다.

"어디서 경거망동이냐? 물러나 앉아라!"

철명은 어쩔 수 없이 다시 뒤로 물러나 앉았다.

"내 딸애를 구했다고 공치사를 늘어놓으면서 꼭 그처럼 많은 재물을 요구해야겠소?"

한성이 침중한 얼굴로 말했다.

"세상에 공짜가 어디 있수까? 우리는 다만 두령님의 말씀을 전할 따름이우! 우리 두령님은 인정사정이 없구, 두 말을 않는 사람이우!"

"알았소! 내 당신들의 요구를 들어주겠소! 당신들의 두령한테 그간 내 딸의 안전이나 책임져 달라고 전해 주시오! 만약 내 딸의 손가락 하나라도 까딱했다간 한 푼의 재물은커녕 당신들을 모조리 토멸해 버릴 것이니, 그리 전하시오!"

한성이 불길이 뚝뚝 듣는 듯한 눈으로 두 사람을 노려보며 사납게 말했다.

"아, 따님의 안전은 걱정마슈! 그럼 사흘 후 그놈과 따님을 데리구 다시 오겠수다! 현청에 알린다든지 집안의 종놈덜을 동원해서 우리와 맞서려구 헌다든지 허는 잔꾀는 부리지 않는 게 좋을 거유! 우리들은 패거리가 많을 뿐더러, 더 이상 갈 데가 없는 놈덜이라 거칠기가 늑대덜 같수! 아차하믄 따님 몸을 망치구 목숨까지 위태롭게 될 테니, 잘 알아서 허슈! 칼자루는 우리가 쥐구 있다는 걸 잊지 마시우!"

그들은 다시 한 번 공갈을 쳤다.

"…알겠소."

한성이 침통하게 말했다.

"그럼 사흘 뒤에 뵙겠슈! 다시 한 번 말하는디, 관가에 알린다든지 하는 허튼 행동은 마슈! 우리 두령님은 그리 녹록한 사람이 아니유!"

두 사람은 또 한 번 으름장을 놓고 방을 나갔다. 그들이 나간 뒤에도 철명과 한성은 한 동안 돌부처럼 무겁게 앉아 있었다.

"아버님, 그놈들한테 정말 재물을 내줄 생각이십니까?"

한참 후에 철명이 입을 열었다.

"···우선 재물을 주고 난명을 구한 뒤에 다시 대책을 강구하는 게 순서가 아니겠느냐? 무슨 뾰족한 수라도 있느냐?"

"······."

철명은 머리끝까지 치솟는 분노 때문에 가슴이 터질 것 같았다. 그는 난명을 구하고 나면 무슨 수를 써서라도 이번 일과 관계된 놈들을 찾아내서 도륙해 버릴 결심을 하며 주먹을 으스러지게 쥐었다.

5. 꿈과 현실

망이는 난명과 함께 강변에서 말을 달렸다. 그들은 한 필의 말을 둘이서 타고 계속 앞으로 나아갔다. 강 건너편에 새로운 세상이 질펀하게 펼쳐져 있었다. 그곳엔 크고 작은 갖가지 모양과 색깔의 꽃들이 지천으로 피어 있고, 꽃 사이로 나비들이 짝을 지어 팔랑거리고, 벌들이 떼를 지어 잉잉거렸다. 언덕에는 온갖 과일이 가지가 찢어지게 주렁주렁 열려 있고, 들판에는 곡식들이 황금빛으로 익어 있었다. 그곳에 하얀 옷을 입은 사람들이 살고 있었다. 그들 사이엔 주인과 노비가 없고, 귀한 자와 천한 자가 없고, 가난한 자와 부자가 없었다. 부역이 없고, 억압과 고통이 없었다. 그 대신 자유와 평등, 사랑과 기쁨, 축복이 바닷물처럼 넘치고 또 넘쳤다. 사람들은 남녀노소 구별없이 노래하고 춤추었다. 아름다운 대동 세상이었다.

"아가씨, 강 저쪽이 보여유?"

망이가 난명에게 물었다.

"보여요! 우리 빨리 강을 건너가요!"

망이와 난명은 말을 타고 강물 속으로 들어갔다. 그런데 겉보기엔 별로 깊어 보이지 않던 강물이 생각과는 딴판이었다. 물살이 놀랍게 거세고, 밑바닥의 모래가 마구 흐르고 있었다. 말은 깜짝 놀라 어쩔 줄을 모른 채 네 발을 허우적거렸고, 망이와 난명은 말등에서 떨어져 사나운 물결에 휩쓸렸다. 그들은 손을 붙잡고 떨어지지 않으려고 안간힘을 다했다. 그러나 물살은 갈수록 더욱더 거대한 파도가 되어 두 사람을 후려치고 또 후려쳤다. 시간이 흐를수록 망이와 난명은 기진맥진했다. 그리고 산더미 같은 물결이 그들을 강타한 순간 두 사람은 맞잡고 있던 손을 놓쳤다.

"망이님! 망이님!"

난명이 애타게 그를 부르며 헤엄을 쳐 가까이 오려 했다. 그러나 물살은 점점 더 멀리 두 사람을 떼어 놓았다.

"난명 아기씨! 이가씨!"

망이는 미칠 것 같은 마음으로 난명을 부르며 그녀에게 다가가기 위해 필사적으로 헤엄을 쳤다. 그러나 몸이 뜻대로 움직여지질 않고 목구멍에서 목소리도 나오질 않았다. 아무리 소리를 질러도 목소리가 밖으로 새어나오질 않았다. 안타까움으로 가슴이 터질 것 같아서 그는 죽을힘을 다해 몸부림을 쳤다.

"망이님! 망이님!"

그를 부르는 난명의 목소리가 아스라하게 멀어져갔다.

"안 돼! 아름다운 대동 세상이 저기 있는데! 난명 아가씨! 난명 아가씨!"

망이는 난명의 이름을 부르다가 퍼뜩 의식을 돌이켰다. 꿈이었다.

"망이님! 망이님!"

난명의 안타까운, 무엇에 짓눌린 듯 낮고 조심스러운 목소리가 등 뒤쪽에서 들려왔다. 망이는 소리 나는 곳으로 고개를 돌리려다가 온

몸을 저미는 듯한 극심한 통증에 헉! 숨이 막혔다. 통증이 너무나 격렬해서 숨을 제대로 쉴 수가 없었다. 그 중에도 뒷머리의 고통이 가장 극심했다. 머릿속에 커다란 바위가 들어 있으면서 밖으로 터져나오려고 하는 것 같았다. 그는 아픔 때문에 이를 악물었다. 으으으음! 그의 입에선 저절로 고통스러운 신음이 비어져 나왔다. 한참 후에야 그는 비로소 정신이 났다. 난명과 자기가 누구인지도 모르는 자에게 납치되었으며, 온몸이 결박된 채 무자비한 발길질에 의식을 잃었었다는 것을 생각해 냈다.

"…아가씨!"

그는 고개도 들지 못한 채 목이 쉰 듯 메마르게 갈라터진 목소리로 간신히 난명을 불렀다.

"…망이님! …정신이 드셨군요!"

난명이 놀람과 두려움이 잔뜩 밴 목소리로 속삭이듯 낮게 말했다.

"아가씨, 괜찮으셔유?"

"저는 괜찮아요."

"날이 샜남유?"

망이는 주위가 희부윰하게 밝은 것을 의식하며 물었다.

"망이님은 거의 하루 동안이나 정신을 잃고 있었어요. 지금 거의 저녁이 다 되어가요."

난명이 작은 목소리로 안타깝게 말했다.

망이는 고통을 참으며 온몸을 조금 움직여 보았다. 뼈 마디마디마다 아프지 않은 곳이 없었다. 그는 손과 발에 힘을 주어 보았다. 역시 끄떡도 하지 않았다. 두 팔과 다리를 등 뒤로 꺾어 어찌나 단단하게 묶어 놓았던지 꼼짝달싹할 수가 없었다. 망이의 힘을 겁낸 그들이 망이가 정신을 잃은 뒤에 밧줄을 더욱 단단하게 조여 놓은 것이다. 그는 온몸을 무두질하는 듯한 아픔을 견디며 억지로 몸을 뒤쪽으로 틀었다.

난명의 모습이 어슴푸레하게 그의 눈에 들어왔다. 난명은 손과 발이 묶인 채 기둥에 등을 기대고 있었는데, 그녀의 몸과 기둥에도 밧줄이 칭칭 둘려져 있었다.

"아가씬 어쩌다가…?"

"그날 명학소에서 돌아오다가 아무도 없는 산모롱이에서 저놈들에게 붙잡혔어요. 망이님 몸은 어떠세요?"

"그보다 여기가 어디쯤인 거 같어유?"

"잘 모르겠어요. 인가에서 멀리 떨어진 외딴 농가의 곳집 같은데…."

"이놈덜이 왜 우리한테 이러는지, 전혀 짐작이 가지 않구먼유."

"저도 모르겠어요. 저와 망이님을 잘 아는 자들이 분명한데…. 그 자들이 뭔가 음모를 꾸미고 있는 것 같아요!"

"음모유?"

"우리를 이렇게 붙잡아 둘 까닭이 무엇이겠어요? 뭔가 흉한 일을 꾸미고 있는 것 같아요! 그자들이 자기들끼리 쑥덕거리는 걸 들어 보니, 지금 밖에서 뭔가 못된 음모를 꾀하고 있는 게 분명해요! 그게 무엇인지는 잘 모르지만 그 일이 끝나면 우리를 해칠 생각인 것 같아요!"

"…이놈들!"

망이는 새삼 분노가 솟구쳐서 부르르 몸을 떨었다.

얼마 지나지 않아 두 사람이 갇혀 있는 곳집은 먹물 같은 어둠이 차올랐다. 망이는 다시 묶인 손과 발을 풀어 보려고 팔과 다리를 비틀고 뒤틀며 용을 썼다. 어혈진 몸을 움직일 때마다 참을 수 없는 고통이 엄습했다. 그러나 그는 이를 악물고 계속 몸을 움직였다. 이내 밧줄에 쓸린 살갗이 터지고, 터진 살갗에서 피가 흘러 밧줄을 적셨다. 그리고 피가 밴 밧줄은 오히려 더욱더 단단해졌다. 도저히 더는 어떻게 해 볼 방도가 없었다.

한참 후에 그는 난명이 있는 곳을 향해 몸을 움직였다. 두 손과 두 발을 허리 뒤로 꺾어서 결박을 했기 때문에 몸을 꿈틀거려서 이동하기란 거의 불가능했다. 그러나 그는 끈질기게 몸을 흔들어서 조금씩 조금씩 난명이 있는 곳으로 다가갔다.

"망이님, 지금 뭐 하는 거예요?"

그가 움직이는 기색을 느낀 난명이 낮은 목소리로 물었다.

"그쪽으루 가구 있어유!"

그는 죽을힘을 다해 난명에게로 갔다.

"손을 묶은 밧줄이 어디 있남유?"

"기둥 뒤쪽이에요! 뒤쪽에 묶여 있어요!"

망이는 다시 안간힘을 다해 난명의 뒤로 몸을 움직여 갔다. 그리고 가까스로 몸을 반쯤 세우고서 이로 난명의 손목을 묶은 밧줄의 매듭을 물어뜯기 시작했다. 삼으로 꼬아 만든 밧줄은 질겨서 좀처럼 끊어지지 않았다. 곧 입술이 찢겨져 입 안에 비릿한 핏물이 고였다. 그러나 그는 악착같이 밧줄의 매듭을 물어뜯어 마침내 밧줄을 끊었다.

"됐어유! 빨리 발을 묶은 밧줄을 푸세유!"

망이가 초조하게 말했다.

난명은 덜덜 떨리는 손으로 발목을 묶은 밧줄을 풀어냈다. 그리고 기둥과 그녀의 몸을 한꺼번에 돌라맨 밧줄의 매듭을 풀었다. 제 몸의 밧줄을 다 푼 난명은 곧 망이의 손과 발을 묶은 밧줄을 풀었다. 어두워서 아무 것도 보이지 않는 데다가 밧줄이 단단하게 묶여 있었기 때문에 밧줄을 푸는 데는 꽤 오랜 시간이 걸렸다. 두 사람 다 극도의 초조와 긴장 때문에 그 시간이 더욱더 길게 느껴졌다.

"이제 일어나 보세요!"

밧줄을 다 풀고 난 난명이 망이의 몸을 부축하며 말했다. 망이는 몸의 균형을 잡지 못하고 비척거리며 겨우 몸을 일으켰다. 결박에서 풀려났는데도 몸을 움직이기가 어렵고 힘을 쓸 수가 없었다. 온몸의 근육이 굳어 버리고 뼈마디가 풀려 버린 듯한 느낌이었다. 그는 고통을 참으며 천천히 사지를 움직였다.

"아가씨, 이제 됐어유. 이제 이곳을 나가야 해유!"

"몸을 많이 다쳤는데, 괜찮겠어요?"

"밖에 있는 저 놈들을 해치우구, 도망쳐야지유!"

"여러 놈이라 맨손으로는 안 될 거예요. 칼 같은 것을 가진 놈도 있고. …아까 환할 때 보니까 저쪽 구석에 몽둥이가 몇 개 있었어요."

망이와 난명은 어둠 속을 더듬적거려서 구석으로 갔다. 망이는 굵기가 팔뚝만하고 길이가 넉 자 정도 되는 몽둥이를 골라잡고, 난명도 작은 몽둥이를 집어 들었다. 두 사람은 발소리를 죽이고 문이 있는 곳으로 다가가, 밖의 동정을 살폈다. 아무 소리도 들리지 않았다.

"저놈들을 불러들이세유."

망이가 난명에게 속삭이듯 말했다.

"알았어요!"

난명이 고개를 끄덕이고 나서,

"여보세요! 여보세요!"

하고 큰 소리로 사람을 불렀다.

그러나 밖엔 인기척이 없었다.

"보세요! 여보세요!"

난명이 더 큰 소리로 외쳤다. 역시 대답이 없었다. 난명은 계속해서 사람을 불렀다.

"넨장칠! 왜 그려?"

한참만에 밖에서 귀찮다는 듯 툴툴거리는 소리가 들렸다.

"문 좀 열어 주세요!"

"왜 그러냐니까?"

"빨리 문 좀 열어 보세요! 아무래도 이상해요!"

"그게 무슨 소리여?"

"이 사람이 죽은 것 같아요!"

난명이 다급하게 외쳤다.

"난 또 무슨! 쓸데읎는 소리 말구 잠자코 자빠져 있어!"

"제발 문 좀 열어 보세요! 무서워 죽겠어요! 문을 열어 주면 제가 갖고 있는 금노리개를 드리겠어요!"

"…금노리개가 있어?"

괄괄하고 퉁명스럽던 사내의 목소리가 대뜸 숙부드러워졌다.

"문 좀 열어 보세요. 제 가슴에 걸고 있는 금노리개가 있는데, 그걸 드리겠어요!"

"그게 증말이여?"

"그럼요! 무서워서 죽겠어요! 빨리 들어와 보세요! 금노리개를 드릴 게요!"

"알았다!"

쇠빗장을 뽑고 문을 여는 소리에 이어 사내 한 명이 관솔불을 들고 곳집 안으로 들어섰다. 그가 곳집 안으로 한 걸음 들어선 순간 문 뒤에 서 있던 망이가 몽둥이로 그의 뒷머리를 후려쳤다. 윽! 사내는 짧은 비명을 토하며 바닥에 거꾸러졌다.

망이와 난명은 재빨리 밖을 살펴보았다. 달이 떠 있을 시간이었으나 하늘엔 구름이 가득했고, 그 때문에 사위는 가까스로 사물의 윤곽을 알아볼 수 있을 만큼 희읍스름한 어둠에 잠겨 있었다. 마당을 사이에 두고 저만치 초가집 한 채가 있고, 그곳에서 불빛과 함께 떠지껄한 사내들의 목소리가 흘러나오고 있었다. 두 사람은 조심조심 곳집을 빠져나와 마당으로 걸음을 옮겼다.

그때였다. 컹컹컹! 컹컹컹컹! 커다란 개 몇 마리가 사납게 짖으면서 그들을 향해 달려들었다. 컹컹컹! 컹컹컹컹! 망이는 개들을 향해 몽둥이를 휘둘렀다. 맨 앞장을 선 개가 머리통을 맞고 찍소리도 못하고 나가떨어지자 다른 놈들은 망이의 위맹한 기세에 놀라, 함부로 덤비질 못하고 짖어 대기만 했다. 컹컹컹! 컹컹컹컹컹!

개 짖는 소리를 듣고 안채에서 사내들이 우루루 몰려나왔다. 모두 여섯 명이었다.

"저 연놈을 잡어라!"

그들은 토방에 세워 둔 몽둥이를 집어들고 망이에게 덤벼들었다. 그들을 보자 망이는 새삼스럽게 분기가 뻗쳐서 성난 부사리처럼 뛰쳐나갔다. 그러나 망이는 마음과는 달리 몸을 제대로 쓸 수가 없었다. 손도 발도 뜻대로 되지 않았다. 그는 다리를 절뚝이면서 몽둥이를 휘둘렀다. 사내들은 망이의 험악한 기세에 눌려 함부로 덤벼들지 못하고 망이를 에워쌌다. 개도 덤벼들 기회를 노리면서 으르렁거렸다. 망이는 시간을 오래 끌어서는 안 된다고 생각했다. 시간을 지체하면 놈들의 패거리들이 더 몰려올 수도 있고, 난명이 놈들에게 붙잡히면 낭패를 당할 것 같았다.

"이눔들! 모조리 박살을 내 주겠다!"

망이는 그들 가운데에서 제일 엄장이 큰 놈을 향해 돌진했다. 그를 단번에 거꾸러뜨려 기선을 제압하고, 그들이 주춤거리는 틈을 타서 도망치기 위함이었다. 그러나 망이의 몸은 생각보다 훨씬 굼떴고, 상대방은 잽싸게 뒤로 물러나 그의 몽둥이를 피했다.

"물러나지 마라! 물러나지 말구 다들 한꺼번에 덤벼라! 이놈은 지금 심을 못 쓴다! 만약 이놈을 놓쳤다간 다들 큰형님한테 맞어죽을 것이다!"

엄장 큰 사내가 큰 소리로 외치자 그들은 다시 덮칠 기회를 엿보며 포위망을 조여왔다. 어둠 때문에 그들의 얼굴은 잘 보이지 않았으나 눈에 살기를 번득이며 덤벼드는 게 시골 무지렁이들이 아니었다.

"쳐라!"

엄장 큰 사내가 크게 외치며 덤벼들었다. 망이는 몽둥이로 그의 몽둥이를 세차게 맞받아쳤다. 망이의 무서운 힘에 그가 몽둥이를 떨어뜨리자, 망이는 다시 그에게 달려들어 몽둥이로 그의 어깨를 내려쳤다. 망이의 무작스러운 타격에 그는 비명을 토하며 땅바닥에 거꾸러졌다. 그 틈에 다른 놈들이 한꺼번에 짓쳐들었다. 어느 틈에 두 개의 몽둥이가 망이의 어깨죽지와 등허리를 사정없이 파고들었다. 그는 둔탁한 충격과 아픔에 부르르 몸을 떨며, 선불 맞은 호랑이처럼 마구 몽둥이를 휘둘렀다. 순식간에 여섯 놈이 모두 나가떨어졌다.

"이눔들! 내 앞을 막는 눔은 단매에 쳐죽이겠다!"

망이가 사납게 외치고, 난명의 손을 잡고 뛰었다.

"저놈들이 곧 다시 쫓아올 거예요!"

난명이 다급하게 말했다. 두 사람은 손을 맞잡고 어두운 밤길을 마구 내달았다.

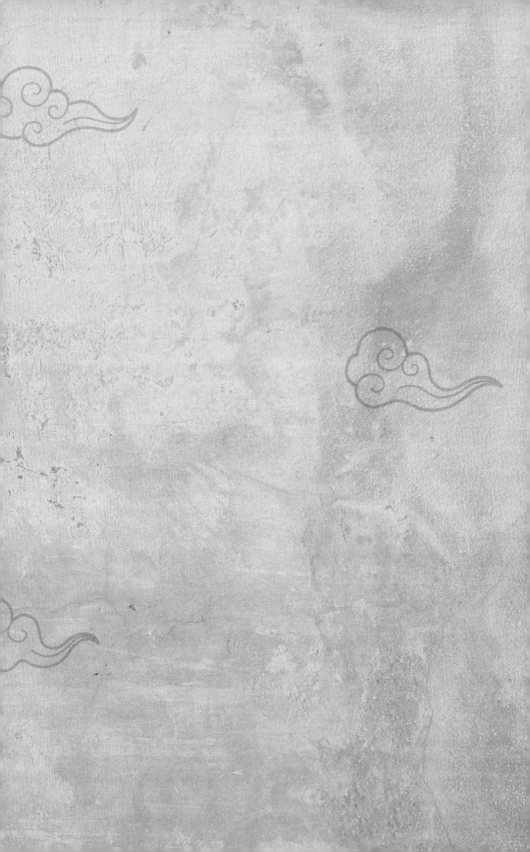

제4장

어두운 밤

1. 사랑채 손님

"어금이가 난명이 때문에 수고가 많구나!"

철명이 안채로 들어오며 약탕기에 부채질을 하고 있는 어금이에게 말했다.

"아녀유. 수고는유."

어금이가 후딱 몸을 일으키며 얼굴을 붉혔다. 발그레하게 물든 얼굴이 매우 곱다는 생각을 하며 철명은 그녀의 얼굴에 눈을 주었다. 어금이의 얼굴은 갓 피기 시작하는 흰 도라지꽃 같은 느낌을 주었다. 어금이는 철명과 눈이 마주치자 귓부리까지 빨갛게 물이 들며 어쩔 줄을 몰랐다.

"어금이가 제법 곱구나!"

철명이 얼굴에 웃음을 띠며 말했다. 어금이는 철명의 뜻밖의 말에 당황해서 얼른 시선을 떨어뜨렸다.

"작은 어르신께서 쉰네 같은 것한테 농지거리를 다 하시구…."

이 애가 이렇게 고왔었던가?! 볼수록 깨끗하고 고운 얼굴이어서 철명은 지금까지 그걸 모르고 있었다는 게 문득 이상하게 생각되었다. 어금이는 얼굴만 곱게 피어난 게 아니라 어느새 가슴도 동도렷하게 부풀어 올라 있었다. 철명은 새삼스런 눈길로 어금이의 얼굴과 몸매를 훑어보다가 말머리를 돌렸다.

"아가씨는 좀 어떠냐?"

"종일 별루 잡숫지두 않구 누워 계셔유."

어금이 얼굴이 어두워지며 걱정스럽게 말했다.

"내 좀 들어가 보마."

철명은 난명의 방으로 가면서도 방금 어금이에게서 느꼈던 난데없는 아름다움 때문에 당혹과 혼란을 느꼈다. 마루에 오른 그는 등 뒤에 시선을 느끼고 뒤를 돌아봤다. 어금이가 그를 바라보고 있다가 당황해서 고개를 숙였다. 그러고 보니 그간 의식하진 못했지만 오래 전부터 어금이가 늘 그를 그렇게 바라보고 있었다는 느낌이 들었다.

"오라버니, ……."

그가 난명의 방으로 들어가자 누워 있던 난명이 억지로 일어나 앉았다. 난명의 얼굴은 핏기라곤 찾아 볼 수 없이 창백했다.

"그냥 누워 있어라! 아직도 먹지를 못한다며?"

"…걱정 마셔요."

"네가 몹시 놀란 모양인데, 한때의 악몽이라고 생각하고 다 잊어 버려라!"

철명은 평소에 늘 발랄하고 명랑하던 누이가 계속해서 자리에 누워 있는 게 아무래도 마음에 걸렸다. 느닷없는 봉변에 크게 놀랐다 해도 집에 돌아온 지 벌써 여러 날이 지났는데 아직도 몸을 추스르지 못하는 게 여간 꺼림칙하지 않았다. 난명은 몇 번이나 아무 일도 없었다고 말했지만, 혹시 그 놈들에게 무슨 몹쓸 짓을 당한 것이나 아닐까 하는 생각이 다시 철명의 뇌리를 스쳤다.

난명은 나흘 전 밤이 이슥한 시간에 집으로 돌아왔다. 며칠 사이에 몰라볼 정도로 피폐해져서 마치 딴 사람같이 변한 난명이 나타나자 집 안이 발칵 뒤집혔다.

난명은 극도로 지쳐서 금방 쓰러질 것 같은 몰골이었으나, 의외로 정신은 말짱했다. 어떻게 된 일이냐고 초조하게 캐묻는 가족들한테 그녀는 말을 타고 가다가 인적이 없는 곳에서 갑자기 튀어나온 불한 당들에게 아갈잡이를 당해 자루에 넣어진 채 끌려갔다가, 감시가 소홀한 틈을 타서 용케 도망쳐 나왔다고 말했다.

"혹시… 그놈들이 네 몸에 손을 대지는 않았느냐?"

그녀의 말이 끝나기가 무섭게 어머니가 초조한 얼굴로 물었다. 그간 가족들이 제일 노심초사하며 걱정했던 것이 바로 그것이었다.

"그런 일은 없었어요."

난명은 단호하게 말했다.

"…정말이냐?"

어머니가 다시 다짐하듯 되처 물었다.

"그런 일은 정말 없었어요. 걱정하지 마셔요."

"네가 갇혀 있었던 곳이 어디인지 알겠느냐?"

아버지 한성이 물었다.

"잘 모르겠어요. 끌려갈 때 자루 속에 갇혀 있었고, 한 번도 가 본 적이 없는 곳을 어두운 때 허겁지겁 도망쳐 나왔기 때문에…."

난명의 말을 듣고 분기탱천한 철명은 당장 누이를 납치해 간 놈들을 쫓아가서 모조리 도륙해 버려야만 속이 시원할 것 같았다.

"…이만 하기가 다행이다! 몰골이 말이 아니니, 우선 좀 쉬어라!"

한성이 침중한 얼굴로 말했다.

"…심려를 끼쳐 드려서 죄송해요."

난명은 그날 자리에 누운 뒤 벌써 나흘째나 제대로 먹지도, 마시지도 못하고, 된통 앓고 있었다.

"그때 정말 아무 일도 없었느냐?"

철명이 아무래도 마음이 놓이지 않아서 다시 물었다.

"오라버니두! 아무 일도 없었다고 했잖아요?"

난명의 목소리가 약간 높아졌다.

"그래, 정말 다행이다. 그런데 그곳이 어디인지 조금도 생각이 안 난단 말이냐?"

"…네. 너무 황급하게 도망쳐서 …도무지 …어디인지 모르겠어요."

"…억지로라도 뭘 좀 먹어야 한다. 네가 이렇게 누워 있으니까 아버님 어머님 걱정이 크시다."

"…죄송해요, 오라버니."

철명은 난명의 방을 나왔다.

철명이 저녁을 먹은 후에 그의 방에서 서책을 보고 있을 때였다.

"작은 어르신, 큰 어르신계서 급히 찾으십니다유!"

문 밖에서 하인 금창이의 목소리가 들렸다.

"무슨 일이냐?"

"빨리 서두르셔유!"

"무슨 일인데 그렇게 급하냐?"

철명은 책을 덮고 마루로 나섰다. 댓돌 위에 서 있던 금창이가 머리를 조아리며 낮은 목소리로 말했다.

"우락부락허게 생긴 사내들 셋이 찾아왔는데유. 아무래두 낌새가 심상치 않어유. 그 작자들을 저잣거리에서 한두 번 본 적이 있는 것 같은디. 저잣거리를 쏠구 다니는 왈짜패들이 분명합니다유."

철명은 곧바로 사랑채로 나갔다. 아버지 한성이 아랫목에 앉아 있고, 웃목에 사내 셋이 앉아 있었다. 그들은 고개를 숙여 철명에게 인사를 했으나, 마지못해 아무렇게나 고개를 꾸뻑이는 태도가 불손하기 짝이 없었다. 감때사납게 생긴 몰골들을 보건대 금창이의 말대로 주먹질로 소일하는 왈짜 패거리들이 틀림없어 보였다.

"그래, 나한테 할 말이 무엇인가?"

한성이 냉랭한 목소리로 물었다. 사내들 가운데 하나가 입을 열었다.

"저는 저잣거리에서 굴러먹는 조가구, 이놈덜은 박가, 곽가라구 합쥬. 지체 높으신 어르신이나 자제분께 천한 저희덜이 이런 말씀을 드리기가 좀 점직허우다."

조가는 제법 그럴 듯하게 예의를 차려 허두를 뗀 다음 잠시 말을 멈추고 철명과 한성의 얼굴을 살폈다.

"빨리 용건이나 말하게!"

철명이 단호하게 말했다. 그러자 박가가 말했다.

"입에 담기가 좀 면구스러워서…. 저희덜은 저잣거리에서 어성꾼으루 그럭저럭 지내는 놈들인디, 근래에 지체 높으신 어르신의 얼굴에 똥칠을 헐 해괴헌 소문이 돌아서… 아무래두 알려드리는 게 도리일 것 같어서 이르케 밤늦은 시간에 찾어왔수다."

"얼굴에 똥칠을 할 해괴한 소문이라니? 그게 무슨 말버릇인가?"

철명이 듣그러워 말소리를 높였다.

"이놈아, 보배운 데 읎이 그게 무슨 말본새냐? 어르신, 작은 어르신, 용서험슈! 이놈이 본디 구습이 워낙 험해서!"

곽가가 짐짓 박가에게 퉁바리를 주며 한성에게 머리를 조아리는 척했다.

"야, 이눔아! 그럼 그르케 보배운 것 많구 말본새 좋은 네눔이 지껄여 봐라! 얼굴에 똥칠헐 일을 그럼 똥칠헐 일이라구 허지 않구 뭐라구 허냐?"

박가가 곽가에게 벌컥 성을 내며 말했다.

"이눔들아, 시끄럽다! 여기가 어느 안전이라구 저잣거리에서처럼 함부루 방자스럽게 구는 거여?"

조가가 둘을 꾸짖고 나서 말을 계속했다.

"이 댁의 규수에 관헌 얘기입쥬. …이 댁 난명 아가씨가 지난번 수릿날 씨름대회에서 우승을 한 명학소 장사 망이와 눈이 맞어서…."

"뭐라고? 난명이가 어쩌고 어째? 이눔들이 듣자보자 하니까!"

철명이 벌컥 노염을 터뜨리며 그들을 노려보았다. 그러나 그들은 왜 철명이 그렇게 불같이 노염을 내는지 전혀 이해할 수 없다는 듯 멀뚱멀뚱 쳐다보다가 자기들끼리 눈짓을 주고받으며 몸을 일으켰다.

"저희덜은 이댁 어르신과 어르신댁 명예를 생각해서 일부러 이르케 귀띔을 해 드리러 왔는디, 작은 어르신이 자초지종두 알아보지 않구 저렇게 역정부터 내시니, 이만 물러가는 게 좋겄슈."

그들은 성난 얼굴로 방을 나가는 시늉을 했다.

"그만 다시 앉게! 그리고 너도 나서지 마라!"

한성이 침중하면서도 고압적인 목소리로 말했다. 세 사람은 못 이기는 척 엉거주춤 주저앉았다. 철명은 세 놈들이 의뭉을 떠는 게 뇌꼴스러워서 견딜 수가 없었다.

"하던 얘길 계속하게!"

한성이 냉정하게 말했다.

"아, 작은 어르신이 저렇게 화를 내시니 말씀드리기가 심히 두렵네유. 물론 듣기에 민망쩍은 얘기라는 건 저희덜두 잘 압쥬! 그러나 안 듣는다구 있었던 일이 읎어지는 것두 아닐 테구…. 저희들의 말이 사실인지 아닌지는 당장 난명 아가씨를 불러다가 물어보믄 알 일입쥬."

조가가 잠깐 말을 멈추고 뜸을 들인 다음 다시 말을 이었다.

"우리들이 들은 소문인즉슨, 명학소의 망이란 놈이 비록 천한 소(所) 놈이긴 허나 심이 드물게 장사이구 얼굴두 제법 번듯허게 생겨먹어서, 썩 볼 만한 데가 있는 총각놈인디, 지난 수릿날 씨름판에서 그놈이 씨름허는 것을 본 난명 아가씨가 그놈한테 첫눈에 홀딱 반했다는 거유! 그때 마음이 달 대루 단 아가씨가 남자옷을 입구서 말을 타구 명학소루 망이놈을 찾어가, 그놈을 꼬셨다는 거유! 꽃 같은 아가씨가 찾아와서 노골적으루 꼬시는디 불알 여문 사내놈치구 안 넘어갈 놈이 어디 있겄슈? 흐흐흐흐! 두 처녀 총각이 눈이 맞어서 사람들의 눈을 피해 인적 읎는 외딴 냇가에서 맘껏 놀아났다는 거지유. 함께 말을 타구, 껴안구 나뒹굴며 갖은 희롱을 다 하구…. 흐흐흐흐! 그러나 아무리 외딴 곳이라두 그르케 놀아난 것이 한두 번이 아닌디, 어찌 다른 사람의 눈에 띄지 않을 리가 있겄슈? 주머니에 송곳이 들어 있으믄 곧 그

끝이 밖으루 뚫구 나오구, 뱃속에 똥이 들어 있으믄 방귀가 나오는 벱이쥬. 어느날 계룡산에 둔치구 있던 산도적놈덜이 털 집을 미리 점찍어 두기 위해서 마을루 내려오다가 둘이서 노닥거리는 걸 보게 되었다는 거유. 그놈덜은 먼저 난명 아가씨를 사로잡구, 아가씨를 미끼 삼어 망이란 놈을 잡은 모양이우! 그 다음 일은 호장 어르신과 젊은 어르신께서두 아시는 바와 같이 그놈덜이 어르신께 아가씨의 몸값을 요구헌 것입쥬! 아, 그런디 몸값을 받기 전에 망이라는 놈이 졸개덜을 때려눕히구 난명 아가씨를 데리구 탈출을 했으니, 그 산적놈덜은 닭 쫓던 개 지붕 쳐다보는 격이 된 게 아니겠수? 산도적놈덜이 머리끝까지 화가 치밀어 망이란 놈과 어르신 댁에 보복을 헐려구 허는디…, 망이란 놈과 그 아우 망소이란 놈이 둘 다 심이 장사이구, 또 어르신 댁에두 수십 명의 하인들이 철통같이 지키구 있는지라 그게 쉽지 않게 느껴졌던지… 우리 대형님한테 도움을 청했수다! 두 분께서두 우리 대형님을 혹시 아실지 모르겠수다! 짱똘이라구, 저잣거리엔 그 이름이 짜허게 알려져 있는디….”

조가가 잠깐 말을 멈추고 뜸을 들이듯 철명과 한성을 바라보았다. 경악과 분노 때문에 일그러진 두 사람의 얼굴을 훑어보며 그는 마음 속으로 쾌재를 불렀다.

“젊은 어르신은 아마 알 만한 이름일 텐뎁슈? 지난번 수릿날 씨름판에서두 보셨을 테니까유.”

“하던 얘기나 계속 하게!”

철명은 치솟는 분노를 억누르며 신음하듯 말했다. 그는 난명이 망이와 정분이 났다는 얘기에 심한 충격을 받은 데에다 눈앞에서 흉물을 떨고 있는 놈들이 짱똘이의 졸개들이라는 걸 알고 더욱 당혹했다. 짱똘이란 놈은 읍내 왈짜패들의 우두머리로서 그의 졸개들은 물론이고 인근의 거지와 딴꾼들을 우지좌지하는 놈이라는 소문이 자자했다. 음흉하고 교활한 그 작자가 뭔가 좋지 못한 일을 꾸미고 있음이 분명했다.

"짱똘이 대형님이 그 산도적들과 약간 안면이 있다구는 허나, 아, 어찌 그런 놈덜과 손을 잡구 감히 어르신 댁에 누(累)가 될 일을 함부루 헐 수가 있었습니까유? 그러나 산도적놈덜이 난명 아가씨와 망이란 놈을 가만두지 않을 기세이니… 어르신께선 어뜨케 허는 것이 좋겠습니까유?"

"……."

한성은 아무 말도 하지 않았다. 그의 얼굴은 딱딱하게 굳어져서 마치 죽은 사람 같아 보였다.

"우리 짱똘이 대형님은 실타래처럼 얽히구 설킨 이 문제를 단칼에 해결헐 좋은 방책이 있다구 했슈! 더 이상 난명 아가씨에 대한 드러운 소문이 퍼지기 전에, …한시라도 빨리 이 문제를 해결헐라믄 우리 짱똘이 대형님을 만나 보십슈! 우리들은 이 말씀을 전헐려구 찾아온 것입니다유."

조가가 말을 끝맺자 아무도 더는 말을 하지 않았다. 침묵이 갈수록 무겁게 방 안에 앉아 있는 사람들의 어깨를 내리눌렀다.

"…내 곧 연락을 할 테니 돌아가서 기다리게!"

한참 후 한성이 말했다.

"그럼 저희덜은 이만 물러가겠수다. 안녕히 계십슈."

세 사람은 몸을 일으켜 사랑을 나갔다.

그들이 방을 나간 뒤 한참 말이 없던 한성이 이윽고 입을 열었다.

"가서 난명을 불러오너라!"

"아버님, 난명인 지금 많이 아픕니다."

철명이 조심스럽게 말했다.

"불러오라니까!"

한성의 얼굴이 부르르 경련을 일으켰다. 철명은 아버지의 말을 거스를 수 없음을 알고 자리에서 일어났다. 잠시 후에 난명이 어금이의 부축을 받으며 사랑으로 들어왔다.

"…네가 그간 명학소에 사는 망이란 놈과 정분이 났다는 게 사실이냐?"

한성이 어금이를 밖으로 내보내고 나서 엄중한 목소리로 물었다.

"……."

난명은 아무 대답도 하지 못하고 머리를 깊이 숙였다.

"말을 함께 탔다는 것도…?"

"……."

"그럼 그와 함께 산적놈들한테 납치된 것도 사실이냐?"

"……."

"망이란 놈이 그놈들을 때려눕히고 탈출을 한 것도 사실이고?"

"……."

한성이 짱똘이의 졸개들에게 들은 얘기를 하나하나 확인할 때마다 난명은 점점 더 깊이 고개를 떨어뜨렸다. 그녀는 침묵으로 아버지의 말을 모두 시인했다. 그런 난명을 바라보는 한성의 눈이 금방 밖으로 튀어나올 것 같았다.

"…정녕 그 모든 게 사실이란 말이냐?"

"…아버님, 송구하옵니다."

난명이 가까스로 입을 열어 힘겹게 말했다.

"그래, 정말 그 천한 소(所)놈과 정분이 났단 말이냐?"

"……."

"내 이놈을 당장 잡아다가 물고를 내 버릴 테다! 천하기 짝이 없는 소놈이 감히 우리 집안을 어떻게 보고…."

한성이 부르르 치를 떨었다.

"모든 게 제 탓입니다. 그 사람은 이 일에 책임이 없습니다."

"뭐라고? 이제 이 아비한테 그놈 두둔까지 한단 말이냐?"

"아버님, 천한 사람도 사람은 사람이옵니다!"

"…천한 사람도 사람이라고? 그래서 그놈과 놀아났더냐?"

"……."

"천것은 어쩔 수 없이 천것이니라! 우리하고는 종자가 달라! 고얀 것! 내 너를 특별히 아껴왔거늘, 오늘 너로 인해 이같이 패가망신을 하게 될 줄이야. …앞으로는 이 아비 앞에 얼씬도 하지 마라!"

한성이 주먹으로 서안을 힘껏 치며 상처 입은 짐승처럼 부르짖었다. 아까부터 참고 참았던 분노가 폭발한 것이다.

"아버님, 고정하십시오! 난명은 지금 열이 높아서 제 정신이 아닙니다."

철명이 한성에게 조심스럽게 말하고 나서, 난명에게

"넌 안으로 들어가거라!"

하고는, 밖에서 기다리고 있던 어금이를 불러 난명을 부축하게 했다. 난명은 얼굴이 백짓장처럼 하얗게 되어 금방 쓰러질 것처럼 비척거리며 방에서 나갔다.

한성은 눈을 감은 채 돌부처가 된 듯 움직이지 않았다. 철명도 말없이 앉아 있었다. 두 사람 다 너무나 뜻밖의 일에 충격과 경악을 추스르기가 어려웠고, 무엇을 어떻게 해야 할지 막막했다.

"저잣거리에 가서 짱똘인가 뭔가 하는 놈을 데려 오너라. 하인을 시키지 말고 네가 직접 가거라."

한참 후 한성이 철명에게 말했다.

"…아버님, 밤이 깊었는데, 내일 불러다가 말씀하시지요."

철명이 한성의 얼굴을 살피며 조심스럽게 말했다.

"아니다! 이런 문제는 한시도 미뤄 둘 수 없다. 당장 가서 데려오너라! 내 그놈과 담판을 해서 아퀴를 지어야겠다!"

한성은 결심이 선 듯 단호하게 말했다.

철명은 자리에서 일어났다. 그는 마굿간에서 말을 끌어낸 다음 고삐를 잡고 대문간으로 갔다.

"작은 어르신, 이 밤에 어딜 가시려구…?"

갑자기 어둠 속에서 조심스런 여자의 목소리가 들려왔다. 걸음을 멈추고 돌아보니 어금이의 얼굴이 박꽃처럼 보얗게 어둠에 떠 있었다.

"난명일 보살피지 않고 왜 나왔느냐?"

"우물에서 물을 좀 길어 오느라구…. 아가씨께서 찬물을 좀 마시고 싶다구 하셔서유."

"어서 들어가거라."

철명은 말을 끌고 집 밖으로 나갔다. 그는 말 위에 오른 다음 세차게 말의 배를 걷어차 어두운 거리를 달려나갔다.

"호장 어르신, 소인 짱똘이 인사 올리겄슈다."

짱똘이가 깊숙이 머리를 숙이고 나서 한성을 똑바로 응시하며 말했다. 한성은 짱똘이의 얼굴 왼쪽에 깊게 나 있는 칼자국 흉터와 붉으스레하게 충혈된 눈동자에서 섬뜩한 느낌을 받았다. 딱 바라진 어깨와 탄탄한 몸집도 만만찮은 근력을 지닌 사내임을 느끼게 했다.

"앉으시게! 밤 늦은 시간에 이렇게 불러서 예가 아니네."

한성이 무겁게 입을 열었다.

"별 말씀을유! 이렇게 불러 주시니 영광입쥬!"

"아까 자네 수하 사람들한테서 얘긴 들었네."

"심려를 끼쳐 드려서 송구허오나…, 아무래두 호장 어르신께서 이 일의 심각함을 바루 아시구 대처허셔야 헐 것 같아서 외람되게 아랫것들을 보냈습쥬."

"그래, 산에 산다는 그 사람들은 어떻게 알며, 그들은 지금 어디에 있나?"

"그놈덜 중 두엇이 전에 저잣거리에서 소인 밑에서 놀던 왈짜덜입쥬. 어쩌다가 죄를 짓구 산으루 도망을 쳤쥬. 잘은 몰르지만 아마 계룡산 어느 깊은 골짜기에 엎드려 좀도둑질루 입에 풀칠이나 허는가 보대유. 이번에 굶주림에 몰려 산에서 내려왔다가 처음엔 아가씨가 어르신의 따님인 것두 몰르구 이런 일을 저질렀다대유. 그런디 망이 란 놈이 탈출헐 때 산도적 몇 놈에게 무작스럽게 몽둥이질을 해서 그 놈들이 크게 상헌 모냥입니다유. 그 일루 망이와 난명 아가씨에 대해 원한이 매우 깊은 것 같았수다. 그 우두머리 되는 놈이 이 집을 들이 쳐 화적질을 허구, 어뜨케든지 망이와 아가씨의 관계를 까발려서 패 가를 시키겠다구 허는 것을, 제가 우선 잠깐 기다려 보라구 말렸습쥬. 어르신두 짐작하시겠지만, 천한 소(所)놈과 금지옥엽 아가씨가 정분이 났다는 소문이 퍼지믄 어르신의 체통이 뭐가 되며, 또 아가씨의 앞날 은 어뜨케 되겠슈? 그런 천한 놈을 사위루 삼으실 리두 읎을 테구."

"무슨 말을 그렇게 함부로 하는가?"

철명이 분개한 목소리로 짱똘이를 나무랐다.

"…그러니 어뜨케 허는 게 좋겠수까?"

"그놈들을 모조리 단칼에 도륙을 해 버릴 것이네! 빈대 같은 하찮은 것들이 하룻강아지 범 무서운 줄 모르고 어딜 감히!"

철명이 사납게 말했다. 짱똘이가 철명을 잠깐 빤히 건너다보다가 말을 이었다.

"그놈덜은 다덜 목숨을 가볍게 여기구 들개처럼 떼거리를 지어 뎀 비는 놈들이유. 생각처럼 그르케 만만치가 않지유. 또 그들은 그르케 처치헌다 치구, 아가씨와 망이가 정분이 났다는 소문은 무슨 수루 막 을 거유? 두 사람이 함께 붙잽혀 갔다가 겨우 도망쳤다는 소문이 저잣 거리에 한번 퍼지믄 어뜨케 되겠슈? 입방아를 찧어대는 시정잡배덜 과 여염집 아낙덜까지 모조리 잡어다가 죽일 거유?"

말을 마친 짱똘이의 얼굴에 의기양양 이죽거리는 웃음이 떠올랐다. 철명은 울화가 터져 미칠 것 같았으나 대꾸할 말이 없었다.

"…자네는 무슨 수를 가지고 있나?"

한성이 침통하게 말했다.

"남녀간의 정분이란 난관이 있을수록 더욱더 치열하게 타오르는 불길 같은 거 아니겠슈? 어르신이 두 사람을 막을수록 그들은 더욱 가슴을 태우면서 만나려 들 거유! 그리 되믄 시간이 갈수록 일이 꼬이면서 소문은 더욱더 요란해질 것이구…."

짱똘이는 고양이가 잡아놓은 쥐를 놀리듯 이제 느물느물 한성과 철명을 가지고 즐기고 있었다.

"긴 말 할 것 없고, …단도직입적으로 자네의 방도를 말해 보게!"

한성이 짱똘이의 장황한 말을 끊었다.

"소문이 나기 전에 아무두 몰르게 아가씨와 그놈을 혼인시켜서, 멀리 다른 곳으루 가서 살게 허는 것입쥬."

"말 같잖은 소리!"

한성이 씹어뱉듯 말했다.

"내 누이를 그 따위 천것한테 시집보내다니? 우리 가문을 어떻게 보고 그 따위 소리를 지껄이는 건가?"

철명이 다시 분통을 터뜨렸다. 짱똘이가 두 사람의 반응을 이해할 수 없다는 듯한 표정으로 잠시 뜸을 들이다가 다시 철명에게 물었다.

"…그럼 젊은 어르신은 무슨 좋은 방도라두 있수?"

"제 분수를 모르는 그놈을 물고를 내든지 해야지…."

"송구스러운 말씀이지만 이 댁 아가씨가 명학소루 가서 그놈을 꼬셨다니 잘못이야 아가씨한테 있는디, 그놈을 잡아다가 조지믄 세상에 더 큰 웃음거리가 되지 않겠슈? 그리구 젊은 어르신두 지난 수릿날 그놈과 샅바를 잡구 맞붙어 보셨으니 아시겠지만, 그놈은 기운이 황소보다 더 센 장사유! 또 그 아우 망소란 놈두 제 형에 버금가는 놈이니, 망이란 놈을 잡는다는 것두 그리 쉬운 일이 아닐 게유!. 게다가 천한 놈덜일수록 유난히 단결심이 강해서 섣불리 그놈을 잡으러 갔다가는 그 마을 놈덜이 다 들구 일어나 떼거리루 뎀빌 수두 있쥬. 그렇게 되믄 망이란 놈을 잡도리하려다 오히려 그놈한테 되술래잡히기 십상 아니겠수? 그러다 보믄 결국 소문만 눈덩이처럼 커져서 이 댁 어르신과 집안의 체통만 손상될 거구, 아가씨의 장래를 아주 망쳐 버리게 될 수두 있지유."

짱똘이는 야살스럽고 여유있는 말투로 철명의 말을 반박했다. 철명은 분이 머리끝까지 치뻗쳐 올랐으나 할 말이 없었다. 미상불 그의 말이 틀린 것은 아니었기 때문이었다.

"…자네는 뭔가 그럴싸한 다른 방도를 가지고 있는 것 같은데, 어디 그걸 말해 보게!"

한성이 날선 시선으로 짱똘이를 바라보며 말했다. 그러나 짱똘이는 잔뜩 얼굴을 우그러뜨린 채 한성의 말을 못 들은 척 아무 말도 하지 않았다.

"어서 자네의 의견을 말해 봐!"

잠시 후에 다시 한성이 독촉했다.

"…산도적덜을 이용해서 쥐두 새두 몰르게 망이란 놈을 읎애 버리구 나서, 다시 그 산도적들을 제거해 버리는 것입쥬."

짱똘이가 목소리를 낮춰 은밀하게 말하고는, 어떠냐는 듯 두 사람을 바라보았다. 두 사람은 짱똘이의 말에 내심 크게 놀랐다. 사람의 목숨을 파리 목숨만큼도 여기지 않다니! 그러나 한성과 철명은 그런 느낌을 얼굴에 드러내지는 않았다.

"…그게 그리 쉽겠는가? 자칫 잘못하다가는 더 큰 낭패를 당할 텐데, 구체적으로 어떻게 한다는 겐가?"

한성이 물었다.

"산적덜에게 그들이 애당초에 아가씨의 몸값으루 요구했던 재물을 주겠다믄서 망이란 놈을 읎애 달라구 허는 것입쥬! 그놈덜은 원래 망이에게 원한이 있기두 하구, 그 재물이 탐나서 결코 거절허지 못할 거유. 물론 그들의 심만으룬 망이를 읎애기가 쉽지 않겠쥬. 그러나 이 짱똘이가 그들을 도와주믄 망이 한 놈 읎애는 것쯤 식은 죽 먹기입쥬.

그놈들이 망이를 죽이구 나믄, 흐흐흐! 내가 그놈덜을 감쪽같이 읎애 버리믄…. 어떻습니까유?"

"…그런데, 자네가 이렇게 나를 위해 구듭을 치는 이유는 뭔가?"

"…그야 돈 때문입쥬!"

"그래, 내가 자네의 제의를 수락한다면 자네는 그 일의 대가로 무엇을 요구하겠나?"

"산도적덜에게 약속한 재물을 저한테 주십슈!"

짱똘이가 지체하지 않고 말했다.

"…일이 끝난 뒤 자네는 내 딸 아이의 약점을 이용해서 앞으로 두고 두고 나를 협박할 수도 있지 않겠나?"

"그 점은 염려치 않으셔두 좋을 거유. 제가 망이를 읎앤 주모자였다는 어르신의 말씀 한마디믄 이놈은 그 즉시 관가에 끌려가서 모가지가 장대 위에 높이 매달린다는 걸 잘 알구 있으니까유!"

한참 동안 생각에 잠겨 있던 한성이 이윽고 낮은 목소리로 말했다.

"…그렇게 하세!"

졸듯이 타던 등잔의 들기름불이 출렁 흔들리고, 덩달아 세 사람의 그림자도 크게 흔들렸다.

2. 몸종 어금이

어금이는 방 안에서 사람들이 일어나는 기척에 깜짝 놀라 바로 옆에 있는 굴뚝 뒤로 황급히 몸을 숨겼다. 문이 열리는 소리와 마루로 사람들이 나오는 소리가 들렸다. 이어 신발을 신고 대문 쪽으로 멀어지는 발소리가 들렸다. 그녀는 굴뚝 뒤에서 살그머니 머리를 내밀고 사랑채 마당을 엿보았다. 얘기를 마치고 돌아가는 짱똘이라는 사람과 철명이 대문 쪽으로 가고 있었다. 잠시 후 철명이 다시 돌아와 사랑으로 들어가고, 이어 방에서 한성과 철명의 낮은 말소리가 흘러나왔다. 어금이는 발소리가 나지 않게 살금살금 사랑채의 뒤안길을 돌아서 행랑채에 있는 자기 방으로 갔다.

어금이는 아까 난명을 부축해서 사랑채로 갔다가, 밖에서 한성과 철명, 난명의 대화를 다 엿들었었다. 어금이는 난명이 그녀도 모르게 감쪽같이 그런 일을 저질렀다는 얘기에 크게 놀랐다. 세상에! 아가씨가 명학소의 그 장사와 정분이 나다니! 수릿날 야단법석에서 처음 보았던 그 명학소 총각! 씨름판에서 철명 작은 어르신을 무섭게 메어치고 황소를 탔던 그 총각! 장사 중에 장사였다. 그런데 아가씨가 언제 그 총각과 그런 사이가 되었단 말인가! 어금이는 도저히 그 말이 믿어지지 않았다. 늘 난명을 그림자처럼 따라다니는 자기도 모르게 아가씨가 언제 그같이 엄청난 일을 저질렀단 말인가. 그러나 난명이라면 능히 그런 일을 할 수도 있을 것 같은 생각이 들었다. 터무니없이 엉뚱한 데가 있고, 모든 일에 남다르게 관심과 호기심이 많을 뿐더러, 한번 마음먹은 일은 어떻게든지 하고야 마는 아가씨 아니던가.

어금이는 아까 우물물을 긷다가 말(馬)을 끌고 나가는 철명을 만나자, 문득 뭔가 미심쩍은 느낌을 갖게 되었다. 난명과 명학소 총각의 관계를 추궁하여 밝힌 뒤에, 그것도 이 늦은 시각에 말을 끌고 나가다니? 혹시 철명이 명학소 총각을 찾아간 게 아닌가 하는 생각이 들었다. 그렇지 않고서야 이 밤중에 어디를 가겠는가.

그녀는 난명의 방에서 난명과 함께 있으면서도 신경을 곤두세워 바깥의 동정에 귀를 기울였다. 그리고 난명이 자고 싶다면서 물러가라고 하자 제 방으로 돌아와서도 긴장을 풀지 않고 밖의 움직임을 살폈다.

철명이 집을 나간 지 한 시각쯤 지난 뒤 대문간에서 인기척이 났다. 어금이는 재빠르게 밖으로 나가 행랑채 마당가에 있는 나무 그늘에 몸을 감추고 대문께와 사랑채 마당을 넘겨다보았다. 철명과 한 사내가 사랑채로 가고 있었다. 철명이 망이 장사를 데려온 것일까? 두 사람이 한성의 방으로 들어가자 어금이는 발소리를 죽여 사랑채의 뒤란을 돌아서 한성의 방 뒤쪽으로 다가갔다. 그리고 한성의 방 뒤쪽으로 나 있는 조그마한 들창문 아래 바짝 붙어서서 숨을 죽인 채 온몸의 신경을 귀로 모았다. 한두 마디 알아듣지 못한 말도 있었으나 그녀는 그 사내가 짱똘이란 자이고, 그가 말한 것을 대강 알 수 있었다. 그녀는 짱똘이가 망이를 없애 버리려는 계획을 말할 때부터 소름이 쪽 끼치며 두려움으로 몸을 덜덜 떨었다. 그러나 그녀는 이를 악물고 방 안에서 흘러나오는 말을 한마디도 놓치지 않으려고 애를 썼다.

어금이는 제 방으로 돌아와 자리에 누웠으나 잠이 오지 않았다. 어떻게 해야 할지 알 수가 없었다. 오래 궁싯궁싯 잠을 이루지 못하다가 마침내 그녀는 몸을 일으켰다. 아무래도 난명 아가씨에게 알려서 무슨 방책을 마련해야만 할 것 같았다. 아무리 천한 소(所) 사람이라 해도 아가씨가 은애하는 총각인데 변을 당하게 놓아둘 수는 없는 일이었다.

어금이는 자리에서 일어나 별채로 갔다. 난명의 방에만 아직 불이 켜져 있을 뿐 다른 방들은 모두 불이 꺼져 있었다. 난명의 방 창호지를 밝히고 있는 불빛이 외로우면서도 따뜻하게 느껴졌다. 그 불빛이 난명의 마음 같아서 그녀는 문득 느꺼운 마음이 들었다. 아직까지 아가씨가 주무시지를 못하고 있구나! 그녀는 조심스럽게 발소리를 죽여 난명의 방으로 갔다.

"아가씨. 어금이여유."

어금이는 난명의 방문 앞에서 소리를 죽여 조심스럽게 난명을 불렀다. 방 안에서 인기척이 났다. 그녀는 방 안으로 들어갔다.

"무슨 일이냐?"

난명이 우두커니 벽에 기대앉아 있다가 의아한 얼굴로 물었다.

"잠이 안 와서유. 아가씨두 잠이 안 오셔유?"

어금이가 난명의 옆에 앉으며 말했다.

"……."

난명의 핼쓱한 얼굴이 너무 쓸쓸해 보여서 어금이는 가슴이 싸아하게 아팠다.

"아가씨, 저 여기서 자구 가두 돼유?"

"난 괜찮지만, 어머님이 아시면 네가 혼날 텐데?"

어금이가 난명의 손을 잡으며 말했다.

"새벽에 일찍 나가믄 큰 마님께서 어뜨케 아시겠어유? 그리구 들키믄 아가씨가 걱정되어서 옆에서 잤다구 하믄 괜찮을 거여유."

두 사람은 등잔의 불을 끄고 자리에 누웠다. 한참 후에 어금이가 입을 열었다.

"아가씨, 어쩌다 그 분과 그르케 되었어유?"

"…나도 모르겠어. 정말 모르겠어! 그가 보고 싶어서 미칠 것 같았어! …나도 모르게 저절로 그 마을로 갔어. 지금도 보고 싶은 마음은 마찬가지야! 아니, 다른 때보다 더 보고 싶어!"

난명이 어금을 꼭 안으며 울먹였다.

"그 분이 아가씨와는 신분이 다르다는 걸 아시잖아유?"

"그를 보고 있을 땐 그런 생각이 전혀 안 들어! 혼자 있을 땐 그런 생각도 해 보지만, 그 때문에 그가 더 보고 싶어. 아무래도 내가 제 정신이 아닌 것 같아."

"…이제 어쩌시려구유?"

"…나도 모르겠어."

난명의 눈에서 눈물이 솟구쳐서 그녀의 귀밑머리를 적셔내렸다. 어금이는 무슨 말로 아가씨를 위로해야 할지 알 수 없었다. 난명의 고통이 그녀의 마음속에 절절하게 전해져 왔다. 그녀는 난명의 손을 찾아 꼬옥 쥐었다.

"아가씨, 사실은 말씀드릴 게 있어서…."

"무슨…?"

어금이는 망설임 때문에 다음 말을 잇지 못했다.

"무슨 일이 있니?"

"……."

뭔가 심상치 않은 기미를 눈치챈 난명이 윗몸을 일으켜 앉으며 어금이를 독촉했다. 어금이도 일어나 앉았다.

어금은 사랑방에서 엿들었던 짱똘이의 음모를 얘기했다. 난명은 어금이의 얘기를 들으면서 온몸을 덜덜 떨었다. 아버지와 오라버니가 망이 장사를 죽이려 하다니?! 그녀의 눈에선 굵은 눈물이 쉼없이 쏟아져 내렸다.

"아가씨."

"……."

어금이도 눈물을 흘리며 난명을 꼬옥 끌어안았다.

뜬눈으로 밤을 새운 난명이 다음날 아침 어금이를 불렀다.

"어금아! 심부름 좀 해야겠다."

"말씀하세유."

"……."

난명이 차마 말을 꺼내기가 어려운 듯 여짓거리다가 말했다.

"너, 아무도 모르게 명학소에 좀 다녀올 수 있겠니? 이대로 모른 척하고 있다가는 내가 지레 죽을 것 같다!"

"…다녀오지유."

난명은 낮은 목소리로 망이에게 전할 말을 어금이에게 일러 주었다.

그날 오전 어금이는 사내 차림으로 사람들의 눈에 띄지 않게 살그머니 집을 빠져나가, 명학소로 향했다.

3. 밤에 찾아온 사람들

망이와 망소이는 저녁을 먹고 나서 곧바로 덕중이네 집으로 갔다. 아까 해름녘에 마을을 찾아든 체장수와 고리장수가 덕중이네 집에 묵고 있었기 때문이었다. 낯선 장사꾼이나 길손이 덕중이네 집에서 쉬어갈 때면 덕중이네 사랑방은 언제나 바깥세상 이야기를 듣기 위해 마실을 온 마을 사람들로 붐볐다.

"저녁들 잡수셨어유?"

망이와 망소이는 아랫방에 앉아 있는 나이 든 사람들에게 인사를 하고는, 젊은 축들이 앉아 있는 윗방으로 들어갔다.

"어따! 벌써 많이들 와 있구먼!"

"망이, 너 이제 괜찮냐? 이르케 마실을 나와두 괜찮어?"

망이의 친구 차돌이가 물었다.

"우리 엉아가 그 정도루 까딱이나 할 사람인감? 멀쩡하잖어?"

망소이가 말했다. 망이와 망소이의 친구들이 다들 망이를 반갑게 맞아 주었다.

윗방과 아랫방 사이엔 작은 쪽문이 있는데, 회의를 한다거나 여럿이 한 사람의 얘기를 들을 때면 그 문을 열어 놓곤 했다.

장사꾼이나 길 가는 나그네가 마을에 들어와 하룻밤 쉬어갈 곳을 물으면 마을 사람들은 으레 덕중이네 집을 일러주었다. 덕중이네 집이 밥술이라도 먹고 살 만하고, 집이 안채와 사랑채로 나누어져 있어서 사랑방에서 쉬어갈 만하거니와, 덕중이네 부모가 인심이 후해서 하룻밤 신세를 지자는 청을 거절하지 않기 때문이었다. 물론 장사꾼이나 나그네 들도 하룻밤을 쉬고 나면 이튿날 그냥 떠나진 않았다. 대개 장사꾼들은 자기가 파는 물건 중에서 적당한 것을 내놓으며 사례를 하고, 나그네는 봇짐을 풀어 길양식을 덜어 내놓거나 삼베를 잘라 주며 인사를 차리곤 했다.

"악머구리 같은 놈들! 절루 터진 입이라구 아뭇소리나 지껄여 대면다여? 그놈들 나라님 은혜 되게 좋아하더구먼! 나라님, 나라님 하는디, 솔직하게 말해서 나라님이 우리 같은 놈들한테 해 준 게 뭐가 있어서 나라님 은혜여?! 해마다 뼈 빠지게 농사지어 백옥 같은 쌀 조세루 죄다 바치구, 손이 다 익어 빠지게 뜨거운 쇳덩이를 두드려서 바리바리 공물루 바치구, …그것두 부족해서 또 건뜻하면 부역엘 불려나가 죽을 똥을 싸지 않나?! 그게 모두 다 나라님이 시킨 일이라믄서, 우라질 놈의 은혜는 무슨 얼어죽을 놈의 은혜여?!"

아랫방에서 춘보가 큰 소리로 울화를 터뜨렸다. 망이는 춘보가 오늘 낮에 마을을 찾아왔던 현청 사령들의 얘기를 하고 있다는 걸 알았다. 공납물 감독을 나온 현청 사령들이 오늘도 일의 진척이 더딘 마을 사람들을 마구잡이로 닦아댔는데, 춘보가 말대꾸를 한마디 했다가 호되게 싸다듬이를 당했었다.

"아, 뭣 땜에 우리 명학소 사람들만 해마다 죽살이를 치믄서 온갖 철물을 맨드느라 이 고생을 하는지 알다가두 모를 일이여! 제기랄! 그것두 상을 받아두 모자랄 일을 소(所) 놈이라구 온갖 천대까지 받아가믄서 말이여! 세상이 거꾸로 뒤집혀 버리는 천지개벽이라는 것이 있다던디, 그 천지개벽이나 한 번 일어나 버렸으믄 좋겠어!"

곽배가 춘보의 말을 이어 분통을 터뜨렸다. 그도 오늘 말하는 게 고분고분하지 않다고 현청 더그레한테 사정없이 뺨을 언어맞고 정강이를 걷어채였다.

"창곡소(蒼谷所)라구, 다들 알지유?"

막숭이가 사람들을 둘러보며 입을 열었다.

"거기가 명주를 짜서 공물루 바치는 주소(紬所)라는디, 어떤 집에 마누라가 죽는 바람에 명주를 짤 사람이 읎어서 공물을 못 바치게 되었다는 거여. 집이 찢어지게 가난해서 저자에 가서 사올 형편두 못 되구, 일가친척의 도움을 받을 만한 처지두 못 되었던 모냥이더라구. 그 사람이 현청에 잽혀가서 호되게 곤장을 맞구 옥사에 갇혔다가 장독이 났다는 거여. 장독이 나두 곧 약을 썼으믄 괜찮았을 텐디, 옥사에 갇혀 있으니 누가 나서서 뒷바라지를 해 주었겄나! 애들이라야 다섯 살, 세 살밖에 안 되었다니…. 그 사람이 다 죽게 되어서야 현청에서 풀려났다는디, 마을 사람이 지게에 지구 집으루 돌아온 뒤에 곧 죽어 버렸다지 않나! 그런데 그 사람이 죽으믄서, 아 글쎄, 어린 두 자식놈의 목을 눌러서 함께 저승으루 데려갔다는 거여! 세상에, 얼마나 모진 마음을 먹었으믄 제 자식 목을 제 손으루 눌렀겄나? 그것두 둘씩이나…. 평생 짐승보다 못하게 살 바에야 차라리 자기가 데려가는 게 낫다구 생각한 거지."

막숭이가 얘기를 마치자 방 안에 잠시 침묵이 흘렀다. 다들 충격을 받아 놀란 얼굴들이었다.

"이 징글징글한 놈의 세상, 하늘과 땅이 맷돌짝처럼 딱 붙어서 맷돌 돌듯이 다글다글 돌아버렸으믄 시원하겠어!"

곽배가 다시 울분을 터뜨렸다.

"이 사람아, 빈 말이라두 그런 사위스런 말을 함부루 하는 게 아니여!"

덕보가 넌지시 나무라듯 말했다.

"뭐가 무서워서 말두 못햐? 나는 이깟 놈의 더러운 세상에 티끌만큼두 미련 읎으이!"

"아무리 그래두 할 말이 있구 못할 말이 있어…. 말이 씨가 된다는 얘기두 있지 않남?"

덕보가 타이르듯 말했다.

오늘도 명학소 사람들은 쇳일에 눈코 뜰 새가 없었다. 공납을 해야 할 날이 얼마 남지 않았기 때문에 아침부터 저녁까지 어른 아이 할 것 없이 모두들 공납물 만드는 일에 정신없이 매달렸다. 공납해야 할 물량이 지나치게 많고, 그걸 만드는 일에 너무 손이 많이 갔다. 게다가

고된 노역에 무슨 대가를 받기는커녕 오히려 공납을 받는 관청의 구실아치들이 공납품의 품질에 대해 이러쿵저러쿵 꾀까다롭게 굴기 때문에 마을 사람들은 쇠라는 말만 들어도 몸서리가 났다. 그러나 아무리 철물을 생산하기가 싫고 공납에 원한이 사무쳐도 철물을 공납하지 않을 방도는 없었다. 공납해야 할 철물을 미처 다 준비하지 못했을 때엔 철물을 더 생산한 일가친척이나 이웃집에서 꾸어 오든지, 아니면 장터에 나가서 다른 물건과 바꾸어서라도 반드시 할당량을 채워야 했다. 공납물을 제대로 준비하지 못한 사람들은 금방 범강장달 같은 군졸과 사령들에게 잡혀가, 인정사정없이 곤장을 맞고 옥사에 떨어지기 때문이었다. 그렇다고 가솔을 거느리고 남몰래 도망을 칠 수도 없다. 도망쳐 가서 살 곳도 없지만, 도망친 사람의 공물을 뒤에 남은 일가친척들에게 부담시키는데, 어떻게 함부로 도망을 치겠는가.

금년에도 공납물을 바쳐야 할 날이 차츰 가까이 다가옴에 따라 현청의 호정(戶正)이나 부호정(副戶正) 같이 제법 지위가 높은 향리들이 아랫것들을 거느리고 몇 번이나 명학소를 찾아오고, 창사(倉史)와 공수사(公須史) 등이 사흘거리로 명학소를 들락거렸다. 철물 공납에 차질이 없도록 독려하기 위함이었다.

오늘 오전에도 부호정 정근주와 창사 이방로가 군졸 네 명을 거느리고 명학소를 찾아왔다. 정근주는 마을의 책임자 이정 천돌이를 시켜 마을 사람들을 공터에 불러 모아 놓고서 큰 소리로 말했다.

"너희들도 잘 알다시피 철물을 공납해야 할 마감날이 이제 스무 날밖에 남지 않았다! 명학소의 철물은 다른 사람 아닌 나라님께서 직접 사용하시는 귀물 중의 귀물이다! 우리 고을에서 조정에 바치는 물건 중에서 가장 중요한 공물이 바로 철물이란 말이다! 너희들은 이를 영광스럽게 생각하고 온갖 정성을 다해 가장 좋은 철물을 생산해 바쳐야 한다! 이것은 너희들이 나라님께 은혜를 받고 사는 대가로 마땅히 해야 할 의무다! 만약에 이 공납 의무를 소홀히 하는 놈은 나라님에 대해 반역을 꾀하는 것과 같은 중벌로 다스릴 것이니 그리 알아라!"

정근주가 말을 마치자 다시 이방로가 나서서 목소리를 높여 잔소리를 늘어놓았다. 그 다음 군졸과 사령들이 집집마다 돌아다니면서 그사이의 생산량을 일일이 조사하고, 기일 안에 할당량을 다 채우지 못할 것 같은 사람들을 사정없이 닦달했다.

"이놈, 공납일이 며칠이나 남았다고 이 따위로 게으름을 피우고 있어? 현청에 끌려가서 치도곤을 맞거나 가새주리를 틀리지 않으려면 정신 똑바로 차리라구!"

현청 사람들이 아무리 험한 말을 해도 마을 사람들은 직수굿이 고개를 숙이고 벙어리처럼 입을 다물고 있었다. 말 한마디라도 잘못 대꾸했다간 다구리를 당할 게 뻔했기 때문이었다. 그러나 관청 떨거지들이 돌아가기가 무섭게 그들의 입에선 불만 섞인 욕설이 쏟아져 나왔다. 아무리 욕을 하고 불평불만을 늘어놓은들 무슨 소용이 있으랴마는 모두들 치솟는 울화 때문에 욕이라도 하지 않고는 견딜 수가 없었다.

"여보시유, 체장수 양반! 요즈음 다른 곳은 사람 살기가 어떻습디까? 여기저기 돌아다니며 장사를 하다 보믄 바깥세상 물정을 잘 알 텐디, 다른 곳두 여기처럼 사람 살기가 이르케 팍팍허우?"

덕보가 체장수에게 물었다. 덕보는 낯선 도부꾼들이 있는 곳에서 마을 사람들이 노골적으로 관청에 대한 불평을 늘어놓는 게 마음에 걸려 말머리를 돌린 것이다.

"글쎄유. 우리 같은 한낱 무지렁이 장사꾼이 뭘 알겠수?"

체장수가 말했다.

"어따, 너무 빼지 말구 얘기해 보슈!"

"그리시우! 우리는 바깥세상 얘기를 들으려구 여기 모인 것이우!"

덕보에 이어 막숭이가 다시 졸라댔다.

"사람 살기가 갈수록 어려워지는 것 같습디다. 여기저기에서 난리가 났다는 소문두 있구….”

체장수 대신 고리장수가 말을 받았다.

“난리가 나유?”

“나라님은 부처님 뫼시는 일과 예쁜 계집 주무르기에 온통 정신이 팔려 있구, 백성들은 나날이 살기가 팍팍해지니, 곳곳에서 종기가 곪아 터지듯 백성들의 불평불만이 터져 나오는 모양이유.”

“백성들의 불평불만이 곪아 터져나오다니, 그게 무슨 말이우?”

“사방에서 백성들이 들구일어났다는 소문이 떠돕디다.”

“백성들이 들구일어나유? 이야기를 좀 세세하게 해 보시우!”

“들구일어났다는 데가 어디유?”

몇 사람이 다시 재촉했다. 고리장수가 방 안의 사람들을 한번 둘러본 다음 이야기를 시작했다.

“지금 송도에선 나라님이 복을 빌기 위해 매일 이 절 저 절, 절을 찾아다니면서 재(齋)를 지내구, 몽구리 중들을 대접하는 것으루 하루 종일 소일을 한다우. 중들을 불러다가 왕실과 임금의 복을 비는 것이쥬! 지난 번에는 대궐에 중들을 수천 명이나 불러다가 잔치를 벌였다니, 그 모습이 얼마나 요란하구, 또 쓰인 재물은 얼마나 대단했겄수? 백성들은 등뼈가 휘도록 일을 해서 조세야 공물이야 바치믄, 나라님과 벼슬아치들은 그 재물을 흥청망청 물 쓰듯 써 댄다니, …높은 자리가 좋긴 좋은가 보우다.

개경에 남지(南池)라구 허는 연못이 있다는디, 나라님이 그 연못가에 날아갈 듯헌 정자를 지어 놓구 중미정(衆美亭)이라구 이름을 붙였답디다. 나라님이 벼슬아치들과 뱃놀이를 즐기구 잔치를 허기 위해 지은 것이라우. 수많은 부역꾼들을 불러다가 흙과 돌, 바위를 쌓아 시냇물을 막아서 연못을 만들구, 연못가에 정자를 지었다는디, 정자 주위엔 수백 년 묵은 커다란 소나무와 온갖 이상하게 생긴 화초, 갈대를 옮겨다 심구, 물 위엔 물오리가 헤엄을 치게 해서, 낙원두 그런 낙원이 없는 모양입디다. 임금이 타는 배는 비단에 수를 놓아 장식을 하구, 비단 필루 돛을 달았으며, 산해진미가 산처럼 쌓여 있답디다. 그 배 위에서 임금의 신하들이 돌아가믄서 시를 짓구, 기생들을 시켜 뱃 노래를 부르게 허며, 띵까땅땡까땅 허는 것이지유.

처음 그 연못을 만들구 정자를 지을 때에 부역에 강제로 동원된 사람들이 헤아릴 수 읎이 많았다구 합디다. 다른 부역꾼들은 다덜 자기 먹을 식량을 가지구 왔는디, 그 중에 한 명이 너무 가난해서 식량을 가져올 처지가 못 되었던 듯 빈손으루 왔더랍니다. 함께 일하는 사람들이 밥을 한 술씩 모아 주어서 가까스로 연명을 하며 일을 하는디, 하루는 그 사람의 아내가 밥과 반찬을 갖추어 가지구 와서 남편에게 권하면서, 친한 사람을 불러서 같이 먹으라구 하더래요. 집이 가난해서 아무 것두 없는 처지에 음식을 장만해 온 것이 수상해서 남편이 아내한테 물었답디다.

'어뜨케 식량을 마련한 거유? 다른 남자에게 몸을 팔아서 돈을 얻었수? 아니믄 남의 물건을 훔친 것이우?'

'제 얼굴이 못 생겼는디 어떤 남자가 제 몸을 탐내겠수? 또 제 성품이 겁이 많은디 어뜨케 남의 물건을 도둑질할 수가 있겠수? 이녁이 굶주릴 것을 생각해서 제 머리를 깎어서 팔었슈.'

아내가 그렇게 말하고 나서 머리에 쓴 수건을 벗는디, 중처럼 머리를 빡빡 깎았더래요. 남편이 목이 메어서 그 음식을 먹지 못하구 두 사람이 붙잡구 크게 울자, 다른 부역꾼들두 다들 남의 일 같지 않아서 함께 눈물을 흘렸답디다.

백성들이야 죽든 살든 아무 관심두 없이 나라님은 날마다 어뜨케 재미있게 놀까 하는 것에 온갖 정신을 팔구, 나라님 밑에 있는 벼슬아치들은 달콤하고 듣기 좋은 말루 임금의 비위를 맞추기 위해 알랑방 귀나 늘어놓구, 지방에 나와 있는 벼슬아치들은 앞을 다투어 백성들의 피와 기름을 짜내기에 바쁘구…, 그러니 죽어나는 건 심 없는 백성들밖에 더 있겠수? 여기저기 돌아다녀 보믄 벼슬아치들과 호족들의 토색질을 견디다 못해 집을 버리구 도망친 백성들이 이만저만이 아니우! 그들이 산 속으로 숨어들어가 떼를 지어 도둑이 되는디, 전국의 큰 산에는 이러한 도둑들이 들끓구, 그들이 덩어리루 뭉쳐서 노략질을 하믄 관청과 나라에 큰 위협이 되기두 하는 모냥이우. 몇 년 전에 이천(伊川)과 안협(安峽)에서두 크게 도둑떼가 일어나서, 지방의 군졸로서는 도둑떼를 어쩌지 못해 결국 조정에서 군대가 내려와 토벌했다는 얘기두 있구, 동주(東州)와 평강(平康), 영풍(永豐), 의주(宜州), 곡주(谷州) 등에서두 근래에 연이어 도적떼들이 크게 일어났다는 얘기를 들은 적이 있수다.

하기야 우리 같은 조무래기 도부장수도 산길을 가려믄 도둑들이 덤벼드는 세상이 되었으니, …말세지유.”

고리장수가 얘기를 마치고 제 얘기의 반응을 살피듯 좌중을 둘러보았다.

“그러니까 나라님과 벼슬아치덜은 말루는 백성을 위험네! 사랑헙네! 하믄서 기실 백성들의 기름과 피를 빨아서 온갖 부귀영화를 누리구, 백성들은 견디다 견디다 못해 죽기 살기로 들구일어섰다는 얘기 아니우?”

곽배가 들이대듯 고리장수에게 말했다.

“나라님이 밝구 벼슬아치들이 맑으믄 좀 낫지만, 지금은….”

고리장수가 난처한 듯 말꼬리를 흐렸다.

“그래, 들구일어선 사람들은 어뜨케 되었답디까?”

곽배가 다시 물었다.

“이 사람아, 민란을 일으킨 역적들이 어뜨케 되긴 뭘 어뜨케 되여? 당사자는 물론이구 그들의 삼족, 구족을 모조리 잡아죽여 아예 씨를 말려 버린다는 걸 몰러서 묻남?”

덕보가 곽배에게 핀잔을 주듯 말하고는, 체장수에게 말했다.

"이보시우, 체장수 양반! 이제 이녁 이야기두 좀 들어 봅시다!"

체장수는 몇 번 사양하다가 마을 사람들이 계속 권하자 이야기를 시작했다.

한림학사 최누백(崔婁伯)이 벼슬하기 전 어렸을 적 일이었다. 최누백이의 아버지는 수원부의 벼슬아치로 있었던 사람인데, 그 아버지가 평소에 사냥을 좋아해서 가끔 산으로 사냥을 나갔다. 그런데 하루는 사냥을 나간 그 아버지가 밤이 깊어도 돌아오지 않았다. 그때 최누백이의 나이 열다섯 살이었는데, 누백이는 아버지가 돌아오지 않자 식구들과 하인들, 마을 사람들을 데리고 횃불을 들고 아버지를 찾아 산으로 올라갔다. 한참 산을 돌아다니다 보니까 한 곳에 시뻘건 피가 흩뿌려져 있는데, 그 옆에 그의 아버지의 활이 떨어져 있고, 화살통과 신발이 흩어져 있었다. 그리고 그 옆에 커다란 대접만한 호랑이의 발자국이 어지럽게 찍혀 있었다. 그것을 본 누백이는 넋을 잃고 쓰러졌다. 기절한 누백이는 하인들의 등에 업혀서 집으로 돌아왔다. 그런데 집에 돌아와서야 정신을 차린 누백이가 눈물 한 방울 흘리지 않고, 혼자서 아버지의 원수를 갚겠다고 도끼를 메고 나섰다. 그의 어머니가 놀라서 못 가게 말리는 것을, 누백이가 눈을 똑바로 뜨고서,

"아버님의 원수가 지금 산 속에 있는데, 자식이 어찌 그 원수를 갚지 않을 수 있겠습니까?"

라고 말하니, 그 시퍼런 서슬에 어머니도 더는 자식을 붙잡지 못했다. 누백이는 도끼를 메고 혼자서 아버지가 변을 당했던 그곳으로 가서 호랑이의 발자국을 따라갔다. 호랑이의 발자국은 골짜기와 산을 여럿 지나 점점 더 깊은 산 속으로 이어져 있었지만 누백이는 끝까지 포기하지 않았다. 그는 갖은 고생 끝에 마침내 그 호랑이를 찾아내게 되었다. 그 호랑이는 크기가 거의 집채 만한데, 그놈은 이미 최누백의 아버지를 뼈 한 개 남기지 않고 모조리 먹어치우고 나서 잠을 자고 있

었다. 누백이가 가까이 가자 호랑이는 호박구슬 같은 눈에 불을 켜고서, 어흥! 어흐흥! 사납게 으르렁거렸다. 그러나 누백이는 조금도 두려워하지 않고 호랑이 바로 앞으로 다가가서,

"네가 내 아버지를 잡아먹었으니 나도 마땅히 너를 잡아먹을 테다!"

라고 외쳤다. 그러자 이상하게도 호랑이가 꼬리를 내리며 눈을 감고 바닥에 엎드렸다. 최누백이는 도끼로 호랑이의 대갈통을 힘껏 쳐서 단번에 호랑이를 죽였다.

그는 죽은 호랑이의 배를 갈라서 창자 속에 들어 있는 아비의 뼈와 살을 꺼내어 홍법산에 매장을 하고, 호랑이 고기는 항아리에 담아서 개울 바닥에 묻었다.

그리고 아버지의 무덤 옆에 조그마한 띠집을 세우고 3년간 정성껏 시묘살이를 하였다. 어느날 누백이가 무덤가에서 잠깐 졸고 있는데, 그의 아버지가 나타나더니, 이런 노래를 읊었다.

가얌나무 헤치고서 효자 묘려(墓廬) 다다르니 (披榛到孝子廬)
가슴 속이 느꺼웁고 기쁜 눈물이 끝없어라. (情多感淚無窮)
날마다 흙 져다가 무덤을 꾸리나니 (負土日加塚上)
그 정성 뉘 알손가 밝은 달 맑은 바람뿐이네. (知音明月淸風)
생전에 봉양하고 죽은 후엔 묘 지키니 (生則養死則守)
뉘라서 효성이 시작과 끝이 없다더뇨. (誰謂孝無始終)

누백이의 효성이 죽은 그의 아버지 혼령을 감동시켜서, 그 아버지 혼령이 나타났던 것이다. 거상이 끝난 후 누백이가 개울 바닥에 묻었던 항아리를 파 보았더니, 이상하게도 그 속에 들어 있던 호랑이 고기가 조금도 변치 않고 그대로 있었다. 누백이는 그 호랑이 고기를 몇 날 몇 달 동안 다 먹었다.

그러고 나서 최누백이 과거에 급제하여 크게 출세를 하였는데, 세

상 사람들은 최누백이의 출세는 아들의 효성에 감동한 그 아버지의 혼백이 도와주었기 때문이라고들 했다.

체장수가 긴 얘기를 마쳤다.
"…그 참, 터무니없는 얘기구면! 집채만한 호랭이가 열댓 살밖에 안 먹은 한낱 어린애에게 '날 죽여줍쇼!' 하구 대가리를 내밀다니!"
"하늘이 낸 효성이라 호랭이두 그걸 알아보구 무릎을 꿇은 게지."
"짐승이 사람의 효성을 어뜨게 알아 봐?"
"최누백이의 기세가 하두 무서우니까 순간적으루 기가 질려서 무릎을 꿇은 걸 거여."
"짐승이 사람 피를 먹으믄 사람이 독한 술에 취하는 것처럼 취해서 쓰러져 잔다는 말이 있지 않던감? 아마 그놈이 피에 취해서 잠깐 꿇아 떨어졌었는지두 모르지!"
"그나저나 최누백이의 효성과 기세는 정말 하늘이 냈구믄 그려. 어린 사람이 혼자서 호랭이를 죽이러 나서다니, 보통 사람들은 어디 엄두나 낼 일인감?"
마을 사람들은 최누백의 효성과 담대함에 대해 많은 말들을 주고받았다.
"효자 이야기를 들었으니, 이번엔 내가 열녀 얘기를 하나 하겠소이다."
고리장수가 다시 운을 떼고 나서 이야기를 시작했다.
어떤 열녀가 문둥병에 걸린 남편을 구하기 위해 갖은 노력을 다하다가, 꿈에 갓 죽은 어린애 시체를 구해다가 삶아 먹으면 병이 낫는다는 산신령의 말을 듣고, 애장터에서 어린애 시체를 파다가 삶아서 그 물을 남편에게 먹였는데, 신통하게도 남편의 문둥병이 씻은 듯이 나아, 솥 안을 다시 보았더니, 어린애 시체 대신에 산삼이 들어 있었다는 얘기였다.

밤이 제법 이슥해지고 이야기가 무르익을 대로 무르익었을 때였다. 망소이와 같은 또래인 박술이가 방으로 들어오더니, 망소이를 보고 의아스러운 얼굴로 말했다.

"망소이야, 너 여기 있었던 겨? 방금 오다가 보니까 너네 집 사립문에서 큼지막한 사람 그림자 몇이 집 안을 기웃거리다가 슬그머니 안으루 들어가던디…. 난 너하구 망이 형인 줄 알았다!"

"그려? 누가 찾아왔나?"

망소이는 심드렁하게 대꾸하고는, 다시 고리장수의 이야기에 귀를 기울였다.

망이는 박술이와 망소이의 대화를 무심하게 흘려듣다가, 문득 심상치 않은 느낌에 흠칫했다.

그놈들이구나!

짱똘이 패거리들이 드디어 자기를 해치러 온 것이라는 생각이 섬광처럼 망이의 머릿속을 스쳤다. 이놈들이 기어이 왔어! 망이는 슬그머니 몸을 일으켜 밖으로 나왔다. 긴장 때문에 온몸이 바짝 오그라드는 듯한 느낌이 들고, 가슴이 심하게 뛰었다. 그는 덕중이네 마당에서 잠시 생각한 후 마을 뒷동산 쪽으로 통하는 길을 달려 올라갔다. 놈들이 고샅과 마당에 몸을 숨기고 기다리고 있을 것 같았다. 그는 집으로 곧바로 가지 않고 길을 우회하여 집 뒤쪽으로 다가갔다. 그의 집 뒤란은 울타리 없이 뒷동산 기슭과 이어져 있었다.

10여 일 전 망이는 뜻밖에도 난명의 심부름을 온 어금이를 만났었다. 어금이는 짱똘이가 집으로 찾아왔었다는 것과, 그가 강한성과 주고받은 이야기를 들려주고는, 산도적과 짱똘이패가 숫자가 많을 뿐더러 흉악하기 짝이 없으니 어딘가로 몸을 피하는 게 좋겠다는 난명의 말을 전했다. 어금이는 난명의 아버지 강한성이 크게 분노하여 난명에게 집 밖으로 나갈 수 없도록 금족령을 내렸다는 것과, 난명이 몹시 상심하여 자리에 누워 있다는 사실도 알려 주었다.

어금이의 말을 들은 순간 망이는 불현듯 그와 난명을 납치했던 놈이 바로 짱똘이란 것을 깨달았다. 그들에게 붙잡혀 갔을 때 그 우두머리의 목소리를 어디선가 들은 적이 있는 것 같았었는데, 그게 바로 씨름판에서 맞붙었던 짱똘이의 목소리였다는 걸 알아차렸다. 그를 납치한 계룡산 산도적놈들이 따로 있는 게 아니라 바로 짱똘이 패거리라니! 그는 짱똘이가 씨름에 진 것에 앙심을 품고 복수를 할 겸 난명의 아버지를 속여서 재물을 빼앗으려는 간교한 연극을 꾸몄다는 걸 깨닫게 되었다.

　"죽일 놈, 모든 게 그놈의 농간이었군!"

　씨름에 졌다고 사람을 죽이려고까지 하다니! 그는 짱똘이에 대해 소름끼치는 두려움을 느꼈다. 그리고 그 두려움보다 더 치열한 분노와 증오를 느꼈다. 더러운 놈, 어디 한번 덤벼 봐라! 네놈 뜻대로는 되지 않을 테니! 그는 몸을 피하기는커녕 짱똘이가 나타나기만 하면 오히려 그에게 정말 뜨거운 맛을 보여주려고 단단히 벼르고 별렀다. 그리고 그간 짱똘이 패거리들이 뭔가 음모를 꾸밀 것에 대비해서 날마다 경계를 소홀히 하지 않았다.

　하늘에는 약간 덜 차오른 열사흗날의 둥근 달이 떠 있는데, 흐릿한 구름 때문에 달은 물 속에서 보는 것처럼 희부윰한 빛을 흩뿌리고 있었다. 망이는 뒷동산에서 길을 벗어나 그의 집 쪽으로 방향을 꺾어 동산을 내려갔다. 그는 그의 집 뒤란으로 접근한 다음 나무 그늘에 몸을 감추고 집 뒤란을 살펴보았다. 안방 봉창에서 희미한 빛이 새어나올 뿐 인기척은 없었다. 그는 발소리를 죽이고 살쾡이처럼 뒤란으로 내려가, 안방 뒷 봉창 밑에 귀를 대고 방 안에서 무슨 소리가 나지 않는지 가만히 귀를 기울였다. 한참을 기다려도 아무 소리도 들리지 않았다. 그는 손가락에 침을 묻혀서 창호지에 대고 소리 나지 않게 살그머니 밀어, 구멍을 냈다. 그 구멍에 눈을 갖다대자 어머니의 모습이 눈

에 들어왔다. 어머니는 팔과 다리를 단단히 묶이고 입에 아갈잡이를
당한 채 꼼짝도 못하고 방바닥에 쓰러져 있었다. 죽일 놈들! 그의 예
상대로 짱똘이가 패거리를 데리고 그를 습격하러 온 것이 분명했다.
그는 뒤란을 두리번거려 굵고 뭉툭한 몽둥이를 찾아 들었다. 그 다음
살금살금 옆뜰을 돌아서 부엌 앞에 있는 감나무 둥치 뒤에 몸을 붙이
고 마당을 엿보았다. 얼핏 보기에는 마당에 아무런 인기척이 없어 보
였다. 그러나 그는 눈과 귀에 온 신경을 집중하고 사방을 꼼꼼하게 살
폈다. 아니나 다를까, 사립문 옆 나무 그늘 밑에 세 놈이 바짝 붙어 쭈
그려앉아 있었다. 그가 무심히 사립문으로 들어서면 뒤에서 갑자기
기습을 하려고 기다리고 있는 게 틀림없었다.

　망이는 몸을 낮춰서 작약나무 뒤로 살살 앉은걸음을 쳐서 그들에
게 다가갔다. 망이가 서너 걸음 가까이까지 접근해도 그들은 그가 다
가오는 것을 모르고 있었다. 망이는 맹수가 먹이를 덮치듯 갑자기 몸
을 솟구쳐 그들을 향해 달려들었다. 그는 엉겁결에 벌떡 일어서는 한
놈의 어깨를 장작을 패듯 몽둥이로 후려치고, 앉아 있는 한 놈의 가슴
팍을 발길로 힘껏 내질렀다. 어쿠! 어흑! 두 놈이 동시에 비명을 지르
며 땅바닥에 나뒹굴었다. 그때 나머지 한 놈이 불쑥 몸을 일으키며 망
이에게 덤벼들었다. 망이는 그의 손에서 번뜩이는 칼을 본 순간 재빨
리 몸을 피하며 몽둥이를 휘둘러 그의 머리통을 후려갈겼다. 그는 비
명도 지르지 못하고 땅바닥에 머리를 처박으며 엎어졌다. 눈 깜짝할
사이에 셋을 처치한 망이는 그들을 찬찬히 살펴보았다. 몽둥이에 맞
은 두 놈은 아주 넋을 잃고 늘어져 있고, 발길에 채인 놈은 신음을 내
뱉으며 땅바닥에서 버르적거리고 있었다. 망이는 그들의 덩저리를 보
고서 그들 가운데엔 짱똘이가 없다는 걸 알았다. 짱똘이는 몸집이 땅
땅하고 어깨와 목이 힘꼴깨나 쓰는 놈답게 떡 벌어져 있는데, 세 놈들
중에 그렇게 생긴 놈은 보이지 않았다.

　"이눔, 네눔들은 짱똘이의 아랫것들이 틀림읎지? 짱똘이는 지금 어

디 있냐?"

망이는 버르적거리고 있는 놈의 머리를 거머쥐고 사납게 물었다.

"살려 줍슈! 살려 줍슈! 저희는 그저 짱똘이 대형님이 시킨 대루 했을 뿐이우! 제발 살려 줍슈!"

"이눔, 그 짱똘이란 놈이 어디 있는지 대라! 바른 대로 대지 않으믄 단매루 머리통을 쪼개 놓겄다!"

망이가 다시 몽둥이를 쳐들면서 을러댔다.

"짱똘이 대형님은 지금 …읍내 저잣거리에 있습지유!"

그 작자는 공포로 인해 눈을 희번득이며 더듬더듬 어눌하게 말했다. 망이는 주먹으로 다시 그의 얼굴을 세차게 후려갈겼다. 그는 정신줄을 놓고 엉덩방아를 찧으며 나가떨어졌다. 망이는 묶여 있는 어머니를 풀어 주기 위해 마당을 가로질러 급히 집 안으로 달려갔다.

망이가 문을 열고 막 방 안으로 들어가려는 순간이었다. 느닷없이 방에서 시퍼런 검이 불쑥 튀어나왔다. 그는 소스라치게 놀라 뒤로 주춤 물러섰으나, 이미 검이 그의 왼쪽 어깨뼈 밑을 뚫고 들어온 뒤였다. 그리고 뒤이어 시커먼 그림자가 검을 휘두르며 방에서 튀어나왔다. 그림자는 망이를 단칼에 베어 버릴 듯이 흉맹한 기세로 덤벼들었다. 뜻밖의 기습에 망이는 혼비백산하여 가까스로 몸을 비켜 마당으로 뛰어내렸다. 그러나 검이 이번엔 그의 등허리를 스치고 지나갔다. 게다가 방에서 다시 두 놈이 검을 들고 뛰쳐나와 망이를 둘러쌌다.

아까 뒤란에서 봉창에 구멍을 뚫고 방 안을 들여다봤을 때는 어머니밖에 아무도 없었는데, 세 놈이 튀어 나오다니! 망이는 너무 놀라 잠깐 제 정신이 아니었다. 그들은 윗방에서 망이가 들어오기를 기다리며 바깥을 살피고 있다가, 그가 안방으로 들어가려 하자 윗방과 안방 사이에 있는 작은 문을 통해 안방으로 옮겨와, 그를 암습한 것이었다. 어두운 윗방에 숨어서 기다리는 놈들이 있을 줄이야! 망이는 새삼 짱똘이가 예삿놈이 아니란 생각에 몸이 떨렸다. 그는 재빨리 마당에 내던졌던 몽둥이를 주워들었다.

"클클클! 이번엔 뱃구레에 맞창을 내주마!"

처음 그를 공격했던 사내가 검을 치켜들고 음험한 웃음을 흘리며 바싹 다가왔다.

"네눔이 짱똘이구나!"

망이가 그를 알아보고 말했다. 쇠를 긁는 듯한 클클거리는 웃음과 귀에 거슬리는 목소리, 땅땅한 체격이 짱똘이가 틀림없었다.

"날 알아보는 걸 보니, 아주 멍청이는 아니구나! 클클클!"

짱똘이가 망이의 빈틈을 노려 한 걸음 더 다가서며 말했다.

"나한테 이르케까지 하는 까닭이 무엇이냐?"

망이가 짱똘이를 맞받아칠 태세를 갖추며 물었다.

"네눔은 내 경고를 무시하구 내 얼굴에 똥칠을 했다! 하룻강아지 범 무서운 줄 몰른다는 말이 바루 너 같은 놈을 두구 허는 말 아니냐? 어리석은 눔! 내 비위를 거스르구두 살아남을 줄 알었더냐? 게다가 네눔이 뒈지려구 환장을 헌 눔이 아니라믄 어뜨케 강한성의 딸을 건드릴 생각을 했단 말이냐? 덕분에 이제 네눔을 처치허구 나믄 나는 두고두고 강한성을 내 마음대루 휘두르구, 그의 재산두 실컷 울거먹을 수 있게 될 것이다. 클클클!"

짱똘이는 채 말을 끝맺기도 전에 단칼에 망이의 머리를 쪼개 버리려는 듯 위맹스런 기세로 검을 휘둘러 내려쳤다. 망이는 잽싸게 옆으로 몸을 비켜 짱똘이의 공격을 피했다. 짱똘이의 졸개들도 그에게 칼을 겨누고 그의 주위를 돌며 공격할 기회를 노렸다. 망이는 흠칫 몸이 떨렸다. 두려움으로 머리끝이 쭈볏거렸다. 어깨와 등허리에서 피가 흘러내리고, 온몸에 소름이 쫙 끼쳤다. 자칫 잘못하다가는 짱똘이에게 당할 것 같은 위기감에 신경이 칼끝처럼 곤두섰다.

"이눔!"

망이는 벽력같이 소리를 지르며 짱똘이를 향해 덤벼들다가 갑자기

획 몸을 돌려 반대편의 졸개를 몽둥이로 내려쳤다. 졸개는 칼을 들어 그의 몽둥이를 막았으나 망이의 힘에 칼이 튕겨져 나갔다. 그때 다른 졸개가 그의 뒤에서 칼로 그의 등을 내려쳤다. 망이는 잽싸게 몸을 피했으나 칼끝은 그의 어깨죽지를 파고들었다. 얼음처럼 섬뜩하고 날카로운, 동시에 화젓가락같이 뜨거운 기운이 울컥 몸을 뚫고 들어왔다. 망이는 덫에 걸린 호랑이처럼 노하여 와락 몸을 돌려 그의 등을 찌른 졸개를 향해 몽둥이를 휘둘렀다. 몽둥이가 그 작자의 칼을 걷어내며 그의 옆구리를 후려갈겼다. 졸개가 땅바닥에 털썩 거꾸러졌다.

"이눔, 네눔두 박살을 내놓겠다!"

망이가 다른 졸개를 쫓아가려 하자 그 작자는 종짓굽아 날 살려라 하며 대문께로 도망을 쳤다. 그때 짱똘이가 검을 휘둘렀다. 망이의 어깨와 팔에서 다시 피가 뿜어져 나왔다.

"클클클! 네눔이 심은 제법 쓴다지만, 그까짓 몽둥이를 가지구 제대루 익힌 내 검술을 당할 수가 있겠냐? 클클클!"

짱똘이가 조롱하듯 말하고는, 다시 검을 겨누고 그를 노렸다. 검 쓰는 법을 익혔다는 그의 말이 엄포를 놓기 위한 빈 말만은 아닌 듯 짱똘이는 침착하고 날렵하게 검을 휘두르며 짓쳐들어왔다. 망이는 힘겹게 그의 검을 피하거나 막아냈다. 짱똘이는 계속해서 검을 휘둘렀다. 다시 짱똘이의 칼날이 망이의 왼쪽 팔을 스치고, 허벅지를 파고들었다. 망이는 짱똘이의 칼에 몰려 차츰 처마 밑으로 뒷걸음질을 쳤다. 이제 뒤로 물러날 곳도 거의 없었다. 많은 피를 흘렸기 때문인지 정신이 흐려지고 몸에서 힘이 빠졌다. 몸놀림도 둔해지는 것 같았다. 이대로 가다간 꼼짝없이 짱똘이의 칼날에 목숨을 잃을 것 같았다.

이제 어차피 이판사판이다!

망이는 짱똘이의 검이 위에서 아래로 허공을 그으며 지나가는 순간 그의 얼굴을 향해 몽둥이를 힘껏 내던졌다. 몽둥이는 짱똘이의 얼굴을 정통으로 가격했다. 억! 몽둥이에 얼굴을 맞은 짱똘이가 몸의 균형을 잃고 비틀거렸다. 그 틈을 타서 망이는 처마 밑 토방에 놓인 한 아름이 훨씬 넘는 커다란 나무절구통을 번쩍 들어올려, 다시 칼을 휘두르며 덤벼드는 짱똘이를 향해 힘껏 내던졌다. 윽! 무작스러운 절구통에 정통으로 맞은 짱똘이는 비명도 제대로 지르지 못하고 뒤로 나가떨어졌다. 그는 얼굴이 완전히 뭉개지고 넋이 나가버렸다. 입에서 벌컥 피가 흘러나왔다.

사립문께에는 아까 칼을 놓치고 도망친 놈이 여차하면 튈 자세로 그의 눈치를 살피고 있고, 몽둥이를 맞고 거꾸러진 놈들은 괴로운 신음을 토해내며 몸을 추스르려 애를 쓰고 있었다. 그들은 망이의 사나운 기세에 완전히 눌려, 다시 덤빌 엄두를 내지 못했다.

망이는 거꾸러져 버르적거리고 있는 놈에게 다가가, 그의 멱살을 움켜쥐고 말했다.

"이눔, 만약 조금이라두 거짓을 말했다가는 한 주먹에 쳐 죽이겠다!"

"잘못했슈. 상사님! 제발 살려 주시우!"

졸개는 공포에 질린 얼굴로 벌벌 떨었다. 그는 망이가 절구통을 들어 짱똘이를 후려치는 것을 보고 나자 완전히 기가 질려 버렸다.

"이눔, 나와 난명 아가씨를 납치한 것이 네눔들 짓이지?"

"용서해 줍시우! 모두 짱똘이 대형님이 시킨 일입쥬."

"그럼 처음 난명 아가씨 댁을 찾아간 산도적눔들은 어떤 놈들이냐?"

"우리는 읍내에 얼굴이 알려져서, 짱똘이 대형님이 공주의 왈짜패 덜을 불러다가 그르케 시킨 것입니다유!"

"간사한 눔! 잔머리깨나 굴렸구나!"

망이는 졸개의 말을 듣고 다시 한번 짱똘이가 보통 놈이 아니라는 걸 느꼈다.

"저눔들을 데리구 당장 꺼져라!"

망이가 졸개를 놓아 주며 말했다.

"예. 예!"

졸개는 망이에게 연신 머리를 조아리고 나서, 짱똘이에게 달려갔다.

"어이구! 이거 큰일났네! 대형님! 짱똘이 대형님! 이거, 살변났군! 살변났어! 아무래두 대형님이 숟가락을 아주 놓아 버린 것 같은디! 어이, 이리덜 와 봐! 빨리 이리덜 와 보라구! 짱똘이 대형님이 식어 버린 거 같어!"

졸개는 어쩔 줄을 모르고 다급하게 제 패거리들을 불렀다. 그의 말에 졸개들이 절룩이면서 허둥지둥 다가갔다.

"아이구! 이거, 대형님이 아주 간 거 아녀?"

"방개두 숨을 안 쉬는 거 같어!"

"둘 다 아주 고태골루 가 버린 거 같어."

그들은 짱똘이와 방개의 모습을 보고 크게 놀라 망이의 눈치를 보며 말을 주고받았다. 사립 밖으로 도망쳤던 사내도 힐금힐금 망이의 얼굴을 살피며 다가왔다.

"이눔들, 빨리 꺼지지 못해?"

망이가 버럭 고함을 지르자,

"예! 갑쥬! 갑니다유!"

졸개들은 의식이 없는 짱똘이와 방개를 억지로 일으켜 들쳐업었다.

"이눔들, 다시 한 번 이 따위 간사스러운 짓으루 내게 뎀볐다가는 그땐 정말 목숨이 붙어 있지 못할 것이다!"

망이가 그들 앞으로 한 걸음 다가서며 사나운 목소리로 으름장을 놓았다.

"장사님을 몰러보구 죽을 죄를 지었슈!"

"앞으루 명학소엔 얼씬두 허지 않겠수다!"

그들은 망이가 저승사자라도 되는 듯 허둥한둥 사립 밖으로 도망쳤다.

망이는 그들이 고샅에서 큰 길로 완전히 빠져나갈 때까지 그들의 뒷모습을 지켜보고 서 있었다. 얼굴이 으깨어져서 피가 낭자한 나티상이 된 채 의식을 잃고 업혀 가던 짱똘이와 방개의 모습이 머릿속에서 지워지지 않았다. 망이는 막막한 두려움과 꺼림칙한 예감 때문에 부르르 몸이 떨렸다. 아무래도 그 둘이 살아나지 못할 것 같은 느낌이 들었다.

그는 한참을 우두커니 서 있다가 방 안에서 들려오는 어머니의 신음 소리에 퍼뜩 정신을 차려 방으로 달려들어갔다.

4. 마음이 가는 곳

산봉우리는 온통 눈 세상이었다. 얼마나 오랫동안 눈이 내렸는지 눈 외에는 아무 것도 보이지 않았다. 눈은 흙과 바위와 풀을 덮고, 덤불과 나무들을 덮고, 산을 통째로 덮어 버렸다. 그리고 칼날 같은 바람이 수천수만 마리의 사나운 말처럼 그 눈을 어지럽게 짓밟으며 마구 내닫고 있었다. 뼛속까지 파고드는 매서운 추위와 너무나 세찬 눈보라 때문에 망이는 눈을 뜨기도 숨을 쉬기도 어려웠다. 자칫 잘못했다가는 금방이라도 얼어죽을 것 같은 생각이 들었다.

그런데 놀랍게도 저만치 산자락 아래에 새파란 강이 띠처럼 둘러져 있고, 그 강 너머에 새로운 세상이 펼쳐져 있었다. 그곳은 산 위의 세상과는 너무나 다른 별천지였다. 높맑은 하늘과 밝고 따뜻한 태양 아래에 온갖 나무들이 울창하게 우거져 있고, 울긋불긋 갖가지 꽃들이 피어 있었다. 나무에는 과일들이 주렁주렁 매달려 있고, 논과 밭에는 온갖 곡식들이 풍성하게 무르익고 있었다. 그리고 무엇보다 놀라운 것은 그곳에 살고 있는 사람들이었다. 그 마을 사람들은 세 무리로 나뉘어, 첫째 무리는 농사를 짓고, 둘째 무리는 가축을 기르고, 셋째 무리는 삶에 필요한 갖가지 용품과 도구를 생산했다. 그리고 이렇게 생산된 물건은 공동으로 소유하고, 공동으로 사용했다. 마을 사람들은 문제가 생길 때마다 모두 모여 해결하고, 나랏일은 마을 대표를 내보내서 결정했다. 마을 사람들은 귀함과 천함이 없고, 부자와 가난뱅이가 없고, 지배자, 피지배자가 따로 없었다. 다함께 자유롭고, 평등했다. 모든 사람들이 한 가족처럼 함께 일하고, 함께 쉬고, 노래하며 삶을 구가했다.

망이는 넋을 잃고 그들을 바라보다가 한 순간 깜짝 놀라 눈을 크게 떴다. 손에 손을 잡고 춤을 추고 있는 고운 처녀들과 잘생긴 총각들 사이에 난명 아가씨가 끼어 있었기 때문이었다.

"아가씨!"

그는 목이 터지도록 난명 아가씨를 불렀다. 그의 목소리를 들었는지 난명이 그가 있는 산봉우리 쪽으로 얼굴을 돌렸다.

"난명 아가씨! 여깁니다유! 여기!"

그는 다시 난명의 이름을 부르며 크게 손을 흔들었다. 그러나 다음 순간 난명은 고개를 돌려버렸다. 그는 또다시 큰 소리로 난명 아가씨를 불렀다. 그러나 난명은 그의 목소리를 못 들은 듯 처녀 총각들과 손을 맞잡고 둥글게 원무를 추기 시작했다.

망이는 터질 것 같은 가슴을 안고 그곳을 향해 달려갔다. 그러나 몇 걸음도 떼어놓기 전에 그는 한 길이 넘는 눈 속으로 푹 빠져 버렸다. 그는 죽을힘을 다해 눈구덩이에서 기어나와, 다시 산을 내려갔다. 눈구덩이에 빠지길 무수히 반복하고, 눈 속에 묻혀 있는 바위나 나뭇가지에 걸려 넘어지고, 자빠지고, 나뒹굴고, 미끄러지길 거듭하면서 망이는 산을 내려갔다. 몸 여기저기가 찢어져 피가 흐르고, 멍이 들고, 욱신거렸으나 그는 쉬지 않고 산등성이를 탔다. 그러나 그리 높지 않아 보이던 산은 아무리 내려가도 끝이 없었다. 엎친 데 덮친 격으로 날이 빠르게 어두워지더니, 얼마 지나지 않아 사위(四圍)에 깜깜한 어둠이 먹물처럼 차올랐다. 그는 길을 잃어 버렸다. 어디로 어떻게 내려가야 하는지 전혀 방향을 알 수 없었다. 마침내 그는 기진맥진하여 눈 위에 아무렇게나 누워버렸다. 뜨거운 눈물이 왈칵 솟구쳐 오르며 한 없이 난명 아가씨의 모습이 보고 싶었다. 그는 몸이 차츰 싸늘하게 식 어가는 것을 느끼며 처절하게 난명의 이름을 부르고, 또 불렀다.

난명 아가씨!

난명 아가씨!

난명 아가씨….

누군가가 몸을 흔드는 느낌에 망이는 눈을 떴다. 꿈이었다.

"나쁜 꿈을 꾸었어유? 마구 몸부림을 치며 누군가를 자꾸 부르는 것 같던데…. 땀이 많이 났어유."

법릉이 걱정스러운 얼굴로 망이의 얼굴에 흥건한 땀을 닦아 주었다.

"내가 오래 잤나 보구나?"

"한참 잤어유. 아직두 많이 아퍼유?"

"이세 괜찮을 거여."

망이는 윗몸을 일으키려다가 갑자기 고통스런 신음을 터뜨리며 다 시 누워 버렸다. 몸 여기저기에서 참기 어려운 통증이 생생하게 되살 아났다.

"법광 스님 어디 계셔?"

망이가 억지로 윗몸을 일으키며 법릉에게 물었다.

"스님은 아까 탁발 나가셨는데. …많이 아퍼서 그러셔유?"

"조금…."

통증이 너무 심해 견디기 어려울 때 법광 스님에게 말하면, 스님은 도토리 크기의 새까만 환약을 대여섯 알씩 주곤 했는데, 그 약을 먹고 나면 신기하게도 금방 아픔이 멎었다.

"언제 돌아오실지 모르는데, 어쩌지유?"

"괜찮아지겠지."

망이는 가슴을 뜨끔뜨끔하게 하는 통증을 견디며 방을 나왔다. 요사채 뒤의 옹달샘으로 가서 낯을 씻고, 물을 한 바가지 마시자 상쾌하게 정신이 나며, 통증이 조금 가라앉는 것 같았다. 그는 요사채 옆뜰로 가서, 아름드리 팽나무 그늘 밑에 있는 커다란 너럭바위에 걸터앉았다. 이곳 송곡사로 온 뒤부터 그가 자주 나와서 앉아 있곤 하는 바위였다.

한 달 전에, 망이는 짱똘이 패거리들과 싸움을 한 다음 곧바로 이곳 송곡사로 몸을 피했다.

그날 밤 짱똘이 패거리들이 넋을 잃고 늘어져버린 짱똘이와 방개를 들쳐업고 나간 뒤 망이는 방으로 들어가 어머니 솔이의 결박을 풀어주었다. 그렇지 않아도 느닷없이 낯선 사내들에게 아갈잡이를 당해 제정신이 아니었던 솔이는, 피범벅이 된 아들의 모습에 혼비백산하여 어쩔 줄을 몰랐다.

"아니, 이게 어찌 된 일이냐? 응, 이게 어쩐 일이여?"

"어머니, 안심하세유. 전 괜찮어유. 피를 좀 흘려서 그렇지, 전 아무렇지두 않어유."

망이는 애써 어머니를 안심시켰다. 솔이는 서둘러서 피가 흐르고 있는 망이의 상처를 삼베로 묶었다. 망이는 왼쪽 어깨를 깊숙하게 찔리고, 등허리를 길게 베였으며, 팔과 다리에 예닐곱 군데나 되는 크고 작은 상처가 나 있었다.

"이놈아, 이게 괜찮은 거여? 그래 무슨 일루 두억시니 같은 놈들이 집에까지 쳐들어와 널 해치려는 거냐?"

망이는 적당히 얼버무리려 했으나 솔이는 노여운 얼굴로 엄하게 추궁했다. 망이는 어쩔 수 없이 그간 있었던 일을 대충 이야기했다.

"그럼, 그 두 놈이 다 죽게 되었단 말 아니냐?"

사태를 파악한 솔이는 그렇지 않아도 놀랐던 얼굴이 아예 사색이 되었다.

"…아무래두 무사하진 못할 거 같어유."

"뭐라구?! 이거 정말 큰일났구나! 그럼 빨리 어디루 피해야겠다! 살변이 나믄 당장 현청에서 널 잡으러 나올 게 아니냐? 내 당장 망소이를 불러와야겠다!"

솔이는 부리나케 덕중이네 집으로 가서 망소이를 불러왔다. 그녀는 금방이라도 저승사자 같은 현청 사람들이 몰려와 망이한테 오라를 지울 것 같은 생각에 제 정신이 아니었다.

"망소이 너두 당분간 송곡사에 있으믄서 엉아를 돌봐 줘라."

망이는 한밤중에 망소이의 등에 업혀서 송곡사로 향했다. 피신도 할 겸 혜관 스님에게 상처를 치료받기 위함이었다.

망이가 송곡사로 간 다음날이었다.

아침 일찍 현청 장교가 군졸 여남은 명을 거느리고 득달같이 명학소로 달려와서, 망이의 집을 덮쳤다.

"이놈이 베잠방이에 풋방귀 새듯 벌써 새 버렸구나! 생쥐 같은 놈! 우선 그 어미를 도망치지 못하도록 오라를 지워라!"

장교의 말에 군졸들이 솔이를 결박해 놓고, 망이의 이웃집과 망이네 외삼촌인 치봉이네 집을 샅샅이 뒤졌다. 그래도 허탕을 치자 동네를 집집마다 이 잡듯이 톺아 나갔다. 그러나 망이를 잡기는커녕 그림자도 보지 못하자, 다시 망이의 집으로 몰려와,

"이년, 네 아들놈을 어디에 숨겼느냐? 솔직하게 대라!"

하고, 험악한 얼굴로 솔이를 족대겼다.

"왜들 이러시우? 아무리 관청 사람이래두 죄 읎는 사람에게 이럴 수가 있수?"

솔이가 눈을 똑바로 뜨고 말했다.

"이년, 당돌한 것 보게? 네 아들놈이 어디에 숨었는지 이실직고하지 않으면 주리를 면치 못할 것이다!"

"우리 망이가 무슨 죄를 지었다구 이러시우?"

"허, 이년이! 정말 몰라서 묻는 게냐? 이년아, 네 아들놈이 살변을 냈다!"

"어젯밤 읍내 불한당놈들이 내 아들을 해치러 떼거리루 몰려왔다가 오히려 혼쭐이 나서 쫓겨가긴 했지만, 살변이라는 말은 터무니 읎수!"

"어허, 이년이?! 한 놈이 오늘 새벽에 죽고, 또 한 놈이 지금 거의 다 죽어서 목숨이 깔딱깔딱하고 있다! 그래도 죄가 없단 말이냐?"

"……!"

솔이는 가슴이 덜컥 내려앉았다. 그 작자들이 죽을까 봐 마음 졸이며 건밤을 새웠고, 아까 군졸들이 들이닥치자 그예 큰일이 터졌구나 하고 짐작은 했었다. 그러나 막상 그 말을 듣게 되자 새삼 가슴이 쿵 내려앉았다.

"망이란 놈이 어디 있느냐? 바른 대로 대라!"

"우리 아들들은 오늘 아침 일찍 낫며 괭이, 넙가래 같은 농구를 팔러 나갔수!"

솔이가 그럴싸하게 둘러댔다.

"이년이?! 입에 침두 안 바르구 거짓말을 해?"

군졸 한 명이 솔이를 발로 사정없이 걷어찼다. 어쿠! 솔이가 비명을 지르며 땅바닥에 넘어졌다.

"이눔들! 왜 아무 죄 읎는 사람을 발루 차구 행패여?"

사립 밖에서 저밤이가 달려와 땅바닥에 넘어진 솔이를 감싸안았다.

"이놈! 네놈은 어떤 놈인데 천둥소리에 개 뛰어들 듯 아무 데나 함부루 뛰어들어?"

군졸 한 명이 육모방망이로 저밤이의 어깨를 사정없이 후려쳤다. 저밤이도 털썩 마당에 거꾸러졌다.

저밤이는 울타리 너머에서 망이네 집에 군졸들이 몰려들어가는 것을 보고 곧바로 집 밖으로 달려 나왔던 것이다. 그는 아까 솔이한테 간밤에 있었던 일을 대충 들었었다.

"동네 사람들아! 이놈들이 사람 잡는다! 동네 사람들아! 모두 나와 라! 이놈들이 사람 잡는다!"

저밤이를 뒤따라온 그의 어머니 콩밭댁이 아들이 거꾸러지는 것을 보고, 소리소리 외쳤다.

"저 늙은이가 죽으려고 환장을 했나?"

장교가 뜻밖의 일에 놀라 말했다.

"이놈들이 사람 잡는다! 동네 사람들아! 이놈들이 사람 잡어!"

콩밭댁의 새된 고함 소리에 마을 사람들이 남녀노소 없이 꾸역꾸역 몰려왔다. 금방 망이네 마당과 고샅이 마을 사람들로 꽉 찼다. 그렇지 않아도 아침부터 마을을 휘젓고 다닌 관청놈들을 의아하게 생각했던 마을 사람들이 다들 달려온 것이다.

"아니, 관청 사람들이 무슨 일루 우리 마을에 와서 이리 행패를 부 리슈? 나이 지긋한 어른들을 이리 마구 쳐두 되는 거유?"

마을 젊은이들이 앞으로 나서서 군졸들을 에워싸며 사뭇 시비조로 을러댔다.

"이놈들이?! 우리는 살인범을 잡으러 왔다!"

"살인범이라니? 누가 살인을 했단 말이우?"

"어젯밤 망이란 놈이 읍내 방개란 놈을 죽이고, 짱똘이란 놈을 다 죽게 패 놓았다!"

장교가 말했다. 그는 삽시간에 몰려든 명학소 사람들에게 은근히 겁을 먹어, 말소리가 굳어졌다.

"…망이는 어젯밤 늦게까지 우리와 함께 있었는디, 언제 그런 일을 저질렀단 말이우? 그게 말이 되우?"

그때 저밤이가 몸을 일으키며 말했다.

"어젯밤 읍내 불량배들 여러 놈이 망이를 죽이려구 망이네 집에 숨 어 있다가, 마실에서 돌아오는 망이에게 칼질을 했다는겨! 망이한테 씨름을 진 짱똘이란 놈이 그 패거리들을 몰구 온 모냥이여! 망이가 그 놈들을 후려패서 쫓아버렸는디, 그 중 한 놈에게 사고가 난 거 같다!"

"아니, 읍내 불량배들이 칼까지 가지구 망이를 해치러 왔었다구유? 그 놈의 새끼들을 모조리 작살을 내 버렸어야 하는 건디! …그런디 관 청에선 그놈들은 다 놔두구, 망이를 잡으러 왔다는 게 지금 말이여, 막 걸리여?"

"씨름에 졌다구 사람을 해치러 왔다니? 그 새끼들이 다들 미쳤구먼!"

"현청에서두 우리를 소(所)놈들이라구 깔보구 이러는 거 아녀?"

"이놈들두 그 불량배들과 다 한 패 아닌감? 그놈들이 좀 다쳤더라두 그게 정당방위라는 것인디, 시방 누굴 잡으러 왔다는 거여?"

마을 사람들이 우꾼하게 들고일어났다.

그때 이정 천돌이가 마을 사람들의 살벌한 분위기를 눈치채고 앞으로 나섰다.

"자, 여러분! 진정들 하십시다. 현청에서두 어뜨케 된 일인지 알어보러 왔을 거유!"

"아니, 어뜨케 된 사정인지 알아보러 온 놈들이 나이 먹은 어른한테 마구 몽둥이질을 한단 말이우?"

금방이라도 무슨 일이 일어날 것 같아 천돌이는 마음이 조마조마했다.

"장교 나으리, 빨리 가는 게 좋겠수! 자칫 잘못하다가는 큰 봉변을 당하겠수!"

"…허! 이것 참!"

마을 사람들의 험악한 기세에 완연히 기가 꺾인 장교와 군졸들은 도망치듯 마을을 빠져나갔다.

와아!

와아아!

관청 사람들이 꽁무니를 빼자 마을 사람들 뒤에서 큰 소리로 외쳤다.

"그래, 마을 놈들의 흉흉한 기세에 범인도 못 잡고 쫓겨왔단 말이냐?"

유성 현령 신기순은 어처구니없다는 표정으로 장교에게 물었다.

"망이란 놈은 진작 어디로 새 버리고, 마을 놈들이 우루루 몰려나오는데, 그 망이 놈의 에미를 잡아오려 했다가 하마터면 우리들이 맞아 죽을 뻔했습지유! 이놈들이 모두 눈을 부릅뜨고 대드는데, 간 떨어지는 줄 알았습니다유."

"…명학소 놈들이 대들었다?"

"사또께서 더 잘 아시겠지만 향소부곡 놈들은 관청과 조정에 대해 적대감이 엄청납니다유. 조금 건들기만 하면 들고일어날 놈들이쥬."

"…그렇게나 험악하단 말이냐?"

"그놈들 사는 걸 보면 이해가 안 되는 것두 아닙니다유. 대대루 갖은 천대를 받으며, 무거운 공납에, 부역에 시달리다보니…. 쥐새끼두 막다른 곳에 몰리면 고양이를 무는 법 아닙니까유."

"그래, 명학소 망이란 놈은 대체 어떤 놈이냐? 나도 한두 번 들어 본 적이 있는 것 같다만…."

"그놈이 나이는 어리지만 기골이 장대하고, 힘이 천하장사일 뿐더러, 나이답지 않게 언행이 제법 무거워서 마을 사람들의 절대적인 신망을 받고 있는 모양입니다유. 이번에도 맨손으로 혼자서 칼을 든 짱똘이패 일곱 놈을 해치웠다 합니다유!"

"…그게 가능한 일이냐?"

"짱똘이 밑엣놈 말이, 망이가 절구통을 휘둘러 짱똘이를 박살냈다고 합니다."

"…절구통을 휘둘러?! …짱똘이란 놈은 지금 어찌 되었나?"

"아닌 말로 그놈이 오랜만에 임자를 만났습쥬. 그간 호랑이 없는 산골에 시라소니가 왕 노릇 한다고, 짱똘이 놈이 하늘 높은 줄 모르고 껍죽대더니, 이번에 벼락을 맞았습쥬."

현령 신기순은 이 고을의 대호족으로서 현령이 되기 전부터 짱똘이에 대한 소문을 들었었다. 평소에 그가 많은 주먹패들을 거느리고 읍내 저잣거리의 왕 노릇을 하면서 못된 짓을 일삼고, 관가의 아전들과도 호형호제하면서 떠세를 부린다는 얘기를 들은 적이 여러 번이었다. 신기순은 유성 현령이 된 뒤에도 몇 번이나 짱똘이가 저자의 상인들이나 뜨내기 장사꾼들을 폭행하고 재물을 빼앗는다는 얘길 듣고, 그를 잡아다 치죄하려 했으나,

"사또, 똥집을 잘못 건드리면 똥을 뒤집어씁니다유. 짱똘이란 놈을 잡는다는 게 쉬운 일이 아닙니다. 전임 사또들도 몇 번 짱똘이를 잡으려 했으나, 기껏해야 그의 밑 조무래기 한두 놈을 잡아들였을 뿐 짱똘이는 건들지도 못하고, 오히려 그놈에게 보복만 당했습니다유. 그놈 말이, 자기를 건드리는 놈은 반드시 그 몇 배로 보복을 한다는 겝니다유! 그런 놈하고 원한을 사서 좋을 일이 없습지유. 아전들도 다들 움직이려 들지 않을 것입니다유."

하고, 아전들이 극력 말렸다.

그 짱똘이가 망이한테 작살이 났다는 말을 듣고 사또는 속으로 쾌재를 불렀다. 그는 짱똘이 같은 놈이 그의 관내에서 활개를 치고 있다는 것을 속으로 못마땅하게 생각하고 있었는데, 손 안 대고 코 푼 셈이었다.

"그래, 그 짱똘이란 놈이 씨름에 졌다고 망이를 죽이려 했다는 게 말이 되느냐? 뭔가 다른 꿍꿍이가 있는 게 아니냐? 명학소 같은 촌구석에 뭐 훔칠 만한 재물이 있는 것도 아닐 테고…?"

"…짱똘이, 그놈이 남에게 지고는 배알이 뒤틀려 못 사는 놈입지유. 어쨌든 그놈이 다 죽게 생겼다니, 앞으로 그놈 때문에 신경쓸 일은 없게 되었습니다유."

"…아무튼 살인 죄인을 그냥 둘 수는 없다. 앞으로도 명학소를 기찰하여 그 망이란 놈을 꼭 잡도록 하여라!"

사또는 말은 그리 하였으나, 왠지 망이에게 호감이 갔다. 절구통을

마구 휘두르는 놈이라니! 그런 놈을 자기 밑에 두고 부린다면 얼마나 든든할까 하는 생각이었다.

"나와 있었구나."

망이가 팽나무 아래 너럭바위에 앉아 땅바닥에 막대기로 글자를 끄적거리고 있는데, 법당 쪽에서 혜관 스님의 온화한 목소리가 들려왔다. 망이는 바위에서 일어나 합장을 했다.

"네가 글을 익히느냐?"

혜관이 가까이 다가와 망이 옆에 놓여 있는 책을 들여다봤다.

"법광 스님이 주신 책인데, 머리가 굼떠서 잘 익혀지지 않습니다유."

"무슨 일이든 하루아침에 이루어지겠느냐? 법광이 이래저래 수고가 많구나. 얼굴을 보니 몸도 많이 나은 것 같구나."

"큰스님과 법광 스님께 폐를 많이 끼쳤습니다유."

"허허! 이제 제법 인사를 차릴 줄도 알고! 이번에 법광의 수고가 많았지."

"예, 법광 스님의 덕이 큽니다유."

망이가 다시 말했다.

그간 망이를 보살펴 준 것은 주로 법광 스님이었다. 망이가 심한 부상을 입고 이 송곡사로 피신해 오자 혜관 스님은 제자인 법광에게 망이를 치료하게 했다. 혜관 스님은 젊어서부터 꾸준하게 의약과 약초는 물론 침과 뜸에 대해 궁구해서, 의술에 깊은 조예를 지니고 있었다. 그는 탁발을 하기 위해 여항을 돌아다니면서 병을 앓고 있는 사람들이 너무 많은 것을 보고, 그들에게 도움을 주기 위해 일찍부터 의약서를 읽고 의술을 연마했다. 직접 산 속을 돌아다니며 약초를 캐기도 하고, 구하기 어려운 약초는 손수 재배하기도 했다. 혜관은 제자인 법광에게 자기가 익힌 의술을 가르치며 병마에 시달리고 있는 중생들에겐 부처님의 말씀도 중요하지만 그에 못지않게 실제적인 도움도 필요하다는 것을 일깨워 주었다. 법광은 그러한 스승의 가르침을 명심하여, 애써 의술을 익혔다. 망이가 상처를 입고 찾아오자 혜관 스님은 법광의 의술이 어느 정도에 이르렀는지를 알아볼 겸 해서 망이를 법광에게 맡겼다. 법광은 정성을 다해 망이의 상처를 치료했을 뿐 아니라, 틈나는 대로 망이에게 글을 가르쳤다.

"…절 생활하는 게 어떠냐?"

"…좋습니다유."

"그래? 그러면 …너 아주 중이 될 생각은 없느냐?"

혜관이 망이의 눈을 깊숙이 들여다보며 말했다.

"예?!"

너무 뜻밖의 말이라 망이가 놀라서 물었다.

"내 그간 너를 지켜봤는데, …네가 중이 된다면 장차 많은 중생들을 구할 것 같구나."

"제가 중이 되어유?"

"왜? …싫으냐?"

"…그런 생각은 한 번두 해 보지 않았어유."

"…그렇겠지."

혜관은 망이가 청년이 되어갈수록 그 풍모가 웅위해지고 용력이 넘칠 뿐더러 기개 또한 남다르게 활달해지는 것을 지켜보며 아무래도 그의 앞날이 평탄치 못할 것 같은 예감을 갖게 되었다. 이런 녀석이 어떻게 소(所)에 엎드려 지방의 탐관오리들과 구실아치들의 갖은 천대와 착취를 견디며 한 평생을 살아갈 수 있겠는가. 혜관의 그러한 걱정은 망이가 짱똘이 패거리들과 사달이 나서 큰 부상을 입은 채 송곡사로 피신해 오자 확신으로 변하게 되었다.

"네가 중이 되겠다면 스승이 될 좋은 스님 한 분을 내가 소개해 주마."

"……."

"허허허! 아직 중이 될 생각이 없는 모양이구나! …그러나 꼭 머리를 깎고 절에서 생활을 해야만 중이 되는 건 아니다. 부처님의 가르침을 바르게 알고, 벌레 한 마리까지도 대자대비한 사랑으로 대하는 마음을 갖는 게 바로 보살행이다. …네가 이곳에 와서 생활하게 된 것도 다 부처님과의 인연에 의한 것이니, 늘 부처님의 마음으로 모든 생명 있는 것을 애처롭게 여기고, 특히 사람의 목숨을 소중하게 생각해야 한다."

"…스님의 말씀을 늘 마음속에 간직하겠습니다유."

망이는 혜관에게 머리를 깊이 숙이며 말했다. 그는 왜 혜관 스님이 그런 말씀을 하시는지 그 까닭을 알 듯해서 마음이 한없이 무거웠다. 살변을 냈다고 꾸중하시는 게 아닌가!

혜관이 자리를 뜨자 망이는 송곡사를 나와, 산을 내려갔다. 답답하고 수연(愁然)한 마음도 달랠 겸 탁발을 나간 법광 스님을 마중하기 위함이었다. 산을 조금 내려가다가 망이는 저만치 산길을 올라오는 웬 사람의 그림자를 보고서, 재빠르게 길 옆의 덤불에 몸을 숨겼다. 낯선 사람에게 얼굴을 보이고 싶지 않았던 것이다. 그는 덤불 그늘에 몸을 감추고 가까이 오는 사람을 지켜보았다. 그런데 뜻밖에도 망소이가 아닌가.

"어?! 엉아, 여기까지 웬 일이여?"

"바람 쐬러 내려왔다. 그런디 넌 어쩐 일이여? 엊그제 다녀가구서?"

"그럴 일이 있어서!"

형제는 근처에 있는 큰 소나무 밑으로 갔다.

"엉아, 난명 아가씨가 누구여?"

망소이가 자리를 잡고 앉으며 입을 열었다.

"너, 누구한테 난명 아가씨 얘길 들었냐?"

"그럼 정말 형이 잘 아는 사람이여? 어뜨케 알게 된 아가씨여?"

"…어쩌다가 그르케 됐어. 그래, 누구한테 난명 아가씨의 얘길 듣게 되었냐? 난명 아가씨한테 무슨 일이 있는겨?"

망이가 다급하게 물었다.

"어금이라는 처자가 오늘 오전에 우리 집엘 찾아왔었어. 처음에는 걔가 사내인 줄 알았지 뭐여. 그런디 자세히 보니까 처자가 남자옷을 입은 게 아니겠어? 엉아가 어디 있냐구 묻더라구. 난명 아가씨가 엉아가 사고 낸 것을 알구 나서 큰 병이 났대! 먹지두 자지두 못하구 거의 죽게 되었다구 하더라구! 나는 현청 놈들이 형 있는 곳을 알아내기 위해 연극을 꾸민 줄루 생각하구, 모른다구 시치미를 딱 뗐지. 그래두 어쩐지 엉아에게 알려야 할 것 같아서, 이르케 온 거여."

망소이는 난명이 누구인지, 어떻게 알게 되었는지 잔뜩 궁금증이 나서 이것저것 마구 캐물었다. 그러나 망이는 난명 아가씨가 심하게 앓고 있다는 말에 아우의 말이 귀에 들어오지 않았다.

"망소이야, 오늘은 그만 내려가거라. 곧 해 떨어지겠다."

망이는 망소이를 억지로 돌려보내고 송곡사로 돌아왔다. 절에 돌아와서도 그는 난명의 생각에서 벗어날 수가 없었다. 난명 아가씨가 큰 병이 나서 거의 죽게 되었다는 말이 징소리처럼 계속 머릿속을 울렸다. 그는 차분하게 생각을 정리해 보려 애썼으나, 오히려 그럴수록 이런저런 생각들이 뒤엉켜서 뒤죽박죽이 되었다. 어떻게 해야 좋을지 전혀 갈피를 잡을 수가 없었다.

밤이 이경쯤 되었을 때를 기다려 망이는 살그머니 송곡사를 빠져나왔다. 그는 희읍스름한 어둠에 잠겨 있는 산길을 무엇에 쫓기듯이 서둘러 내려갔다. 아직 완쾌되지 않은 상처 때문에 빨리 걷기가 어려웠으나 그는 읍내를 향해 쉬지 않고 걸음을 옮겼다.

부엉! 부엉! 가끔씩 부엉이의 울음이 음산하게 골짜기를 울리고, 깨깨깽! 깨깽! 날카로운 짐승의 비명이 오싹하게 산 속의 정적을 찢어놓기도 했다. 길가에 나와 있던 산짐승들이 그의 모습에 놀라 후다닥 튀어 달아나기도 하고, 나무 위에 앉아 있던 새들이 갑자기 푸드덕이며 날아오르기도 했다.

망이가 유성 읍내에 도착한 것은 밤이 삼경에서 사경으로 옮아가는 깊은 시간이었다. 거리에는 이미 사람의 그림자 하나 찾아 볼 수 없었고, 집들은 모두 불이 꺼진 채 깊은 고요에 잠겨 있었다. 망이는 담벼락이나 울짱의 그늘에 몸을 숨기고서 강한성의 집이 있는 은행나무골로 갔다. 가끔 인기척에 놀란 개가 사납게 짖어댔을 뿐 그는 순라꾼 한 명 만나지 않고 은행나무골에 이르렀다.

고만고만한 초가집들과는 달리 높은 담장 안에 우뚝 서 있는 강한성의 저택은 대문이 굳게 닫힌 채 인기척이라곤 없었다. 망이는 잠깐 어떻게 할까 망설이다가 담장을 따라 저택의 뒤로 돌아갔다. 망이는 뒷담 낮은 곳을 넘어 집 안으로 들어갔다. 담장을 넘느라 너무 힘을 쓴 탓인지 상처를 입었던 어깨 쪽에 견디기 어려운 통증이 왔다. 그는 아픔을 안추르며 주위를 살펴보았다. 창고인 듯 싶은 긴 건물 두 채가 바로 앞에 서 있고, 그 너머로 고래등 같은 본채와 별채의 용마루가 보였다.

망이는 발소리를 죽이고 그 건물을 돌아나와, 조심조심 본채로 걸음을 옮겼다. 큰 절의 대웅전처럼 위용있는 본채는 한 길 높이로 쌓아올린 축대 위에 번듯하게 서 있고, 본채의 좌우엔 마치 본채를 옹위하듯 별채가 서 있었다. 마당 가운데에 인위적으로 만든 작은 동산 같은 정원이 있고, 그 앞쪽으로 꽤 사이를 두고 사랑채와 행랑채가 서 있었다.

건너편에 있는 별채와 사랑채의 모습은 정원에 서 있는 나무들에 가려져서 거의 보이지 않았다. 그런데 뜻밖에도 그 별채의 한 곳에서 약한 불빛이 흘러나오고 있었다. 불빛을 본 순간 망이는 갑자기 가슴이 후두둑 뛰었다. 문득 그 불 켜진 방이 바로 난명 아가씨의 방이라는 생각이 들었다. 그는 도둑괭이처럼 소리없이 정원을 돌아서 별채로 다가갔다. 별채 앞 정원에는 커다란 석류나무가 한 그루 서 있고, 그 앞에 잎이 무성한 모란이 여러 떨기 심어져 있었다. 석류와 모란을 본 그는 그곳이 난명 아가씨의 방이 틀림없으리라 확신했다. 모란꽃을 좋아해서 방 앞에 모란을 여러 그루 심어 놓았다는 난명 아가씨의 말을 들은 적이 있었다.

그는 어떻게 할까 잠깐 망설이다가

"아가씨! 난명 아가씨!"

하고 목소리를 낮춰 난명을 불렀다. 그러나 방 안에선 대답이 없었다.

"난명 아가씨! 난명 아가씨!"

그는 다시 좀 더 큰 소리로 난명을 불렀다.

"…누구셔유?"

잠시 후 방 안에서 사람이 움직이는 기척이 나며 조심스러운 목소리가 흘러나왔다.

"난명 아가씨, 저… 망이입니다유."

"…잠깐, 잠깐 기다리셔유."

방 안에서 당황해서 어쩔 줄 모르는 듯한 여자의 목소리가 들렸다. 그리고 부산스러운 움직임에 이어 조심스럽게 문이 열리고, 어금이가 마루로 나왔다.

"망이님! …어뜨케, 어뜨케 여길 다 오셨어유?"

어금이가 놀란 목소리로 물었다.

"난명 아가씨는 어떠시우? 아직 많이 편찮으시우?"

"예, 좀…. 그런디, 어뜨케 여길? …다른 사람의 눈에 띄면 어쩌시려구?"

"…그보다 아가씨는 방에 계시우?"

"방금 전에 잠이 드셨어유."

"…잠깐 들어가서 난명 아가씨를 좀 보고 가겠습니다유."

망이가 성큼 마루 위로 올라가자 어금이는 놀란 얼굴이었으나, 그를 막지는 않았다. 난명은 아랫목에 반듯이 누워 잠들어 있었는데, 얼굴이 몰라보게 야위고 핏기라곤 찾아볼 수 없이 창백했다. 너무 병색이 완연한 난명의 얼굴을 보자 돌연 망이의 눈에서 글썽 눈물이 솟아

났다. 망이는 난명의 곁에 무릎을 꿇고 앉아, 조심스럽게 난명의 손을 잡았다.

"아가씨! 아가씨!"

어금이가 난명의 어깨를 가만가만 흔들며 난명을 깨우자 난명이 눈을 떴다.

"망이님! 망이님이 어떻게?!"

망이를 알아본 난명이 믿어지지 않는다는 얼굴로 몸을 일으켜 망이의 품으로 쓰러졌다. 망이가 그런 난명을 꼭 안았다. 난명의 눈에서도 눈물이 흘러내렸다.

"전 나가서 밖을 살펴볼게유."

어금이가 방을 나갔다.

"망이님, 그간 어디에 계셨어요? 어떻게 된 거예요?"

난명이 눈물을 닦으며 물었다.

"…짱똘이란 놈과 그 패거리들이 우리 집에 숨어 있다가 나를 해치려구 덤비는 바람에 그만…. 전에 난명 아가씨와 저를 붙잡어간 놈들두 산도적놈들이 아니라 짱똘이와 그의 졸개들이었수. 다 그놈이 꾸민 연극이었어유. 수릿날 나한테 씨름에 진 것이 분해서, 그 복수두 할 겸 아가씨 댁의 재물을 빼앗을 못된 계책을 꾸민 것입지유."

"세상에, 어쩌면 그렇게 감쪽같이!"

난명 아가씨가 입을 다물지 못했다.

"그놈이 여간 간사스러운 흉물이 아닙니다유."

"망이님은 그간 어디에 계셨어요? 나졸들이 눈에 불을 켜고 잡으러 다닌다고 들었는데."

"몸 하나 숨기는 거야…. 산 속에 숨어 있었지유."

망이는 송곡사에 있었다고 말하려다가 그냥 그렇게 말했다.

"산이라니? 어떻게 산에서 살아요?"

난명이 놀라서 물었다.

"그냥…. 그보다 제 걱정은 마시구, 난명 아가씨, …빨리 몸이나 나으세유. 빨리 기운을 차리셔야쥬. 이 말씀을 드리려구 이르게 찾아왔습니다유."

"망이님, 다친 데는 어떠셔요?"

"제 걱정은 마셔유. 다 나았으니."

"망이님이 어디 먼 데로 훌쩍 떠나 버린 줄 알고 잠을 제대로 이룰 수가 없었어요."

난명이 다시 눈물이 어룽어룽한 얼굴로 울먹이며 말했다. 망이는 난명의 마음을 알 것 같아서 다시 뜨거운 눈물이 솟았다.

"이제 …가야 합니다유."

"벌써요? 좀 더 계시면 안 돼요?"

난명이 안타까운 얼굴로 붙잡았다.

"다음에 또 오지유."

망이는 자리에서 일어났다. 더 이상 지체했다가는 날이 밝기 전에 송곡사에 도착하지 못할 것 같은 생각이 들었다. 난명이 어쩔 수 없이 안타까운 얼굴로 따라 일어났다.

"아가씨, 그냥 누워 계세유."

"아니, 저 이제 괜찮아요."

망이가 그녀를 말렸으나 난명은 억지로 몸을 일으켰다. 그리고 무엇에 떠다밀린 듯 망이의 품 안으로 뛰어들었다.

"망이님!"

"아가씨!"

두 사람은 다시 서로를 으스러지게 안았다.

망이는 잠시 후 강한성의 집을 나왔다. 그는 밤새 이슬에 젖으며 걸음을 재촉해서 먼동이 틀 즈음에 송곡사에 다다랐다.

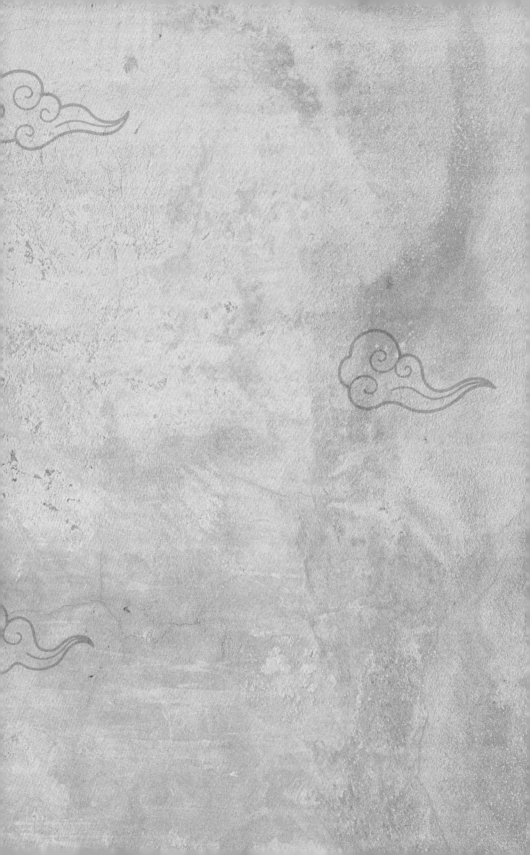

제5장

둔주(遁走)

1. 울분

철명이 승마를 마치고 집으로 들어가는데, 대문을 지키고 있던 하인이 고했다.

"작은 어르신, 아까 웬 젊은 놈이 심부름을 왔었습니다유. 명학소에 대한 일이라구 하믄 작은 어르신께서 다 아실 거라믄서, 저자의 쇠전머리에 있는 길만석의 집에서 기다리구 있겠다구 했습니다유."

철명은 하인의 전언에 가슴이 덜컥 내려앉았다. 드디어 왔구나! 그러나 피할 수 없는 일이었다. 그는 다시 말을 타고 저잣거리 끝에 있는 쇠전머리께로 갔다. 어린애를 업고 길가에 나와 있는 노파에게 길만석의 집을 물었다.

"저기, 개울 너머 큰 살구나무가 서 있는 집이우."

노파가 손을 들어 산비알을 가리켰다. 그는 개울 옆으로 나 있는 길을 따라 말을 몰았다. 새울에서는 역한 시궁창 냄새가 났지만 양쪽 개울가엔 새파란 미나리가 무성하게 자라고 있었다. 길만석의 집은 게딱지만한 오두막이었는데, 옆으로 비스듬하게 기울어져 있는 모습이 금방이라도 넘어질 듯이 위태로워 보였다. 마당 한쪽에 서 있는 커다란 살구나무 밑에 사내 셋이 멍석을 깔아 놓고 앉아 있었다. 철명은 그들이 지난 번에 그의 집을 찾아왔던 짱똘이의 졸개 곽가와 박가, 조가라는 걸 한눈에 알아차렸다. 그가 마당으로 들어가 말에서 내리자 세 놈이 자리에서 일어나 머리를 조아리는 체했다.

"어이구, 나으리! 안녕헙슈! 귀허신 분을 이르게 누추헌 곳으루 뫼셔서 죄만스럽수다!"

조가라는 놈이 먼저 인사를 닦았다. 그러자 박가가 그의 말을 받아서

"나으리, 그 말 참 좋수다! 좋은 말과 예쁜 계집을 보믄 올라타 보고 싶어지는 게 사내들 마음인디, 정말 한 번 타 보구 싶수다!"

하고 능갈을 쳤다.

"이런 미친 눔! 이눔아, 말조심혀! 어느 안전이라구! 네까짓 놈이 감히 저런 말을 어뜨케 탄단 말이냐?"

조가가 박가를 핀잔하듯 말하자, 박가가 다시 불쑥 말했다.

"이눔아, 나라구 못 탈 건 또 뭐여? 명학소의 어떤 소(所)놈은 말두 타구 예쁜 아가씨두 타는디!"

"뭣이? 이런 방자한 놈이?"

철명은 벌컥 분노가 치밀어서 번개같이 검을 빼어들었다.

"어이쿠, 나으리! 참으십슈! 점잖으신 분이 참으셔얍쥬! 이눔아, 빨리 나으리께 사죄하지 못하겠냐? 저놈이 워낙 보배운 게 읎구 아구통이 드러운 놈이라서 그런 것이니, 나으리께서 용서협슈!"

조가가 재빨리 철명의 앞을 막아서서 말리는 시늉을 하며 말했다.

"나으리, 제가 구습을 잘못 놀렸수다. 용서협슈!"

박가가 시퍼렇게 날이 선 검에 겁을 먹은 듯 머리를 굽실거리며 말했다. 그를 노려보는 철명의 눈에서 다시 불꽃이 튀었다.

"나으리, 저희가 나으리를 이 누추한 곳으루 뫼신 것은, 이놈을 좀 보아 주십사 해서입쥬. 이리 오셔서 한 번 보시우!"

조가가 오두막 토방으로 가서 문을 열어젖혔다.

철명은 영 마음이 내키지 않았으나 토방으로 가서 방 안을 들여다보았다. 똥과 오줌과 땀이 범벅이 된 냄새, 곰팡이 냄새와 걸레 썩는 냄새, 사람 살과 피가 썩는 듯한 냄새가 뒤섞인 듯한 역한 냄새가 왈칵 끼쳐왔다. 철명은 잠시 숨을 쉴 수가 없었다. 어둑신한 방에는 헝클어질 대로 헝클어진 쑥대머리에, 퀭하게 풀린 눈동자, 가죽과 뼈만 남아 툭 튀어나온 광대뼈와 시체같이 핏기없는 낯빛, 갈라터진 입술

을 가진 앙상한 사내가 더러워질 대로 더러워진 걸레 같은 옷을 입고 누워 있었다. 사내는 마치 반쯤 죽은 듯 철명과 곽가를 멍하게 쳐다보며 별 반응이 없었다.

철명은 사내의 너무나 비참한 모습을 차마 더 보고 있기가 어려워서 발걸음을 돌렸다. 조가가 그를 따라오며 말했다.

"저 놈이 길만석이라는 놈인뎁슈! 머리가 깨져서 거의 바보가 되어 버렸수다. 말두 제대루 못허구, 사람두 잘 알아보지 못허구. 아직 죽지는 않았지만 죽은 것보다 나을 게 읎수다. 지난번 나으리 댁과 아가씨를 위해서 명학소루 망이를 조지러 갔다가 오히려 그놈한테 당해서 저 모냥 저 꼴이 됐습니다유! 나으리두 잘 알고 계시겠지만 우리 짱똘이 대형님두 저놈과 똑같이 죽을지 살지 모르는 처지이구, 방개란 놈은 아주 식어 버렸수다! 이 모든 게 나으리댁 때문에 일어난 일인디두 나으리는 그간 나 몰러라 하구 팔짱만 끼구 계시니, 섭섭허기 짝이 읎수다!"

"우리 집 때문에 일어난 일이라니, 그게 무슨 가당찮은 말이냐?"

철명이 찬바람이 이는 듯한 어조로 말했다.

"그럼 책임이 읎단 말이슈? 우리가 무엇 때문에 명학소엘 갔수까?"

"망이를 처치하겠다는 건 짱똘이의 제안이었지 내가 시킨 게 아니라는 건 잘 알 텐데? 그까짓 시골 떠꺼머리 총각 한 놈한테 여럿이서 당하고 나서 무슨 헛소리들을 늘어놓는 게냐?"

철명이 벌컥 화를 냈다. 노는 수작을 보건대 난명의 약점을 미끼로 트집을 잡아 재물을 뜯어내자는 게 분명했다.

"일이야 어찌 되었던 망이란 놈은 이제 우리 고을에 발을 못 붙이게 된 거 아니우? 그러니 이제 아가씨한테 찝적거릴 일두 읎게 되었잖수? 그러니 약속했던 재물을 주셔얍쥬! 지난번 현청에서 사건을 조사할 때에두 우리는 난명 아가씨나 호장 어르신댁에 대해선 입두 뻥끗 허지 않았수다!"

조가도 만만치 않게 대거리를 하고 들었다.

"짱똘이가 나서지 않았다면 내가 그 놈에게 뜨거운 맛을 보여 주었을 게다! 그물 안에 들어 있던 고기를 바다로 쫓아 버린 게 누군데 이 따위 어림도 없는 수작이냐?"

"그러니까 나으리는, 우리가 망이를 잡지 못했으니까 한 푼두 내놓지 못하겠다는 말씀이슈? 정말 이르케 나오시믄 섭섭허우다! 망이와 아가씨가 정분이 난 것을 우리가 잘 알구 있다는 걸 생각하셔야지! 저 잣거리에 그 소문이 쫙 퍼진다믄 어뜨케 감당하시겠수?"

곽가가 시비조로 나왔다.

"뭐라구? 지금 날 협박하는 거냐?"

철명의 눈꼬리가 험악하게 치켜올라갔다.

"협박이 아니라 사실이 그렇지 않수? 방개가 죽구, 길만석이는 아예 반편이 되구, 우리 대형님두 오늘 내일 허구 있는디, 어뜨케 모른 척 헐 수가 있단 말이슈? 사람값이 개값만큼두 안 된단 말이우? 정말 섭섭허우다! 방개의 처자식에게 살 방도를 마련혀 줘야 하구, 저기 누워 있는 길만석이한테두 약값이라두 줘야 도리 아니겠수?"

철명은 잠깐 생각에 잠겼다. 울화가 치미는 대로 하자면 세 놈들을 한 주먹에 때려잡고 싶은 생각이 간절했지만, 이놈들이 저잣거리를 돌아다니면서 망이와 난명의 이야기를 떠벌려댄다면 그 뒷갈망을 어떻게 하겠는가. 그는 집안의 체면과 난명의 앞날을 생각해서 치밀어 오르는 울화를 꾹꾹 참았다.

"…자네들의 이런 버릇없는 행티가 괘씸하긴 하지만 그러나 사람이 죽고 다친 게 사실이니, 아버님께 말씀드려 섭섭하지 않게 선처하도록 하겠다! 그 대신 다시는 이 일에 대해 말하지 마라! 만약 차후로 난명의 이야기가 저잣거리에 떠돌기라도 하면 내 추호도 용서치 않고 모조리 베어 버릴 것이다! 내일 아침에 우리 집으로 오너라!"

"나으리, 고맙수다!"

"고맙습니다유!"

"살펴 가십슈!"

세 놈이 머리를 꾸벅이며 그에게 말했다.

철명은 집으로 돌아와 아버지 한성에게 짱똘이 패거리들의 요구를 전했다.

"딸 하나 잘못 키워 망신이 자심하구나! 이거, 이 강한성이 천한 소(所)놈한테 우롱을 당하고도 부족해서, 이제 저잣거리의 불한당놈들한테 수모를 겪고 재물까지 빼앗기다니!"

한성은 얼굴이 벌겋게 달아올랐다. 그는 저잣거리의 못된 불한당놈들한테 어쩔 수 없이 재물을 빼앗기는 것도 참을 수 없었지만, 이 모든 치욕이 그가 애지중지하던 딸 난명 때문에 비롯되었다는 것이 더욱더 견디기 힘들었다. 그는 중환자가 되어 별채에 누워 있는 딸 난명을 생각하면 울화가 치밀어올라 금방 머리가 터질 것 같았다. 고명딸이라고 금지옥엽으로 귀하게 키운 자식이 부모의 가슴에 대못질을 하고, 그것으로도 모자라서 이제 중환자가 되어 누워 있으니!

"그래도 어쩌겠습니까? 재물로 놈들의 입을 틀어막는 방법밖에. 그 외엔 별 방도가 없지 않습니까?"

"에잇, 못난 것…. 네가 알아서 해라!"

"…그럼 이 일은 제가 알아서 처리하겠습니다, 아버님!"

철명은 사랑방을 나왔다. 마음이 답답하고 화증이 치밀어서 견딜 수가 없었다. 그의 머릿속에 망이의 얼굴이 떠오르면서 그와의 씨름에서 거꾸러졌다가 일어났을 때의 치욕스러웠던 느낌이 생생하게 되살아났다.

망이 장사 최고다!

강철명보다 세다!

씨름판을 뒤흔들던 요란한 환호와 함성이 다시 그의 귀청을 때렸다. 씨름에 진 뒤로 시도 때도 없이 그를 괴롭혔던 환청이었다. 그리고 망이가 난명을 안고 통쾌하게 웃으면서 말을 달리는 모습도 머릿속을 스쳤다. 벌써 달포가 넘도록 자리보전을 하고 누워 있는 난명의 파리한 얼굴이 떠오르며, 누이가 그렇게 된 게 모두 망이 때문이라는 생각에 부르르 몸이 떨렸다.

"망이, 이놈 어디 두고 보자! 내 어떻게든지 네놈을 도륙해 버리지 않는다면 사내가 아니다!"

그는 검을 들고 후원으로 갔다. 두 손으로 쥔 검을 왼편 어깨에 살짝 얹고 바로 선 지검대적세(持劍對賊勢)로 운검(運劍)을 시작한 그는, 오른편으로 돌아서면서 바른발을 들어 안쪽으로 획 스치는 우내략세(右內掠勢)로 자세를 바꾸고, 다시 진전격적세(進前擊賊勢)로 앞으로 나가 후려치고, 몸을 돌려 번개같이 후일격세(後一擊勢)로 한번 내려쳤다. 두 손을 모아 그대로 찔러버리는 전일자세(前一刺勢), 다시 칼을 치켜들고 왼쪽 발을 들어 슬쩍 뒤돌아보며 왼편으로 한번 도는 금계독립세(金鷄獨立勢), 발초심사세(撥艸尋蛇勢), 표두압정세(豹頭壓頂勢), 조천세(朝天勢), 장교분수세(長蛟噴水勢), 백원출동세(白猿出洞勢), 용약일자세(勇躍一刺勢), 향우방적세(向右防賊勢), …… 그는 끊임없이 자세를 바꿔가며, 치고, 휘두르고, 찌르고, 차고, 뛰어오르고, 막고, 피하고, 걸어내며, 검과 완전히 한몸이 되어 움직였다. 그는 머릿속으로 망이와 건곤일척의 혈투를 벌이고 있었다. 그의 눈은 증오와 분노, 투지로 번득였고, 서릿발 같은 검은 망이의 목숨을 빼앗기 위해 쉬지 않고 망이의 머리와 목, 가슴, 허리, 다리를 겨냥해서 예리하고 위맹스럽게 파고들었다. 땀으로 온몸이 멱을 감을 때까지 철명은 무서운 기세로 검을 휘둘렀다. 공주까지 먼 길을 매일 말을 타고 다니면서, 한때 송도에서 용호군 장졸들에게 검술을 가르쳤던 군관 이정식에게 정식으로 배운 본국검이었다. 그러나 아무리 검을 휘둘러도 가슴 속에서 끓어오르는 울화를 끊어낼 수는 없었다.

"작은 어르신, 정준수 도련님이 찾어오셨습니다유."

검술 연습을 마친 철명이 곁들임채에서 몸을 씻고 나오는데, 행랑 아범이 달려와서 말했다.

철명은 서둘러 사랑채로 나갔다.

"이 사람 준수, 언제 내려왔나? 이게 얼마 만인가?"

철명은 덥썩 준수의 손을 잡았다.

"철명이, 이 친구, 잘 있었나? 검술 연습을 했다고? 그리고 보니 전보다 더 몸이 좋아진 것 같네, 그려!"

두 사람은 반갑게 손을 맞잡고 놓을 줄을 몰랐다.

"그래, 개경 생활은 재미있나?"

"재미랄 게 뭐 있겠나? 종일 학숙(學塾)에서 생활하는데."

"그간 학문이 일취월장했겠구먼!"

"아직 멀었네! 자네의 공부는 어떤가?"

"난 그저 그렇네! 이렇게 앉아 있을 게 아니라 우리 나가서 오랜만에 회포를 풀세!"

"그럴까? 부모님 강녕하시고, 난명이도 잘 있지? 부모님께 인사 올리고, 나가세!"

두 사람은 자리에서 일어났다.

정준수는 고을의 으뜸가는 호족인 정판겸의 아들로서 철명과는 어린 시절부터 죽마고우로 자랐다. 두 집안이 대대로 세교가 있어 왔고, 정판겸과 강한성이 친구였기 때문에 준수와 철명은 어렸을 때부터 10여 년이 넘게 함께 글공부를 하며 자랐다. 준수의 아버지 정판겸은 과거에 여러 번 응시했으나 끝내 뜻을 이루지 못해 한이 맺힌 사람이었다. 그는 자기가 이루지 못한 꿈을 아들을 통해 이룰 결심을 하고서 준수가 네 살이 되자마자 글공부를 시키기 시작했고, 아들의 글공부를 위해 온갖 정성을 다 바쳤다. 준수가 혼인할 나이가 되어도 글공부에 방해가 된다며 여기저기서 들어온 중매를 거들떠보지도 않고 학문에 전념토록 하다가, 재작년에 준수를 개경에 있는 유명한 학숙(學塾)으로 보냈다. 개경에는 나라에서 운영하는 관학(官學) 국자감도 있지만, 국자감보다는 학숙이 과거에 급제하는 데 유리하다는 말을 들었던 것이다. 학숙이란 높은 벼슬을 하다가 치사(致仕)한 당대의 대학자들이 개인적으로 글방을 열고 문하생들을 가르치는 곳인데, 최충의 구재학당이 제일 유명하였다.

"그래, 오랜만이구나! 아버님께서 널 보고 기뻐하셨겠구나! 정현준 대감의 학숙에서 글공부를 하고 있다고?"

정준수가 절을 올리자 강한성이 반가운 얼굴로 물었다.

"그렇습니다."

"정현준 대감이라면 학문이 일세를 풍미하고 벼슬이 문하시중에 이르렀던 당대의 대학자가 아니냐? 과거 급제는 떼어논 당상이겠구나!"

"아직 글공부가 멀었습니다."

"이제 겸양할 줄도 알고! 헌헌장부가 다 되었구나! 허허허! 내가 오래 붙잡고 있으면 주책없는 늙은이라고 하겠지? 그만 나가서 너희들끼리 즐겁게 놀도록 해라."

"예. 또 들리겠습니다."

준수와 철명은 안채로 들어가 어머니에게도 인사를 했다.

"이제 유화루로 가세! 내가 한 잔 살 테니, 우리 오래간만에 코가 비뚤어지게 한 번 마셔 보자구!"

마당으로 나온 뒤에 철명이 준수에게 말하자, 준수는

"그러세! 그런데 난명이는 잘 지내고 있나? 이제 처녀가 다 되었겠네!"

하고, 난명의 방이 있는 별채 쪽을 바라보았다.

"자네의 마음은 알겠네. 허나 난명이는 요즈음 건강이 안 좋네."

"건강이 안 좋다니? 그게 무슨 말인가?"

준수가 깜짝 놀라 물었다.

"오늘은 만나기 어려울 테니, 그만 나가세!"

"무슨 일인데 그러나? …얼굴만 보고 가면 안 될까?"

"난명이같이 깔끔한 애가 병이 나서 핼쑥한 제 얼굴을 자네한테 보이겠나? 걱정 말게, 고뿔에 몸살이 겹쳤을 뿐이니까."

"그 참…."

준수는 못내 아쉬운 얼굴로 발걸음을 떼어놓지 못했다. 준수는 진작부터 난명을 좋아하고 있었고, 철명은 그러한 준수의 마음을 잘 알고 있었다. 준수가 몇 번이나 과거에 급제하면 난명에게 청혼하겠다고 말했었고, 철명은 준수가 난명의 남편감으로 조금도 부족함이 없다고 생각해 왔었다. 가문 좋고 잘생긴 데다가 머리가 명석해서 수재로 소문난 준수가 누이인 난명을 마음에 두고 있다는 게 싫지 않았다.

"자, 우리 유화루로 가세! 개경 기생만은 못하겠지만 자색이 제법 눈에 띄는 애들이 몇 있네! 하하하!"

철명과 준수는 유화루로 향했다.

2. 비녀(婢女)

난명이 가까스로 잠이 든 후에도 어금이는 한 동안 그녀의 얼굴을 지켜보며 옆에 앉아 있었다. 난명은 온몸이 몹시 수척해지고 얼굴이 핏기라곤 찾아볼 수 없이 창백했으나, 여전히 아름다웠다. 야위고 핼쑥한 탓인지, 아니면 말수가 적어지고 혼자 골똘하게 생각에 잠기는 시간이 많기 때문인지 그녀는 요즈음 들어 부쩍 어른스러워 보였다. 이불깃을 당겨 난명의 어깨를 덮어 주고 나서, 어금이는 살그머니 몸을 일으켜 등잔불을 끈 다음 소리 나지 않게 방을 나왔다. 삼경이 되없는지 은하수가 하늘 한 복판으로 옮겨와 있고, 집 안팎은 산 속같이 고요했다. 본채와 사랑채, 행랑채 할 것 없이 모두 불이 꺼진 채 어둠에 잠겨 있는데, 동편 별채의 방 한 간에서 불빛이 흘러나오고 있었다. 철명의 방이었다. 어금이는 철명의 방에 불이 켜져 있는 것을 보자 문득 가슴의 동계가 높아졌다. 작은 어르신이 아직 잠자리에 들지 않았다니! 그녀는 두근거리는 가슴을 쓸어내리며 발소리를 죽여 행랑채의 제 거처로 발걸음을 옮겼다.

어금이가 조심조심 정원의 늙은 소나무 곁을 지날 때였다.

"어금아."

하는 소리와 함께 소나무 둥치 뒤에서 커다란 그림자가 불쑥 튀어나왔다.

"…누구? …누구세유?"

그녀는 너무 놀라 숨이 멎는 것 같았다. 하마터면 어진혼이 나가 그 자리에 주저앉을 뻔했다.

"뭘 그렇게 놀라느냐? 나다!"

어금이는 그제서야 그가 철명이라는 걸 알아보고 다시 흠칫 몸을 떨었다. 철명한테서는 짙은 술냄새가 풍겨났다.

"나으리께서 무슨 일루…"

"너한테 물어 볼 게 있어서 기다렸다."

"예?"

"뭘 그리 놀라느냐? 따라오너라."

철명은 몸을 돌려 성큼성큼 별채의 제 방으로 걸음을 옮겼다. 어금이는 잠깐 어찌해야 좋을지 몰라 망설였으나, 하릴없이 그의 뒤를 따라갔다. 비복(婢僕)으로서 주인의 명을 거스른다는 건 있을 수 없는 일이었다. 그녀는 철명을 따라가, 그의 방 앞 토방에서 두 손을 모아 쥐고 머리를 숙였다.

"거기 서 있지 말고 이리 들어오너라."

방으로 들어간 철명이 말했다. 그러나 그녀는 선뜻 마루로 올라서 질 못하고 머뭇거렸다.

"…물으실 말씀이 무엇이신지…."

"내 긴히 물어볼 게 있으니 어서 들어오너라."

"나으리, …여기서…."

"내 들어오라고 일렀느니라!"

철명의 말에 노기가 서렸다. 어금이는 어쩔 수 없이 방으로 들어가 무릎을 꿇고 앉았다.

"너, 망이란 놈이 어디 있는지 알고 있지?"

철명이 한참 그녀를 훑듯이 바라보다가, 불쑥 물었다.

"예?"

뜻밖의 물음에 어금이는 깜짝 놀랐다. 며칠 전 한밤중에 망이가 다녀간 일이 퍼뜩 머릿속을 스쳤다.

"망이란 놈이 숨어 있는 델 대라!"

"…쇤네가 그런 걸 어뜨케…?"

"난명이와 너는 그놈이 있는 곳을 알고 있을 텐데?"

"그걸 어뜨케? …몰릅니다유."

"그래? 너, 나한테 숨기는 것이 있어선 안 된다. 난명이를 위해서 말하지 않는 게 좋다고 생각할 수도 있지만, 솔직하게 말하는 게 정말로 난명이를 위하는 길이라는 걸 알아야 한다. 너도 그 망이란 놈이 살변을 냈다는 소문은 들었겠지?"

철명이 갑자기 어조를 바꾸어 타이르듯 부드럽게 말했다.

"…예."

"그런 놈을 두둔한들 난명이한테 무슨 도움이 되겠느냐? 그놈이 천하기 짝이 없는 소(所)놈으로서 제 분수를 모르고 철없는 난명이를 꼬드긴 모양인데, 이는 바로 우리 집안을 농락한 것과 진배없다! 사람이 죽을 때가 되면 환장을 해서 눈에 뵈는 게 없어진다는데, 그놈이 바로

260

그 짝이 난 게야! …정말 그놈에 대해 아는 게 없느냐?"

"…읎습니다유. 군졸들이 그 총각을 잡으려 하구, 그가 어디 먼 데루 도망쳐 버렸을 것이라는 말밖에 들은 게 읎습니다유."

철명이 자기의 거짓말을 눈치챌까 두려워서 어금이는 얼굴과 손바닥에 진땀이 내뱄으나, 아무래도 사실을 말할 수는 없었다.

"…그놈에 대해 아는 게 생기면 그 즉시 나한테 알리도록 해라."

"…예."

그녀는 속으로 안도의 한숨을 내쉬었다. 그런데 그때 갑자기 철명이 속삭이듯이 말했다.

"그건 그렇고, …내가 널 기다린 것은, …실은 네가 보고 싶었기 때문이다."

철명의 말에 어금이는 다시 가슴이 덜컥 내려앉았다.

"자, 이리 가까이 와 보렴."

"……!"

"어서."

철명의 목소리는 비단결처럼 부드럽고, 다정했다. 그는 더할 수 없이 온화한 얼굴로 그녀에게 다가오더니,

"실은 네가 보고 싶어서 오래 기다렸다."

하며, 와락 그녀를 껴안았다. 철명의 몸에서 진한 술냄새가 훅 끼쳐왔다.

"…나으리, 이러지 마세유."

두려움 때문에 어금이의 목소리가 심하게 떨렸다.

"어금이 넌 내가 무서우냐?"

"……."

"왜 이렇게 떨고 있느냐?"

"……."

철명이 어금이의 어깨와 등을 사랑스럽게 어루만지며 말했다. 어금

이는 그가 몸 여기저기를 쓰다듬자 온몸이 딱딱하게 굳어졌다.

"…나으리, …큰 어르신이나 아씨께서 아시믄 어쩌시려구유?"

"아이를 낳으러 친정에 가 있는 아씨가 어찌 알겠느냐?"

철명은 한동안 어금이의 몸 여기저기를 쓰다듬고 어루만지다가 서둘러 거칠게 어금이의 옷을 벗기기 시작했다. 어금이는 온몸이 굳어 꼼짝할 수가 없었다. 10여 일 전에도 그가 옷을 벗기지 못하도록 저고리 끈과 치마 말기를 붙잡고 버텼지만, 그의 거칠고 완강한 손길에 옷만 찢겨졌을 뿐 아무 소용이 없었다. 철명은 어금이의 탄탄하면서도 부드러운 알몸을 무엇에 홀린 듯이 쳐다보다가, 허겁지겁 그녀의 몸을 덮쳤다. 그는 굶주린 짐승처럼 사납게 어금이의 몸을 탐했다.

어금이는 철명이 자신의 몸을 탐하는 동안 소복녀를 생각하고 있었다.

거센 흙먼지바람이 쉴 새 없이 몰아치는 깜깜한 들판을 소복녀는 허청허청 걷고 있었다. 그런데 그녀의 얼굴이 너무 끔찍했다. 벌겋게 단 인두로 마구 지져진, 차마 눈뜨고 볼 수 없는 모습이었다. 들판 끝에 강이 있었는데, 소복녀는 강물 속으로 계속 걸어 들어갔다. 그녀의 얼굴이 물 속에 잠기기 직전에 그녀는 희미한 웃음을 한번 웃어보이고는, 물속으로 모습을 감추었다. 어금이는 소복녀의 모습이 너무나 비참해서 눈앞이 뿌옇게 흐려졌다.

십여 일 전이었다.

그날 밤에도 난명 아가씨의 병수발을 하다가 밤늦게 난명의 방에서 나오는데, 철명이 마당에서 기다리고 있다가,

"난명의 일로 얘기할 게 있으니, 날 따라오너라."

하고는, 앞장서서 자기 방으로 갔다. 그녀는 사람들이 모두 잠든 야심한 시간에, 아씨도 안 계신 철명의 방으로 혼자 따라간다는 게 몹시 꺼림칙했다. 얼마 전부터 그녀는 자기를 바라보는 철명의 눈길에서

예사롭지 않은 느낌을 받곤 했었는데, 그 눈길도 그녀의 발걸음을 머 뭇거리게 했다. 그러나 하늘 같은 작은 어르신의 명을 어떻게 거역할 수 있겠는가. 그녀는 하는 수 없이 주뼛주뼛 그의 뒤를 따라 별채로 갔다. 그런데 그녀가 방으로 들어가자마자 갑자기 철명이 그녀를 와 락 껴안았다.

그녀는 잠깐 정신을 차릴 수가 없었다. 입술이 달라붙은 듯 아무 말 도 나오지 않았다. 그녀는 철명을 떠다밀며 그에게서 벗어나려고 버 둥거렸으나, 그녀가 버둥거릴수록 그는 억센 팔로 더욱 굳세게 그녀 를 껴안았다.

"나으리, 이러지 마셔유! 나으리, 이러시믄 안 돼유!"

그녀는 가까스로 말문이 터져서 외쳤다.

"이게 다 네 탓이야! 네가 너무 예쁜 탓이라구!"

그는 그녀를 숨이 막히도록 끌어안고, 거칠게 그녀의 입술을 덮쳤 다. 그녀는 마구 도리질을 쳤으나 그의 입술을 피할 수는 없었다.

"나으리, 이러지 마셔유! 제발…."

어금이는 절박하게 애원했다. 그러나 이미 욕망으로 눈이 뒤집힌 철명에겐 그녀의 그런 애원이 전혀 들리지 않았다. 그는 거칠게 그녀 를 방바닥에 쓰러뜨리고 사정없이 그녀의 몸을 정복했다.

그 일이 있은 엿새 후에 어금이는 다시 철명에게 불려갔다. 또다시 철명에게 똑같은 일을 당하고 나서 행랑채로 돌아와 자리에 누울 때 였다.

자고 있는 줄 알았던 조막네가 어둠 속에서 몸을 일으켰다.

"너 지금 어디서 오냐?"

"…난명 아가씨 방에 있다가…."

어금이가 깜짝 놀라 말을 더듬자,

"네 이년! 아직 이마에 솜털두 다 벗어지지 않은 년이 벌써부터 사 내를 밝혀서 밤이슬을 맞구 다녀? 내 지난 번부터 수상쩍게 생각했더니, 그래 그놈이 어떤 놈이냐?"

조막네가 바짝 다조져들었다. 아버지 얼굴도 모르고 유복녀로 태어난 어금이는 다섯 살 때 어머니를 여의고 조막네의 손에 맡겨졌고, 그간 조막네가 어금이를 마치 자기의 혈육처럼 보살펴 왔다. 어금이도 그간 조막네를 친할머니처럼 믿고 의지해 왔다. 나이가 많아서 강한성의 비복들 중에서 어른 노릇을 하는 조막네는 평소에 다른 하인들에겐 곧잘 화를 내고 잔소리도 많이 늘어놓곤 하였으나, 어금이한텐 어렸을 때부터 너그럽기가 언제나 부처님이었다. 그런 조막네가 벌컥 노여움을 터뜨리며 그녀를 닦아세우자 어금이는 어쩔 줄을 몰랐다.

"이년아, 왜 말을 못해? 이제 너두 다 컸다구 이 늙은이의 말이 귀에 들리지 않는거?"

"할머니, 그게 아니라….."

"아니라니? 날 속일 작정이냐?"

"할머니, ……."

어금이는 조막네를 속일 생각은 없었으나 아무래도 입이 떨어지질 않았다.

"…난 언제나 널 내 피붙이처럼 여겼다. 네가 나를 남으로 생각지 않는다믄, 그놈이 누군지 솔직허게 대라!"

"……."

"못 대겠냐? 네가 끝내 입을 열지 않는다믄, …앞으론 날 할머니라구 부르지두 마라!"

조막네의 목소리가 갑자기 비감에 젖어 낮아졌다.

"할머니, …제가 잘못했어유. 작은 어르신이…."

조막네의 비감어린 목소리에 어금이가 어쩔 줄을 모르고 입을 열었다.

"뭐라구? 별채 작은 나으리가? …철명 나으리가 그랬단 말이냐?"

조막네의 목소리가 비명처럼 새되게 터져 나왔다. 조막네는 아무래도 믿어지지 않는다는 듯 몇 번이고 확인을 하고 나서, 입을 다물었다. 그녀는 한참 동안 아무 말도 하지 않고 앉아 있다가, 이윽고 침통한 목소리로 말했다.

"…너, 앞으로는 절대루 작은 나으리한테 몸을 주믄 안 된다. …혀를 깨물구 죽을지언정 다시는 작은 나으리 방에 들어가지 마라. …그러구 어떤 일이 있어두 이 일을 입 밖에 내서는 안 된다."

조막네는 말을 마치고 나서 신음 같은 탄식을 토해내며 자리에 누웠다. 어금이도 그녀 옆에 몸을 눕혔다.

"…전에, 오래 전에, 내가 마님을 따라 이 집으루 오기 전에 살던 집에, 소복녀라구 하는 계집종이 있었다."

조막네가 방금과는 달리 착 가라앉은, 물기에 젖은 듯한 목소리로 이야기를 시작했다.

"소복녀가 열여섯 살이 되자 얼굴이 보얗게 피어나는데, 마치 배꽃 같았다. 그 깨끗한 얼굴에 약간 수심이 어린 듯한 시원한 눈매를 한 번 본 사람이믄, 사내들은 물론이구 여자들까지 가슴이 설렐 지경이었다. 참으루 눈에 띄는 얼굴이었지. 소복녀의 주인은 그 고을에서 제법 떵떵거리는 호족이었는디, 아들 가운데에 소복녀 또래의 도령이 있었다. 그런디 그 도령이 소복녀의 모습에 반해서 둘이 정분이 났다. 소복녀가 아이를 배서 배가 한참 불러서야 주인마님이 그걸 알게 되었는디, 그때 그 도령은 마침 이웃 고을의 내로라하는 호족 집안으루 장가를 들게 되어 있었다. 그러니 엉뚱한 소문이라두 나믄 어뜨케 되겠냐. 마님이 부랴부랴 아들 모르게 소복녀를 마을에서 20여 리쯤 떨어져 있는 그 집의 장원(莊園)으루 옮겼다. 그 장원에는 여남은 명의 외거노비덜이 농사를 지으면서 살고 있었는디, 그곳에서 소복녀는 다른 노비들에게 갖은 몹쓸 짓을 다 당했다. 짜디짠 간장을 한 사발씩이나 들이키구, 높은 언덕에서 뛰어내리구, 비탈에서 구르구, 독한 약을 마시구, 심지어는 배를 발로 차기도 하구, 몽둥이로 두들기기두 하구,

…뱃속에 든 아이를 옰애려구 마님이 노비들에게 시킨 짓이었다. 그르게 악착같이 아이를 없애려구 덤벼드는디, 그 뱃속의 핏덩이가 어뜨케 살 수가 있겠냐. 아이가 떨어지구 소복녀두 거의 폐인이 되다시피 했다. 그런디 장가를 든 도령이 뒤늦게야 소복녀가 있는 곳을 알구서 다시 그녀를 찾아오게 되었다. 소복녀 때문에 도령은 새 아씨와 금슬이 좋지 않었다가, 다시 소복녀가 있는 곳을 알게 되자 그녀를 찾아왔던 것이다. 그러자 마님은 아들이 소복녀를 찾아다니는 게 소복녀의 얼굴 때문이라구 생각하구, 노비덜을 시켜서 소복녀를 기둥에 꼼짝 못하게 묶었다. 그리구 숯불에 벌겋게 달군 인두로 소복녀의 얼굴을 마구 지져 버렸다! 모질구두 모진 것이 머리 검은 짐승이지! 사람의 얼굴을 인두로 지져 버리다니! 소복녀의 얼굴이 그 모양이 되자 도령도 발길을 끊구, 그러자 소복녀는 실성을 하게 되었다. 시두 때두 없이 집을 나가 산과 들을 싸돌아다니다가, 결국 두어 달 후에 마을에서 두어 마장쯤 떨어진 강물에 시체가 되어 떠올랐다.”

조막네의 목소리는 이야기를 하는 동안 처음부터 끝까지 낮고 음울했다. 그녀는 격해지려는 감정을 억제하려는 듯 가끔씩 이야기를 멈추고 한참씩 쉬었다가 다시 이야기를 계속했다.

어금이가 오래 소복녀 생각에 빠져 있는데, 조막네가 그녀의 손을 쥐면서 말했다.

“비복에게는 얼굴 고운 것이 복이 아니라 재앙이다.”

그러고 나서 조막네는 한참 동안 말이 없다가 다시

“…그 소복녀가 …내 딸이었다.”

하고 힘겹게 말했다. 세월이 가도 잊혀지지 않는, 아니 세월이 갈수록 더욱더 깊어지는 한이 서려 있는 목소리였다.

어금이는 그날 뜬눈으로 밤을 새웠다.

눈꼬리로 번져나는 눈물을 훔치며 어금이가 윗몸을 일으키는데, 그

때까지 죽은 듯이 움직이지 않고 누워 있던 철명이 그녀의 팔을 붙잡았다. 그는 어금이를 끌어당겨 안더니, 다시 그녀의 가슴을 어루만지고 쓰다듬었다. 그의 손은 가슴에서 허리로, 배와 엉덩이로, 등허리로, 허벅지로 천천히 옮아갔다. 그는 느릿느릿 부드럽게, 그녀가 마치 자칫 잘못하면 깨져 버릴 유리그릇이라도 되는 듯 조심스럽게 그녀의 온몸을 어루만졌다. 아까의 조급하고 거칠던 손길과는 너무 달랐다. 순식간에 다른 사람이 된 것 같았다.

"정말 나긋나긋하고 고운 몸이로구나!"

"놀랍게 아름다운 몸이야!"

철명은 혼잣말처럼 중얼거리며 오래오래 어금이의 몸을 쓰다듬었다. 그리고 어느 한 순간 또다시 어금이의 몸에 자기의 육중한 몸을 싣고 그녀의 몸 안으로 파고들었다. 그는 이번에는 서두르지 않고 자신만만한 몸짓으로 어금이의 몸을 유린하고 또 유린하며 한껏 제 욕심을 채우고 나서야 헐떡거리며 물러났다.

잠시 후에 어금이는 억지로 몸을 일으켰다. 누구한테 흠씬 얻어맞은 것처럼 몸 여기저기가 결리고 아팠다. 그녀는 방바닥에 팽개쳐져 있는 옷을 아무렇게나 꿰어입고, 도망치듯 철명의 방을 빠져나왔다.

3. 이별

동쪽 하늘에서 물로 씻어 헹군 듯한 깨끗한 달이 둥실 솟아오르자 짙은 이내에 잠겨서 윤곽이 흐려져 있던 송곡산의 계곡들과 산등성이들, 그리고 송곡사가 다시 그 모습을 어슴푸레하게 드러냈다. 산과 골짜기는 깊은 정적에 잠겨 있는데, 법당에서 울리는 고즈넉한 목탁 소리가 그 정적을 깨치며 사방으로 퍼져나갔다. 산 속의 정적은 목탁 소리 때문에 더 깊어지고 그윽해져 갔다.

망이는 아까부터 팽나무 밑의 너럭바위에 앉아 목탁 소리를 듣고 있다가 달이 떠오르자 요사채로 법광 스님을 찾아갔다. 법광 스님은 들기름 등잔에 불을 밝혀 놓고 불경을 보고 있었다. 그는 법광의 앞에 무릎을 꿇고 앉았다.

"스님, 지금 산을 내려갈까 합니다유."

"…어디로 갈 작정이냐?"

"…아직 확실하게 정한 것은 읎어유. 우선 스님 말씀대루 개경에 가서 군대에 들어가 볼까 하는 생각이지만, 뜻대루 될는지 몰르겄습니다유. 여기저기 넓은 세상을 돌아다녀 볼까 하는 생각두 있구…. 몸이 다 나았으니 어쨌든 이제 떠나야지유. 더 이상 여기 머물다가는 아무래두 큰스님과 법광 스님께 큰 폐를 끼쳐 드릴 것만 같습니다유."

"내 이런 날이 올 걸 알고 있었다. 네 생각이 정해졌다면 그렇게 해라. 함께 큰스님께로 가자."

두 사람은 법당으로 갔다. 그들이 법당으로 들어가 혜관의 뒤에 무릎을 꿇고 앉자 혜관이 염불을 멈추고 돌아앉았다.

"스님, …망이가 산을 내려가겠답니다."

법광이 입을 열었다.

"…그래?"

혜관은 담담하게 말했다.

"그간 큰스님께 큰 은혜를 입었습니다유."

망이가 진심으로 사례를 드렸다.

"내 은혜가 아니라 부처님의 은혜. 어디서 무슨 일을 하든지 언제나 마음속에 부처님을 모시고 살아야 한다."

"잊지 않겠습니다유."

"그럼, 나가 보아라."

"큰스님, 오래오래 강녕하십시유. 또 뵙겠습니다유."

"부디 몸조심해라."

망이는 먼저 부처님께 오체투지로 절을 올리고, 혜관에게도 큰 절을 올리고 나서 법광과 함께 밖으로 나왔다. 두 사람이 법당을 나가자 법당에서는 다시 청랑한 목탁 소리와 함께 혜관 스님의 낮고 중후한 염불 소리가 울려 나왔다. 마하반야바라밀다심경 관자재보살 행심반야바라밀다시 조견오온개공…. 망이는 차마 발걸음이 떨어지질 않아서 잠깐 혜관의 염불 소리에 귀를 기울이며 서 있었다.

"큰스님께서 너와 헤어지는 게 힘들어서 일부러 저러신다."

"…예."

망이가 합장을 한 채 법당을 향해 머리를 조아리고 나서 몸을 돌렸다.

"법릉이 마음에 걸려유. 얼굴이나 보구 가겠습니다유."

두 사람은 다시 법당 뒤의 요사채로 갔다. 법릉은 코흘리개 어린애였을 적부터 망이와 망소이를 마치 형처럼 여기고 솔이를 어머니처럼 생각하며 따랐었는데, 이번에 망이가 부상을 입고 송곡사로 숨어들자 40여 일을 한결같이 정성스럽게 그의 병수발을 들었다. 아직 어린 나이지만 망이를 생각하는 정이 깊고 갸륵해서 망이도 법릉을 친 아우같이 생각하고 있었다.

초저녁잠이 많은 법릉은 세상 모른 채 곯아 떨어져 있었다. 망이가 법릉을 깨우려 하자

"깨우지 마라."

하고 법광이 말했다. 망이는 법광의 뜻을 알고 손을 멈추었다. 법릉이 망이가 떠난다는 말을 들으면 얼마나 섭섭해 할 것인가. 망이는 법릉 곁에 앉아서 그의 손을 가만히 쥐고 한참 동안 얼굴을 들여다보다가 방을 나왔다.

"스님, 이제 가겠습니다유. 들어가시지유."

"내 조금 배웅하마."

망이는 몇 번이나 사양했으나, 법광은 굳이 그를 따라나섰다.

법광은 망이보다 열세 살이 위였는데, 그는 망이와 망소이가 젖먹이 어린애였을 때부터 두 형제를 봐 왔었다. 그는 솔이가 두 아이를 데려오면 그들 형제를 업어 주기도 하고, 그들이 좀 자란 뒤엔 수벽치기의 몸놀림 같은 것을 보여 주면서 데리고 놀곤 했다. 그가 망이와 망소이한테 남다른 관심을 가진 것은 그들 형제가 열두어 살이 되면서부터였다. 형제가 모두 나날이 덩치가 예사롭지 않게 웅대해져 갈 뿐만 아니라, 힘이 놀랍게 초절했고, 기상마저 남달랐다. 그러한 망이와 망소이가 자라는 것을 지켜보면서 법광은 망이와 망소이에게 남다른 기대를 지니게 되었다. 하늘이 망이 형제 같이 드물게 뛰어난 걸때와 힘을 갖춘 젊은이를 태어나게 할 적에는 뭔가 다른 뜻이 있지 않겠는가. 하찮은 푸줏간에서도 닭 잡는 데 쓰는 칼과 소 잡는 데 쓰는 칼이 다른 법인데, 하물며 하늘이 세상에 사람을 내고 그 사람을 씀에 있어서랴.

그는 망이와 망소이에게 시간 나는 대로 씨름을 가르치기도 하고, 수벽치기도 가르쳤다. 그리고 글을 가르쳤다. 사내 대장부가 크게 쓰이려면 몸의 힘과 함께 글을 알아야 한다는 게 그의 생각이었다. 그는 틈틈이 망이 형제에게 바깥세상이 얼마나 넓고 큰지, 사람들이 얼마나 여러 가지 모습으로 살아가는지를 깨우쳐 주었다. 개경에 얼마나 많은 사람들이 모여 살고, 예성강 하구 벽란도엔 생김새도 몸색깔도 다르고 말도 다른 외국 사람들이 배를 타고서 얼마나 많이 몰려드는지, 그들이 타고 온 배가 얼마나 크고, 그들이 건너 온 바다가 얼마나 넓고, 또 그 바다 너머에는 알지 못하는 세계가 얼마나 많은지, 얘기해 주었다. 법광은 어렸을 때부터 혜관에게 배운 것과, 자기 스스로 만행(卍行)을 하면서 배우고 알게 된 것들을 모두 망이 형제에게 알려 주려 애썼다. 그러나 망이는

"저 같은 천것이 글은 배워서 뭐 해유?"

하고, 글을 배우려 하지 않았다. 법광은 그러한 망이를 일깨웠다.

"네 생각은 옳지 않다. 앎보다 강한 것이 없고, 배움보다 무서운 것이 없다. 왕족과 귀족, 양반과 호족들이 부귀영화를 독점하고 있는 것도 그들이 앎을 독점하고 있기 때문이고, 백성들이 그들의 부귀영화를 위해 소와 말처럼 수고를 다하고 있는 것도 앎이 없기 때문이다. 물론 앎을 이용해 그들처럼 백성들 위에 군림하고 백성들을 착취하라는 것은 아니다. 그들에게 억압받고 착취당하지 않기 위한 가장 빠른 지름길이 바로 앎이다. 앎이야말로 힘이고, 힘이 있어야만 천대받지 않고 살 수 있다. 네가 남다른 근력을 지녔으나 참다운 앎이 없으면 한낱 마소의 힘에 지나지 않고, 결국 앎을 지닌 자들에게 이용될 뿐이다. 글자는 모든 앎의 바탕이니, 기회 닿는 대로 글을 익히도록 해라."

망이가 살변을 저지르고 송곡사로 도망쳐 오자 법광은 몹시 놀랐다. 그러나 한편으로는 드디어 망이가 명학소를 떠날 때가 왔구나 하는 느낌이 들었다. 그는 정성껏 망이의 부상을 치료했다. 본래 굳세고 건강했던 망이는 법광의 치료를 받고 하루가 다르게 회복되어 갔다. 그러나 법광의 마음은 밝지만은 않았다. 망이의 앞날이 걱정스러웠고, 그와 헤어진다는 게 섭섭하기 짝이 없었다.

"옛날 신라 시대 때 한 스님이 겪은 얘기이다."

산문을 나선 뒤에 법광이 입을 열었다.

경기도 백룡산에 세달사라고 하는 큰 절이 있었는데, 그 절의 넓은 장원이 명주 날리군에 있었다. 세달사에서는 그 장원의 관리자로 조신이라는 젊은 스님을 명주로 보냈다. 어느날 조신이 김흔공이라는 벼슬아치의 딸을 보게 되었는데, 그 용모가 너무나 아름다워서 한눈에 깊이 혹하게 되었다. 그는 낙산사 부처님에게 나아가, 그 처녀와 인연을 맺어주기를 빌고 또 빌었다. 그러나 그의 그런 소원에도 불구

하고 그 아가씨는 몇 년 후에 다른 사람한테 출가를 하고 말았다. 그는 법당에 가서 부처님이 자기의 소원을 들어주지 않은 것을 원망하며 밤이 깊도록 슬피 울다가 지쳐서 그만 잠이 들게 되었다.

그런데 뜻밖에 김씨 낭자가 법당으로 들어와 그윽하게 웃으며 말하기를

"저는 일찍이 스님을 보고 속으로 사모하는 정을 이기지 못하여 잠시도 잊은 적이 없었으나, 부모님의 명을 어기지 못해 억지로 다른 사람에게 출가를 하였습니다. 그러나 아무래도 스님을 잊지 못해서 이렇게 도망쳐 왔습니다. 이제 스님과 부부의 인연을 이루고자 하오니, 어여쁘게 여겨 받아주십시오"

하고 말했다. 그 말을 들은 조신은 너무나 기뻐서 함께 고향으로 돌아가 사십여 년을 살았다. 자식 다섯을 두었는데, 가난해서 집이라고 해야 다만 네 벽뿐이요, 먹을 것은 아무 것도 없었다. 마침내 조신은 거지가 되어 그 식구를 거느리고 사방으로 돌아다니면서 밥을 빌어먹게 되었는데, 거지 생활 십 년에 옷이 다 떨어져서 몸을 가리지 못하였다. 그러다가 명주 해현령을 지나가게 되었을 때 열다섯 살 먹은 큰 아이가 굶주림을 견디지 못해 죽게 되었다. 가족들이 통곡을 하면서 길가에 시체를 묻고, 나머지 가족들은 우곡현에 이르러 길가에 띠집을 짓고 살았다. 부부가 다 늙고 병이 든 데다 굶주려서 일어나지를 못하고, 어린 막내딸이 돌아다니면서 먹을 것을 빌어왔다. 어느 날 그 딸이 구걸을 나갔다가 개한테 물려서 돌아왔는데, 아픔을 참지 못하고 울부짖자 조신과 그의 아내가 함께 탄식하며 울었다. 부인이 눈물을 훔치면서 말했다.

"내가 처음 그대를 만났을 땐 얼굴이 아름답고 나이도 꽃다웠으며 화려한 의복도 많았었습니다. 한 가지 음식이라도 나누어 먹고, 얼마 안 되는 의복도 나누어 입으면서 산 지 수십 년에 정이 서로 간에 거스를 수 없는 사이가 되었으며, 서로 은애함도 굳세어서, 가히 두터

운 인연이라고 말할 수 있었습니다. 그러나 요즈음 와서는 쇠약해져서 병이 날로 더 심해지고, 배고픔과 추위가 나날이 더욱 심하니 이제 남의 집 곁방살이도 어렵고 음식도 빌어먹기가 어렵게 되었습니다. 이 집 저 집 구걸하는 부끄러움은 산더미를 짊어진 것과 같은데도 자식들의 굶주림과 추위조차 면하게 해 줄 수 없으니, 어느 겨를에 부부의 사랑을 즐길 수 있겠습니까? 아름다운 얼굴과 고운 미소는 풀 위의 이슬이 되었고, 지란(芝蘭) 같은 약속도 버들꽃이 바람에 날아가듯 사라져 버렸습니다. 그대와 제가 어찌하여 이 지경이 되었는지 생각할수록 괴롭습니다. 달면 삼키고 쓰면 뱉는 것은, 사람으로서 차마 못할 일이지만 행하고 그치는 것이 사람의 뜻대로만 되는 것이 아니고, 헤어지고 만나는 것도 운수가 있는 것이니, 청컨대 이제 헤어지는 것이 어떻겠습니까?"

조신도 부인의 말을 듣고 이를 옳이 여겨 서로 아이를 둘씩 나누어 맡았다. 헤어질 때에

"나는 고향으로 가겠으니 그대는 남쪽으로 가십시오."

하고 부인이 말했다.

이별을 하고 막 길을 떠나려 하다가 조신이 잠에서 깨어났는데, 다 타고 남은 등잔불이 꺼지려 하고, 밤기운이 깊어 있었다. 아침이 되어서 조신이 제 모습을 살펴보니 수염과 머리칼이 하얗게 세어 있었다. 조신이 망연자실하여 세상일에 뜻이 없어지고 삶이 싫어졌다. 여자를 탐했던 마음도 얼음이 녹듯 사라졌다. 그는 부처님께 여자와 인연을 맺게 해 달라고 빌었던 것을 부끄럽게 여겨서 참회를 하고, 해현령으로 가서 아이를 묻은 무덤을 파 보니 돌로 된 미륵이 나왔다. 물로 닦아 근처에 있는 절에 봉안하고, 세달사의 장원 관리직을 그만둔 다음, 정토사라는 절을 짓고, 부지런히 선업을 닦았다.

법광은 이야기를 끝마치고 한 동안 말이 없다가

"넌 조신 스님의 이야기를 어떻게 생각하느냐?"

하고 물었다.

"아무리 하룻밤 꿈이라 할지라두 그 아가씨와의 인연은 더할 수 읎이 소중하다구 생각하쥬. 하룻밤의 꿈이라 덧읎다구 여길 수두 있겠지만 오히려 그만큼 짧구 덧읎기 때문에 더욱더 소중하다는 생각이 듭니다유."

망이는 법광이 왜 조신 스님의 이야기를 했는지, 그리고 왜 그런 질문을 했는지를 헤아려 보며 말했다.

지난번 난명 아가씨가 아프다는 말을 듣고 그녀의 집엘 다녀온 뒤에 망이는 법광에게 모든 걸 털어 놓았다. 새벽에 돌아온 그에게 법광은 어디를 다녀왔는지를 캐물었고, 망이는 법광에게 거짓말을 할 수 없었다. 법광은 그의 말에 크게 놀라는 기색이었으나, 그 일에 대해서는 어떤 말도 하지 않았다. 그 후로도 법광은 마치 그런 얘기를 들은 적이 없었던 것처럼 그와 난명의 관계에 대해서는 한마디 말도 비치지 않았다.

"사람의 한 평생이 한바탕의 봄꿈이라고들 하지만…, 오히려 그렇기 때문에 더 치열하게 살아야 한다고 생각한다."

망이는 법광의 말에 가슴이 훈훈해졌다. 법광이 자기와 난명의 일을 부질없는 일이라고 깨우치려는 게 아니라, 그의 뜻이 어떤지를 알아보기 위해 조신 스님의 이야기를 했다는 게 느껴졌다.

"스님, 이제 그만 올라가시지유."

산을 다 내려와서 망이가 말했다.

"…그럼, 잘 가거라. 우리는 금방 또 만나게 될 것이다."

"예, 스님. 스님께서두 다시 뵐 때까지 늘 평강하십시유."

망이의 눈에서 자기도 모르게 후두둑 눈물이 쏟아졌다. 그는 합장을 한 채 법광에게 인사를 올리고, 몸을 돌렸다.

태동 마을이 저만치 보이는 곳에 이르러 망이는 잠깐 걸음을 멈추었다. 그는 길가 보드기 그늘에 몸을 감추고 동구 근처를 주의깊게 훑어보았다. 현청에서 나온 군졸들이 그를 잡기 위해 잠복하고 있지나 않을까 걱정이 되었다. 한참을 살펴봐도 사람의 그림자나 움직임이 보이지 않자 그는 조심스럽게 동구의 공터로 접근하였다. 공터에는 아무도 없었다. 그는 마을 한가운데로 나 있는 한길을 피해 뒷동산으로 올라갔다. 뒷동산 봉우리에 다다른 그는 길도 없는 잡목숲을 헤치며 그의 집 뒤란으로 내려갔다. 그리고 집 안에 무슨 기미가 없나 하고 귀를 기울였다. 특별히 이상한 낌새는 보이지 않았다. 그는 발소리를 죽이고 옆뜰로 나가서, 집채와 마당, 사립문 주위를 잘 살펴봤다. 어머니가 거처하는 아랫방에서 흐린 불빛이 배어나고 있을 뿐, 마당이나 사립문께에 수상쩍은 그림자는 보이지 않았다. 그는 마당으로 나가 울짱 너머로 고샅을 넘겨다보았다. 역시 사람의 그림자는 보이지 않았다. 그는 집채로 걸음을 옮겼다. 불이 켜진 아랫방 방문의 창호지에 희미한 그림자가 움직이고 있었다. 어머니가 고콜에 불을 밝혀 놓고 길쌈을 하고 있는 게 틀림없었다. 어머니의 그림자를 보자 울컥 느꺼운 생각이 솟구쳐서 그는 방으로 달려들어갔다.

"엄니!"

그는 토방 앞에서 어머니를 부르고는, 방문을 잡아당겼다.

"망이야!"

길쌈을 하고 있던 솔이가 그를 보고 소스라치듯 놀라 일어났다.

"너 왔구나!"

솔이는 망이를 안고 왈칵 눈물을 쏟았다. 어머니의 눈물을 보자 망이의 눈에서도 뜨거운 눈물이 쏟아져 내렸다.

"몸은 좀 어떠냐?"

한참 후에 솔이가 눈물을 닦으며 말했다.

"이제 다 나았어유! 보셔유!"

그는 장난스럽게 어머니를 번쩍 들었다가 놓았다.

"망소이는 마실갔어유?"

"또 덕중이네 사랑방에 갔을 것이다. 앉자."

솔이가 길쌈거리를 방 윗목으로 밀어놓으며 말했다.

"엄니, 저 때문에 마음 고생 몸 고생이 크셨지유? 드릴 말씀이 읎구면유!"

"내 팔자는 평생 근심 걱정으로 애간장이 다 녹는 팔자인가 보다."

솔이가 탄식하듯 말했다. 망이는 얼굴을 들 수가 없었다.

"이제 어뜨케 할 셈이냐?"

"…멀리, …떠날 생각여유."

망이는 차마 입이 떨어지질 않아서 말을 더듬듯 가까스로 말했다.

"…언제?"

"…지금 떠나려구유."

"지금?"

솔이의 얼굴이 죽은 사람의 낯빛처럼 허옇게 변했다.

"용서해 주셔유, 엄니!"

망이가 어머니의 얼굴을 보고서 다시 머리를 깊이 숙이며 말했다.

"…망소이를 불러와야겠다."

솔이가 몸을 일으켜 밖으로 나갔다. 잠시 후에 솔이가 망소이를 데려왔다. 망소이가 방으로 들어가는 것을 보고, 솔이는 부엌으로 가서 밥을 지었다.

"…엉아! 다 나았어?"

"그려! 그간 네가 고생 많었다!"

형제는 손을 맞잡았다.

"고생은 무슨? 엉아가 고생했지!"

"망소이야, 아무래두 내가 명학소를 떠나야겠는디, 엄니가 걱정이다."

"엄니 걱정은 마. 내가 있잖어!"

"그려, 너두 다 컸구나."

"엉아, 그제 읍내 나갔다가 짱똘이가 거의 나았다는 말을 들었어. 그놈이 콧대가 내려앉아서 얼굴은 아주 묵사발이 되었으나, 사지는 멀쩡한 모양이여."

"……."

망이는 짱똘이가 죽지 않았다는 말에 마음이 조금 밝아졌다. 그간 그가 죽을까 봐 늘 마음이 조마조마했었는데, 안심이 되었다. 그러나 짱똘이의 음흉하고 검질긴 성격으로 보아 그가 가만 있을 것 같지 않아 한편으로는 섬쩍지근한 기분을 떨쳐 버릴 수가 없었다.

"그놈이 보통 흉물이 아닌디, 나 대신 너와 엄니한테 무슨 해코지를 할지 모른다. 조심해라."

"걱정 마, 엉아! 그놈이 또 못된 짓을 하믄 이번에는 내가 진짜 뜨거운 맛을 보여 줄 테니까!"

솔이가 밥상을 차려 방으로 들고 들어왔다. 반찬이 두어 가지밖에 없는 쥐코밥상이었으나 커다란 밥그릇에는 김이 모락모락 나는 이밥이 안다미로 담겨져 있었다.

"밤길을 가려믄 허기가 질 것이다. 많이 먹어라."

망이는 어머니의 마음을 헤아리고 군말없이 숟가락을 들었다. 그는 망소이를 생각해서 밥을 반쯤 남겨 두고 밥상에서 물러났다.

"절에서두 길 떠난다구 밥을 실컷 해 주었어유."

"망소이 먹을 밥은 따루 있으니, 천천히 다 먹어라."

솔이가 망이의 마음을 알고 말했다.

"정말 배가 불러서 그래유."

솔이가 부엌에서 주먹밥 덩이를 담은 작은 바구니를 가지고 들어오더니, 방 윗목의 시렁에서 보자기로 싸 놓은 네모난 물건을 내렸다. 보자기를 풀자 버들고리와 삼베 두 필이 나왔는데, 그녀는 버들고리

위에 바구니를 놓고 다시 보자기로 잘 쌌다.

"네가 먼 길 갈 때에 먹으라구 떡을 좀 해 뒀다. 햇볕에 바싹 말렸기 때문에 비만 맞지 않으믄 오래 두어두 괜찮다. 돌덩이처럼 딱딱하니 까 물에 적셔서 먹어라. 그리고 삼베는 노자루 써라."

망이는 문득 눈시울이 뜨거워졌다. 금방 눈물이 쏟아지려는 것을 그는 억지로 참았다. 그것을 준비하는 동안 어머니의 마음이 어떠했 을까를 생각하니 새삼 자기가 몹쓸 자식이라는 생각이 들었다.

"…그리구, …네가 길을 떠나기 전에, 너한테 일러 줄 게 있다. 망소 이두 함께 들어 두어라."

솔이가 자세를 가다듬으면서 말했다.

"…내 지금까지 너희들의 아버지에 대해서는 말을 아꼈는디, 너희 아버지는 금강산 유점사에서 몇 년 있다가, 그 뒤에 동해 바닷가 망해 사라는 절루 옮겼다는 얘기를 들었다. 법명이 청허(淸虛)라구 하셨다. 혹 인연이 닿으믄 만나뵐 수두 있으니 기억해 두어라."

망이와 망소이는 숨소리도 크게 내지 못하고 어머니의 말에 귀를 기울였다. 그간 아버지에 대해 얼마나 궁금한 것이 많았던가. 아버지 가 남다른 장사였으며, 읍내 호족들의 자식을 죽이는 살변을 내고 마 을을 떠났다는 얘기는 들었지만, 그 아버지가 어디에 계신다는 말은 처음 들었다. 망이와 망소이가 망연해 있는데,

"먼 길 가려믄, 그만 일어나라."

솔이가 갑자기 서둘렀다. 망이가 차마 몸을 일으키질 못하고 머뭇 거리자

"한 시각이라두 여기서 어정거려서 좋을 게 읎다. 그만 떨치구 일어 나라."

솔이는 마치 망이를 쫓아내듯 냉정하게 말했다.

"…예, 엄니."

망이는 어머니가 싸 놓은 봇짐을 걸머졌다. 망소이가 그의 짐을 빼

앗아서 대신 지려 했으나, 망이는 아우에게 봇짐을 넘겨주지 않았다. 망소이가 배웅을 나오지 못하게 하기 위함이었다.

망이는 솔이와 망소이에게 작별 인사를 하고는, 집을 떠났다.

4. 출향(出鄕)

명학소를 벗어난 망이는 읍내로 나 있는 한길을 부지런히 걸어서 유성현으로 나갔다. 북쪽에 있는 개경으로 가려면 우선 공주로 가서, 공주에서 북쪽으로 뚫려 있는 대로를 타고 올라가야 하는데, 공주로 가려면 어쩔 수 없이 유성을 지나야만 하는 것이다.

유성 읍내에 도착한 망이는 큰 길을 버리고 읍내를 우회하여, 공주를 향해 나 있는 큰 길로 들어섰다. 혹시 그의 얼굴을 알아보는 사람이 있을까 봐서 사람들이 많이 다니는 큰 거리를 피한 것이다. 그러나 공주로 통하는 큰 길로 들어서면서부터 그의 걸음은 발에 무거운 돌덩이를 끌고 가는 듯 눈에 띄게 느려졌다. 읍내에서 멀어질수록 지척거리던 그는 읍내를 한 마장쯤 벗어나서 길 옆 느티나무 밑에 털석 몸을 부렸다. 하늘 한가운데에 둥실 떠 있는 달을 쳐다보니, 이미 자정에 가까운 시간인 것 같았다.

망이는 잠깐 의기소침한 얼굴로 생각에 잠겨 있다가, 이윽고 벌떡 몸을 일으켰다. 그는 지금까지 왔던 길을 되짚어 읍내를 향해 내달았다. 방금 전까지 기운이 다 빠진 듯 지척거리던 사람이 순식간에 다른 사람이라도 된 듯 그는 힘찬 걸음으로 읍내를 향해 달려갔다.

아까 초저녁에 송곡사에서 내려올 때만 해도 그는 난명을 만나지 않고 곧장 북쪽으로 길을 떠날 생각이었다. 집엘 들렀다가 나올 때도 그의 그러한 결심은 변함이 없었고, 유성 읍내를 우회하여 지날 때만 해도 그의 다짐은 흔들리지 않았다. 아니, 방금 전까지만 해도 그는 단연코 난명을 만나지 않고 유성을 뜰 생각이었다. 그러나 난명이 있는 유성에서 멀어질수록 온몸에서 힘이 빠지고 맥이 풀려서 걸음을 옮겨 놓을 수가 없었다. 그는 그 까닭이 오로지 난명 때문이며, 난명을 만나 보지 않고서는 결코 길을 떠날 수 없다는 걸 깨달았다.

송곡사에 숨어서 상처를 치료하는 동안 그는 다시는 난명 아가씨를 만나지 않겠다고 다짐하고 또 다짐했었다. 십여 일 전 한밤중에 충동적으로 난명을 만나고 와서도 그는 그녀를 찾아갔던 것을 깊이 후회했다. 난명을 만난 수릿날에도 그는 난명 아가씨를 그리워하는 자기 자신을 용납할 수 없었다. 천한 소놈으로서 세력 있는 귀한 집 아가씨를 은애한다는 게 얼마나 주제넘고 망녕된 짓인지, 그게 자기와 난명 아가씨에게 얼마나 파괴적인 결과를 가져올 것인지를 그는 잘 알고 있었다. 그러면서도 그는 무엇에 들린(憑) 듯이 지난 몇 달 동안을 제정신을 차리지 못하고 그녀에게 사로잡혀 있었다. 그러나 살변까지 저질러서 쫓기는 몸이 되자 그는 난명 아가씨와의 관계를 다시 한번 냉철하게 생각해 보지 않을 수 없었다. 그리고 다시는 난명 아가씨를 만나지 않을 결심을 굳혔다. 아무리 생각하고 또 생각해 봐도 그 길밖에 다른 방도가 없었다.

그러나 그의 그러한 결심은 막상 난명 아가씨를 보지 않고 그냥 유성현을 떠나려 하자 너무나 힘없이 무너지고 말았다. 그녀를 보지 않고서는 도저히 발걸음이 떨어지질 않았다.

읍내 초입에 있는 널다리에 이르렀을 때였다. 널다리 밑 공터에서 거지 몇 명이 밧줄로 다리에 개를 묶어서 늘어뜨려 놓고, 불을 피워 그슬리고 있었다. 다리 위에도 세 명의 거지가 노닥거리며 개 그슬리는 일을 도와주고 있었다. 어디서 주인 모르게 멍청한 똥개 한 마리를 호려 왔거나, 집 나온 개를 때려잡은 것 같았다. 망이는 어떻게 할까 망설이다가, 그냥 지나갈 생각으로 널다리로 다가갔다. 갈 길이 바빴고, 돌아갈 만한 길도 딱히 없었을 뿐더러, 또 갑자기 몸을 돌려 길을 바꾸면 오히려 의심을 살 것 같았다. 망이가 널다리 가까이 가자 다리 위에 앉아 있던 거지들이 몸을 일으키더니, 그 중에 한 명이

"이눔아, 우리는 이 널다리 터줏대감이다! 이 밤중에 어딜 그르케 바삐 가는 겨? 덩저리가 큼직헌 게 산도적눔이나 아닌지 수상쩍구나!"

하고 엄포를 놓았다. 어깨가 제법 떡 벌어진 텁석부리였다.

"주인 어르신의 심부름을 갔다가 길이 늦어서 이제 돌아오는 길이우."

망이가 공순하게 말했다.

"네 주인이 누군디?"

"…호족 강한성 어른이시우."

망이는 잠깐 망설이다가 얼른 둘러댔다.

"그려? 이르케 늦은 시간에 여길 지나가려믄 통행세를 내야 헌다는 거 정도는 알구 있겠지?"

텁석부리 사내는 일부러 목소리를 음침하게 내리깔며 을러대듯 말했다.

"가진 게 아무 것두 읎수다."

"뭐라구? 이눔아, 그 보따리엔 뭐가 들었냐?"

텁석부리가 벌컥 성을 내며 눈을 부라렸다. 그때 옆에 서 있던 얽둑빼기 사내가

"야, 남의 집 하인이 가진 게 뭐가 있겠냐? 그냥 보내 줘라!"

하고 말했다. 그러자 텁석부리가 불퉁스럽게 말했다.

"성님 입에서 그런 말이 나오다니, 갑자기 못 먹을 걸 먹었수? 가진 게 읎으믄 불알이라두 떼어 놓구 가야지!"

"이 자식이! 그냥 보내주라니까!"

얽둑빼기가 벌컥 목소리를 높였다. 그러자 텁석부리가 얽둑빼기

에게

"아, 알았수! 왜 성질은 부리구 지랄이여?"

하고는, 망이한테 말했다.

"너 임마, 오늘 부처님 가운데 토막 같은 우리 성님 때문에 살았다. 통행세가 읎으믄 네놈을 엎쳐놓구 비역질이라두 한 번 할려구 했는디!"

망이는 사내의 말에 구역질이 나서 그를 다리 밑으로 집어던져 버리고 싶은 충동이 일었으나, 꾹 참고 널다리를 지나 읍내로 들어갔다.

망이의 모습이 저만치 멀어지자 얽둑빼기 사내가 텁석부리한테 말했다.

"너 이놈, 방금 용궁 갔다가 온 줄이나 알어라!"

"그게 무슨 뚱딴지 같은 말이유?"

텁석부리가 의아스러운 얼굴로 물었다.

"너, 저놈이 어떤 놈인 줄이나 알구 함부루 손을 댈라구 혔냐? 임마, 대부등에 곁낫질이지, 그놈 덩치 못 봤냐? 너, 나 아니었으믄 오늘 허리가 부러지거나 대갈통이 박살난 채 저 개굴창에 처박혔을 거여!"

"그놈이 허우대는 제법 장혔지만 기껏해야 나이두 어린 떠꺼머리 비복놈인디, 제까짓 게 어딜?"

"자식! 불알두 몰라보구 탱자 탱자 허기는! 임마, 그놈이 바루 짱돌이를 절구통우루 내려조진 명학소의 망이란 놈이여! 그놈 심이 천하장사라는 거 몰러?"

"뭐라구? 그놈이 망이라구? 어뜨케 그놈을 그르케 잘 아슈?"

텁석부리가 놀란 눈을 디룩거리며 물었다.

"지난 수릿날 큰 씨름판에서 그놈이 붙는 족족 아무나 들어메치는 걸 이 눈깔루 다 보지 않었냐? 그때 너두 함께 있었는디, 늬 눈깔은 썩은 동태 눈깔이여?"

얽둑빼기가 핀잔하듯 말했다.

"내 눈이 어디가 어떠서 그러슈? 그보다, 그놈이 살변을 낸 망이라믄 이르케 있을 때가 아니지!"

텁석부리가 다리 밑에다 대고 큰 소리로 말했다.

"꼭지 어른, 지금 망이란 놈이 읍내루 들어갔수!"

"…뭐라구?"

다리 밑에서 늙숙한 꼭지가 얼굴을 내밀며 물었다.

"지금 짱똘이 패들을 박살낸 망이란 놈이 읍내루 들어갔단 말이우!"

텁석부리가 좀 더 큰 소리로 다시 외쳤다.

"뭐? 살변을 낸 망이가 읍내루 들어가? 그게 증말이냐?"

꼭지가 놀란 얼굴로 물었다.

"내 눈깔은 동태 눈깔이 아니우!"

"뭐라구? 이 후레아들놈이!"

"아, 이 얽뚝배기 형님이 나보구 동태 눈깔이라구 허잖우?"

"시러배자식덜! 지금 뭐 하구 있는 거여? 빨리 그놈을 뒤따라가지 않구! 그놈이 눈치채지 못하게 멀찌막이서 조심해서 따라가! 그놈이 어디루 가는지 잘 지켜봤다가, 집으루 들어가믄 그 집을 잘 기억해 두구, 부리나케 돌아와서 나한테 알려!"

꼭지의 명령이 떨어지자 세 사내는 망이가 사라진 읍내 쪽으로 삵쾡이처럼 발소리를 죽이고 달려갔다.

목이 타는 듯해서 철명은 눈을 떴다. 밤이 얼마나 깊었는지 알 수가 없었다. 방 안은 창호지를 통해 들어온 밝은 달빛으로 부옇게 보였다. 그는 몸을 일으켜 방 윗목에 놓인 자리끼를 벌컥벌컥 들이켰다. 머리가 깨어질 듯이 아프고, 뱃속이 더부룩했다. 술을 너무 많이 마셨다는 생각이 들었다. 그는 문득 심한 요의를 느끼며 밖으로 나왔다.

마당에 쏟아져 내리는 달빛이 너무 밝아서 철명은 하늘을 올려다보았다. 구름 한 점 없이 투명한 하늘에 한쪽이 살짝 이지러진 달이 싸늘하게 빛나고 있었다. 달의 위치로 보건대 자정이 넘은 시간 같았다. 그는 소피를 보기 위해 측간으로 갔다.

철명은 오늘 낮에 친구 다섯 명과 함께 청풍정에서 시회를 열었다. 시회에 나온 친구들은 어렸을 때부터 함께 글공부를 한 문우들로서, 다들 읍내와 인근 고을에서 행세깨나 하는 호족의 아들들이었다. 물론 이런 시회에 예쁜 계집이 없다면 무슨 흥이 나겠는가. 그들은 여느 때와 같이 유화루에서 기생 세 명을 데려다가 함께 시회를 즐겼다. 운자를 내고, 그 운자에 맞춰 절구와 율시를 짓고, 지은 시를 노래하고, 술을 마시고, 흥겹게 춤을 추고, 계집들과 희롱을 하고, ……

시회가 끝나 헤어질 때 평소 가깝게 지내던 동평 마을의 장인규가

"우리 한 잔 더 하세."

하며, 그의 옷소매를 붙잡았다.

"그거 좋지! 그런데 책밖에 모르는 자네가 오늘은 웬 일인가?"

철명은 흔쾌하게 응하고, 유화루로 향했다.

술잔이 몇 차례 오간 뒤에 장인규가 물었다.

"난명 누이는 좀 어떤가?"

"그저 그렇네."

"그처럼 건강하고 활달하던 난명 누이가 그렇게 오래 와병 중이라니, 믿어지질 않는군."

장인규는 가끔 철명의 집엘 찾아 왔었고, 성격이 활달한 난명과도 별 허물없이 인사를 나누는 사이였다. 그는 며칠 전 철명의 집을 방문했을 때 난명이 병으로 누워 있다는 것을 알게 되었다.

"곧 떨치고 일어나겠지. 젊은 아이가 별 일이야 있겠는가."

"그래야지! …내 외람된 부탁인 줄은 알지만…."

장인규가 말을 잇지 못하고 망설였다.

"무슨 말인데 그러나? 자네와 나 사이에 못할 말이 무엇인가? 어서 말해 보게."

"…그럼 내 말하겠네. 내 실은 오래 전부터 자네 누이를 마음에 두고 은애해 왔네. 내 난명 아씨와 혼인을 하고 싶은데, …자네 생각은 어떤가?"

장인규가 그를 정면으로 응시하며 진지하게 말했다.

"뭐?! 우리 난명이와 혼인을…?"

철명은 뜻밖의 말에 놀랐다. 그간 장인규가 그의 집엘 자주 드나들었지만, 철명은 그가 누이 난명에게 마음이 있다는 걸 전혀 눈치채지 못했었다.

"…왜 그리 놀라나? …내가 부족해서 그런가?"

"부족하긴! 외려 과남하지! 그런데 너무 뜻밖이라서…."

"부모님과 난명에게 내 뜻을 말씀드리기 전에, 우선 자네한테 이야길 하는 게 순서 아니겠는가?"

"변변치 못한 내 누이를 그렇게 생각해 주는 건 고맙네만, 실은…."

"…왜? …무슨 일이 있나?"

"그런 게 아니라…."

"답답하이! 서슴지 말고 말해 보게!"

"…실은 준수도 그런 말을 한 적이 있네!"

"뭐?! …준수가?! 그럼 준수도 난명일 마음에 두고 있단 말인가?!"

장인규가 안색이 변해서 큰 소리로 외쳤다.

"준수가 개경으로 가기 전에 여러 번 그런 말을 했었네."

"그럼 준수가 난명 누이한테도 그런 뜻을 밝혔나?"

"내 잘은 모르겠네만, 난명에겐 아직 그런 말을 안 한 걸로 알고 있네. 준수는 과거에 급제한 뒤에 청혼을 하겠다고 했으니까."

"……."

글공부를 함께 하는 읍내의 젊은이들 중에서 정준수와 장인규, 강철명이 제일 성취가 뛰어났다. 세 사람은 다른 젊은이들보다 서로 친하게 지내기도 했지만 또한 상대방을 경쟁 상대로 여겨서, 마음속으로 견제하고 뒤떨어지지 않기 위해 남몰래 애를 쓰곤 했다. 장인규는 작년에 정준수가 개경에 있는 정현준의 학숙으로 공부를 하러 떠나자 마음속으로 깊은 열패감에 사로잡혀서, 밤을 새워가며 학업에 정진해 왔다. 그런데 이제 그가 자기보다 먼저 난명과 혼인할 뜻을 밝혔다는 말을 듣자 장인규는 걷잡기 어려운 질투에 사로잡혔다.

"하기야 난명 누이 같은 미녀에게 어찌 나만 마음을 두었겠나?"

"자네 내 말을 너무 심각하게 받아들이는 것 같네. 아직 결정된 것은 없네!"

"준수가 늘 나보다 한 걸음 먼저 가는 것 같아서 좀 마음이 괴롭네! 준수가 과거에 급제해서 청혼을 한다고 했다면, 내 꼭 준수보다 더 일찍 과거에 급제하여 난명 누이한테 청혼을 하겠네!"

장인규가 결의에 찬 얼굴로 말했다.

"자, 우리의 앞날을 위해서 다시 한 잔 하세!"

두 사람은 계속 술잔을 주고받았고, 만취한 철명은 집에 와서 정신없이 곯아떨어졌다.

측간에서 용변을 마치고 돌아온 철명은 마루에 앉아서 본채와 건너편 별채를 죽 훑어보았다. 모든 방들이 다 불이 꺼져 어둠에 잠겨 있고, 난명의 방에서만 아직도 불빛이 새 나오고 있었다. 그런데 난명의 방 앞 뜰에서 뭔가가 움직이는 것 같은 수상쩍은 기미가 느껴졌다. 눈을 크게 뜨고 별채의 뜰과 정원을 살펴보았더니, 아니나 다를까, 정원의 석류나무 그늘에서 서성이는 그림자가 눈에 들어왔다.

저게 뭔가?!

철명은 조심조심 발소리를 죽이고 그 그림자를 향해 다가갔다. 그러나 그는 곧 자기가 공연히 지나치게 긴장을 했다는 것을 깨달았다. 어스름한 달빛이었지만 그 그림자가 어금이라는 것을 쉽게 알아볼 수 있었기 때문이었다.

"왜 여기서 이러고 있느냐?"

그가 뒤에서 불쑥 다가가며 말하자

"에구머니나! 작은 나으리!"

어금이는 벼락을 맞은 듯 놀라서 자지러졌다.

"뭘 그렇게 놀라느냐? 날 기다린 게 아니었느냐?"

철명은 지나치게 놀라는 어금이한테 농지거리를 했다.

"…아니! …아니예유! 나으리!"

어금이는 숨을 제대로 쉬지 못하고 헐떡이며 말했다.

"왜 방에 안 들어가고 여기서 서성거리고 있느냐?"

"…예. 저…."

어금이는 안절부절 대답을 하지 못했다. 그는 어금이가 정원에서 소피라도 보려고 하다가 그에게 들킨 게 민망해서 그러는 줄로 생각하고서, 난명의 얼굴이라도 들여다보고 가려고 누이의 방으로 걸음을 옮겼다. 그러자 어금이가 금방 다 죽어가는 얼굴로

"…나으리! …작은 나으리!"

하며, 그의 앞을 가로막았다.

"왜 이러느냐?"

"나으리, 지금 아가씨한테 가시믄 안 됩니다유!"

"뭐라구?"

"아가씨가… 주무십니다유!"

"…그래?"

철명은 어금이가 너무나 그를 가로막는 게 좀 이상하게 느껴지긴 했으나, 그냥 발길을 돌리려고 했다. 그런데 그때 난명의 방에서 누군가가 두런거리는 듯한 소리가 들리며 커다란 사람의 그림자가 창호지에 어리비쳤다. 그는 어금이를 옆으로 밀치며 난명의 방으로 걸음을 옮겼다. 놀랍게도 난명의 방 마루 밑 섬돌에 난명의 앙증스러운 갓신과 함께 사내의 커다란 미투리가 놓여 있었다.

이럴 수가!

철명은 온몸의 피가 일시에 머릿속으로 솟구쳐서 금방이라도 머리가 터져 버릴 것 같았다. 너무나 감정이 격해서 숨도 쉬기가 어려웠다.

"아가씨! 작은 나으리 오셨습니다유."

어금이가 방문에 대고 금방 울음을 터뜨릴 듯한 목소리로 말했다. 그러자 방문이 열리고, 걸때가 놀랍게 당당한 떠꺼머리 총각이 난명과 함께 마루로 나왔다.

"나으리, 소인 명학소 망이외다."

떠꺼머리 총각이 마루 밑으로 뛰어내려와서 철명에게 머리를 숙였다.

네놈이?!

망이를 본 순간 철명은 눈이 홱 뒤집혔다. 온몸의 피가 거꾸로 도는 듯 현기증이 일며 귀가 멍멍하니 아무 소리도 들리지 않았다. 온몸이 분노로 와들와들 떨렸다.

"이 쳐죽일 놈!"

철명은 짐승처럼 부르짖으며 주먹으로 망이의 얼굴을 사정없이 후려갈겼다. 무작스런 타격에 망이가 땅바닥에 털썩 쓰러졌다.

"이놈! 여기가 어디라고!"

철명이 쓰러진 망이의 옆구리를 다시 힘껏 걷어찼다.

"오라버니! 안 돼요!"

난명이 비명을 지르며 마루에서 달려내려와 철명을 붙들었다. 그러나 철명은 난명을 세차게 밀쳐 버리고 또다시 망이에게 마구 발길질을 해댔다.

"오라버니, 그만하셔요! 제발 참으셔요!"

난명이 기겁을 하며 다시 철명을 가로막고 나섰다.

"저리 비키지 못해?!"

철명은 분노를 참지 못하고 난명을 사정없이 밀쳤다. 난명은 쓰러졌다가, 다시 일어나 철명의 다리를 붙들고 늘어졌다.

"이놈! 네놈이 우리 집안을 어떻게 보고 감히!"

비칠거리며 일어나는 망이를 철명이 다시 사납게 후려쳤다.

"오라버니, 모두 다 제 탓이여요! 제가 망이님을 오라고 했어요! 용서해 주셔요!"

난명은 망이를 몸으로 가로막으며 말했다.

"비키지 못해?! 내 오늘 기어이 이놈을 때려죽이고야 말겠다!"

"오라버니, 차라리 저를 죽여 주셔요!"

난명이 철명을 꽉 붙들고 늘어졌다.

"망이님, 빨리 가셔요! 빨리요! 빨리 나가셔요!"

난명이 철명을 붙잡은 채 울부짖었다.

"망이님, 뭐 하구 계셔유? 빨리 도망가셔유!"

어금이도 다급하게 외쳤다.

철명은 난명과 어금이가 함께 앞을 가로막자 두 사람이 거치적거려서 더 이상 망이를 어찌할 수가 없었다. 그는 망이의 편역을 드는 난명과 어금이에게 걷잡을 수 없는 분노가 솟구쳤다. 세 연놈들이 한통속이 되다니!

"저리 비켜! 안 비키면 모조리 쳐죽이겠다!"

그는 난명과 어금이를 거칠게 밀어젖히며 울부짖었다.

"나으리, 참으십시유! 아가씨는 지금 많이 편찮으십니다유!"

망이가 몸을 일으키며 말했다.

"이놈이?! 내 너희 연놈을 가만두지 않겠다!"

철명은 난명이 붙잡고 있는 손을 우악살스럽게 뺐쳤다. 그리고 난명이 다시 그의 손을 붙잡으려 하자 철명은 자기도 모르게 난명의 얼굴을 후려쳤다. 그 순간 망이가 그의 뒷머리를 갈겼다. 철명은 둔중한 충격을 받고 털썩 땅바닥에 쓰러졌다.

"아가씨, 괜찮으셔유?"

망이가 땅바닥에 쓰러진 난명을 안아 일으키며 다급하게 물었다.

"저보다… 망이님, 어서…"

난명이 울음 섞인 목소리로 말을 맺지 못했다.

"…그럼 난명 아씨, 부디 평강하십시유."

망이는 바람처럼 한성의 집을 빠져나왔다.

한성의 집을 나온 망이가 발걸음을 늦추고 은행나무골 동구에 있는 공터 옆을 지나칠 때였다.

"저놈이다! 저놈이 살변을 저지른 망이란 놈이다! 저놈 잡아라!"

하는 소리와 함께 갑자기 사방에서 군졸들이 우루루 몰려나왔다. 망이가 예기치 못한 일에 우두망찰한 순간 그들은 순식간에 망이를 에워쌌다. 손에는 삼지창과 육모방망이, 검 등을 들고 있었다. 그 숫자가 대충 보아도 자그마치 30여 명이 넘어 보였다. 망이는 그때에야 그들이 현청에서 나온 군졸과 관노 들이라는 걸 알았다. 누군가가 은행나무골로 들어가는 그를 알아보고서 현청으로 달려갔고, 그 소식을 접한 현청 놈들이 미리 이곳에서 그를 기다리고 있었던 것이란 생각이 들었다. 은행나무골은 뒤가 산으로 막혀서 막다른 곳이기 때문에 매복하기가 좋았으리라.

그러한 망이의 추측은 정확했다. 널다리에서 망이의 뒤를 밟은 거지들은 망이가 강한성의 집 담을 넘는 것을 보고 즉시 꼭지한테 알렸고, 꼭지는 곧바로 현청으로 장교(將校)를 찾아갔다. 그리고 장교는 현청에서 동원할 수 있는 모든 군졸과 관노 들을 거느리고 급히 달려와 망이를 기다리고 있었던 것이다.

널다리 거지들은 진작부터 현청의 딴꾼 노릇을 하고 있었다. 현청에서 그들을 딴꾼으로 부리는 까닭은, 그들이 이 고을 저 고을 이 집저 집을 두루 돌아다니면서 가끔씩 긴요한 정보와 소문을 물어오기 때문이었다.

"이놈! 네놈은 완전히 포위되었다! 순순히 오라를 받아라!"

말을 탄 장교가 위엄있게 외쳤다.

"누구든 내 앞을 막아 봐라! 한 주먹에 머리통을 부숴 놓겠다!"

망이는 막다른 골목에 몰린 맹수처럼 으르렁거리며 외쳤다. 군졸 한 명이 앞으로 나오더니, 양쪽 끝에 철추가 달린 줄을 빙빙 돌리기 시작했다. 쉭! 쉭! 맹렬하게 돌아가는 철추에 망이는 순간 위험을 느꼈다. 그 줄이 발에 휘감기면 몸을 자유롭게 움직이지 못할 게 뻔했다. 자칫 시간을 지체하다가는 옴쭉달싹못하고 사로잡힐 것이란 생각이 들었다.

"이놈! 고분고분하게 무릎을 꿇지 않으면 온몸이 섭산적이 될 것이다!"

장교가 다시 큰 소리로 으름장을 놓았다. 장교가 엄포를 놓는 동안에도 줄을 돌리는 군졸과 창을 든 군졸 몇이 그를 노리며 발빠르게 접근해 왔다. 망이는 장교가 떠들어 대고 있는 게 시간을 끌고 그의 주의를 흩뜨려 놓으려는 그들의 작전이라는 걸 간파했다.

"이놈들!"

망이는 우레와 같이 고함을 지르며 몸을 날렸다. 군졸들이 일제히 육모방망이와 창을 휘두르며 그를 향해 덤벼들었다. 그는 성난 호랑이처럼 날뛰며 앞으로 돌진해 갔다. 군졸들은 망이의 무서운 기세에 놀라 황급히 뒤로 물러났다. 그러나 제 깜냥에 힘깨나 쓴답시고 망이에게 덤벼든 자들은 망이의 주먹질과 발길질에 여지없이 땅바닥에 거꾸러졌다.

"모두 한꺼번에 덤벼라! 한꺼번에!"

장교가 고함을 지르며 군졸과 관노 들을 몰아쳤다. 망이는 육모방망이 한 개를 주워들고 좌충우돌하며 무시무시하게 날뛰었다. 그는 여러 군데 창과 칼에 찔리고 베이거나 몽둥이를 맞기도 했다. 상처에서 피가 배어 나왔다. 그러나 그는 기세가 꺾이기는커녕 오히려 더욱 사납고 세차게 몽둥이와 주먹을 휘둘러 대고, 발길질을 해 댔다.

어쿠! 으! 악!

망이의 몽둥이와 주먹에 맞거나, 발에 차인 자들은 어김없이 비명을 터뜨리며 고꾸라지거나 나자빠졌다.

망이는 일부러 장교에게 등을 돌리고 반대편에 있는 군졸들을 향해 몽둥이를 휘두르다가, 갑자기 방향을 바꿔 장교를 향해 재빨리 돌진했다. 아무래도 우두머리를 쓰러뜨려 졸개들의 기를 꺾어야 그곳에서 빠져나갈 수 있을 것 같았다. 느닷없이 망이가 달려들자 장교 앞에 있던 군졸 두어 명이 깜짝 놀라서 엉겁결에 옆으로 몸을 피했다. 망이는 그 틈을 타서 성난 범처럼 몸을 날려 장교에게 달려들었다. 망이가 사납게 휘두른 방망이에 장교는 어깨뼈가 부서지며 말에서 굴러떨어졌다.

"이놈들, 너희 장교가 단매에 박살이 났다! 또 죽고 싶은 놈은 앞으루 나서라!"

망이는 무섭게 으르렁거리며 엄포를 놓았다. 감히 나서려는 자가 없었다.

저놈이 명학소 장사 망이다!

짱똘이를 절구통으로 후려친 놈이다!

군졸과 관노 들의 얼굴에 두려움이 완연했다. 그 틈을 타 망이가 훌쩍 몸을 솟구쳐 말에 올라앉으며 고함을 쳤다.

"이놈들! 비키지 못할까?!"

망이는 말을 몰아 앞을 가로막고 있는 관노와 군졸 들을 돌파하고 포위망을 벗어났다. 그는 질풍처럼 한길을 달리면서 몇 번이나 뒤를 돌아다봤다. 더 이상 그를 뒤쫓는 사람은 보이지 않았다. 그는 말에 박차를 가해 질풍처럼 유성을 벗어났다.

푸르스름한 달빛이 그의 앞길을 비춰주었다.

『망이와 망소이』 제1권 〈명학소〉 끝

(2권에서 계속)

망이와 망소이 제1권 — 명학소

심규식 지음

발 행 처 · 도서출판 **청어**
발 행 인 · 이영철
영 업 · 이동호
홍 보 · 천성래
기 획 · 남기환
편 집 · 방세화
디 자 인 · 이수빈 | 김영은
제작이사 · 공병한
인 쇄 · 두리터

등 록 · 1999년 5월 3일
(제321-3210002510019990000063호)

1판 1쇄 발행 · 2020년 11월 20일

주   소 · 서울특별시 서초구 남부순환로 364길 8-15 동일빌딩 2층
대표전화 · 02-586-0477
팩시밀리 · 0303-0942-0478

홈페이지 · www.chungeobook.com
E-mail · ppi20@hanmail.net
I S B N · 979-11-5860-898-9(04810)
        979-11-5860-897-2(세트)

이 도서의 국립중앙도서관 출판시도서목록(CIP)은 서지정보유통지원시스템 홈페이지
(http://seoji.nl.go.kr)와 국가자료공동목록시스템(http://www.nl.go.kr/kolisnet)에서 이용
하실 수 있습니다.(CIP제어번호: CIP2020043013)

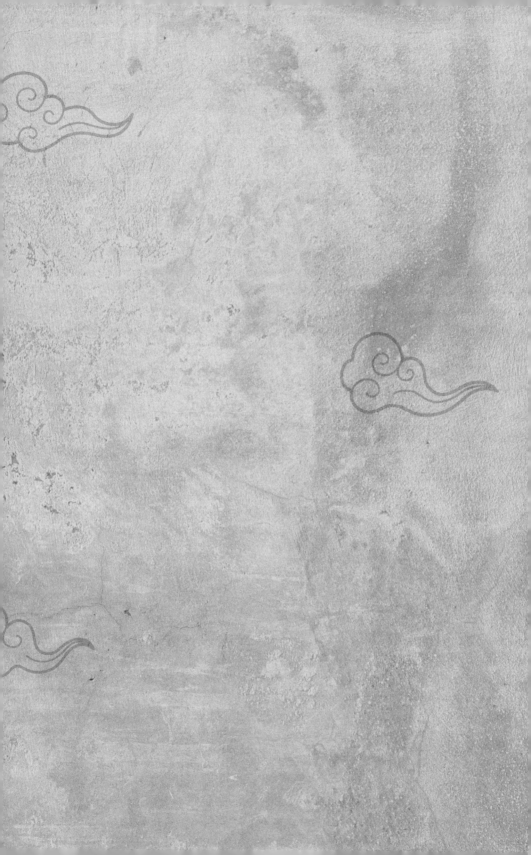